Martin Mosebach

Die Richtige

Martin Mosebach

Die Richtige

Roman

dtv

MIX
Papier | Fördert gute Waldnutzung
FSC® C083411

Gesetzt aus der Janson
Satz: Fotosatz Amann, Memmingen
Druck und Bindung: CPI books GmbH, Leck
Printed in Germany · ISBN 978-3-423-28455-4

I

In dem hohen Atelierfenster mit den eisengerahmten kleinen Scheiben stand immer ein Segment offen, denn der Maler liebte es, bei der Arbeit von einem Windhauch gestreift zu werden, gern einem kühlen. Er mochte es nicht zu warm und stand auch im frostigen Frühling in Hemdsärmeln vor der Leinwand.

In seiner luftigen Höhe bekam er Besuch von einer Taube. Sie saß oft lange auf der Fensterbank und fixierte aus kreisrundem Auge das Innere, als müsse sie darüber Auskunft geben. Noch näher kamen zwei schlanke, überbewegliche Vögel, die durchs offene Fenster hereinschossen, einander jagten, sich dann voneinander entfernt auf Bilderrahmen und Stuhllehnen niederließen, den Kopf unablässig drehend, die langen Schwanzfedern wippend, und mit vielfältig variiertem Zwitschern in Zwiesprache traten; erst trug der eine ein Trillern oder Flöten vor, verstummte dann und erwartete die Antwort, die stets mit leichter Verzögerung eintrat, als hätte der andere darüber ein wenig nachdenken müssen. Sie waren so groß wie Spatzen, aber windschnittig geformt, mit zimtfarbenem Rücken und grauer Brust – der Maler war kein Ornithologe und über das hinaus, was mit bloßem Auge zu erkennen war, nicht wißbegierig. Waren sie einem Käfig entflogen, war ihnen daher eine menschliche

Behausung vertraut? Fühlten sich in der Freiheit aber doch wohl, weite Lufträume durchmessend, wenn es wieder nach draußen ging, und dann wieder herein ins Umschlossene, welches den akustisch günstigeren Hallraum für den melodiösen Dialog bot?

Der Maler wartete jeden Morgen dieses Frühlings auf ihr Erscheinen. Wenn er gegen zehn Uhr das Atelier betrat und sie noch nicht darin herumsausend vorfand, begann er nicht mit der Arbeit. Ihr Abflug glich einem Sprung in die Tiefe, der erst nach einem Verlust an Höhe durch den Flügelschlag aufgefangen wurde. Sie hatten ein einzigartiges Spiel entdeckt, was erst durch dieses Atelierfenster möglich wurde; es wäre nicht leicht gewesen, dafür einen ebenso geeigneten Ort zu finden. Dazu mußten sie sich trennen – einer blieb im Raum, der andere flog hinaus, aber nur, um sich draußen auf dem rostigen Eisenrahmen einer Scheibe festzukrallen. Auf die Innenseite des Glases begab sich nun der zweite Vogel; sie betrachteten einander zunächst, dann pickten sie in Richtung des gegenüberliegenden Schnabels – das war ganz zart zu hören –, dann gerieten sie in Erregung, ließen die Flügel wild flattern, so daß sie beinahe unsichtbar wurden, versuchten, in der Luft zu stehen und zugleich die kleinen Brüste aneinanderzudrängen, was sie niemals taten, wie der Maler zu beobachten meinte, wenn sie ohne das durchsichtige Hindernis zusammen waren. Mit aller zarten Vogelkraft warfen sie ihre Körper einander entgegen, so heftig, daß er fürchtete, sie könnten die zerbrechlichen Flügel verletzen, von der nicht erkennbaren Undurchdringlichkeit stets aufs neue zurückgeworfen. Lösten sie sich dann nach einer Weile voneinander, kehrte der Vogel, der nach draußen geflogen war, ins Atelier zurück, und es begann, während sie in großem Abstand voneinander saßen, aufs neue ihr Zwitschergespräch. Es war, als hätte die körperliche Attraktion augenblicklich nachgelassen, sobald es ungehindert möglich war, ihr nachzugeben.

Dies war ein sich über den ganzen Tag hinziehendes Ritual: der kraftvolle Wechselgesang beim gemeinsamen Aufenthalt im Atelier und daraufhin die wie verabredete Einnahme der Plätze zu beiden Seiten der Fensterscheibe, verbunden mit inbrünstigem Schwirren und Flattern und dem Sich-einander-Entgegenwerfen bis zur Erschöpfung. War es denkbar, daß die Familie dieser Vögel jahrtausendelang auf die Erfindung des Fensterglases gewartet hatte, um ihr uraltes Balz- und Liebesspiel ins ungeahnt Eigentliche zu steigern? Bekannt war dem Maler die Faszination von Vögeln durch ihr Spiegelbild, aber dies hier war etwas anderes. Diese beiden schoben das Hindernis bewußt zwischen sich, in einer geradezu mit dem Menschen konkurrierenden Aberration: die hinter Glas unerreichbare Erscheinung des anderen für reizvoller und anziehender zu halten als den unverstellten Zugang zu ihm. »Man kann nicht gleich behaupten, die Vögel hätten die Malerei entdeckt, aber die Wirkung, die sie auf manche ausüben kann, die kennen sie auch.«

Louis Creutz stand vor der Staffelei, auf die er ein kleineres Leinwandformat gestellt hatte, 30 mal 60, wie er es für Studien verwendete. In der rechten Hand hielt er den Pinsel, in der linken eine Palette mit den kreisförmig angeordneten Häufchen Ölfarbe – Siena, Umbra, Krapplack, ein leuchtendes Gelb, Lampenschwarz, ein wenig Bleiweiß. Sein Blick ging auf die Atelierwand, wo es nichts zu betrachten gab, wenn man sich nicht in die Reize eines schmutzig-weißen Kalkputzes versenken wollte. Kein Modell war anwesend, obwohl er doch ausschließlich nach Modell malte.

Aber dies war eine besondere Stunde. Heute würde seine neue Ausstellung in der Galerie Grünhaus eröffnet, und für solche Gelegenheiten hatte er ein Ritual, das ihn, wie er sagte, an das eigentlich Wichtige erinnern sollte: schon etwas Neues angefangen zu haben – über das, was da gerade gezeigt wurde, schon hinaus zu sein, bevor das Publikum die bis dahin entstandenen und damit im Grunde für ihn bereits erledigten Bilder sah.

Daß er solcher Vergewisserung bedurfte, mochte Leute, die ihn kannten, überraschen. So wie er auftrat, galt er als Inbegriff der Unbeeindruckbarkeit, unerschütterlich bis zur Gleichgültigkeit. Beim Lob seiner Bilder, das nun floß, da der Erfolg ihn nicht mehr mied, blieb er ebenso ungerührt wie bei Tadel, so wie auch Mißachtung in den Jahren zuvor ihn kalt gelassen hatte. Das hieß nicht, daß er die Unruhe und den Zweifel nicht gekannt hätte, aber die bezogen sich auf seine eigenen Maßstäbe, die denjenigen, die über seine Bilder nach flüchtigem Blick urteilten, grundsätzlich unzugänglich waren.

Wenn er malen durfte, was er wollte, wenn ihm also kein Porträtauftrag die Zeit stahl – ein Porträt kostete bei ihm viel Geld und war nach seinem Gefühl, während er daran arbeitete, doch immer unterbezahlt angesichts der Ablenkung, die es mit sich brachte –, wenn er sich also von solchen Notwendigkeiten wieder befreit hatte und zu dem zurückkehrte, was er die Arbeit an seinem Werk nannte, dann malte er beinahe ausschließlich Frauen, wenn man von einigen skizzenhaften Stilleben absah. Für ihn war die Frau das eigentliche Sujet der Ölmalerei, das hatte er zu seiner Überzeugung gemacht.

Die malerische Erfassung des weiblichen Körpers sei das einzige, was die Anstrengung lohne. Wenn er die weiße Haut bevorzugte, dann, weil ihre Varietäten unerschöpflich seien: die leuchtende und die fahle Blässe, die gelbstichige und die graustichige Haut, die der Rothaarigen und die der Blonden, die ins Oliv gehende Samtigkeit und die müde Unfrische, die gepflegte und die ungewaschene, die trockene und die verschwitzte, wobei er zu wissen meinte, daß man sogar den Geruch der Haut malen könne – doch, das müsse möglich sein –, nicht zu reden von der jugendlichen und später erschlaffenden Haut, der gesunden und der kränklichen. Er war sich sicher, daß er all dies mit ungetrübter Objektivität wahrnehme, wobei die Erinnerung ihm hätte sagen müssen, daß es bei dieser Objektivität oft nicht geblieben war. Es war dann doch häufig genug dazu gekommen, daß die kalte Beobachtung in eine gewisse Begeisterung umschlug, aber die war eben gleichfalls für das Gelingen der Arbeit erforderlich und wollte bewußt und in kalkulierten Grenzen eingesetzt werden, schon allein, um das jeweilige Modell bei Laune zu halten. »Was ich tue, ist verrückt.«

Während er spielerisch mit dem Pinsel in das eine und andere Farbhäufchen hineintupfte, führte er ein leises Selbstgespräch. Er rührte ein wenig in der aufgenommenen

Farbpaste herum und setzte dann einen ersten Fleck auf die Leinwand – »Inkarnat ohne dazugehörenden Menschen, Fleisch an sich, anonym wie beim Metzger …« Er hatte ein Hellgrau gemischt, dem er jetzt eine warme Tönung gab, ein wenig danebengesetztes Siena ließ es aufblühen. »Ich erfinde ein Inkarnat vor Erschaffung des Menschen – es muß ja, bevor der Mensch erschaffen wurde, zweifellos die Idee der Haut schon gegeben haben, die sich dann am konkreten Menschen realisiert hat …« Anderen Leuten in seiner Umgebung verbot er stets, was er »Philosophieren« nannte; jetzt hingegen kam ihm ein solcher Gedanke ganz plausibel vor. Er sprang ihm von der Leinwand geradezu entgegen. Ein kühles Grauweiß, von stark durchbluteten Partien belebt, die von rosigen Lippen auf die hellen Wangen ausstrahlten, sehr schön, sehr schön. Die Haut eines noch im Reich der Möglichkeiten verborgenen Menschen. Er gab etwas Weiß hinzu und hellte die Cremigkeit des ockrigen Grau weiter auf, es wurde noch kühler, dann ein einziger Punkt Krapplack, ja, der hatte gefehlt, eine Wohltat – er stellte sich Licht im Schatten vor, obwohl es doch noch gar keinen Körper gab, der einen Schatten hätte werfen können.

Wenn das Licht Farben nicht nur leuchten lassen, sondern in Überhelligkeit sie auch abstumpfen und töten konnte, dann vermochte ein Schatten zu bewirken, daß sie in Wärme erblühten. Ein Schatten war eben kein schwarzes Loch, sondern eine Vertiefung der Farbe. Das war nicht leicht herzustellen, aber er konnte das – hier gestattete er sich einen Anflug von Selbstgefälligkeit. Das Unvermögen so vieler Maler beruhte freilich darauf, daß sie nie wirklich hinguckten. »Und was man nicht gesehen hat, das kann man auch nicht malen.« Blinde Maler – welch ein Schicksal. Und nun schob auch er Farbmaterie hin und her, ebenfalls ohne ein Modell vor Augen zu haben, allein im Vertrauen auf eine reiche Erfahrung, vermehrt durch die Erwartung, eines Tages eine Haut vor Augen zu haben, die jener glich, die er ahnungsweise beschwor, als werde sie durch dieses scheinbar ziellose Mischen und Verschmelzen schließlich herbeigerufen.

Das Telephon gab das Signal zur Beendigung dieses träumerischen Zustandes. Man meldete aus der Galerie, daß demnächst der einflußreiche Kunsthistoriker, der die Eröffnungsansprache halten sollte, zu reden beginnen werde. Louis Creutz erschien grundsätzlich erst nach solchen Ansprachen. Er könne Reden nicht ertragen, schon gar keine auf sich selbst, verspüre auch nicht die geringste Lust, die zahlreichen und zum Teil ärgerlichen Mißverständnisse aufzuklären, die bei solchen Anlässen unvermeidbar seien. Theorien, Analysen – Gedanken kurzum gehörten für ihn ohnehin in das Reich der Täuschungen. Was er soeben auf der Leinwand gemischt hatte, war wirklicher als alles, was darüber hätte gesagt werden können.

Er zog die Jacke eines abgetragenen Nadelstreifenanzugs an. Er war schlank geblieben, sie saß immer noch ziemlich lose. Die Hose gehörte zu einem anderen Anzug; auf das, was er trug, achtete er längst nicht mehr; in jungen Jahren war er in dieser Hinsicht sehr überlegt gewesen. Am Waschbecken aus emailliertem Eisen wusch er den Pinsel, das Marderhaar sorgfältig mit Seife einreibend. Einen Ölfarbfleck auf dem Daumen entfernte er mit der Nagelbürste, mit derselben fuhr er sich auch durch das voll gebliebene, früh weiß gewordene Haar, das er zweimal im Jahr kurz schneiden ließ, wenn es anfing, allzu künstlerisch auszusehen – das war dann doch zu peinlich. Dann brach er zu seiner Ausstellung auf, wo er, wie er wußte, mit Ungeduld erwartet wurde. Der Galerist hatte dem Redner taktvoll verschwiegen, daß der Maler an dessen ehrgeizigen Ausführungen nicht den geringsten Anteil nahm.

Das letzte Mal hatte Louis Creutz die Galerie betreten, als er die Hängung der Bilder besprochen hatte. Die leeren weißen, überhellen Hallen präsentierten jetzt zwölf große Leinwände; mehr nicht, denn er arbeitete langsam und brachte mit einem Bild manchmal Monate zu. Aber die Bilder verloren sich nicht an den langen Wänden. Die Frauenkörper wölbten sich wie Skulpturen in den Raum, eine äußerst dichte, man könnte sagen feinporige Malerei von luftloser Schwere. Die Akte waren beinahe lebensgroß, die vom Betrachter abgewandten Köpfe lenkten nicht von den Körpern ab – er wollte dem Torso, Armen und Schenkeln, die Individualität und den Ausdruck von Gesichtern verleihen. Augen, Nase und Mund machten es dem Betrachter zu leicht. Gleich komme Sympathie und Antipathie ins Spiel. Auch erotische Träume wirkten durch ihre Gesichtslosigkeit.

Er gab sich nicht der Illusion hin, daß bei einem Eröffnungsabend die Bilder studiert würden; zu den Einladungen der Grünhaus-Galerie drängte man sich. Die Räume waren überfüllt. Wer wirklich sehen sollte, was es Neues gab von Louis Creutz, erschien schon am Vortag, wenn auch die wichtigsten Kaufentscheidungen fielen.

Creutz betrat das Galeriegebäude von der Rückseite des Häuserblocks. Dort erwartete ihn bereits eine der jungen Frauen, die für Grünhaus arbeiteten, und führte ihn in das Büro des Chefs: der Professor spreche noch.

»Was für eine Ungezogenheit, einem stehenden Publikum lange Reden zu halten«, es war aber auch eine amüsierte Grausamkeit mit diesem Gedanken verbunden – welchen Strapazen sich ein ambitioniertes Publikum gern unterwarf!

Als draußen der Beifall aufrauschte, betrat Herr Hillmann sein Büro, des alten Grünhaus' Junior-Geschäftspartner, dessen Kontur durch die vielen Begrüßungen von Gästen bereits etwas aufgelöst war, und reportierte in gedämpftem Verschwörerton, wer am Vormittag schon alles dagewesen sei – Louis Creutz werde keinen Anlaß haben, unzufrieden zu sein. Und auch heute abend nicht. Er nannte ein paar Namen von Leuten, die eigens von weither angereist waren.

»Sind Rudolf und Beate denn auch schon da?«

Das waren alte Freunde des Malers, die zu seinen ersten Sammlern gehörten, der Mann Teilhaber eines Unternehmens der mittelständischen Industrie, die Frau schon vor ihrer Heirat bekannt mit Louis Creutz, sie hatte ihn gleichsam in ihre Ehe mit eingebracht. Selbstverständlich seien sie da, die Getreuen – dieses schöne Wort klang aus dem Munde Hillmanns schon beinahe ironisch, als habe er im Kopf, daß die beiden ihre Ankäufe seit längerem eingestellt hatten und sich auf den einst erworbenen Schätzen nun ausruhten, zugleich aber weiterhin die Privilegien einer Freundschaft mit dem inzwischen Erfolgreichen in Anspruch nahmen.

»Sorgen Sie dafür, daß sie an der Tür stehen und mich ein wenig abschirmen, wenn ich herauskomme.«

Das Paar im Alter des Malers eignete sich in seiner raumverdrängenden Erscheinung vorzüglich für diese Aufgabe; der Mann, sportlich gebräunt, hochgewachsen im dunklen Geschäftsmannsanzug mit weißen Turnschuhen, welche die Größe seiner Füße betonten, die Frau, in einem weiten schwefelgelben Gewand und mit unförmigem Schmuck, waren es gewohnt, bei Anlässen wie diesem von ihm herbeikommandiert zu werden, und blieben bei dem alten Freund so lange, bis Herr Hillmann ihm zwei Amerikaner zuführte, mit denen er »unbedingt sprechen« müsse. Die Bilder waren jetzt von der Menge fast ganz verdeckt, nur da und dort ragten nackte Gliedmaßen über die Köpfe des Gedränges, überlebensgroß wirkend, als gehörten sie zu einem anderen Geschlecht als die hier Versammelten. Wer neugierige Blicke auf den standhaft neben der Bürotür ausharrenden Maler warf, mußte den Eindruck gewinnen, er sei mißmutig, so daß es nicht geraten schien, ihn anzusprechen.

Eine solche Menschenmenge ist in Bewegung; in einem langsamen, aber unaufhörlichen Kreisen trieb sie von links nach rechts an dem Maler vorbei und erfaßte schließlich seine Freunde, während er sich mit den Amerikanern unterhielt, die genau über ihn unterrichtet waren und ihn, wie sie sagten, seit einer Weile schon »verfolgten« – das klang, als wollten sie ihm jetzt, wo er ihnen endlich gegenüberstand, Handschellen anlegen. Als er sich dann nach Rudolf und Beate umsah, waren sie schon weit weg, der Mann die Menge überragend, so daß er nicht vollständig verlorengehen konnte; auch das Schwefelgelb der Frau blitzte hin und wieder auf. Rudolf neigte sich soeben zu einer jungen blonden Frau mit etwas unordentlichem Haar, die, was er sagte, mit beweglicher Miene aufnahm, den Ausdruck ständig ändernd. Er brachte sie offenbar zum Lachen, wobei Louis Creutz unwillkürlich die Vorstellung hatte, daß diese Frau auch ohne Anlaß lachbereit sei.

Einen Augenblick öffnete sich die Menschenmauer, und er sah sie ganz, schlank, in vorzüglicher Haltung, Gesicht, Hals und Arme sehr hellhäutig, ein nordischer Typ, aber von den Lippen her rosig erwärmt. Beate trat hinzu, stellte sich zu den beiden, ohne sich an dem Gespräch zu beteiligen, die junge Frau jedoch aufmerksam musternd. Louis Creutz wußte aus langer Erfahrung, daß dies nicht aus Eifersucht geschah, obwohl Rudolfs stets ironische Miene dabei war, in der sichtbaren Begeisterung über seine Entdeckung ins Dümmliche überzugehen.

Die Tür, die zum Büro führte, öffnete sich einen Spalt, die Amerikaner verabschiedeten sich, der Cordon sanitaire um den Maler hatte sich aufgelöst, und Creutz bemerkte, daß man sich bedrohlich auf ihn zu bewegte. Er schob sich in den Spalt, der sich genau im rechten Moment aufgetan hatte – nicht ganz zufällig, weil das Mädchen, das ihn draußen empfangen hatte, beauftragt war, ihn im Auge zu behalten und in kurzen Abständen nach ihm zu sehen. Was weiter an diesem Abend geschah, würde er morgen in langen Telephonaten mit einem vom Erfolg beschwingten Hillmann und mit Beate erfahren. An dem Essen, das dem Ganzen folgte, nahm er ohnehin nicht teil. Rudolf und Beate übernahmen in solchen Fällen eine gewisse

Repräsentanz als authentische Zeugen seiner Anfänge, als es noch weder den alten Grünhaus noch gar einen Herrn Hillmann gegeben hatte. Sie entledigten sich dieser Aufgabe keineswegs mit Eifer, sondern eher, als müßten sie da länger in ihren Erinnerungen kramen – wie war denn das? –, dann auch mit vielsagenden Anspielungen, wobei sie es durchaus nicht vermieden, die komischen oder gar peinlichen Aspekte der Erfolglosigkeit zu verschleiern: »Er hat sich durchgebissen. Damals wußte niemand, daß er ein Genie ist – nur er selbst war davon überzeugt ...«, aber darin klang doch mit, daß man solche Selbstgewißheit auch ein wenig närrisch finden dürfe. Sie könne ohnehin mit »der Anhimmelung von Louis« nicht viel anfangen, versicherte Beate, um hinzuzufügen: »Genies sind auch nur Leute.«

Louis Creutz hingegen hatte den angebrochenen Abend bis in die frühen Morgenstunden mit seinem alten Freund Ed Weiss in einem halblegalen Spielklub verbracht, dort viel getrunken und noch mehr verloren, ein Reinigungsprozeß nach dieser Eröffnung; er verzieh sich nicht, daß solche Anlässe ihn nicht unbeteiligt ließen, und befand sich am nächsten Morgen trotz einer gewissen Benommenheit wieder in seelischem Gleichgewicht, den Geldverlust als eine zu absolvierende Buße für seine unangemessene Befangenheit hinnehmend. Am Telephon lauschte er gelassen Beates Rapport, wenige Fragen stellend, was um so leichter fiel, als Beate diesmal von der Ausstellung und den Reaktionen der von Hillmann später bewirteten Sammler und Kuratoren wenig berichtete, vielmehr ganz erfüllt war von einer ganz anderen Neuigkeit.

Rudolf habe eine Frau aufgetan, eine junge Frau aus dem

Norden, mit schwedischem Vater und deutscher Mutter – »unschuldig«, sagte sie, was in ihrem Mund weniger ein Kompliment war als eine soziale Kategorie, es klangen auch Einfalt und Harmlosigkeit darin mit, und es bestätigte sich, daß diese Person nicht die mindeste Unruhe in ihr ausgelöst hatte. Rudolf hatte diese Frau, die er während der Eröffnung aufgegabelt hatte, auf Beates Anweisung hin in das Restaurant mitgebracht. Sie war zufällig in die Galerie geraten, offenbar hatte ihr Chef im Theaterbüro ihr die Einladung weitergegeben.

»Ich habe ihr ein bißchen auf den Zahn gefühlt; sie ist genauso, wie sie aussieht, es gab keine Überraschung« – genau das hatte sie auch zu ihrem Mann gesagt, als sie beide in weißen Pyjamas nebeneinander im Bett lagen und er noch bei der Wohltat verweilte, die langen Beine endlich in der Plumeauwärme ausstrecken zu können.

»Sie ist, wie sie aussieht – du weißt, was ich denke!«

Rudolf war schon etwas schläfrig: »Sie ist süß, sie hat eine schöne Stimme und einen kleinen lustigen Akzent, man hört ihr gern zu.«

Er hatte zu ihrer Linken gesessen und sich mit wohlwollender Neugier zu ihr geneigt. Er meine doch wohl nicht, daß sie seine onkelhafte Flüsterei nicht bemerkt habe – aber es war kein Vorwurf in dieser Bemerkung enthalten. Auch für ihn war »süß« keine ernstzunehmende Qualifikation, worauf sie sicher vertraute, obwohl man als Frau immer mit einer grundsätzlich unbeschränkten Dummheit der Männer rechnen mußte.

»Du kennst meine todsichere Intuition – ich habe sie gesehen und wußte sofort: Das ist die Richtige!«

»Das hast du inzwischen schon mindestens fünfmal gesagt und dich dann rasend schnell vom Gegenteil überzeugt, und wir alle mußten umschwenken.«

»Zum Glück! Im Prinzip hatte ich recht, aber man muß immer sehen, wie sich eine Ideallösung im Praktischen bewährt – und ich bin eben nicht verbohrt und kann Erkenntnisse verarbeiten ...« Sie wisse inzwischen, daß man eine Frau finden müsse, die *nicht* zu ihr passe – »eine, mit der ich mich nie anfreunden würde!« Am besten ein ihr genau entgegengesetzter Typ – »gern auch ein bißchen spießig, lieb, immer gut gelaunt, wozu auch eine kleine Beschränktheit gehört, arglos, aber bei allem doch eine Erscheinung, aus der man etwas machen kann ...«

»Sie ist etwas zu groß«, Rudolf wagte noch einen Einwand.

»Keineswegs, wäre sie kleiner, dann gäbe das ja ein Zwergenpaar, das hätte was Drolliges. Nein nein, einer von beiden muß wenigstens etwas hermachen. Du lädst sie morgen nach Venedig ein!«

»Von mir aus gern – aber du darfst es dir nicht dort schon wieder anders überlegt haben!«

Louis Creutz wurde jetzt in abgekürzter Form von dieser Unterhaltung unterrichtet, von deren Ergebnis vor allem.

»Soso, sie kommt also mit nach Venedig. Du weißt, ich habe für solche sehr hübschen Frauen nicht viel übrig, aber sie hielt sich gut, Rudolf wirkte geradezu ein wenig schlapp neben ihr ...«

»Für den ist sie doch auch nicht. Ich erwarte von dir, daß du mich darin unterstützt – das Psychologische liegt mir nicht.« Er habe so eine unverschämte Art, sich in das Innenleben anderer Leute hineinzudrängen.

»Hörst du? Dieses eine Mal mußt du mir helfen!«

Ungeachtet ihrer Dringlichkeit hatte er während des ganzen Gesprächs die Leinwand, die er gestern Nachmittag auf die Staffelei gestellt hatte, und das Farbgeschiebe darauf unverwandt angesehen.

»Abstraktes Inkarnat«, dachte er, »die Absurdität schlechthin«, etwas Derartiges wurde Studie genannt, obwohl er genau wußte, wie wenig Studium an deren Entstehen beteiligt gewesen war – an diesem Hellgrau wie von im Schatten liegender Milch, an der Peripherie rosig erwärmt; er war zufrieden mit dem Ergebnis.

2

Das erste, was dem Maler an der Frau auffiel, waren ihre Füße. Der März in Venedig war naß und kalt, es hatte auch schon Überschwemmungen gegeben. Vor dem Hotel waren die Planken für die Stege gestapelt, die schnell aufgestellt wurden, wenn der Kanal über die Ufer trat. In der Gondelfähre, die hier fern von einer Brücke beide Seiten des Canal Grande miteinander verband, standen die Passagiere gedrängt unter Regenschirmen. Wenn das flache Boot durch eine Welle unsichtbar wurde, sah das aus, als seien sie über das Wasser zu Fuß unterwegs.

Die kleine Reisegesellschaft von Rudolf und Beate versammelte sich im Foyer, schon in Regenmänteln; man wartete nur noch auf die Frau. Sie war die letzte, was Beate im Geheimen verstimmte. »Wenn man eingeladen ist, muß man doch besonders pünktlich sein«, sagte sie später im Zimmer zu ihrem Mann, »lieber selber warten, als die Gastgeber warten lassen … Sie tut so, als hätte sie deinen Bruder schon am Haken und könnte uns alle zappeln lassen.«

Ihr Mann fand das zu streng. »Sie ist doch ein liebes Mädchen, vielleicht sogar ein bißchen zu lieb …«

»Im Gegenteil, sie ist eine Primadonna, redet wie ein Wasserfall und glaubt, sie müßte uns unterhalten.«

»Und wenn sie den Mund nicht aufmachen würde, wäre es auch nicht recht.«

»Verteidige sie auch noch.«

Sie war schon dabei, sich von ihrem Einfall zu distanzieren, die Frau einzuladen, auch wenn es gerade ihre Vorstellung war, der Bruder ihres Mannes habe unbedingt endlich zu heiraten. Damit das geschehe, müsse jemand »die Sache in die Hand nehmen«; so sagte sie häufig, wenn sie eine Initiative ergriff; sie war eine, die »etwas in die Hand nahm«, das war ihr Bild von sich selbst.

Als die Frau schließlich die Treppe herunterkam, kündigte sie sich durch das Klappern von Absätzen an, denn sie ging neben dem Läufer und hielt sich am Geländer fest, was den Blick von Louis Creutz auf ihre Füße lenkte. Ihre Sandalen saßen nicht sehr fest, sie waren mit bunten Wollpompons geschmückt. Strümpfe trug die Frau keine, ihre Zehennägel waren rot lackiert, die Füße erschienen, gemessen an ihrer Körpergröße, klein. Sie war bester Laune, ein argloses Lächeln verriet, daß sie nicht von dem Verdacht belastet war, irgendwo und bei wem auch immer nicht willkommen zu sein. Beate war dem Blick von Louis Creutz gefolgt, in solchen Wahrnehmungen war sie sehr schnell, aber sie hütete sich, ein Wort zu sagen, und sah erwartungsvoll dem Moment entgegen, in dem diese Füße naß und verfroren wären und die Frau den Ausflug durch die Stadt würde abbrechen müssen.

Nicht so der Maler. Mit nackten Füßen durch die überfluteten Gassen, das sei doch unendlich viel schöner als in unförmigen Gummistiefeln, der Umgebung auch viel angemessener – wer wolle sich denn ein Tizian- oder Veronese-Modell in Gummistiefeln vorstellen.

»Es ist alles eine Sache der Gewohnheit«, die Frau freute sich sichtlich über seine Aufmerksamkeit. Sie habe sich eines Tages entschlossen, zwischen März und Oktober keine Strümpfe zu tragen, bei gleich welchen Temperaturen. Rudolfs Bruder sah bewundernd zu ihr auf; er war einen Kopf kleiner als sie und begann schon kahl zu werden. Heute sei ihr erster Tag ohne Strümpfe, und sie habe sich schon darauf gefreut.

Es kam dann nicht dazu, daß Astrid durch eiskaltes Wasser waten mußte. Die Flut verebbte allmählich und ließ Glanz auf dem Pflaster zurück, aber im Nieselregen wurden die vollgesaugten bunten Pompons der Sandalen schwer. Die kleinen Füße röteten sich, Louis Creutz meinte, sie bläulich werden zu sehen.

Der Miene der Frau war aber keinerlei Unbehagen anzumerken. Klappernd stieg sie die zahllosen Brücken hinauf und hinab, und es war nicht Astrid, die um eine Pause zum Aufwärmen bat, sondern Beate. Man hatte sich einem Restaurant genähert, das man ohnehin besuchen wollte. In der Wärme, die ihnen von innen entgegenschlug, bemerkte man erst, wie durchgefroren man war. Auch die Frau mußte jetzt zugeben, kalte Füße zu haben, sie legte den linken Unterschenkel auf den rechten Oberschenkel und massierte ihre Zehen. Die Füße sahen wirklich mißhandelt aus, der Maler nahm seinen Kaschmirschal ab, beugte sich zu Boden und wickelte ihn um ihren rechten Knöchel.

»Wieviel Aufmerksamkeit man durch ein bißchen Unvernunft einstreichen kann«, Beate wandte sich halblaut an ihren Mann, für alle jedoch gut hörbar. Ihr Mann stieß seinen Bruder an und zeigte unter den Tisch, das sollte wohl heißen: »Mach die Augen auf, das wäre eigentlich dein Job!«

Die Frau nahm den Kaschmirschal wieder weg, danke, der sei nicht nötig, mit großer Entschiedenheit und ohne Louis Creutz anzusehen. Diese kleinen, erfrorenen Füße, über denen die tropfnassen und schmutzig gewordenen Pompons hingen! Er bewunderte ihre Sorglosigkeit: Die Füße, die Schwerarbeit zu verrichten haben, waren ja höchst sensible Gebilde, das waren keine Hufe, in ihnen versammelten sich gebündelte Nervenstränge, die ihre Reizungen in den ganzen Körper aussandten.

»Am liebsten würde ich ohne Sandalen über diese herrlich flachgeschliffenen Steinplatten laufen – die sind so weich gerundet, als seien sie von hunderttausend nackten Füßen geformt worden ...«

»Das machen Sie bitte, wenn Sie mal allein in Venedig sind.« Beate milderte den Verweis ins Spöttische, die Frau nahm ihn auch gar nicht übel, ihr Strahlen war offenbar schwer zu trüben. Man merkte dem Bruder an, daß er gern etwas gesagt hätte, nachdem ihm schon nicht eingefallen war, ihr die Füße zu wärmen. Als interessiere er sich wirklich dafür, richtete er an sie die Frage, was denn Thorblén für ein Name sei, etwa ein französischer?

»Ach, das ist gar kein Name, das ist ein Kunstprodukt – Leute, die in Schweden solche Namen haben, heißen in Wahrheit Svensson, aber die gibt es zu Hunderttausenden, und deshalb benennt man sich um. Bei uns hat das schon mein Großvater getan, unnötig eigentlich, aber er war Chefarzt und wollte ein bißchen aus der Menge herausragen ...«

Der Maler gab ihr recht. Es sei ein Wagnis, den empfangenen Namen zu ändern. Der Name sei kein beliebiges Akzidens wie eine Jacke. Er bilde ein Amalgam mit der durch ihn bezeichneten Person. Die werde mit einem neuen Namen, der sich eben nicht wirklich mit ihr verbinde, stets verkleidet aussehen – wer ein geschultes Auge habe, erkenne das ebenso wie die Operation an einer Nase, die aus der Gesichtsarchitektur gleichfalls nicht einfach herauszulösen sei.

Beate widersprach. Wie wenig das stimme, habe sie gerade in dieser Stadt erfahren, in der die großen Maler sämtlich nicht unter ihrem Geburtsnamen firmierten und als Auszeichnung und Bestärkung ihres Erfolgs mit neuen Namen berühmt geworden seien. Aber Louis Creutz ließ sich nicht gern korrigieren. Das sei keineswegs ein Gegenargument – diese neuen Namen, wie Tintoretto für Robusti oder Veronese für Cagliari, seien ihnen vom Volk verliehen worden, sie hätten sie sich nicht eitel ausgedacht wie ein Schlagersänger seinen Künstlernamen. Auch Beate hatte Widerspruch ungern; ihr Mann staunte im Stillen, daß sie ihn von dem Maler hinnahm; das war wohl ein Privileg alter Freundschaft mit ihren Zank- und Neckritualen. Er selbst verzichtete auf jede Auseinandersetzung mit ihr und schwieg einfach, wobei sie das mit Mißtrauen bemerkte; sie hegte dann den Verdacht, ihn keineswegs überzeugt zu haben.

Einige leichte Gerichte wurden aufgetragen; alle wollten nur Vorspeisen essen, die Hauptmahlzeit sollte erst abends stattfinden. Der Maler schwieg. Er spürte in seiner Hand, die den kalten, schmutzigen Fuß ganz kurz umfaßt hatte, noch die Erinnerung an diese Berührung, die kleinen Zehen und die lackierten Nägel. Dieser Eindruck ergänzte die Souveränität, mit welcher sie ihren in deutschen Ohren interessant klingenden Namen entzaubert hatte, als sei sie auf solche klangliche Aufputzung ihrer Person nicht angewiesen. Wobei ihm schon klar war, daß sie damit bei Beate eine entgegengesetzte Wirkung erzielte – er meinte, an deren Miene ein »Ach so« abgelesen zu haben, was der Eingeladenen vor allem deswegen entgangen war, weil sie sich gar nicht vorstellen konnte, daß so etwas eine Rolle spielte. Anders als von ihm so nachdrücklich behauptet, fühlte sie sich offenbar unabhängig von jeder Art Prägung; wäre sie am Ende sogar bereit gewesen, ohne jeden Namen durch die Welt zu gehen, wie sie auch in der Kälte keine Strümpfe anzog?

Das Schweigen am Tisch wurde nicht unterbrochen. Alle widmeten sich den Meeresfrüchten und dem Wein und sahen nicht von ihren Tellern auf. Es war ihnen jetzt, als ob dieses Schweigen etwas Endgültiges sei, wenn nicht einem von ihnen eine kluge Bemerkung einfiele; dabei wird eine solche Blockade am ehesten durch ein gedankenloses Plappern durchbrochen. Der Bruder war besonders auf seinen Teller konzentriert; der Maler meinte zu sehen, daß er den Blick der Frau zu meiden suchte, die als einzige gelassen zu sein schien. Ihr fiel dann schließlich auch das erlösende Wort ein.

»Das schmeckt gut.«

Wie auf einen Büchsenschuß löste sich die Beklommenheit auf, alle begannen auf einmal zu reden.

Bei dem ausgedehnten Spaziergang am Nachmittag war

es trockener, ein weicher Wind wehte. Die nackten Füße in den bunten Sandalen wurden nicht mehr kommentiert. Auch der Maler verzichtete auf einen ihm auf der Zunge liegenden Hinweis, als sie an der Kirche der Unbeschuhten Karmelitinnen vorbeikamen.

3

Wenn ich mich frage, was du hier in Venedig eigentlich suchst, was das unablässige Betrachten und Abhaspeln eines potentiell unendlichen Besichtigungsprogramms dir eigentlich bringen soll – dir als Maler, für deine Malerei, denn für uns ist das einfach Unterhaltung, wir müssen aus Tintoretto-Betrachtungen keine Konsequenzen ziehen –, dann bin ich eher ratlos. Schönheitskult kann man dir wahrlich nicht vorwerfen. Du machst die schönsten Frauen häßlich auf deinen Bildern …«

Beate berührte ein empfindliches Thema, wobei sie nüchtern genug war, sich selbst nicht zu jenen »schönsten Frauen« zu rechnen, und modern genug, um geschönte Porträts, gleich ob gemalt oder photographiert, peinlich zu finden.

»Es geht mir um etwas ganz anderes.«

Louis Creutz ließ sich nicht durch persönliche Spitzen provozieren. Er gehe einem Problem nach, das er für ein grundlegendes aller künstlerischen Produktivität halte – dem Verhältnis von Freiheit und Notwendigkeit. In den venezianischen Sammlungen der großen Museen und in Venedig selbst erlebe man einen solchen Überfluß an Qualität und Luxus, daß es naheliege, nach dessen Ursprung zu fragen. Für ihn sei es inzwischen klar: Die venezianischen

Hervorbringungen verdankten sich zu einem hohen Teil den natürlichen und technischen Gegebenheiten dieser Republik, sie seien aus der Verbindung der Natur mit den technischen Entwicklungen dieser einzigartigen Stadt geboren worden. Ihre Kunst gehe mit Krieg und Handel der Republik einher, entstamme ihnen, bediene sich ihrer, gehorche ihnen. Die Blüte der Ölmalerei an diesem Ort hänge damit zusammen, daß man auf den feuchten venezianischen Wänden keine haltbaren Fresken wie in Rom oder Florenz habe malen können und deshalb große Leinwände über die Saaldecken spannen mußte – diese reißfesten Leinwände, die viele Kilogramm Farbe zu tragen hatten, entstammten aber dem Arsenal, wo die Segel der Kriegsschiffe gewebt wurden. Ohne die Segel der Galeeren kein Tizian- und kein Tintoretto-Deckengemälde.

»Venezianischer Nebel, Regen, die Weichheit des venezianischen Lichts führten zu einem Sieg über die Zeichen-Idolisierung der Florentiner, als rauchige Verunklarung der Linie zur Sfumatura des Kolorismus – eine Hervorbringung des hiesigen Wetters! Die Starkfarbigkeit vor grauen Himmeln – grünes Wasser, rote Backsteinmauern, weißer istrischer Kalkstein –, Farbwunder an jeder Ecke, man lernt, in Farben, nicht in zeichnerischen Strukturen zu sehen.«

Auch das venezianische Glas folge der Weichheit und Blasigkeit des allgegenwärtigen Wassers, sei nicht kristallartig geschliffen wie in Böhmen, sondern gehe von der Rundung des Tropfens aus …

»Ich finde Murano-Glas scheußlich«, Beate nutzte ein Stichwort, zu dem sie eine entschiedene Meinung hatte. Man war soeben in einem der edleren Glasgeschäfte gewesen, auf deren Objekte die zahllosen Ramschläden mit Murano-Glas made in China freilich abstrahlten; was dort so geschmacklos gewesen war, unterschied sich erst auf den zweiten Blick von den nach historischen Vorbildern geblasenen Kostbarkeiten.

»Darum geht es jetzt nicht, die Sachen müssen an ihrem Platz sein, dann sind sie gut. Und ohnehin geht es gar nicht darum, was du findest, sondern um die Gesetzmäßigkeiten, die notwendigen Formen zugrunde liegen. Und daraus entstehen eben nicht Formen, wie ein Designer sie bastelt, um sein Markenzeichen zu entwickeln, sondern solche, die aus dem Leben in einer bestimmten Landschaft hervorwachsen – wie hier in der Lagune. Ich bin davon überzeugt, daß die Doppelchörigkeit der alten venezianischen Musik, geschrieben für die einander weit gegenüberliegenden Chortribünen in San Marco, mit den Warnrufen der Gondoliere zu tun hat, wenn sie um eine Ecke biegen, und denen von jenseits der Kurve der Echoruf eines anderen Ruderers antwortet ... die venezianische Kunstanhäufung ist so überwältigend, weil ihr alltägliche Technik und die Natur zugearbeitet haben – das schafft einen uneinholbaren Vorsprung.«

»Dann sei nicht phantasielos und such mal nach dem Entsprechenden in deinem Deutschland.«

»Leichter gesagt als getan. Wir haben uns von unseren Naturvoraussetzungen schon längst und allzu gründlich befreit. Da gibt es nichts, woran man anknüpfen könnte.«

»Dann haben wir ja einen feinen Grund, warum es mit deiner Produktion nicht vorangehen will – zum Beispiel mit meinem Porträt ...«

»Du willst das Bild ja gar nicht haben.«

»Das Porträt hat Rudolf bestellt, der will es in sein Büro hängen, für den Fall, daß es irgendwann mal fertig wird – bezahlt ist es doch wohl?«

»Das mußt du Rudolf fragen.«

»Dann hast du also zugeschlagen.«

»Ich schlage nicht zu, meine Preise sind nachprüfbar und leicht auszurechnen – Höhe mal Breite mal fünfundzwanzig –, übrigens immer noch billiger, als wenn du auf einer Auktion kaufst, manchmal jedenfalls.«

»Ich bewundere diese Pseudosachlichkeit – an dir ist wirklich ein Verkäufer verlorengegangen, du hättest den Leuten die miesesten Anlagen verhökern können.«

»Als ich achtzehn war, sollte ich in eine Bank gehen, das Angebot war da, ich hätte schnell Karriere machen können – aber als ich das ausgeschlagen habe, stand mein Entschluß fest: Was immer ich anfange, ich werde genausoviel verdienen wie als Bankmann ...«

»Das ist die Legende für den Biographen. Als wir uns kennengelernt haben, warst du davon noch weit entfernt. Apropos weit entfernt – siehst du, wie aufgekratzt die Frau mit Rudolf spricht? Sie hängt sich bei ihm ein, sie macht sich wieder frei, um auf irgendwas am Horizont zu zeigen, sie erklärt ihm Venedig, wie du mir gerade Venedig erklärt hast – wir als Gastgeber scheinen uns dem Erklärungseifer unserer Gäste opfern zu müssen –, aber Dietrich, für den wir sie schließlich eingeladen haben, läuft allein, schon den ganzen kilometerlangen Kai entlang, eigentlich will er mit seinem Bruder sprechen, aber den Platz hat jetzt Frau Thorblén, und sie schüchtert ihn ein, anstatt ihn zu locken –

wirklich das Gegenteil von dem, was ich mir vorgestellt habe. Ich glaube, man muß die Sache mal ein bißchen in die Hand nehmen … Sie gefällt ihm doch an sich? Er hat ja nicht viele Vergleichsmöglichkeiten …«

»Sei bloß vorsichtig und presch da nicht wieder vor …«

»Ich will, daß etwas geschieht.« Ihre Entschlossenheit stand im Gegensatz zu dem bleichen Nebel, der sie auf dem ganzen Weg schon begleitete und das andere Ufer mit seinen Bauten wie eine verwischte Kohlezeichnung wirken ließ. In diesem Dunst bei sinkendem Licht schien es nichts zu geben, was nach Entscheidung drängte, es war vielmehr, als sei es für alles zu spät und die Dinge nähmen nun unendlich langsam ihren unabwendbaren Lauf.

Darüber hatten sie Dietrich, Rudolf und die Frau aus den Augen verloren. Während sie ins Gespräch vertieft waren, glitten die andern vor ihnen allmählich in den Nebel und entwischten ihnen, was nicht weiter von Bedeutung war; man würde sich vor dem Abendessen im Foyer des Hotels schon wiederfinden.

Sie passierten eine Kirche, deren Portal offenstand, drinnen Dämmer, darin brannten rote Ampeln mit einem Licht, das den Raum nicht erhellen sollte; die glühenden Pünktchen in der Finsternis vertieften das Dunkel noch.

Der Maler wußte von einem Tintoretto an einem Seitenaltar, über einem Taufbecken von Lombardi. Sie betraten das Mittelschiff, in dem gerade geputzt wurde. Zwei Männer waren damit beschäftigt, den Fußboden zu reinigen; stammten die Wachsflecken auf den grauen Marmorplatten von einer Kerzenprozession? Ein kleiner Dicker, unrasiert und mit fleckigem Pullover, arbeitete mit einem Wachsschaber an langem Besenstiel. Gelegentlich hielt er sich eine Plastikflasche vor den Hosenlatz und besprengte den Stein mit einem scharf riechenden Mittel, das sah aus, als bepinkle er den Marmor, was Beate so fesselte, daß sie bei seinem Anblick länger verharrte als vor dem Tintoretto – eine Kreuzigung, die im Zwielicht aber kaum zu erkennen war.

»Immerhin«, sagte der Maler, »mit diesem Nicht-Licht mußte er rechnen; daß von seinem Werk kaum mehr etwas erkennbar sein würde, wenn es über diesem Becken installiert wäre, das wußte er doch wohl. Und hat, das Dunkel einkalkulierend, die Figuren geisterhaft aus einer Unterwelt heraustreten lassen – vielleicht will Tintoretto in seiner gewalttätigen, geradezu brutalen Malweise so gesehen werden, als nächtliche Vision …«

Beate hörte ihm nicht zu. Neben dem chemiepinkelnden Wachskratzer stand ein turmartiger Mann mit sehr kleinem roten Kopf, der die Reinigung überwachte, aus statuarischer Unbeweglichkeit heraus gelegentlich den Arm hob und mit dem schlaff nach unten hängenden Zeigefinger auf weitere Flecken wies. Dies alles geschah sehr langsam, das Walten inmitten dieser Pracht gehorchte eigenen, dem Raum entspringenden Zeitgesetzen. Die Schläfrigkeit der beiden Knechtsgestalten harmonierte mit der Heiligkeit dieser Renaissancehalle, in der Eifer fehl am Platze gewesen wäre – wie die Liturgen bei ihren Zelebrationen von Assistenten und Zeremoniaren in Bewegung gesetzt werden, so der Wachsabkratzer durch den turmartigen Mikrozephalen. Beate sah die Komik darin und die spezifisch männliche Lächerlichkeit. »Nie würde eine Frau so putzen!«

Creutz trat zu ihr. »Verstehst du, daß diese beiden uns darstellen? Ich bin der versoffene Strolch mit dem Wachsschaber, und du bist der Schwachkopf, der ihm die Befehle erteilt. So sieht das von außen betrachtet aus.«

»Du tust ja nicht, was man dir befiehlt.«

Er verzichtete auf eine Antwort. Sie verließen die Kirche. Der Nebel verteilte das Tageslicht wie ein Lampenschirm, so daß sie draußen die Helligkeit von allen Seiten überfiel.

4

Auf der Uferpromenade, die endlose Riva degli Schiavoni entlang, unter dunklem Wolkenhimmel über den regennassen Steinquadern, begleitet von dem nie ausbleibenden venezianischen Farbdreiklang rot, weiß und türkis, hatte die kleine Gruppe sich neu geordnet. Vorweg gingen Beate und Rudolf, in weitem Abstand Louis Creutz mit Astrid, von Dietrich schweigend begleitet, während Astrid mit dem Maler sprach, als wäre der andere nicht anwesend.

Sie vergesse niemals ihre erste Italienreise mit den Eltern – vielmehr habe sie eigentlich alles davon vergessen bis auf den Abend in einem kleinen Wirtshaus in Trient. Neonlicht, viele Leute, laute Gespräche, die Eltern zankten sich, aber das taten sie meistens, sie habe das nicht belastet, da konnte sie sich ungestört umsehen. »Und da war etwas, was mir heute noch im Traum erscheint. Über unserem Tisch war ein Brettchen in die Wand eingelassen, und auf dem hüpfte ein kleiner Vogel – ganz frei scheinbar, es gab keinen Käfig. Es war ein Spatz, oder vielleicht doch ein Fink mit grauen und weißen Federn. Vor ihm zwei Näpfe mit Wasser und Körnern, in die er gelegentlich seinen Schnabel senkte. Und manchmal öffnete er auch seine Flügel und flatterte ein wenig, ohne sich dabei in die Lüfte zu heben. Eine seltsame Anhänglichkeit hat ihn an diesem Brett festgehalten – war das nur die Nahrung? Aber wie mochte er sich in dem Zigarettenrauch und dem grellen Licht fühlen? Vögel gehen doch auch zur Ruhe, verstummen in der Dunkelheit und erwachen erst bei Sonnenaufgang, piepsend. Dieser mußte wach bleiben, und da er nicht in einem Käfig saß, hätte man auch keine Decke über ihn breiten können.«

Und dann habe sie entdeckt, was ihn festhielt. In dem Brettchen gab es ein Loch, da hindurch führte eine kleine Kette, die an seinem Bein angeschlossen war, und an der hing ein Gewicht – kein großes, aber schwer genug, daß seine Kraft nicht genügte, es ganz hinaufzuziehen. Wenn er da oben zum Rand hüpfte, hob es sich, wenn er sich dem Loch näherte, sank es wieder herab. Sie habe nun nur noch das Gewicht im Auge behalten, sein Steigen und Sinken, und habe das zunächst als lustig empfunden. Die gereizte Unterhaltung der Eltern versank im Lärm des Gastraums. »Sie liebten sich eigentlich. Als mein Vater starb, ist meine Mutter, ohne krank gewesen zu sein, gleich hinterhergestorben.« Sie habe sich durch dieses Baumeln des Gewichts über ihr kurz versucht gefühlt, auf den Stuhl zu steigen und daran zu ziehen – »Kinder sind grausam« –, noch heute werde ihr bei dem Gedanken übel, was das für den Vogel bedeutet hätte. Sei diesem unablässig hüpfenden kleinen Wesen überhaupt bewußt gewesen, daß es eine Fessel trug? Ob sich der Vogelkopf so tief zu den Füßen hätte hinabneigen können, daß er den Ring um das dünne Beinchen gesehen hätte? Oder ob dieser anmutig grau-weiße Vogel das, was sein Bein beschwerte, vielmehr als seine eigene Unbeholfenheit aufgefaßt habe? Hätte ihm eine mitleidige Seele die Fessel abgenommen – begriffe er dann diese neue Leichtigkeit, das bis dahin unbekannte Vergnügen, viel höher hüpfen zu können als zuvor? Und wenn er daraufhin die Flügel ausbreitete, die ihn in die Lüfte hoben und ihn über dem Brettchen, seiner einzigen Heimat bisher, schweben ließen, und wenn er bald schon diesen Bannkreis zurückließe und in bis dahin unerreichte Gefilde entwiche – empfände er den neuen Zustand sogleich als völlig normal, mit einer Vergeßlichkeit gesegnet, die ihn davor bewahrte, die Erinnerung an die teuflische Kugel an seinem Fuß in die Zukunft zu schleppen, so wie er einst physisch von ihr hinabgezogen worden war?

Sie sprach sichtlich bewegt. Louis Creutz wurde es unbehaglich – »gleich fängt sie an zu philosophieren« –, aber Dietrich sah bewundernd zu ihr hinüber, wohl zunächst nicht aus Mitleid mit diesem Vogel, der, auch wenn ihm ein Leben in Freiheit beschieden gewesen wäre, inzwischen längst gestorben sein mußte, vergiftet, von einem Raubvogel zerfetzt oder im Winter erstarrt vom Dach gefallen. Er hatte Freude an ihrem Redefluß, der warmen Stimme mit dem unbestimmt ausländischen Akzent, an dem sanften Singsang der Sprachmelodie, die sich von der in Deutschland oft anzutreffenden Tonlosigkeit wohltuend unterschied: Sprechen als Vorform des Singens.

Der Maler unternahm den Versuch, Astrid von ihrer gefühlvollen Reminiszenz ins Allgemeine abzulenken, bevor sie am Ende in Tränen ausbrach. So sei das eben; bis zum Tod erführen wir nie, ob das, was uns einst an der Entfaltung unserer Kräfte gehindert habe, diese unüberwindlichen Fesseln – bei jedem andere, aber bei jedem vorhanden –, in unseren Fehleinstellungen, unserer partiellen Geisteskrankheit, in unseren Phobien und Charakterfehlern wurzelte »oder ob es nicht doch etwas Äußerliches gewesen ist, was durch einen Eingriff restlos hätte beseitigt werden können – ob das Gefängnis, in dem wir uns befanden, ganz und gar zu uns gehörte, oder ob es leicht von außen hätte aufgeschlossen werden können«.

Er fühlte sich nicht wohl bei diesen Worten. Das Weisheitliche lag ihm nicht, aber er bemerkte im Weitergehen, daß er Astrid nachdenklich gemacht hatte, als versuche sie, diese Allgemeinheiten auf ihr eigenes Leben zu beziehen, und so fuhr er fort: Und weil das so sei, weil wir nun einmal dazu verurteilt seien, im Ungewissen zu bleiben, lohne es nicht, darüber nachzugrübeln, man müsse vielmehr von dem Gegebenen ausgehen und daraus das Beste machen.

»Was konnte mein Vogel denn aus seiner Lage machen?«

Ein Einwand, den er beiseite fegte.

»Er konnte hüpfen und piepsen, fressen und scheißen – ich glaube nicht, daß er vom Fliegen geträumt hat – wie von Ihnen richtig vermutet, wußte er wohl auch gar nicht, daß er das gekonnt hätte …«

Seine Antwort war kaltschnäuziger ausgefallen, als er beabsichtigt hatte. Sie schwiegen. Dann sagte Dietrich: »Das mit dem Gewicht am Bein finde ich ziemlich gemein.«

Das vorausgegangene Paar war stehengeblieben und blickte zurück. Der Nebel hatte sich gehoben. Durch die dunklen Wolken war ein Sonnenstrahl gebrochen, hinter dem sich ein Stück glutroten Himmels zeigte. Über der dunklen Kirchenkuppel der Santa Maria della Salute phosphoreszierte es geradezu.

»Malerisch«, sagte Rudolf.

Creutz war immer noch auf Widerspruch aus. »Malerisch nennt man Sachen, die ich nie malen würde.«

5

In einer kleinen Osteria an den Fondamenta Nuove waren sie die einzigen Gäste; hier sollte sich nur schnell aufgewärmt werden. Louis Creutz bestellte Kaffee mit einem Schuß Mandellikör, »Caffè Corretto, den könnt ihr ruhig mal versuchen«. Beate verzog jedoch die Miene, nachdem sie genippt hatte, und schob ihre Tasse Rudolf hin. Es dauerte noch etwas bis zum Abendessen, und sie hätte sich gern kurz hingelegt, aber inzwischen waren sie in dem scheinbar ziellosen, von Louis Creutz allerdings unauffällig gelenkten Umherschweifen viel zu weit weg vom Hotel, als daß sie sich diesen Wunsch noch hätte erfüllen können. Die Kunst sei wichtig in Venedig, aber noch wichtiger sei es, sich in der Stadt zu verirren, um ein Gefühl für sie zu bekommen. Sagte er das, um Beate zu reizen? Möglich, daß er ihre beständige Vorführung von Unbeeindruckbarkeit manchmal satt bekam, obwohl ihm die doch seit langem bekannt sein mußte.

»Wie traurig, daß das alles hier versinken wird, wenn der Meeresspiegel immer weiter steigt.« Dietrichs Bemerkung klang nüchtern, das stammte aus wissenschaftlichen Prognosen, die ihn noch mehr beeindruckten als das, was er zu sehen bekommen hatte.

Sei das am Ende nicht eine Herausforderung für die Hydraulik? Daß Dietrich sich endlich einmal rührte, wollte

Louis Creutz nutzen, um ihn ins Gespräch zu ziehen. Ja, läge hier nicht eine gigantische Aufgabe für die Firma? Hydraulisch die tiefliegenden Teile der Stadt einfach anzuheben – müßte das nicht möglich sein?

»Möglich ist vieles.« Dietrich zog sich schon wieder zurück. Er war kein Träumer und hatte keine Freude am Ausmalen phantastischer Projekte. In einem einzigen Blick übersah er die vielfältigen Hindernisse, die solchen Plänen in allen Richtungen im Wege standen, das verschloß ihm den Mund. Es erschien ihm sinnlos und auch ungehörig, seine Einwände nun detailliert auszubreiten, während sein Bruder gutgelaunt auf die kühne Idee einging. Klar könne man die Paläste anheben, aber danach stünden sie in der Luft – »Wolkenkuckucksheime«, Astrid war stolz auf dieses Wort, das sie noch nie zuvor verwendet hatte und das hier nun besonders gut zu passen schien. »So sagt man doch?«

Sie wollte sich lieber vergewissern, erntete aber lobenden Zuspruch, der von Beate allerdings etwas gönnerhaft ausfiel, so wie man ein Kind für eine kleine Leistung lobt.

»Ja, sie wird untergehen, diese Stadt, wobei sie teilweise ja schon untergegangen ist. Aber es bleibt so viel, was niemals untergehen wird – die Wolken, die wir den ganzen Tag gesehen haben, die Sonne, die schließlich durch sie hindurchbrach, der rote Himmel … Das Eigentliche bleibt immer!« Es sprach aus diesen Worten des Malers der Trotz, sich von Katastrophen auf keinen Fall überwältigen zu lassen. Er wollte seine Unabhängigkeit von äußeren Entwicklungen demonstrieren, auch wenn sie zerstörten, was sein Leben ausmachte, als wäre er mit seiner Lebensarbeit nicht ein, wenn auch kleiner, Bestandteil der bedrohten Kultur;

noch in einem Rettungsboot werde er nach nichts anderem trachten, als seine Malerei bald irgendwo fortzusetzen. Astrid hörte wohl den anmaßenden Unterton nicht heraus und wollte auch etwas beisteuern: »Die Katzen und die Vögel werden bleiben ...«

»Der Hunger und der Schlaf«, das kam von Rudolf, er hatte kurz nachgedacht, um sich dann zu erinnern, daß das Schlafen zu seinen bewährtesten Genüssen zählte, die nichts ihm würde rauben können.

»Wenn alles abgesoffen ist, dann bleibt das Wasser«, das war Beate, praktisch denkend.

»Und die Küsse werden bleiben, und natürlich das Sterben.« Jetzt war der Maler, in diesem Kreis jedenfalls, etwas zu weit gegangen. Verlegenheit breitete sich aus, so genau hatte man das dann doch nicht wissen wollen. Rudolf gelang es, das Thema zu wechseln. Er wandte sich an Astrid.

»Stimmt es, daß Sie Sängerin sind oder waren oder es werden wollen?«

Sängerin, auch das noch, war auf Beates Miene deutlich zu lesen, aber Astrid ging eifrig auf die Frage ein. Das Singen sei ihr großer Traum gewesen. Sie wolle gar nicht ausbreiten, was alles sie daran gehindert habe, ihn zu verfolgen, auf jeden Fall schon mal eines: Ihre Stimme sei wirklich schön, sie habe »ein vorzügliches Material«, wie ihr Professor in Hamburg gesagt habe, das die Ausbildung unbedingt lohne, aber ein Opernhaus werde sie bei aller Technik nicht füllen. So sei sie dann zwar in der Oper gelandet, aber nicht auf der Bühne, sondern im Büro des Intendanten, da bekomme sie alle Verhandlungen mit den Sängern mit; schwierig seien die oft, man spreche nicht umsonst von Primadonnen-

Allüren – ob sie wohl auch so geworden wäre, wenn sie es, wie der Professor meinte, als dramatischer Sopran auf die Bühne geschafft hätte? Der große Druck, unter dem die Sänger ständen, der setze ihnen zu – und doch: »Ein bißchen traurig ist das schon, daß nicht mehr aus dem Singen geworden ist …« Sie bekannte das in aller Offenheit, als sei sie davon überzeugt, daß ihr in diesem Kreis nur Wohlwollen entgegengebracht werde und das Bekenntnis einer abgebrochenen Karriere ihr nicht schade.

Bei Dietrich noch am wenigsten. Ihm war jede Art von Musik fern, und er konnte auch nicht die einfachste Melodie nachsingen; wenn das einmal nicht zu vermeiden war – bei der Betriebsweihnachtsfeier oder damals beim Militär –, kam ein brummender Sprechgesang aus seinem Mund, auf einem einzigen Ton verharrend, aber das änderte nichts an der Ehrfurcht, die er Musikern entgegenbrachte, wenn er ihnen im Haus seines Bruders gelegentlich begegnete. Beate veranstaltete im Winter mehrere Hauskonzerte, ausschließlich mit Neuer Musik. »Man muß sich da nur ein bißchen hineinhören, wie ich das eben gemacht habe – das ist natürlich nicht zum Mitsingen und ergriffen Mit-dem-Kopf-Wackeln.«

Für Dietrich war das alles einfach nur zum Staunen. Was diese Leute ins Werk setzten, was sie sich einfallen ließen! Und er fragte dann den manchmal anwesenden Komponisten – Beate waren schon Werke gewidmet worden –, »bitte, gestatten Sie mir die Frage, ich verstehe von diesen Dingen nichts, aber ich würde doch gern wissen, wie … wie kommen Sie nur auf so was?«

»So was?«

»Wie das, was wir eben gehört haben, wie …«

Seine Ratlosigkeit war so aufrichtig, daß sie seine Verwirrung nicht verbarg. Wenn Beate ihn im Gespräch mit einem Komponisten sah, schoß sie sofort hinzu: »Ich glaube, ich muß Sie hier mal befreien«, während der Meister, dem bewußt war, daß der wißbegierige Herr zur engeren Familie gehörte, sie beflissen beruhigte: »Nein, nein, wir haben uns vorzüglich unterhalten, Ihr Schwager ist ein hochinteressanter Mann.«

Jetzt schwieg Dietrich aber, seine Augen ruhten bewundernd auf Astrid, als habe er nicht mitbekommen, daß sie ja gar nicht mehr sang.

»Ich hätte mir so was denken können. Ihre Stimme ist so entwickelt, mit schönem Timbre und nicht so unmelodiös, wie wir alle sprechen; geben Sie zu, Sie haben das noch nicht ganz aufgegeben?« Louis Creutz blickte sie forschend an, unmöglich, ihm etwas zu verbergen, wollte er damit wohl ausdrücken. Astrid gab bereitwillig Auskunft. Nein, natürlich, sie singe zu Hause, sie mache die Atemübungen, sie übe Tonleitern und habe eine CD mit Klavierbegleitung für eine Reihe von Arien, dann stehe sie in ihrer Küche und singe »Mario, Mario, Mario« aus Tosca, während sie die Spülmaschine ausräume.

»Was, Sie schaffen Tosca?« Beate klang ungläubig, geradezu abfällig, aber Astrid war nicht zu irritieren, sie sprach allzu gern über das Singen.

»Oh, das schaffe ich gut, auch Lakmé, Regimentstochter, Gräfin, Königin der Nacht …« Beate hörte aus dieser Reihenfolge vor allem einen enthusiastischen Dilettantismus heraus, aber Louis Creutz bekam einen Einfall, wie er bezeichnend für ihn war, zumal er wußte, daß er auf seine Freunde keine Rücksicht zu nehmen brauchte, die waren es gewöhnt, daß er seinen Launen jederzeit nachgab. Ob Astrid jetzt nicht einmal etwas singen könne? Das wäre doch sehr passend in dieser Stimmung zwischen Tag und Nacht.

Etwas singen? Beate sagte leise: »Bitte nicht, und doch nicht hier!«

Man sei doch allein in diesem Lokal, das störe doch niemanden. Der Maler war hartnäckig, und Astrid gehörte nicht zu den Menschen, die sich bitten ließen. Die Aufforderung von Louis Creutz hatte für sie größeres Gewicht als Beates Intervention. Nach ihrer Vermutung wünschten eigentlich alle Leute, daß sie singe, konnten es bloß nicht so gut zum Ausdruck bringen, viele waren gehemmt. Sie stand auf und nahm die richtige Haltung ein, wie sie es gelernt hatte, ein wenig breitbeinig, als müsse sie für eine gewisse Standfestigkeit sorgen, es ging um eine Kraftleistung wie im Sport beim Gewichtheben. Ihre Hände legte sie unter dem Bauch zusammen, als gelte es, sich hochzustemmen.

Dann begann ihr Gesang. Weil sie von einer kleinen Stimme gesprochen hatte, waren ihre Zuhörer von der Gewalt, die aus ihrem Mund hervorbrach, bis zum Erschrecken überrascht. Ihr Mund war rund geöffnet, die Lippen über die Zähne gezogen, das war, als versuche sie angestrengt, ihn zu schließen, werde aber durch einen Krampf daran gehindert. Ihre Augen verschwanden hinter den Lidern, sie verdrehten sich geradezu. Das Singen hatte nichts mit dem Sehen zu tun, schloß es sogar aus, wahrscheinlich sogar jede andere Sinneswahrnehmung, man konnte sich vorstellen, daß sie jetzt vollkommen schmerzunempfindlich war.

Die ersten Töne waren wie ein Heulen, erst allmählich wurde der Text verständlich, auf den sollte es wohl auch nicht ankommen, es ging nur um den Gesang, der sich der Wörter als bloßes Hilfsmittel bediente, aber dann wurde ahnbar, daß es um »Summertime« von Gershwin ging, in den hohen Tönen jaulend, dann zu Tiefen hinabsteigend, die geradezu etwas Röchelndes hatten. Das Lokal wurde von ihrer Stimme zur Gänze ausgefüllt, gewiß bebten die Fensterscheiben und übertrugen die Schallwellen in die enge dunkle Gasse. Sie nahm diesem Song alles, was an lyrischem Schmelz hineingelegt worden sein mochte, es wurde ein drohender Kampfgesang daraus und jetzt auch ein Sieg über die Enttäuschung, nicht von Beruf Sängerin geworden zu sein. Vor dem Maler stand eine gänzlich veränderte Frau, ohne daß sie ihn ansah. Es war keine Verbindung der Blicke möglich, denn der ihre ging nach innen. Angesichts ihrer zur Maske gewordenen Züge dachte er an eine Statue aus Bronze, in ihrem Innern mit Glut gefüllt, so daß man sich an ihr wie an einem Ofen verbrennen konnte.

Der Wirt kam hinter dem Tresen hervor, seine Frau aus der Küche, der Kellner, der schon begonnen hatte, Stühle auf die Tische zu stellen, hielt inne und lauschte. Dann brach der Gesang ab. Ihr Eifer hatte sie den Text vergessen lassen.

»Na und so weiter«, sagte sie und setzte sich wieder. Jetzt lächelte sie wie vorher, die Maske war verschwunden. Man klatschte, vor allem die Wirtsleute. Astrids Wangen röteten sich vor Freude.

»Das war nicht dumm von mir, daß ich Sie zum Singen aufgefordert habe – sonst hätte ich Sie nicht kennengelernt«, wollte Louis Creutz zunächst sagen, behielt diesen Gedanken aber für sich. Laut sagte er, frech in die ausdruckslose Miene Beates hinein: »Sie ist wirklich außergewöhnlich begabt. Danke für diese Kostprobe.« Die anderen blieben stumm und blickten verlegen. Das Schweigen wurde beendet, indem man aufbrach und in die kühle Dämmerung hinausging.

6

Beate hatte eine neue Handtasche mit nach Venedig genommen. Sie war stolz auf diesen Fund. So einfach sei das ja nicht, als dürfe man sich ohne weiteres der Autorität der großen Marken anvertrauen. Die hätten auch ihre mißlungenen Entwürfe; sie sei weit entfernt, den Designern aus der Hand zu fressen. Die Häuser stünden unter großem Druck, der Markt sei gierig und verlange ständig nach Novitäten, da könne nicht alles gelingen. Es gebe eine neue Entwicklung, die geistig von großer Bedeutung sei: der Begriff des Klassischen sei tot – für Handtaschen ohnehin von unfreiwilliger Komik. »Klassisch ist ein anderes Wort für spießig« – »brauchbar«, »praktisch« seien Entschuldigungen für Ideenlosigkeit; niemand brauche schließlich eine Handtasche, man könne, was man unbedingt mit sich führen wolle, genausogut in eine Plastiktüte tun, wie sie es eine Weile auch getan habe – und wieso überhaupt so viele Sachen mit sich führen, Männer täten das ja ebenfalls nicht. Mitten in der Zivilisation bewegten sich manche Frauen mit einem Notgepäck, als ob es nicht alles überall zu kaufen gäbe. Da sei inzwischen aber etwas anderes entstanden – die Handtasche als Kunstform –, die ganze alte Vorstellung von passender Garderobe sei über Bord geworfen. Sie zitierte einen Satiriker: »Sie trug türkise Augen, passend zur Handtasche«, das seien inzwischen ins Kleinbürgerliche abgesunkene ästhetische Ideale, die mit dem, was sie unter einer Handtasche verstehe, nichts mehr zu tun hätten.

Mit unbewegter Miene zitierte der Maler Oscar Wilde: »Man muß entweder ein Kunstwerk sein oder ein Kunstwerk tragen.«

Beate stimmte eifrig zu: ja, das sei es. Der Mann habe etwas vorweggenommen, was es in seiner Zeit noch gar nicht habe geben können, dafür jetzt aber. Mobile Kunst, mitgeführte Kunst, die man neben sich hinstelle und damit einen Hocker, ein Tischchen, zum Piedestal erkläre und irgendeinen banalen Raum schon nachgerade zum Museum erhebe. Sie spiele tatsächlich mit dem Gedanken, einige ihrer besonders gelungenen Handtaschen, die aber von den Nachfolgerinnen längst verdrängt worden seien, in Glaskästen über das ganze Haus zu verteilen – würde doch toll aussehen.

»Ohne mich«, sagte Rudolf, »ich will nicht in einer Shopping-Mall wohnen«, der Einspruch kam gelassen daher, in solchen Fragen überließ er die Entscheidung grundsätzlich seiner Frau, nahm sich aber das Recht, sich in ihrer Gegenwart mit anderen darüber lustig zu machen.

»Du verstehst davon nichts, du bist ein blinder Deutscher, wenn man dich ließe, würdest du dir einen Kalender mit van Goghs Sonnenblumen aufhängen, als Ausweis deiner Kunstliebe.«

Es mußte aber tatsächlich immer die allerneueste Tasche sein, »als Seismograph, um den Puls der Zeit zu fühlen«. Unser Sehen verändere sich eben unablässig, Louis solle mal nicht so tun, als wisse er das nicht, er habe sie ja selber in dieser Richtung belehrt, obwohl er bei seinen Bildern beklagenswert wenig Konsequenz aus dieser Beobachtung ziehe.

Sie stellte die jüngste Erwerbung neben den wassertropfenbeperlten Eiskühler auf den Beistelltisch, in vollem Bewußtsein, daß niemand sich in ihrer Begleitung befand, der diesen Gegenstand ernsthaft würdigen könne, Astrid, die gesunde nordische Kuh mit ihrer billigen, abgeschabten Tasche schon gar nicht, aber irgendwo mußte die »Erziehung des Menschengeschlechtes« schließlich beginnen.

Es war ein Köfferchen, eine kleine Box, so breit wie hoch, der eine Griff aus Bambus, der andere ein Aluminiumbügel. Verschließbar war die Tasche mit einem schweren goldenen Vorhängeschloß. Sie bestand teilweise aus rosa Reptilienhaut, in welche aber Applikationen aus bedrucktem Sackleinen eingelassen waren, darauf eine von bonbonartigen Edelsteinen eingefaßte Postkarte der Mona Lisa. Derbe goldglänzende Schrauben mit dicken achteckigen Muttern hielten das Gebilde zusammen, als müßte es enormen Belastungen standhalten. An Goldkettchen hing auch loser Zierat über die Seiten der Tasche, in Plexiglas gegossene Schmetterlingsflügel und ein ebenso verschweißtes hellblaues Spaßkondom, das in dieser Form nichts Anzügliches hatte, sondern wie ein Luftballon aussah.

»Witzig!« Das war ihr höchstes Lob für eine ästhetische Leistung; um das Wort vom Komischen abzugrenzen, sprach sie es mit einem gepreßten Nachdruck aus, der es wie »wetzech« klingen ließ – mit Louis Creutz lag sie in ständigem Streit, weil er sich weigerte, irgend etwas »Witziges«

auf seinen Werken unterzubringen – nun, es war anderes, was sie verband.

Astrid musterte das Objekt verhalten. Das sei wohl ziemlich schwer für eine Tasche, war die einzige Einschränkung, die sie wagte.

Man müsse so etwas natürlich tragen können. Beate klang kalt, um der Frau zu bedeuten, daß sie nicht in den Kreis derer gehöre, an welche der Schöpfer der Tasche gedacht habe. Im übrigen gehe nicht viel hinein, da täusche die kubische Massivität, und dann sei sie auch wieder nicht das, was man großmütterlich »Abendtasche« nenne – sie enthalte insoweit eben auch eine soziologische Botschaft über aktuelle Formen des Zusammenlebens, den Abschied von veralteten Damenidealen, Madonnenvorstellungen, sei aber andererseits auch hinaus über vermännlichende Konkurrenzphantasien, reproduziere statt dessen ein davon völlig unabhängiges, neuartiges Frauenbild. Man müsse so etwas verstehen können – wobei das so viele auch gar nicht verstehen müßten, die Auflage dieser Tasche sei klein – ja, Auflage, denn obwohl viel Handarbeit darin stecke, sei sie natürlich in Serie gefertigt – einer kleinen Serie –, die Einzelstück-Idee habe sich ohnehin erledigt, es gehöre zu dem intellektuellen Gesetz dieser Tasche, daß sie in Serie gegangen sei. »Die Mona Lisa hat hier zum ersten Mal ihren legitimen Ort gefunden.«

Ihr leidenschaftliches Plädoyer, dieses genußvolle Predigen vor tauben Ohren, wurde durch das Servieren der Vorspeisen unterbrochen. Louis Creutz sah zu Astrid hinüber; ihm schien, als habe sie von ihrer Sicherheit verloren. Das gab ihrer Miene schon beinahe etwas Schuldbewußtes. Wie stark sie ihren Ausdruck verändern konnte – »sie ist nicht eigentlich schön«, dachte er, »ihre Schönheit hängt mit ihrer Heiterkeit und Ruhe zusammen.« Vielleicht war sie doch kein Modell, wenn sie in jedem Augenblick vollständig anders aussah?

7

Die anderen waren zu Bett gegangen, während Dietrich und Louis Creutz noch in der Bar sitzen blieben. Das ungewohnte Herumlaufen den Tag über war in den Beinen zu spüren, der Maler fand es zu anstrengend, sich aus dem tiefen Ledersessel zu erheben. Dietrich bestellte weitere Whiskys.

Zu den Fähigkeiten des Malers zählte es, sich Personen, die er bis dahin vollständig übersehen zu haben schien, mit einer Entschlossenheit zuwenden zu können, welche diese an ihrer Erinnerung zweifeln ließ. War man wirklich von ihm, der das Gespräch sofort auf der höchsten Vertraulichkeitsstufe begann, übersehen worden, oder hatte da doch schon vorher ein Interesse bestanden, das sich nur aus Gründen der gesellschaftlichen Mechanik noch nicht hatte äußern können? Rudolfs so wenig glänzender Bruder schien bis jetzt für Louis Creutz gar nicht existiert zu haben, und der empfand das auch keineswegs als verletzend, weil er sich selbst für uninteressant hielt. Daß er in allem, was mit dem Unternehmen zusammenhing, sehr erfolgreich agierte, erklärte er sich mit durchaus angemessenem Selbstbewußtsein, weil er von der Materie eben etwas verstehe, mehr als Rudolf jedenfalls, was auch allgemein anerkannt war, wie es denn zwischen den Brüdern keine Konkurrenz gab, sie waren geradezu Musterbeispiele brüderlicher Liebe.

Beate hatte das schnell gelernt und jede Opposition gegen die beständige Gegenwart des Jüngeren in ihrem Haus aufgegeben; sie hatte dafür versucht, an ihm herumzuerziehen, etwa indem sie seine Garderobe tadelte. Es sei doch unmöglich, wie der Bruder herumlaufe, in gleichsam schweizerischer Solidität, freundlich gesprochen, man konnte das auch bösartiger ausdrücken, worauf sie jedoch weise verzichtete, denn ihr Mann, der ihr in ästhetischen Fragen sonst nicht widersprach, hatte ihr in dieser Hinsicht schnell die Grenzen gezeigt.

»Eine Bruderliebe wie bei Zwillingen, und dabei sind sie zwei Jahre auseinander, und man wird nie verstehen, daß ein und dasselbe Elternpaar derartig verschiedene Söhne hervorbringen kann«, so verbreitete sie sich vor Dritten, weil sie immer aufs neue das Bedürfnis empfand, die Gegenwart einer derart biederen Erscheinung in ihrem Haus zu erklären. An der Seite seines Bruders fiel Rudolf nach ihrer Ansicht ins Infantile. Sie pflegten viele Stunden Karten zu spielen, was sie verabscheute, vor allem auch die Männer, die zur Vervollständigung dazugebeten werden mußten und mit denen für Beates Geschmack auch gar nichts anderes anzufangen war; dieses männliche Unter-sich-sein-Wollen und dabei zu viel zu trinken war ihr unbegreiflich. Sie hatte nicht die leiseste Lust, nur unter Frauen zu sein, mied deren Gesellschaft sogar wenn möglich, nur um dann den eigenen Mann zu erleben, wie er sich Landsknechtsfreuden hingab, statt sich auf ihrem geistigen Niveau ein bißchen Mühe zu geben.

Der Whisky wirkte auf die Brüder verschieden.

»Rudolf wird aggressiv – natürlich nicht zu seinem Bruderherz, aber wenn er dann schließlich nach drei Uhr ins Bett kommt, genügt das kleinste Wort, und er wird ausfallend, daran kann ich den Alkoholspiegel in seinem Blut feststellen. Dietrich hingegen wird noch ein bißchen lieber als ohnehin, und es gibt genug Leute, die das rührend finden, ich gehöre nicht dazu. Da ist mir der nächtliche Krach mit Rudolf doch lieber – er ist wenigstens nicht sentimental.«

Sie rechnete es ihrem Schwager auch nicht als Verdienst an, daß er ohne Zeichen von Langeweile ausharrte, wenn sich mit den von ihr favorisierten Gästen Unterhaltungen ergaben, zu denen er nichts beizutragen wußte.

»Wenn Louis Creutz da ist und über Kunst spricht, ist das ja schließlich sein Beruf. Wenn ich über meinen Beruf sprechen würde, fändest du das eine Zumutung, weil du dich nicht für hydraulische Hebebühnen interessierst, aber Rudolf ist so vielseitig, daß ich nur staunen kann« – in seiner Gutmütigkeit fügte er aber nicht hinzu, was er durchaus wußte: daß der in Kunst und Literatur gleichermaßen Bewanderte geschäftlich nicht ganz so begnadet operierte. Sehr diskret hatten sie ihre Aufgabengebiete in der Firma diesen unterschiedlichen Begabungen angepaßt.

»Ich habe genau beobachtet, daß Sie geschwiegen haben« – obwohl Louis Creutz vorher nie das Wort an ihn gerichtet hatte, begann er an diesem Abend, sowie sie allein waren, das Gespräch ohne Übergang. »Sie haben sich angehört, was wir zu Carpaccio sagten, aber Sie waren damit nicht einverstanden, leugnen Sie das nicht«, das war geradezu eine Attacke aus dem Nichts. Dietrich sah den Maler fragend an, sein Mund öffnete sich, aber es kam erst einmal nichts heraus.

»Wenn ihr alle so genau Bescheid wißt, dann hör ich lieber zu. Mein Bruder und Beate sind so hochgescheite Leute, und Astrid kennt sich auch so gut aus, und dann erst Sie!« Das war keine Zurückweisung des vorwitzigen Malers, es sprach daraus die schiere Verblüffung, weil der ihn eben noch nie unter vier Augen angesprochen hatte.

»Das sind alles Nebensächlichkeiten – das ist alles angelesenes Zeug.« Creutz wischte mit einer entschiedenen Bewegung beiseite, was Dietrich zugunsten der anderen vorgebracht hatte. Speziell bei Astrid dürfe er mit keinerlei Vorkenntnissen rechnen. »Sie ist ungebildet, kennt nichts, weiß nichts – aber darauf kommt es gar nicht an.«

Dietrich runzelte die Stirn, er verstand die Worte des Malers als Kritik an ihr, was ihn schmerzte. Daß es das dann doch nicht sein sollte, kam etwas zu schnell, um es sofort mitzuvollziehen.

»Es kommt allein auf das Auge an – in strengem Vertrauen gesagt: Sie hat es, Beate hat es nicht. Ich weiß, wovon ich rede, ich kenne sie am längsten – das war, bevor sie geheiratet hat.«

»Ja, sie haben zum Heiraten länger gebraucht, weil unsere Eltern strikt dagegen waren – Rudolf hätte nie was gegen die Mama getan, und Beate hat unsere Familie zunächst nicht verstanden. Sie hat geglaubt, sie könne den Rudi da herauslösen …«

»Sie war einfach frech zu eurer Mutter, ich erinnere mich genau, aber sie hat schnell verstanden …«

Dietrich staunte immer noch über diese unerwartete Zuwendung, aber Louis Creutz tat, als bemerke er das nicht. Er gebot dem Augenblick. Zugelassen waren bei ihm nur förderliche Erinnerungen, hindernde hatten kein Lebensrecht. Schon richtig, wäre Beates Auftrag nicht gewesen, hätte er wohl immer noch kein Wort über das Notwendige hinaus mit dem Bruder seines ersten Sammlers gesprochen. Es waren inzwischen zwar eine Reihe Interessenten dazugekommen, die sich ihren Sammeltrieb mehr kosten ließen als einst der erste von ihnen, aber Rudolf behauptete doch eine Ehrenstellung in diesem Kreis und ließ sich wohl gefallen, wenn das erwähnt wurde, mit einer gewissen Ironie allerdings; in seiner Vorstellung war es eine Frage der Souveränität, sich vom Künstlervölkchen wohlgelaunt über den Tisch ziehen zu lassen.

Aber jetzt, da Louis Creutz sein Gegenüber ins Auge faßte, machte er sich Vorwürfe: Hatte er es sich als Maler eigentlich leisten können, diesen Kopf nicht einem genauen Studium zu unterziehen? Diese Reizlosigkeit war doch geradezu spektakulär! Das war nun ohne Zweifel ein männlicher Mann, der, anders als neuerdings vielfach behauptet, nicht den kleinsten weiblichen Anteil in sich trug, ein Mann-Mann, aber kein Holzfäller, kein Bauarbeiter, kein Soldat – ganz ohne Antennen, die diese pure Männlichkeit irgendwohin versendeten. Er war in seiner Männlichkeit eingekapselt, keine Frau würde sie jemals wahrnehmen. Nicht häßlich – mit physiognomischem Scharfblick konnte man sogar eine Familienähnlichkeit mit Rudolf feststellen, ausgraben wäre hier wohl der passende Begriff. Aber diese vielleicht überhaupt erst von ihm entdeckte Familienähnlichkeit machte um so sichtbarer, welche Riesenbedeutung der Anwesenheit der Venus in einem Körper zukam, dieses Unbestimmbare, was »Charme« genannt wird, während man davor kapituliert. Zauber, Ausstrahlung, Anmut – sämtlich Unmöglichkeiten für den armen reichen Dietrich, von ihm selber wohl kaum vermißt in seiner ruhigen Bescheidenheit, der Abwesenheit jeder Ambition, irgendeine Rolle spielen zu wollen, zu beeindrucken, gar begehrt zu werden.

Louis Creutz war inzwischen klar, daß die überwältigende Arglosigkeit dieser Züge keine Auskunft gab über das strategische Geschick dieses Mannes, der mit der Leidenschaftslosigkeit eines Schachcomputers die vom Vater gegründete Fabrik für hydraulische Anlagen auf einem sehr spezialisierten Feld in jene marktbeherrschende Position gebracht hatte, die in manchen Weltregionen einem Monopol gleichkam. Wo war in diesen teigigen Zügen Machtinstinkt herauszulesen? Der aber eine Gutherzigkeit nicht ausschloß, wie sie dem Maler so fremdartig erschien. Waren es nur die zehn Zentimeter Körpergröße, die ihm gegenüber seinem Bruder fehlten, die einen solchen Einfluß auf den Charakter hatten? Louis Creutz erschien das von seinen vorpsychologischen Studien her nicht unwahrscheinlich. Er hatte bei Begrüßungen das Gefühl, sich zu Dietrich hinunterbeugen zu müssen wie zu einem Kind. Immerhin war der kleine Mann in Gesellschaft seines Bruders in der Kartenrunde zu Alkoholexzessen imstande. Gab es da doch eine versteckte Wildheit, eine unterdrückte Neigung zur Ausschweifung, die sich nur im familiären Schutzraum Lizenzen gestattete?

»Wie finden Sie Astrid?« Die Frage kam unvermittelt. Er richtete seine grauen Augen auf das Gesicht des kleinen Mannes, bereit, die kleinste Regung darin einzufangen.

»Ich finde sie wunderbar, und Sie haben Glück, sie schaut nur Sie an, ganz unabhängig davon, mit wem sie gerade spricht.«

Der Maler fand nicht, daß das zutraf, wollte derlei jedenfalls nicht festgestellt haben, und wenn es so sei, dann habe das einen Grund.

»Sie sieht Sie nicht an, weil sie schüchtern ist – sie wagt es nicht, Sie anzusprechen. Sie richten nie das Wort an sie – sie muß denken, daß Sie etwas gegen sie haben ...«

»Gegen sie?« Dietrich war entrüstet. Ihm so etwas zu unterstellen, der er in sich gar nicht das Recht fühlte, eine solche lebensvolle Frau anders als bewundernd anzuschauen. »Hältst du das für möglich, halten Sie das ...« Er korrigierte sich; in der Firma hätte er sich zu Deutlichkeit in Bekundung seiner Wünsche durchgerungen, auch wenn es etwas zu beanstanden gab, aber im Privaten war ihm das nicht gegeben, schon gar nicht im Umkreis seines Bruders, wo er sich fraglos von den anderen getragen wußte.

Kaum zu glauben, sie hatten sich noch nie gestritten, die im Geschwisterverhältnis sonst nicht ausbleibenden Dominanzkämpfe hatten sie nicht gekannt. Der Ältere wußte nur zu gut, was er im Geschäft an dem Jüngeren hatte. Solche gewinnbringende Überlegenheit nutzen zu dürfen, ohne Konkurrenz und Verdrängung fürchten zu müssen, war ein einzigartiges Geschenk, das mit kluger Dankbarkeit aufgenommen werden wollte. Louis Creutz glaubte die Verhältnisse annähernd zu überblicken, obwohl er sie sich aus Beates Bemerkungen erschließen mußte, denn Rudolf sah keinen Anlaß zu solchen Eröffnungen.

Beate hingegen genoß es, eine sich in ihr ansammelnde Gereiztheit bei dem Maler loswerden zu können. Die Friedfertigkeit der Brüder, vor allem die von Dietrich, ging ihr ganz grundsätzlich auf die Nerven. »Bei ihm ist das ja keine Kunst – der hat ja einen guten Charakter!« Das empörte sie geradezu, als sei ein Verstoß gegen die Fairneß damit verbunden. Sie traute niemandem zu, gänzlich ohne Angriffslust zu sein, und fand nichts dabei, zu sticheln und ihre Nächsten zu provozieren und aufzubringen. Und nun war sie an dieses Brüderpaar geraten, das ihrer Anlage frustrierend wenig entgegenkam.

»Ich habe zwei Männer geheiratet, aber ohne die Vorteile, die für eine Frau mit der Polyandrie verbunden sind«, pflegte sie Louis Creutz als altem Vertrauten gegenüber zu bekennen. »Ich komme kaum dazu, mit Rudolf ein offenes Wort zu sprechen, eigentlich nur nachts im Bett.«

Es sei keinesfalls so, daß Dietrich gegen sie Partei ergreife, wenn sie mit Rudolf etwas auszufechten habe. Nein, nein, bei solchen Gelegenheiten, selten genug für ihren Geschmack, schweige er musterhaft und meide jede Einmischung. Aber auch sein Schweigen sei es, was sie belaste – es sei weniger mißbilligend als unglücklich.

»Er guckt mich an wie ein Hund, der niemals an seinem Herrn zweifeln würde, auch wenn der ihn schlägt, der aber deutlich macht, daß er dies alles nicht versteht … Und dann soll ich mir offenbar schuldig vorkommen, woran ich natürlich gar nicht denke, aber ich gebe dennoch auf – diese

Konfliktscheu ist eine Art Diktatur, die mir manchmal die Luft abschnürt …«

Daß es ganz so schlimm nicht war, wußte Louis Creutz, der es für ausgeschlossen hielt, daß seine Freundin für lange Zeit Zustände duldete, in welchen sie zu kurz kam, aber sie wollte mit ihrer Klage ja nicht darauf hinaus, wie es sich wirklich verhielt, sondern wie sie es erlebte. Er verstand, daß sie Dietrich als eine steinharte Nuß betrachtete, die sie eines Tages knacken mußte, wenn sie Ruhe finden wollte. Daß der Schwager davon nichts zur Kenntnis nahm, mochte auf jenen von Beate vermuteten festen Kern seiner Sanftheit schließen lassen.

Louis Creutz hätte sich bei Gelegenheit dieses Gesprächs auch fragen können, wieso er sich von ihr auf einmal derart einspannen ließ, was er sonst stets verweigerte. Er dachte daran, aber nur flüchtig, als sei er in diesem Stadium der Entwicklung auf eine Antwort nicht versessen. Es war ihm auch nicht eilig mit seinem Vorhaben. Es genügte zunächst, eine Lunte zu legen, die sich am Ende von selbst entzünden würde.

»Nein, nein, ich verstehe nichts von Frauen, hab das nie behauptet, und die Frauen verstehen auch nichts von mir.« Dietrich lachte, und dabei fand seine Bescheidenheit die Ergänzung einer aus tiefer Seele stammenden Heiterkeit.

Der Maler erkannte das sehr wohl, so fest verschlossen ihm ein solches Temperament auch war. Selbstgefühl war ihm vertraut; sein Hochmut ruhte nicht auf verborgener Unsicherheit, sondern war solide begründet. Er sah seine Überlegenheit als unbestreitbares Faktum an, das nicht bewiesen werden mußte. Deshalb war er zu Gelassenheit und Geschmeidigkeit fähig – zu seinem Glück, denn seine Selbstgewißheit hätte auf andere sonst monströs gewirkt. Nur zur Freude war er nicht fähig. Eine innere Unruhe, die niemals wich, zehrte sie auf – wie Dietrich jetzt über sein Verhältnis zu Frauen zu lächeln, das war ihm nicht gegeben. Dieses Lächeln, richtig eingesetzt, könnte ihn zum Herzensbrecher machen, ein Gedanke, der ihn amüsierte, zugleich dachte er: Vorsicht, vielleicht leitest du soeben eine unkontrollierbare Entwicklung ein! Aber die Vorsicht war seine Sache nicht, das Spiel, wenn es schon in fremdem Auftrag betrieben wurde, sollte doch Spaß machen.

»Achten Sie auf sie, folgen Sie ihr mit Blicken, ertappen Sie sie, wenn sie sich unbeobachtet glaubt.«

Dietrich schüttelte verwundert den Kopf. Das waren völlig neue, gänzlich ungeahnte Verhaltensweisen, die ihm da angetragen wurden. So etwas hatte er noch nie gemacht, er hätte es für unhöflich gehalten, so verhielt man sich doch nicht, erst recht nicht gegenüber einer Frau, die sich dadurch bedrängt fühlen mußte.

»Ich will, daß Sie das tun«, eine erstaunliche Formulierung im Rahmen eines ersten Gesprächs. Der Maler vertraute auf die hypnotische Kraft seiner grauen Augen, von der ihm mehrere Frauen gesprochen hatten – auch mit wenig schmeichelhaften Assoziationen dabei – »wölfisch«, »geisterhaft«, »der Blick eines Toten«. So etwas war freilich im Auflösungszustand der jeweiligen Verbindung gefallen, in der Begeisterungsphase hatte es »Luchsaugen« geheißen, von Unergründlichkeit und Zärtlichkeit war auch die Rede gewesen, ihn schauderte bei der Erinnerung.

Dietrich sah zu ihm auf, gutgläubig und vertrauensvoll. Im Geschäftsleben war er ein anderer, von grundsätzlicher Skepsis – nicht aus Zynismus, sondern aufgrund einer Väterlichkeit, die anderen Menschen keine moralischen Lasten aufladen wollte und deshalb Beteuerungen nicht allzu wörtlich nahm.

»Ich habe nie daran gedacht, ich kann mir einfach nicht vorstellen, daß Astrid …«

Er beendete den Satz nicht. Jetzt war es der Maler, der lächelte, ermutigend, als stünde er mit Dietrich auf einem Felsen am Meer und drängte ihn: Spring!

8

Sie schwiegen eine Weile. Dann begann Dietrich unversehens zu sprechen, aber mehr zu sich selbst, das lief ganz leise aus ihm heraus, nicht unmittelbar an Louis Creutz gerichtet, der aber langsam wieder zu sich kam, er kannte bei sich das Phänomen des Sich-wieder-nüchtern-Saufens.

»Durch Beate ist ein ganz anderer Stil zu uns gekommen, wir waren eigentlich nicht so, meine Eltern waren ganz … andere Leute«, ihm fiel kein passendes Wort ein – »bescheiden«, »einfach«, »sparsam«, »asketisch« –, alles nicht das, was er richtig gefunden hätte. Tag und Nacht hätten sie gearbeitet, die Mutter wie der Vater. Als der Vater erkrankt sei, habe dann eigentlich sie die Firma geführt, »und zwar sehr gut«, fügte er hinzu, »daß wir heute so groß sind, verdanken wir ihrer Vorarbeit«. Beide hätten die Söhne vom Unternehmen ferngehalten – »sie wollten nicht, daß da solch ein Familienblock in der Geschäftsführung entsteht, eine familiäre Bevorzugung mit Extrapossen der Verwandtschaft, wie mein Vater sagte. Rudolf und ich haben bis zum Tod meiner Mutter bei der Konkurrenz gearbeitet und sind erst dann beide in die Funktionen von Papa und Mama eingerückt. Sie haben gesehen, wie gut wir uns verstehen – sonst hätten sie das testamentarisch noch verhindert. Ich habe übernommen, was Mama gemacht hat ...« Daraus ließ sich schließen, daß Rudolf die durch die Krankheit des Vaters eingeschränkte Position zugefallen war, aber da hatte es niemals den kleinsten Kampf gegeben; unausgesprochen war klar, wer was tat – »und Rudolf hat dann ja sehr bald Beate geheiratet, während ich immer noch viel mehr Zeit habe. Verstehen Sie, Kunst und solches Zeug, Musik, Sammeln, Reisen – das hat es bei uns nicht gegeben.«

Louis Creutz erinnerte sich sehr wohl, daß Beate damals wie eine Granate in diese Verhältnisse einschlug. Das Elternhaus war nach kurzem nicht wiederzuerkennen, erlebte aber in den folgenden Jahren weitere Transformationen und Umbauten. Man hätte denken können, daß Beate beständig ihren Geschmack wechselte, aber so war es nicht. Sie trug ein Ideal in sich, das sie nicht wirklich definieren konnte, das aber dennoch gebieterisch nach Verwirklichung verlangte; erst wenn das neue Konzept umgesetzt worden war, erkannte sie, daß es diesem Ideal in keiner Weise entsprach, daß sie weitersuchen und ausprobieren mußte. So hatte es bereits die Periode eines »puristischen Eklektizismus«, dann die eines »romantischen Funktionalismus« und die eines »barocken Japonismus« gegeben, wie Louis Creutz es zu definieren versuchte, wenn ihm die Neuerungen vorgeführt wurden. Wenn Beate so etwas von ihm hörte, wurde ihr jedes Mal klar, daß sie ihrem Ziel, das sie in gestaltloser Reinheit in sich trug, schon wieder nicht näher gekommen war.

»Wir sind weitgehend ohne die Eltern aufgewachsen, die waren immer im Geschäft.« Daraus sprach keine Klage, die

Eltern hatten den Söhnen früh zu vermitteln gewußt, daß das Unternehmen »die gemeinsame Sache« sei, der alles Private untergeordnet wurde, so wie es in früheren Epochen in Handwerkerfamilien oder auf Bauernhöfen üblich gewesen war, und diese Handwerkerzeit hatte für die Eltern auch noch gar nicht lange zurückgelegen; die Fabrik war aus einem Installationsgeschäft der Großelterngeneration hervorgegangen.

»Meine eigentliche Mutter war Fräulein Krause, für Rudolf viel weniger als für mich, er lachte über sie, aber nicht bös, sie nahm das auch nicht übel, weil sie überhaupt nie etwas übelnahm.« Nein, Mutter sei falsch, Fräulein Krause war keine Mutter. Sie erzog nicht, sie nahm keine Autorität in Anspruch, hatte selbst keine Kinder gehabt und kannte nicht die Forderungen, die sich aus dieser Liebesabhängigkeit ergaben. So drückte er das nicht aus, aber Louis Creutz vermutete, daß er etwas in dieser Richtung meinte – Liebe ohne Besitzergreifung. Sie war mißgestaltet, fast ohne Kinn geboren; in einer rührenden Eitelkeit hatte sie, um diesen Mangel auszugleichen, eine ganze Reihe von schmerzhaften Operationen auf sich genommen: Da wurde versucht, in den ungewöhnlich zarten Schädel Knochensubstanz einzubauen, gegen die ihr Körper sich wehrte; es gelang schließlich, eine Andeutung von Kinn zu erzeugen, ohne daß sie jemals richtig damit hätte kauen können. »Meine Mutter hat behauptet, da sei Elfenbein verwandt worden, und das ist mir ganz plausibel vorgekommen – ich habe gefunden, daß für sie nur sehr edle Substanzen in Betracht kamen.«

Ihr schütteres Haar verbarg sie unter einer Perücke aus dicken roten Locken, wie sie auch eine gesündere Frau nicht hätte aus sich hervortreiben können. Darunter sah das spitze kleine Gesicht hervor wie der Kopf einer Otter unter dicken Grasbüscheln am Rand eines Bachs. Sie stammte aus Ostpreußen und hatte sich den dortigen Dialekt bewahrt, mit den rollenden Rs, die für Dietrich einen Inbegriff des Behagens darstellten – »das hab ich gern gehört«. Dort war sie zur Wäschenäherin ausgebildet worden, und als solche war sie auch ins Haus gekommen, einmal in der Woche zunächst, um zerrissene Laken und Hemden zu reparieren. Mit einem der letzten Flüchtlingsschiffe war sie nach Dänemark gelangt; aus ihrem Mund habe das exotisch geklungen, ein fernes fremdes Land. Reisen, schon gar ins Ausland, waren in ihrer Welt nicht vorgesehen gewesen.

»Zu Hause«, wie sie sagte, wenn sie von Ostpreußen sprach, hatte sie für einen Vetter geschwärmt, der mit achtzehn gefallen war – vielleicht war sie durch die große Trauer vor einer kränkenden Enttäuschung bewahrt worden. Dietrich drückte sich sehr behutsam aus, um zu vermeiden, daß man in der Art von Rudolf zu dem Schluß gelangte, »die hätte doch sowieso keinen abgekriegt«. Er wollte unbedingt taktvoll sein, das hatte Louis Creutz längst registriert, wobei damit nicht der geringste Vorwurf gegen seine Umwelt verbunden war, die oft einen Mangel an Takt verriet, Beate an der Spitze – es war, als sehe er in dieser Hinsicht nur sich selbst in der Pflicht, alle anderen seien berechtigt, roh und rücksichtslos zu sein, und hätten gewiß auch gute Gründe dafür.

»Das Kräuschen«, wie die Wäschenäherin in der Familie genannt wurde, hatte ihre von niemandem sonst angeforderte Liebesfähigkeit daraufhin jedem zugewandt, mit dem sie in engere Beziehungen trat, besonders Kindern, erst recht einem Knaben wie Dietrich, der für eine solche Liebe empfänglich war. Ein großer Teil ihrer Arbeit fand an einer Nähmaschine aus dem Hause Singer statt, in einem Zimmer, in dem der Geruch von Bügelwäsche und Stärke hing, ein stumpfer, reinlicher Geruch, den Dietrich seiner Behauptung nach noch immer in der Nase habe – »Komisch eigentlich! Wonach riecht ein gewaschenes und gemangeltes Laken? Nach nichts, sollte man meinen, aber da ist doch etwas.« In seinem Elternhaus waren Löcher noch mit Stoffeinsätzen geschlossen worden, Strümpfe gestopft, verschlissene Bettwäsche geflickt, Hemdkragen umgedreht worden; die äußerst geschäftstüchtigen Eltern machten, was diesen Arbeitsaufwand anging, nie eine Kosten-Nutzen-Rechnung auf. Dietrich hatte von ihnen, den sonst bis zur Schönheitsfeindlichkeit Asketischen, einen ästhetischen Widerwillen gegen das Wegwerfen von noch nicht gänzlich durch den Gebrauch konsumierten Gegenständen behalten.

Fräulein Krause trat das gußeiserne Pedal behutsam, um jederzeit innehalten zu können. Mit ihren schwachen Händen, die denen eines vergreisten Kindes glichen, schob sie den sich bauschenden Stoff sorgfältig voran, auch Dietrichs Blick war auf die herabstechende Nadel gerichtet, die gelegentlich mit dem Schwungrad adjustiert wurde und die weißen Wolken mit einer exakten Naht in Form brachte.

»Das Summen der Nähmaschine …« Dietrich versuchte nicht, diesen Reiz genauer zu beschreiben, der eine womöglich mit erotischem Wohlgefühl verbundene Spannung in ihm hatte entstehen lassen, aber Louis Creutz verstand ihn auch so. Daß diese Maschine noch mit Körperkraft betrieben war, selbst wenn mit einer so schwachen wie der des Kräuschens, gab der Mechanik den Charakter des Organischen, und das Kräuschen strahlte gleichfalls eine tiefe Zufriedenheit aus, während sie sich über die zerrissenen Laken anderer Leute beugte und saubere Vierecke aus weißem Leinen an den fadenscheinig gewordenen Stellen einsetzte.

Wenn sie kam, brachte Dietrich seine Schulhefte für die Hausaufgaben in diese Wäschekammer an den mit Molton bezogenen Bügeltisch; einmal lief sein Füller aus und hinterließ Tintenflecken darauf – »O weh, o weh«, das Kräuschen klang so heiter, daß dieses Malheur harmlos erschien, obwohl das Moltontuch gewaschen werden mußte, damit die Tinte nicht auf die feuchte Bügelwäsche abfärbte. Sie war mit dem Wesen von jeder Art Textil so vertraut, daß sich kein Fleck gegen sie behaupten konnte.

Einmal habe er sie besucht, weit weg vom Stadtinneren in einem nichtssagenden neuen Mietshaus – an der Wand, das sah er noch vor sich, hing eine Bastmatte, beklebt mit den aus Filz ausgeschnittenen Mainzelmännchen. »Sind die nicht possierlich?«, ein ungewohntes Wort. Das war eine Entdeckung – er hatte sich nicht vorstellen können, daß sie wie alle Leute abends vor dem Fernseher saß. Warum hatte er gedacht, daß das nicht zu ihr passe? Sie bot ihm, er sei schon groß mit seinen zwölf Jahren, Eierlikör an – »nur ein Gläschen!« –, in den sie einen Tropfen Himbeersirup goß. »Blutgeschwür« habe das bei ihnen zu Hause geheißen – was für ein Land mußte dieses Ostpreußen gewesen sein, in dem zuckersüße Delikatessen einen derart beunruhigenden Namen trugen.

»Noch etwas«, Dietrich wollte etwas Wichtiges nicht unerwähnt lassen. Sie habe nicht an Gott geglaubt – »das machte man bei uns nicht«. Er habe bei ihr gesessen, eingehüllt ins Summen der Nähmaschine, um für die Konfirmationsprüfung zu lernen. »Ich wunderte mich, obwohl ich doch auch nur konfirmiert wurde – weil man das bei uns so machte –, und meine Konfirmation war das einzige Mal, daß ich meine Eltern in der Kirche gesehen habe.« Aber bei ihr sei das etwas anderes gewesen. Ihre Bescheidenheit hatte ihr verboten, zu anderen Erkenntnissen zu gelangen als die eigenen Eltern. Das sei keine Unterwürfigkeit gewesen, das »Wir«-Gefühl war wohl einfach stärker als das, was anderswo galt, so vermute er heute.

»Von allen hat sie den stärksten Einfluß auf mich gehabt. Dann wurde ich nach Amerika geschickt, und als ich wiederkam, war sie nicht mehr da. Ich weiß nicht, wie sie gestorben ist – schlimm, ich konnte mich nicht einmal ordentlich von ihr verabschieden.«

Louis Creutz hatte sich manches ergänzt, was in Dietrichs Beschreibung nur angedeutet worden war. Alles, was Fräulein Krause betraf, mußte mit jener Schonung und Diskretion behandelt werden, die er im Umgang mit ihr erst erworben hatte. Es war ihm ein Bedürfnis gewesen, etwas von sich preiszugeben, gerade jetzt, wo die allgemeine Aufmerksamkeit sich ihm zuwandte, ohne daß er darum gebeten hätte. Er hatte über sich selbst sprechen wollen, indem er von der alten Wäschenäherin erzählte, so verstand das der Maler. Hatte er diesen guten Geist in einem Augenblick beschworen, da die ihm am nächsten Stehenden sich in den Kopf gesetzt hatten, über ihn zu verfügen?

9

Der junge Rucktäschel hatte schon während der Arbeit an seiner Doktorarbeit als Praktikant in der Galerie Grünhaus gearbeitet; dort war die Idee entstanden, ihn an die Vorarbeiten zur Werkbiographie des Meisters zu setzen. Sein Ehrgeiz erwachte, er sah in dieser Arbeit eine Chance. Louis Creutz erklärte, daß er vom Biographischen nichts halte; das fördere nicht das Verständnis des Werks, für ihn jedenfalls nicht. Bei ihm heiße es nun einmal nicht: »Ich ist ein anderer«, sondern: »Der Künstler ist ein anderer.«

Das Private habe auf seine Kunst keinen Einfluß ausgeübt – was da vorgefallen sei, gebe es in jedem Leben, auch dem der Unfruchtbaren: Affären, Umzüge, Reisen, Bekanntschaften – man lebe zudem in ruhigen Zeiten. Mit der Erfahrung von Krieg und Hunger, Verfolgung, Verbot, Zensur und Inquisition könne er nicht aufwarten. Auch der Erfolg sei unspektakulär entstanden, ohne Ruptur, in steter Entwicklung, so daß es vielen erschien, als er schon reichlich bekannt, geradezu ein bißchen berühmt war, er sei das eigentlich immer schon gewesen.

Es könne sich diesen Erfolg auch kein einzelner Kunsthändler oder Kritiker ans Revers heften; wer da der Initiator gewesen sei, habe er vergessen – Herr Rucktäschel könne das ja mal feststellen. Er gedenke, ihm nichts zu verbergen, es sei ihm, der er an die Vergangenheit keinen Gedanken verschwende, gleichgültig, was da alles herauskomme, auch aus Selbstschutz; was sich der Beeinflussung entziehe, habe in seiner Gegenwart keinen Platz.

Und was die künstlerische Entwicklung angehe, da sprächen die Bilder wahrlich für sich selbst. Gewiß, eine Entwicklung habe stattgefunden, wäre ja schlimm, wenn nicht, und die lasse sich auch beschreiben, sei aber dem, was zur selben Zeit sonst so geschah, nicht zu verdanken – mit Ausnahme vielleicht von Lektüren – nun, wenn es ihm gelänge, die zu rekonstruieren, dann könnte darin ein Gewinn liegen, aber das sei schwer, wenn nicht aussichtslos, denn seine Büchersammlung sei zwar nicht klein, aber unsystematisch, und viele von den Büchern, die einmal wichtig gewesen seien, besitze er gar nicht, sondern habe sie Zufallsfunden in Gästezimmern zu verdanken.

»Ich habe zu oft versäumt, solche Bücher einfach mitzunehmen. Skrupel haben mich nicht daran gehindert, nur Vergeßlichkeit.«

Louis Creutz war Herrn Rucktäschel zunächst ablehnend gegenübergetreten, wie man es in der Galerie gefürchtet hatte, das änderte sich dann aber. Rucktäschel glaubte gar, daß der Maler ihn sympathisch finde, hatte freilich nicht gehört, wie der über ihn in seiner Abwesenheit sprach – Kunstparasit und Archivwanze waren noch die freundlicheren Epitheta –, aber selbst wenn er das mitbekommen hätte, wäre ihm das nicht fatal gewesen. Er war ein frohes Gemüt und verweilte nicht dabei, sich schlecht behandelt zu fühlen, wenn er unbeirrbar seinen Plänen folgte.

Gut, der Maler wollte nicht über seine Ehe sprechen, behauptete sogar, nicht zu wissen, ob seine Frau noch lebe, und lachte, als Rucktäschel nach einem Photo fragte – gemalt habe er sie ohnehin nie. Er schien keine schlechten Erinnerungen mit ihr zu verbinden, es gab sie einfach nicht mehr, sie beschäftigte ihn nicht, und die Zeit, die er mit ihr verbracht hatte, offenbar ebenfalls nicht. Rucktäschel lauschte mit unbewegter Miene; der Maler sprach zu anderen von dessen Hamstergesicht; wer immer die Augen einen »Spiegel der Seele« genannt hatte, konnte nicht Rucktäschels tintenschwarze Ausdruckslosigkeit gemeint haben. Wie ein Polizeidetektiv machte er sich auf die Suche nach Spuren dieser Frau, und zwar ohne Louis Creutz ein Wort mitzuteilen, man konnte schon sagen, hinter seinem Rücken. »In die Zeit dieser Ehe fallen immerhin zwölf Jahre der frühen Schaffensperiode«, so rechtfertigte er vor sich seine Recherchen. Aber es war von ungeahnten Schwierigkeiten begleitet, dieser Frau näherzukommen. Es hatte sie gegeben, gab sie vielleicht immer noch, aber ohne daß sie von sich reden gemacht hätte. Wer strikt privat lebt, der kann einfach verschwinden. Gemalt und geschrieben hatte sie nicht, Lehrerin war sie wohl eine Weile gewesen, aber offenbar nicht lange – Rucktäschel kam es zunächst vor, als fahnde er nach einer Entführten oder Untergetauchten, die alles verwischt hatte, was sie auffindbar gemacht hätte.

Eines Tages war es dann ganz leicht, es zeigte sich, daß er sich die ganze Zeit in nächster Nähe einer ergiebigen Quelle befunden hatte. Bei einer Vernissage-Party in der Galerie geriet er an Beate, der er in aller Unschuld von seinem Vorhaben erzählte. Sie musterte ihn dabei spöttisch, als nehme sie ihm nicht ab, dieser Aufgabe gewachsen zu sein, und war gar ungläubig. »Es kann unmöglich sein Interesse sein, daß zu Lebzeiten seine Biographie erscheint – entweder ist sie ehrlich, dann gibt es einen Skandal, oder sie verschleiert das Schlimmste, dann weckt sie schlafende Hunde.«

So weit sei er noch gar nicht. Rucktäschel entfaltete eifrig, wie schwierig es sei, an die Fakten der jungen Jahre zu kommen, vom Maler war, wie gesagt, keine Unterstützung zu erwarten. Nicht einmal den Namen der Ehefrau habe er bisher herausbekommen.

»Irene?« Beate zog die Augenbrauen hoch. »Genannt wurde sie Ira, selten hat ein Nickname so gut gepaßt.« Andere Leute traten hinzu. »Wir sprechen gerade von Ira, die haben Sie doch auch gekannt?«

»Gekannt ist zuviel, aber gesehen hat man sie – zu ihrer Zeit war sie die Attraktion, nicht er. Er hatte sie wie einen Lockvogel bei sich, wo sie auftrat, kamen die Männer gelaufen, aber auch die Frauen ...«

»Es gibt doch den alten Anhaltertrick: An den Straßenrand stellt sich ein schönes Mädchen und winkt, und wenn ein Auto anhält, kommt der Kerl mit dem Gepäck aus dem Gebüsch ...«

Kaum vorstellbar, daß der Maler einmal auf derlei angewiesen gewesen sein sollte. Rucktäschel brauchte stets eine Weile, in dessen Gegenwart seine Beklommenheit zu überwinden. Er erlebte es nicht anders, als daß spürbarer Respekt sich ausbreitete, sowie er den Namen Louis Creutz erwähnte. Hier bei Beate und ihren Bekanntschaften lag zum ersten Mal eine andere Stimmung in der Luft, denn diese Leute hatten ihn erlebt, als er noch um Aufmerksamkeit kämpfen mußte.

Warum schien ihnen dieses Wissen eine solche Überlegenheit zu schenken? So als strahlten die kompromittierenden Anfänge in die Gegenwart hinein und entzauberten den Ruf des Meisters, den sie andererseits auch wieder stützten, wenn sie kleine Gelegenheitsarbeiten, Aquarelle und Zeichnungen, die er damals als Gastgeschenke um sich herumzustreuen pflegte, inzwischen hoch in Ehren hielten und nie versäumten zu bemerken, »sie stammen aus seiner besten Zeit«. Nach dem Gesetz solcher Empfänge wurde die Gruppe schnell wieder auseinandergetrieben, so daß Rucktäschel nur mit Mühe die Telephonnummer von Beate ergatterte, die ihn, während er sie in sein Portable eingab, keineswegs ermutigte, sie zu benutzen.

»Ira ist jetzt wie lange tot?« fragte die Ehefrau des Hinzugetretenen noch im Abgehen, und ihr Mann respondierte: »Ewig.« Beate schätzte: »Zwanzig Jahre werden es wohl sein.«

Sie, Beate, sei schon in ihrer Jugend eng mit Louis Creutz befreundet gewesen – wie eng, war nicht sicher zu rekonstruieren; wer ihn kannte, und gar schon damals, hielt es aber für ausgeschlossen, daß er bei einer Freundschaft mit einer Frau die physischen Aspekte ausgespart hätte.

Was immer vorgefallen war, Freundschaft im Sinn von Wohlgeneigtheit war nicht daraus entstanden. Abgewandt hatte man sich aber ebenfalls nicht voneinander – es war eine bis zu scharfer Kritik reichende, aber offenbar dauerhafte Verbindung entstanden, erst recht nach Beates Heirat, die sie in den Zustand vollständiger Unabhängigkeit versetzt hatte; das machte es möglich, dem Maler souverän gegenüberzutreten. Er durfte sich ihrer zuverlässigen Illoyalität sicher sein, was ihn überhaupt nicht störte, niemals machte er ihr Vorhaltungen, wenn er von einer treulosen Äußerung erfuhr; sie sei ihm zu nichts verpflichtet, war sein kühler Kommentar, wenn ihm so etwas hinterbracht wurde.

Empfangen wollte Beate Herrn Rucktäschel nicht; sie fand ihn zu subaltern, um in ihre Sphäre eindringen zu dürfen, so wie sie auch bestimmte Blumen – orangefarbene Rosen, Gerbera – dort nicht duldete, aber am Telephon verfiel sie in einen regelrechten Sprechrausch, als er, kaum daß er ihre Bekanntschaft gemacht hatte, bei ihr anrief.

Ira sei einen halben Kopf größer als der Maler gewesen, »eine Erscheinung«. Kastanienfarbenes, überfeines, dennoch schwer fallendes Haar, ein weißes Gesicht von marmorner Ebenmäßigkeit, den berühmten Silberblick, der diese Ebenmäßigkeit ganz leicht aus dem Gleichgewicht brachte – dazu aber Wutanfälle, die diese klassische Harmonie Lügen straften, dann habe sich dieser bleich leuchtende Mond in ein rot angelaufenes Medusenhaupt verwandelt.

»Jeder, der einen einzigen solchen Wutanfall kennengelernt hat, ist von da an auf Sicherheitsabstand gegangen – nur er nicht, ich glaube, er hat das sogar genossen, denn er tat nichts, um sie zu beruhigen.«

Es sei immer um Eifersucht gegangen, ein Gefühl, das Beate vorgab, nicht zu kennen – »laß die Leute ihren Spaß haben« –, das bei dieser Ira hingegen aus kleinstem Anlaß hervorzulocken war.

»Sie hätte dann töten können.« Beate beschrieb ein Abendessen – »das war vor meiner Verheiratung!« –, bei dem Ira aus nichtigem Grund den Verdacht bekam, Louis Creutz und Beate befänden sich auf dem Weg einer verstohlenen Verabredung. »Es waren etwa zwölf Leute am Tisch, gerade war die Suppe ausgegeben worden – da packt sie das Tischtuch und reißt es mit einem einzigen Ruck und mit allen Tellern und Gläsern herunter.«

Ein Riesendesaster; sie hatte wie alle auf ihrer Seite des Tischs die heiße Suppe in den Schoß bekommen, man sprang auf, Stühle fielen um, die Gastgeberin hat sie angeschrien – »und in dem Tumult saß sie völlig unbeteiligt da, stumpf vor sich hin starrend, unerreichbar – haha!« Beate lachte bei der Erinnerung.

»Er hat in solchen Situationen erstaunlich die Ruhe bewahrt, hat sie am Handgelenk gepackt und hinausgeführt – ziemlich roh nebenbei, was sie sich aber ohne Protest hat gefallen lassen. Ich weiß dennoch genau, daß diese Auftritte ihn mitgenommen haben – sie war die einzige, die das geschafft hat. Ihn erschrecken, das konnte sie, aber ihn halten, das war so nicht möglich. Sie imponierte ihm, aber für ihr Rollenfach war in dem Drama seines Lebens kein Platz.«

Die Trennung sei einem Gemetzel gleichgekommen, Ira habe eine Scheidungsanwältin »mit Ruf wie Donnerhall« genommen, wie Beate sich großväterlich ausdrückte. Und Ira habe am längeren Hebel gesessen, weil Louis Creutz gerade erst anfing, Geld zu verdienen, noch sei der Ruhm größer gewesen als die Einnahmen. Während des Verfahrens sei immer mehr von seinen Seitensprüngen bekannt geworden – es amüsierte Beate heute noch, wie Ira diese Enthüllungen aufgenommen hatte: zunächst mit Drohungen, auch gegen die entsprechenden Frauen, später kopfschüttelnd und trauernd, schließlich bitter und teilnahmslos, sie blätterte in ihren Kalendern, durch die sich nachverfolgen ließ, daß diese Treuebrüche in Zeiten stattgefunden hatten, in denen das Eheleben mehr als regelmäßig gewesen war. Sie sei auf Rache aus gewesen.

»Ich werde dich finanziell vernichten!« – an diese Nachricht auf seinem Anrufbeantworter erinnerte sich Beate noch gut.

Der Maler vertrat eine andere Auffassung von Rache. Erstens müsse sie so geplant werden, daß das Opfer nicht ahne, aus welcher Richtung es getroffen worden sei – und zweitens müsse sie auch für den Rächer gefährlich sein, so daß er, wenn er scheiterte, erheblich schlechter dastünde als zuvor.

»Fragen Sie ihn, wie es wörtlich heißt – er gibt sich mit der Formulierung solcher Weisheiten viel Mühe! Er macht sich solche Regeln zurecht, hält das womöglich für ritterlich ... Sollte er sich also an Ira gerächt haben – wofür eigentlich? Daß sie ihn jahrelang durchgeschleppt hat? –, haben wir alle davon nichts erfahren.« Ihr früher Tod hänge jedenfalls nicht unmittelbar mit dieser schmutzigen Scheidung zusammen. »Krebs kriegt man nicht durch Ärger und Eifersucht«, dekretierte Beate vor den gespitzten Ohren des Dr. Rucktäschel. Daß er nicht vorhatte, darüber mit dem Maler zu sprechen, trug die Vorbereitung des Verrats in seine Forschung, die mit den Jahren immer mehr davon geprägt werden sollte.

Es gelang ihm sogar, die Scheidungsanwältin aufzutun, die leider früh dement geworden war und in einem Heim lebte, sich in diesem beklagenswerten Zustand aber immer noch an den Namen des Paares erinnerte: »Ira, ja, Ira, eigentlich Irene, ja, die gab es«, das war eine schattenhafte Fortexistenz der Verstorbenen, immerhin, es hatte sie gegeben, aber das wußte Rucktäschel ja nun schon.

Und dann fiel Beate doch noch ein Name ein – »Es gab da eine Edith Koslowski … Mit wem sie sonst noch umging, weiß ich nicht – sie gehörten zu den Paaren, bei denen nach einer Scheidung nur der eine Teil im Spiel bleibt und der andere abtaucht.«

Diese Freundin, einst Kollegin in der Schule, war leicht zu finden, sie stand im Telephonbuch; auch sie wollte Herrn Rucktäschel nicht empfangen, sie habe keine Lust, über diese »schrecklichen Menschen« Auskunft zu geben, so wörtlich, aber einem Treffen im Café stimmte sie dann doch zu. Edith Koslowski gehörte zur Generation jener Frauen, die ihre Zugehörigkeit zur Kunstwelt im weiteren Sinne durch hennagefärbtes Haar betonen. Rucktäschel erkannte die magere, das Café mit suchendem Blick betretende Frau sofort; zu seiner Vorstellung von Ira paßte eine solche Freundin.

Soso – da entstehe also schon eine wissenschaftliche Biographie, so weit sei man also bereits. Sie brauchte keine langen Übergänge, es waren keine Einleitungen erforderlich. Sie hatte kristallblaue Augen, die ihn scharf und wie entrüstet musterten, als wolle sie gleich zu Anfang sicherstellen, daß sie gegen jeden Versuch, sie zu täuschen, gewappnet sei. Im übrigen interessiere sie nicht, wie der Maler sich entwickelt habe. Sie habe seine ersten Anfänge gekannt – »als er noch mit seiner Mappe herumgelaufen ist und sie jedermann gezeigt hat«. Sie habe ihn auf der Kunstakademie kennengelernt, sie selbst in der Keramikklasse, er zunächst bei den Bildhauern. »Das war, kurz bevor er diese hochgeschraubte Peinture-Ambition entwickelt hat, ich habe immer davon abgeraten, bin mir treu geblieben, aber jeder muß selber wissen …«

Es sei im übrigen sie gewesen, die ihn mit Ira zusammengebracht habe. Das kam so vorwurfsvoll, als versuchte Rucktäschel, ihr das abzusprechen – nein, von Ausspannen könne keine Rede sein, obwohl Ira vor so etwas nicht zurückgeschreckt sei. »Sie war eine Egozentrikerin, bis zu einem gewissen Grad konnte sie sich das auch leisten« – nein, sie werde ihr jetzt nichts Übles nachsagen –, »Ira ist tot und begraben und damit …« Sie machte eine Handbewegung, als wolle sie den Deckel über einer lästigen Diskussion schließen, die Rucktäschel gar nicht im Sinne hatte.

Sie neigte überhaupt zu ausdrucksvollen Gesten. Wenn sie sagte: »Ich urteile nicht!«, schien sie ihr Gegenüber mit der gespreizten erhobenen Hand von sich wegstoßen zu wollen, als müsse sie sich einer Zumutung handgreiflich erwehren. Zu »Ich urteile nicht!« kam es wiederholt. Die Entwicklung dieser Ehe habe sie genauer verfolgen können, als ihr lieb gewesen sei – in nächtelangen Telephonaten mit Ira, die ihr keine Details ersparte. »Man versucht dann zu raten, bis ich verstanden habe, daß Ira gar keinen Rat brauchte, jedenfalls niemals daran dachte, einen zu befolgen. Bitte – ich urteile nicht!« Bis zur Scheidung habe sie durchgehalten, dann habe Ira unversehens die Verbindung abgebrochen, als könne sie keine Zeugen ihres bisherigen Lebens ertragen. »Freundin« – davon habe aber schon seit langem zwischen ihr und Ira nicht mehr die Rede sein können.

»Mich hat schließlich der Haß abgestoßen. Ich bin ganz nach Asien orientiert, nach Harmonie, guten Schwingungen, positiven Energien, und wenn ich auch Ira weder heute noch damals verurteilen kann – der Haß war schlimm.«

An ihrer Eindringlichkeit war aber abzulesen, daß sie von dem eiskalten Feuer solchen Hasses angezogen worden ist. »Sie wollte ihm nur noch schaden.«

»Ich mache ihn kaputt«, habe sie nachts in den Hörer gerufen, von Schluchzern unterbrochen. Sie wußte noch genau, in welch schlechter Position der Maler sich gegenüber seiner Frau befunden hatte. Ihr sei in der Zeit besonders prekärer Umstände – »er war praktisch bankrott!« – alles übertragen worden, was ihm gehörte, so auch das Atelier in dem aufgelassenen Fabrikgebäude, das dem Maler zu einem Zeitpunkt der Unbekanntheit und Mittellosigkeit schon dieselben Arbeitsbedingungen wie heute bot.

»Dieses Atelier war etwas Unverzichtbares für ihn, er war bereit, auf alles einzugehen, solange ihm nur dieser große Raum blieb. Tatsächlich hat er dann nach der Scheidung sogar drei Jahre darin gewohnt, obwohl die Etage damals nicht heizbar war und nur einen Wasserhahn hatte.«

In zähen Verhandlungen der Anwälte um eine Abstandssumme, die viel höher war, als er sie hätte zahlen können, sei das Atelier aus dem Eigentum der Frau herausgelöst worden. Es war eigentlich ausgeschlossen, daß sie sich auf den Handel einließ, vermutlich tat sie es nur, weil sie damit rechnete, ihn so in den Offenbarungseid zu treiben und ihm dann schließlich doch noch die Etage wegnehmen zu können. Daß es dazu nicht kam, überraschte alle Beteiligten. Er mußte sich eine bis dahin verborgene Geldquelle erschlossen haben – »denkbar, daß Beates Mann hier eingesprungen ist, obwohl sie noch nicht verheiratet waren, das würde die Anzahl von Bildern aus genau dieser Periode erklären, die sich heute über die Residenzen des Ehepaars verteilen«, so Rucktäschels Spekulation, nachdem er die Verhältnisse genauer kennengelernt hatte. Solche Informationen waren Edith Koslowski freilich unzugänglich.

»Das alles liegt mir unendlich fern. Ich habe im übrigen nichts gesagt, was nicht allgemein bekannt wäre.« Sie blieb ihrer Devise treu, nicht zu urteilen.

»Sie können ihn von mir grüßen – ich zweifle, daß er Wert darauf legt, ich fürchte, er ist mir inzwischen entwachsen.«

Das klang etwas bitter, als wäre ihr ein Wiederanknüpfen ganz recht gewesen, Solidarität hätte Ira jedenfalls nicht mehr einklagen können. Rucktäschel hingegen mußte nicht nachdenken, um zu wissen, daß er dies ganz bestimmt nicht tun würde.

Manches solcher Fakten und Vermutungen sammelte sich inzwischen in der Mappe des Biographen, der schließlich sogar das Grab dieser Ira ausfindig machte; sie hatte sich verbrennen lassen – »in einem weiteren Akt der Selbstzerstörung«, wie Louis Creutz bemerkte, als er davon erfuhr; ihre Asche befand sich in einem Urnengrab, kaum größer als ein Schuhkarton, mit einem kleinen Steinwürfel, der ihren Geburtsnamen trug: »Irene Zetzsche«. Mit diesem Namen war sie in eine neue Anonymität eingetreten – niemand, den sie in ihren wilden Ehejahren kannte, hätte sie darunter entdeckt. »Das Leben im Schwarm hat ihr gereicht, sie hatte wohl einen Kater«, so Beate über Iras Verschwinden; der Lärm, den das dekorative Paar um sich machte, hatte einen gewissen Bohème-Hautgout verbreitet.

Für Rucktäschels Forschung war von Bedeutung, daß in diese Zeit eine wichtige Phase des Frühwerks fiel. Er staunte, in welch turbulenter Zeit der Maler zu solch formaler Meisterschaft gelangt war: Die seiner ingresken Periode angehörenden Werke »Frau und Papagei«, die »Frau auf gestreifter Matratze«, die »Frau mit großer Muschel« in ihrer eingefrorenen porzellanhaften Vollendung, die jeden Pinselstrich unsichtbar werden ließ, waren entstanden, als der junge Maler um den Fortbestand seines Ateliers ernsthaft fürchten mußte.

Er selbst hatte mit dieser Periode gründlich abgeschlossen. Er interessiere sich für dieses »akribische Gepinsel« nicht mehr, hatte er Rucktäschel wissen lassen – der mühevolle Versuch, die Spuren seiner Arbeit zu verwischen, komme ihm heute lächerlich vor, die Nähe zum Surrealismus sei ihm sogar peinlich; Rucktäschel notierte all das beflissen, gedachte aber sich vorzubehalten, worauf er selbst den Schwerpunkt legte.

Immerhin blieb es bemerkenswert, daß dieser Mann in seiner ostentativen Unabhängigkeit – ob menschlich oder moralisch, politisch oder ästhetisch – so stark an seinem Atelier gehangen hatte und es bis in die Tage seiner großen Erfolge hinein niemals wechselte. Es war Glück dabei gewesen, daß ihm der Besitz dieser weitläufigen Halle zugefallen war, die inzwischen sehr teuer wäre, wenn sie auf den Markt gelangte, aber das würde sie nicht, solange er lebte, eine der wenigen Gewißheiten, die er sich gestattete.

Wenn er diesen Raum betrat, in dem seine Schritte hallten wie in einer Kirche, ordneten sich seine Gedanken. Seine Empfindungen gelangten zur Sprache. Ihm war, als sei er jeder erdenklichen Aufgabe, die sich ihm stellte, gewachsen. Er hatte zwei alte Filmscheinwerfer dort aufgestellt; in ihrem Licht befand er sich wie auf einer Bühne. In der Dunkelheit hinter den Lampen hockte schweigend und unsichtbar die Welt. Es war übrigens ziemlich schmutzig dort. Die Fenster mit den zahlreichen kleinen Scheiben ließ er einmal im Jahr putzen, aber nichts sonst, als gehe mit dem Staub etwas verloren; die Mauern umschlossen einen Raum, wie ihn die Magier für ihre Beschwörungen herstellen. Hier fand das Malen statt, nirgendwo sonst. Im Lauf eines Tages fiel Licht aller Töne und Farben auf die Gegenstände und verlieh ihnen ihre Körperlichkeit, aber nur in diesem Atelier war es genau das Licht, was gerade ihm bestimmt war – sein Erleuchtungslicht.

Er war davon überzeugt, daß solche Ortsgebundenheit bei Malern nicht so selten sei, zumindest gewesen sei, wenn man etwa an Vermeer denke, der zwanzig Jahre lang immer im selben Zimmer arbeitete und das Licht dort in allen Variationen auf sich hatte wirken lassen. Gedämpft und kalt, sonnig und nebelweich trat es durch die Scheiben und wurde dann im Raum noch einmal etwas anderes. Louis Creutz meinte, darin schwimmen zu können, so substanzhaft war es geworden.

Doppelt erstaunlich, zu welchem Wagnis er dennoch fähig war. Er hatte sich noch mitten im Kampf um das

Atelier befunden, seine Frau hatte verstanden, womit sie ihm weh tun konnte, die Drohung schwebte lange über ihm, auch als endlich ein Konkordat vorlag und die Anwältin angekündigt hatte, die Frau werde es unterzeichnen. Hatte aber eben noch nicht unterzeichnet, ließ ihn zappeln – selbstverständlich zappelte er nicht, bettelte nicht und drängte nicht, rüstete sich aber stoisch für das Eintreten des größtmöglichen Unglücks.

Freiheit und Unabhängigkeit von allen denkbaren Bindungen blieben gleichwohl sein höchstes Gut. Er mußte sich unbedingt selbst und nur sich selbst beweisen, daß er sich auch im Ringen um das Atelier keiner Notwendigkeit beugen würde. Die Gelegenheit dazu ergab sich schnell. Schade, daß er so etwas nur seinem Freund Ed Weiss erzählen konnte. Der war als Mitwisser gut gewählt, ein Mann ohne die geringste Reputation, in den Augen der Gesellschaft ein Unberührbarer, vorbestraft wegen Waffen- und Drogenhandels, bedenkenlos, gewissenlos, herzlos, dennoch dem Maler in Treue ergeben, den er vor allem in jungen Jahren auf nächtlichen Touren durch die Halb- und Unterwelt begleitete und gewissermaßen auch beschützte, wenn Louis Creutz in den entsprechenden Milieus als Fremdkörper erkannt wurde. Dr. Rucktäschel sollte nicht lange nach Beginn seiner Recherchen aus der Zeitung erfahren, daß es diesen Mann gab; in einer Werkbiographie hatte der freilich nichts zu suchen. Was er erzählen konnte, hatte mit Malerei nichts zu tun. Nirgendwo fand sich also eine Spur jener nächtlichen Vorkommnisse, wenn Louis Creutz sie nicht für wertvoll genug erachtet hätte, um sie in seinem elektronischen Tagebuch festzuhalten.

Ira war nach der Trennung sehr knapp mit dem Bargeld – er desgleichen, sie aber war in der gemeinsamen Wohnung geblieben und hatte sein früheres Schlafzimmer darin vermietet – nicht nur für die paar Mark, die sie damit einnahm, sondern auch, um eine Sicherung einzubauen, sollte er wider Erwarten versuchen zurückzukehren. Es war nicht mehr die Zeit, in der man sich bei einer Zimmerwirtin einquartierte; mit der Vermieterin das Bad zu teilen und unter Aufsicht zu stehen, war längst nicht mehr attraktiv, so war es gar nicht so leicht gewesen, jemanden für dieses Zimmer zu finden. Die junge Frau, die schließlich bei ihr einzog, wollte auch nicht lange bleiben, hatte aber eine eigene Verbindung gelöst und saß auf der Straße. Louis Creutz empfand dieses Zimmervermieten, als es ihm zugetragen wurde, als weiteren Anschlag auf seinen Ruf – bis dato war es ihm gelungen, seine prekäre Situation zu kaschieren –, »denn niemand kauft ein Bild von einem Maler, der es nötig hat«, pflegte er zu sagen. Iras Demonstration, daß es ihr am Nötigsten mangele, betrachtete er als weiteren Beweis ihrer Niedertracht.

»Sie war eine unmögliche Person, unerträglich in ihren Launen und Hysterien, aber nicht deshalb habe ich sie verlassen, sondern wegen ihres Verhaltens, *nachdem* ich ausgezogen war« – eine seiner Paradoxien, an deren logische Nachvollziehbarkeit er unbeirrt glaubte. Ed Weiss hatte nur eine sehr ungefähre Vorstellung davon, was es hieß, ein Maler zu sein, seine Achtung verringerte das aber nicht. Im Gegenteil, er sah ihn früh als die Berühmtheit an, die er erst noch werden sollte. Die Sorgen um den Fortbestand des Ateliers konnte er schon gar nicht verstehen – wenn Ira

»zicke«, wie er sich ausdrückte, dann habe er zwei Bosnier, die er mal bei ihr vorbeischicken könne, dann regle sich alles wie von selbst.

»Du täuschst dich«, war die Antwort auf dieses praktische Anerbieten, »wenn sie bedroht wird, dann legt sie erst richtig los – sie ist angstfrei. Nein, das muß anders laufen.«

Aber solche Etagen wie die seine gebe es doch noch mehr, da habe er fünf Afghanen mit einem Lastwagen, die zögen den ganzen »Schamott«, wie er sagte, in zweieinhalb Stunden um – die Farbe sei noch nicht trocken, wenn alles wieder aufgebaut sei, er könne am selben Tag noch weitermalen.

»Du weißt nicht, wovon du sprichst«, des Malers Ablehnung klang aber nicht wirklich geringschätzig. Er hielt seinen Freund für ein großes Kind, der hingegen sah ihn kopfschüttelnd an und empfand ihn als ebenso respektgebietend wie hilfsbedürftig. Was Louis Creutz ihm eines Tages vorlas, hörte er gern; eine solche Dreistigkeit machte ihm Hoffnung für den andern.

Das Abkommen war gerade ausgehandelt, so der Maler, da sei er in einer Diskothek, einem Laden von Weiss' Freunden, an der Theke an ein Mädchen geraten, das ersichtlich schon einiges getrunken hatte. Er hatte begonnen, nachts dorthin zu kommen, es war die Zeit der Punks, und er konnte sich an der Vielfalt der Kostümierungen nicht sattsehen, hatte auch schon Modelle dort gefunden, was nie ohne Schwierigkeiten ablief – die dramatisch zugerichteten Mädchen hatten nicht die Kraft zu längerer Unbeweglichkeit und fielen beim Stillsitzen regelrecht in sich zusammen.

Das Mädchen an diesem Abend war kein Punk, ein bißchen mollig, mit seidigen Locken, die überhaupt nicht in diese Umgebung paßten, geradezu brautjüngferlich, ein naives mitteilsames Wesen, das ihn ansprach, vielleicht weil es selbst nicht dort hingehörte. Das Gedränge schob sie zusammen. Er entschuldigte sich, als er an sie gedrückt wurde. Ob sie sich nicht in eine weniger belagerte Ecke setzen wollten? Sie nahm ihren bunten Phantasiecocktail mit, aus dem, abgesehen von einem Strohhalm, noch allerlei Dekorationsobst herausragte, ein Rüpel schubste sie, das beschlagene Glas rutschte ihr aus der Hand, Louis Creutz hörte in dem Lärm den Aufschlag auf den Boden kaum, fühlte aber, daß seine weißen Hosenbeine naß wurden.

Auf der Couch im dunklen Winkel bestellte er einen neuen solchen Cocktail für sie, obwohl er vermutete, daß sie besser kein weiteres Glas tränke. Sorgen um die Konversation brauchte er sich nicht zu machen. Sie sprach mit ihm, als sei ihre Einsamkeit in der Menge vor dem Tresen nur die Unterbrechung eines sich inzwischen stauenden Redestroms gewesen. Nach kurzem wußte er, daß sie in einem Nagelstudio arbeitete, daß sie bei ihrem Freund ausgezogen war, weil der sich »unfair« betragen habe, darüber hinaus »kein guter Typ« sei, was sie aber schon am Anfang gewußt habe – der Freund von ihrem vorletzten Freund, die hätten sich beständig gegenseitig die Frauen zugeschoben, schlimm, sie mache das aber nicht mehr mit.

Der Maler betrachtete sie, ohne ihr weiter zuzuhören. Ihre Haut war zart wie die eines Säuglings, so weiß, als komme sie nie auch nur für eine halbe Stunde an die frische Luft. Sie steckten die Köpfe zusammen – wegen des Lärms notwendig –, dadurch roch er ihren Atem, in dem sich in seiner Vorstellung der Alkohol mit Milch mischte; in Paris kannte er ein Lokal, in welchem es süße Milch mit Rum gab, so roch das. Unter dieser feinen Haut sorgte eine wäßrige Fettschicht für eine schier unendlich anmutende Weichheit des Fleisches, wie er bei zufälligen und dann schon weniger zufälligen Berührungen feststellte; nun jedoch kam noch etwas hinzu: Aber was war das, was ihn darüber hinaus noch unwiderstehlich anzog? Daß er ihr einen weiteren knallbunten Cocktail bestellte, war nun nicht mehr Zeichen der Generosität, sondern mit einer Absicht verbunden. Sie war nicht mehr ganz klar im Kopf, aber das zeigte sich nicht an der Artikulation, sondern erst, als sie aufstand und ihm zum Ausgang durch die Menge folgte, die er mit sicherer Hand auseinanderschob, während die andere sie festhielt und auffing, wenn sie stolperte.

Während der Fahrt im Taxi verdichtete sich das unbestimmte Gefühl aus Reiz und Bedrohung. Er hatte den Kavalier gespielt, der seine Dame nach Hause begleitete, von ihr kam kein Widerspruch, aber als sie dem Fahrer die Adresse sagte, wurde aus seinem Gefühl eine Ahnung. Es war die seiner gemeinsamen Wohnung mit Ira, das war zwar ein großes Mietshaus mit acht Parteien, dennoch: Wenn er mit dieser Fremden dort vorfuhr und sie stützte, damit sie beim Aussteigen nicht hinfiel, und Ira aus irgendeinem verrückten Grund gerade aus dem Fenster sah, dann hätte das unberechenbare Folgen haben können – ein lautstarker Auftritt wäre nicht ausgeschlossen –, und schließlich hing das teure, das kostbare Abkommen ja immer noch in der Luft.

Das Haus lag in ausdrucksloser Ruhe da, in keinem Fenster brannte Licht, was sich in dieser Schwärze im Innern abspielte, verriet es nicht. Ein nächtlich vorfahrendes Taxi mit Türenklappen und erneutem Anfahren verursacht in schlafenden Wohnstraßen immer einen gewissen Tumult, aber Iras Schlafzimmer lag nach hinten hinaus. Und doch, er kannte ihre Neigung, bei Schlaflosigkeit nachts durch die Räume zu geistern, ohne Licht anzumachen – oft hatte er sie um vier Uhr morgens unbeweglich in seinem Bücherzimmer im Sessel sitzend vorgefunden, mit offenen Augen ins Dunkel starrend, in eine Decke gewickelt und dennoch in der Kühle zitternd. Das Einfachste und Nächstliegende wäre gewesen, das Mädchen augenblicklich sich selbst zu überlassen und mit dem Taxi davonzubrausen. Noch war er eine namenlose Zufallsbekanntschaft für sie.

Die Warnrufe in seinem Innern wurden schrill, aber ebenso überdeutlich war die Einsicht, daß er nicht imstande war, ihnen zu gehorchen. Er hätte das Mädchen stürzen lassen müssen; das widerstrebte ihm, und zugleich schlug das Herz in seiner Brust so laut, daß er meinte, Ira müsse es hören. Die Gefahr für die Weiterarbeit in näherer und fernerer Zukunft und damit für sein Leben stand ihm vor Augen, aber sie stellte zugleich eine unüberwindliche Verlockung dar. Und diese stieg noch, als sie nach langsamem, keineswegs geräuschlosem Erklimmen des zweiten Stocks vor seiner eigenen, eben noch eigenen, jetzt nur noch Iras Wohnungstür standen.

Das Mädchen flüsterte ihm ins Ohr, er müsse ganz leise sein, ihre Vermieterin habe ihr verboten, jemanden mitzubringen. Die Tür schwang auf, der Duft von Iras Vanilleparfum schwappte ihm entgegen. Das Mädchen legte den Finger auf die Lippen und ging auf Zehenspitzen auf die Tür zu, die einmal zu seinem Schlafzimmer geführt hatte. Das war ihr jetzt plötzlich möglich; vielleicht hatte die Angst vor der Vermieterin sie ernüchtert. Licht machte sie keines; in den Flur fiel nur der fahle Schein einer Straßenlaterne, aber er brauchte wahrlich keine Lampe, um sich zurechtzufinden.

Jetzt standen sie in seinem Schlafzimmer. Dort war sein Bett, noch an derselben Stelle, wie er es verlassen hatte. Sonst war umgeräumt worden, ein Kleiderschrank aus einem Abhollager stand dort, wo vorher ein Bücherregal gewesen war. Dessen Inhalt hatte Ira ihm zuliefern und vor die Füße kippen lassen, denn einer der Kartons war schon auf der Treppe zum Atelier gerissen. Was da an Bildern herumgehangen hatte, war abgehängt. Bei sich hatte er nichts Eigenes an den Wänden, sondern nur, was ihm in Versteigerungshäusern für wenig Geld in die Hände fiel, reizvolle anonyme Werklein, in denen irgend etwas anklang, was ihn gerade beschäftigte. Hatte sie diese höchstpersönliche Arbeitskollektion in den feuchten Keller geschafft oder schon auf die Straße gestellt, weil sie hoffte, ihn damit noch einmal besonders zu treffen?

Das Mädchen tastete nach dem Schalter. Er verhinderte das, indem er sie an sich zog. Sie fiel ihm entgegen wie ein weicher Sack. Ihr Milchgeruch überschwemmte ihn, er hätte ihm mißfallen auf die Dauer, aber darauf kam es jetzt nicht an. Er beging eine Riesendummheit, unverzeihlich, aber er war nun schon viel zu weit vorgedrungen, um noch umzukehren.

Jeden Moment rechnete er damit, daß die Tür aufgerissen wurde und Ira vor ihnen stand, aber das lenkte ihn nicht ab von dem Kuß ihrer geöffneten, von Speichel befeuchteten Lippen. Sie wollte etwas sagen, da hielt er ihr den Mund zu. Das war ebenfalls unvorsichtig, denn in ihrer Trunkenheit hätte sie gegen diese Grobheit vernehmlich protestieren können. Aber sie duldete es.

»Es ist, als ob ich sie nicht gesehen hätte«, sagte er zu Ed Weiss. »Nur die Laterne draußen leuchtete ins Zimmer, wir waren wie in der Unterwelt.«

Was er nicht weitergab, war die Verbindung von Gier und Angst, die ihn erfüllte, eine regelrechte Angstlust, die er zum ersten Mal erlebte.

»Il cazzo ne vuol pensieri«, hatte ein anderer zu wissen gemeint, aber bei ihm stimmte das nicht, wie er jetzt erfuhr. Im Gegenteil, er war hellwach und betrachtete sich während der heftigen und rücksichtslosen Aktion auf seinem Bett. Um sich auszuziehen, fehlte die Zeit, das durfte nicht zu lange ausgedehnt werden, aber er war mitten in der Umarmung, in die das Mädchen sich willenlos ergab, dazu imstande, sich vorzustellen, wie es wäre, wenn Ira ihn mit heruntergelassenen Hosen ertappte – »kampfunfähig«, wie er dachte, dieses Wort gab er auch an Ed Weiss weiter, der darüber lachte, aber gar nicht nachempfinden konnte, in welcher Spannung das Ganze stattgefunden hatte.

Er genoß die Weichheit dieses Körpers, »molluskenhaft«, dachte er, die mit Willenlosigkeit einherging, und er erinnerte sich an die zerstreute Zärtlichkeit, mit der sie ihm die Hand auf den Hinterkopf legte und mit den Fingern in seinen Haaren spielte. Sie seufzte, als er von ihr abließ, da kehrte seine Nervosität zurück. Wieder verschloß er ihren Mund mit mehr Härte, als dazu nötig gewesen wäre, als wolle er sie für die Gefahr, in die sie ihn brachte, bestrafen. Während er sich die Hosen hochzog und zuknöpfte, bat sie mit halblauter Stimme um seine Telephonnummer, ihm kam es vor, als dringe das in der allgemeinen Geräuschlosigkeit durch die Wände. Sie lag bewegungslos vor ihm, die seidigen Friseurlocken waren um ihren Kopf gebreitet, die Augen halb geschlossen, das kühle Laternenlicht hob ihre weißen Schenkel und den Bauch hervor.

Er fand ein Blatt Papier und schrieb hastig eine erfundene Nummer darauf, während er sich fragte, ob Ira seine Schrift erkennen würde, sollte ihr dieser Zettel in die Hände fallen.

Er verließ sie, ohne sich noch einmal zu ihr hinabzubeugen. Im Flur überfiel ihn ein Augenblick der Panik, als sich die Wohnungstür nicht öffnen ließ – sie hatte, gewiß gewohnheitsmäßig, den Riegel herumgedreht, was er nicht mitbekommen hatte. Oder ob Ira das getan hatte – spät nach Hause kommend oder gar in der Absicht, ihn einzusperren, weil sie längst wußte, daß er in der Wohnung war?

Dann im Treppenhaus fiel Spannung bei jeder Stufe von ihm ab, obwohl er immer noch bemüht war, auf Zehenspitzen zu gehen. Auf der Straße vermied er, sich nach dem Haus noch einmal umzudrehen. Das Gartentor hatte gequietscht. Vor seinem inneren Auge erschien Iras Gesicht, ein kalter Mond am Fenster, unbewegt auf die Straße blickend. Er wechselte auf die andere Straßenseite in den Schatten hoher Bäume.

Ein Taxi fuhr vor, eine Frau stieg aus. Sie ging mit schnellem Schritt zum Gartentor, wieder quietschte es. Den Kopf hielt sie gesenkt, weil sie den Hausschlüssel suchte, dieser gesenkte Kopf war so typisch für Ira, daß er sie allein daran im Finstern erkannt hätte. Das Abenteuer war zu Ende.

Aber er hörte in der Erinnerung noch tagelang nicht auf, über sich zu staunen, vor allem, als dann die Abtretung des Ateliers, von ihr unterschrieben, eintraf – er hatte bis zuletzt damit gerechnet, daß sie eben doch irgendwie von seiner Anwesenheit in ihrer Wohnung erfahren habe – ihrem Ahnungsvermögen traute er aus Erfahrung Übernatürliches zu.

»Ich war bereit, das einzige, was mir wichtig ist auf Erden, für etwas wegzuwerfen, was in meinem Leben weniger als nebensächlich war – für zehn Minuten mit einer Frau, die ich unter anderen Umständen nicht angesehen hätte.«

»Man macht solche Sachen«, antwortete Ed Weiss, »ich mache jeden Tag so etwas.«

»Ich weiß«, Louis Creutz war nicht zu beruhigen, »aber der Unterschied ist: Dir ist nichts wichtig.«

Ed Weiss behielt das letzte Wort: »Wichtig – das ist das erste, was man sich abgewöhnen muß.«

10

In der Beziehung von Louis Creutz zu der Familie von Beate war an dem venezianischen Wochenende ein Aspekt hinzugekommen; man konnte das, was zwischen ihm und Dietrich entstanden war, schon beinahe eine neue Freundschaft nennen, wobei Freundschaften eigentlich über einen längeren Zeitraum hinweg zu wachsen pflegen. Nicht umsonst heißt es, man müsse einen Scheffel Salz zusammen gegessen haben; es gehört auch die Bewährung in Krisen dazu und die Erprobung beiderseitiger Loyalität. Aber wenn der Maler wollte, dann ging das schneller, und Dietrich fügte sich der Überrumpelung in aller Arglosigkeit. Es war bei ruhiger Betrachtung nicht weiter auffällig, wenn die Familienfreundschaft auf einen ausgedehnt wurde, der, obschon schweigend, doch immer anwesend war.

Bei genauerer Bekanntschaft wurden Eigenschaften sichtbar, die vorher verborgen geblieben waren. Die Familie besaß ein großes Jagdhaus im nordhessischen Wald- und Bergland, von dem Beate und Rudolf selten Gebrauch machten; Rudolf langweilte sich bei der Jagd, und Beate verabscheute sie. »Mit diesem gesamten Jägertreiben möge man mich verschonen, ich will damit nichts zu tun haben.« Tierliebe war es nicht, was sie davon abhielt, an den jährlichen Treibjagden auf Wildschweine teilzunehmen. Es waren die Jäger und ihre Unterhaltungen, denen sie aus dem Weg gehen wollte. Das Kleinhalten des Wildbestandes wurde von den Landwirten der Region und den angrenzenden Waldbesitzern allerdings regelmäßig als Pflicht eingefordert. Dieser unterzog sich Dietrich mit wachsendem Eifer, er wurde, wie das in Jägerkreisen heißt, »passioniert«, wenngleich auf seine stille Weise, die kein Aufhebens davon machte.

Der Maler entdeckte, als dann doch einmal die Rede darauf kam, daß hier ein Funke glomm, und es bedurfte, als sie sich allein unterhielten, nur einer kleinen Ermutigung, um eine Schleuse bei Dietrich zu öffnen. In seinem Redestrom wurde Leidenschaft erkennbar. So etwas gab es also bei ihm. Louis Creutz zeigte, daß ihn das neugierig machte. Noch nie sei er auf einer Jagd gewesen. Er empfinde das als Lücke, denn einer der für ihn wichtigsten Maler der Vergangenheit, Gustave Courbet, sei ein besessener Jäger gewesen.

»Kommen Sie doch am nächsten Samstag einfach mit, da geht es auf Sauen.«

Dietrich war freudig überrascht, daß er unversehens imstande sein sollte, jemandem aus seinem Umkreis etwas Neues zu bieten. In der vergangenen Woche hatte es viel geschneit, die Temperaturen waren inzwischen aber wieder etwas gestiegen und lagen knapp über null Grad. Der Boden war immer noch gefroren, und im höheren Bergland würde überall Schnee liegen; er möge sich warm anziehen, denn es gehe darum, lange, womöglich mehrere Stunden, in der Kälte unbewegt auszuharren.

Der Maler war kein Sportsmann, aber es gehörte zu seinem Bild von sich selbst, daß er imstande war, körperliche Strapazen ohne weitere Vorbereitung zu ertragen, womöglich gar besser als Leute, die sie gewohnt seien. Da er nie spazierenging und schon gar keine Sehnsucht nach dem Wald hatte, war er kurz ratlos, was er anziehen sollte. Er besaß ein paar feste braune Schuhe, aber Wanderstiefel waren das nicht. Würden sie längere Zeit Kälte und Nässe standhalten? Er schob die Frage weg. Zu seinen Prinzipien gehörte es, Spezialausrüstungen zu verachten.

»So was braucht man alles gar nicht« – und was man nicht brauche, sei peinlich oder häßlich. Er würde improvisieren, halt angezogen sein; immerhin trug er zwei Pullover übereinander, was er auf der Fahrt nach Nordhessen zunächst bereute; wenig war ihm mehr zuwider, als es zu warm zu haben. Dietrich hatte am Vorabend die bereits Angereisten oder als Nachbarn ohnehin anwesenden Jäger in seine Jagdhütte geladen, da würde, wie seinen Andeutungen zu entnehmen war, ein kernig-männliches Gelage stattfinden mit Gulasch und Schnaps – davon bat der Maler, dispensiert zu werden. Er hatte Dietrich nie anders als im Familienzusammenhang erlebt und fürchtete geradezu den Augenblick, ihn als Gastgeber unversehens in hochaktiver Rolle kennenzulernen.

»Darf ich in den Gasthof gehen? Es geht doch morgens früh los …«

Es bewies Dietrichs Ehrfurcht vor dem Maler, daß er sofort zustimmte: Nein, dieses Abendessen sei nichts für ihn. Das galt wahrlich nicht seiner Kunst. Schon bevor ihre Partikularfreundschaft begonnen hatte, war aber offensichtlich gewesen, wieviel dieser Mann im Haus seines Bruders galt, und obwohl er mit Beate seiner ganzen Natur nach ebensowenig anfangen konnte wie sie mit ihm, war sie durch ihre Position als Frau seines Bruders sakrosankt; wen sie mitbrachte, war es ebenso.

Lange war der Maler nicht in einer solchen ländlichen Gaststube gewesen, mit dem Neonlicht der Bierreklame über dem Tresen und dem eigentümlichen Geruch, in dem sich der Dunst der Fritteuse aus der Küche mit dem des Spülbeckens mischte, in welches die gebrauchten Biergläser mit einer drehenden Bewegung eingetaucht wurden. Das Bier der regionalen Brauerei war etwas dunkler als gewohnt und schmeckte ihm besonders gut. »Warum trinken wir nicht alle dieses Bier?« Weit entfernt davon, sich hier verlassen zu fühlen, genoß er die Einsamkeit. Wenn er sich morgen einige Momente lang nur halb so wohl fühlen würde, wäre die kleine Reise gerechtfertigt gewesen.

Es war noch stockdunkel, als er am nächsten Morgen von einem Auto abgeholt wurde, das Dietrich geschickt hatte; eine Tasse Kaffee hatte er immerhin bekommen, bevor er sich in die feuchte Kälte begeben mußte. Auf dem großen Platz vor dem Jagdhaus, das nur in der Familie »Hütte« genannt wurde, obwohl einst ein Oberförster hier residiert hatte, standen die Jäger versammelt, mit ihren gesicherten Waffen über den Schultern, in Lodenkotze und mit verbeulten Jagdhüten – daß das, zum Teil jedenfalls, Kostümierungen waren, legten die am Rand geparkten stattlichen Limousinen nahe, mit Nummernschildern aus großen Städten. Das altertümliche Bild wurde durch die signalroten Westen, die viele über den Loden gezogen hatten, beeinträchtigt; sie waren neuerdings vorgeschrieben, um Jagdunfälle zu verhindern – schwer zu malen, dachte Louis

Creutz, man müßte dieses Rot auf der Leinwand stark abdämpfen, damit es die Komposition nicht sprengte.

Die dünne Schneedecke vor dem Haus war zertrampelt. Ein Jagdaufseher lief umher und teilte die Jäger in Gruppen, die zu ihren Ständen gebracht wurden. Er sah Dietrich, der zwischen seinen Gästen umherging und sich an der Organisation der Abläufe nicht beteiligte, in einer Gelassenheit, die offenbar zu Recht darauf vertraute, daß alles seine vorzügliche Ordnung haben werde. Er hatte plötzlich etwas Gebietendes, überraschend für jeden, der ihn aus dem Haus seines Bruders kannte. Gehilfen des Jagdaufsehers traten auf ihn zu und raunten ihm fragend ins Ohr, er verwies sie an andere Instanzen, sehr freundlich, aber deutlich machend, daß er mit Details der Abläufe nicht befaßt war.

Die Aufbruchsstimmung glich der zu einem militärischen Manöver. Die Jäger hatten wenig geschlafen, es war, wie angekündigt, spät geworden. Ihre Gesichter waren im Dämmer unter den Hutkrempen nicht deutlich zu erkennen, aber man war voller Erwartung, die Stimmen brodelten. Abseits ein Haufen von großen Kerlen mit breiten Schultern, markanten Schädeln und auffällig wenig Hinterkopf, in Lederjacken und mit Fellmützen: die Treiber, wie der Maler erfuhr, sonst als Waldarbeiter hier beschäftigt, vorwiegend aus Montenegro stammend. Sie brachten ein eigenes Element in die Versammlung und wurden von einem der Ihren befehligt, der die Jagd schon kannte. Bei ihnen kreiste auch bereits die Schnapsflasche; verständlich bei der Kälte, die nicht extrem war, aber durch die Feuchtigkeit von den Füßen hinauf in die Beine zog. Die Montenegriner zu zeichnen juckte den Maler in den

Fingern, aber die Unruhe in dem Haufen war zu groß. Der Kriegszug gegen die schwarzen Ungeheuer stand unmittelbar bevor, jene borstigen Teufel, die mit Panzerkraft durch den Wald rannten und die umliegenden Felder verwüsteten.

Ein kleiner Lastwagen fuhr vor, der längst erwartet worden war. Die hintere Klappe öffnete sich, und in einem Schwall sprang die Meute der Jagdhunde von der Rampe, in einem Gewimmel und Getümmel fest zusammenbleibend, aneinandergedrängt, ohne daß auch nur ein einziger einen Augenblick stillgehalten hätte. Der Meister der Meute, ein hochgewachsener Mann, trat hinzu. Wie von einem einzigen Willen bewegt, sahen die heftig mit den Schwänzen wedelnden Hunde zu ihm auf. Sie standen in einem Liebes- und Gehorsamsverhältnis zu ihm, er bewegte sich wie watend zwischen ihnen, sie drückten sich winselnd an ihn, die körperliche Verbindung mit ihm suchend, ohne darin verharren zu können. Eine nicht sehr hochbeinige, kurzhaarige Rasse war das, äußerst gepflegte Hunde, mit schlanken, muskulösen Körpern, in ihrer Überbeweglichkeit blutjung wirkend, ohne Einzelwillen; wäre es überhaupt möglich, einen davon aus der Meute herauszulösen und allein im Haus zu halten, ohne daß er vor Verlassenheitsgefühlen zugrunde ginge? Für sie zählte doch nur, mit den Brüdern zusammen und zugleich mit allen Sinnen auf die Signale des hochbeinigen Chefs ausgerichtet zu sein, den sie mit verzehrenden Blicken nicht aus den Augen ließen.

Unversehens stand Dietrich neben Louis Creutz. Das sei eine berühmte Meute, die beste weit und breit und vielfach ausgezeichnet. Seine Erklärungen verrieten Stolz und Eifer.

Er war sich bewußt, seinen Jagdgästen etwas Besonderes zu bieten, aber er äußerte seine Bewunderung für dieses quirlige Hundetreiben, als sei nicht er selbst es, der es bestellt hatte. Wieder näherte sich einer der angestellten Jäger mit einer Frage; Dietrich schickte ihn »zum Herrn Neumann«, dem ernsten Oberförster, der alle Fäden in der Hand hielt. Ein fahles Morgenlicht hatte inzwischen das Dämmern abgelöst, von Sonnenaufgang konnte nicht die Rede sein.

Ein Land Rover hielt am Rand der zertrampelten Wiese. »Kommen Sie«, Dietrich zupfte den Maler am Ärmel, »wir lassen die Leute sich jetzt allein sortieren und fahren schon mal in Richtung auf unseren Stand.« Auch er hatte seine Flinte gesichert, aber keine der signalroten Westen übergezogen – doch wohl nicht aus Rücksicht auf das ästhetische Empfinden des Malers? Der war davon überzeugt, daß diese Farbe ebenso verscheuchend auf Tiere wirkte wie Lärm. »Dieses Rot ist gleichfalls Lärm, dem Kreischen einer Kreissäge vergleichbar«, aber er verzichtete darauf, Dietrich mit dieser steilen Behauptung zu verwirren. Zu deutlich war dessen Bemühen, ihm den Jagdtag so angenehm wie möglich zu machen.

»Sie müssen aber wissen, daß es jetzt lange dauern kann, und wir sollten nicht rauchen und nicht zu viel reden …«

»Keine Sorge, ich weiß gar nicht, was Langeweile ist«, das war ein wenig geprahlt. Er konnte sehr ungeduldig werden, mit anderen natürlich nur, nicht wenn er allein war. Das hätte ja bedeutet, daß er sich in einem unfreiwilligen Zustand befände, und das hätte er sich ungern eingestanden. Der Waldweg führte recht steil bergan. Die Schneedecke war noch unzerteilt. Da und dort sahen braunes Laub und abgebrochene Äste aus dem Weiß. »Wo sind die anderen?«

»Die werden über einen Weg hintenrum geführt.« Hintenrum war ein sinnloser Ausdruck für jemanden, der die Topographie des Geländes nicht kannte. Dies sei der Burgberg der Falkenburgruine, ein Raubritter habe dort einst gehaust, schon im achtzehnten Jahrhundert war die Burg zerstört, weitgehend abgetragen, der Förster behauptete, genau angeben zu können, in welchen Hofmauern der umliegenden Dörfer Quader aus der Falkenburg steckten. Ob damals wohl mit Falken gejagt worden sei? Daß Dietrich darauf kaum Auskunft geben konnte, war dem Maler klar. »Und es interessiert mich ja auch gar nicht – was schwätzt man nicht alles rum«, dachte er. Er nahm sich beim strengen Urteilen über andere nie aus, aber er wußte auch, daß man zu einem Konversationsfeuerchen nicht nur edle Buchenscheite, sondern auch Pappkartons brauchte, und auf Dietrichs Beitrag zur Unterhaltung durfte er nicht rechnen.

Der Wagen rumpelte und blieb manchmal in einem tieferen Loch stecken, das durch den Schnee getarnt war. Dann liefen die Räder leer und gruben sich nur noch tiefer in den darunter verborgenen Schlamm. Einmal mußten sie aussteigen. Der Fahrer holte eine alte Decke und legte sie unter die Reifen; Dietrich schob, daß ihm die Stirnader schwoll, Louis Creutz machte auch mit, aber eher ordnungshalber. Er hatte keine Handschuhe an, weil er das nicht mochte, »man hat kein Gefühl in den Händen«, aber jetzt ging das Gefühl durch die Kälte verloren; er meinte, mit der Haut auf dem eisigen Metall festzukleben.

Sie fuhren durch einen Tannenwald mit viel struppigem Unterholz. Der darauf gewehte Schnee milderte diese Stachligkeit, die Tannen standen nicht sehr dicht beieinander und ließen Blicke in die Tiefe zu, in eine Waldschlucht. Auf der anderen Seite des Weges zeigte sich Fels, dort ging es in die Höhe, der Gipfel war aber verborgen.

Als sie angelangt waren, erkannte der Maler hoch über sich Mauerreste, die über den Fels hinauswuchsen; die Erbauer der Burg hatten sich dieses natürliche Fundament zunutze gemacht. Die Ruine war gänzlich von der Natur zurückgeholt worden. Nur wenn man davon wußte, erkannte man, daß hier menschliche Hände gewirkt hatten.

»Wir müssen jetzt noch ein Stück laufen.«

Dietrich meinte, sich dafür entschuldigen zu müssen, aber der Weg führte von der Schlucht weg, ihr Standort würde oberhalb davon liegen. Er schien jeden Baum zu kennen. Es war jetzt hell, aber die Sonne durchdrang nicht die graue Wolkenschicht, die über der Erde hing, als wolle sie sich mit ihrer Wasserlast bald entladen. Das würde als Schneeflocken oder Nieselregen herunterkommen. Jetzt war es noch trocken, der Schnee war pappig und klebte unter den Schuhsohlen. Das sei genau der Schnee, den Courbet vorzugsweise gemalt hatte, nicht den pulvrigen, wie Schwanenflaum so locker und duftig, sondern den, der kurz vor dem Zerfließen und von einer wäßrigen Dunkelheit war, die unter dem alt gewordenen Weiß hindurchschien. Der Maler behielt das aber für sich.

Er erkannte, daß sein neuer Freund in einen anderen

Zustand geraten war, gepackt von der Erwartung des Kommenden.

Dietrich war jetzt ganz bei sich. So mußte man ihn erleben, wenn man ihn kennenlernen wollte, wie man Spieler oder Trinker erst begreift, wenn man sie am Spieltisch oder im Saufexzeß vor sich hat. Er stolperte hinter ihm her, wobei Dietrich ihn nicht vergaß und Ranken von Dorngebüsch und in den Pfad ragende Äste wegschob, damit Louis Creutz passieren konnte.

Dann hielt er an. Schwach war noch das Motorengeräusch des davonrumpelnden Land Rovers zu vernehmen. Sie waren allein.

»Hier bleiben wir.«

Warum gerade hier? Dieser Fleck zwischen den Bäumen unterschied sich in nichts von dem, was sie hinter sich gelassen hatten. Ihre Schritte waren hörbar gewesen, unter dem Schnee raschelte Laub, die zerbrechenden Ästchen knackten. Niederlassen konnte man sich in der Nässe nicht. Es galt ja auch bereit zu sein. Er dachte daran, daß der im Frost schlafende Wald bald mit still wartenden Jägern durchsetzt sein würde. Ein Netz der Bedrohung für die Waldbewohner hatte die Planung des Försters über die Landschaft gelegt. Aber wo immer der nächste Schütze stand, zu vernehmen war nichts von ihm. In diesem Halblicht würden sie jetzt erst einmal verweilen.

Dietrich sprach halblaut mit einer Stimme, der die Schärfe genommen war, es war kein Flüstern, aber sie trug nicht weit. Ab und zu tropfte es aus dem Geäst; kalt rann es dem Maler in den Nacken. Er verstand, daß er an diesem Ort jetzt auszuhalten hatte.

So mußte seinen Modellen zumute sein, wenn sie ausgezogen und unbewegt verharrten, ohne zu wissen, was sich gerade auf der Leinwand tat.

Immer probierte er vorher alle möglichen Stellungen aus und fragte fürsorglich, ob die Frau sich zutraue, länger so zu verharren, wobei er genau wußte, daß jede Stellung nach einer Weile unbequem wird, vor allem wenn es verboten ist, sie zu verändern. Er, die ganze Zeit in konzentrierter Tätigkeit mit Schwierigkeiten kämpfend, mit zusammengekniffenen Augen das Modell musternd, als wäre es kein Mensch, sondern eine Sache, gelegentlich in ein gedämpftes Selbstgespräch verfallend, von dem das Modell nichts richtig mitbekam, das darauf auch gar nicht eingehen sollte – »So geht das nicht … schlimm, schlimm … Ich sehe überhaupt nichts … Das Licht ist unerträglich …« Gegen Abend konnte es an klaren Tagen geschehen, daß durch das nach Nordwesten gelegene Atelierfenster ein rötlicher Strahl in den Raum fiel – »die Scheißsonne macht mir alles kaputt …« – aber dann war die Sitzung auch bald zu Ende. »Das war heute nichts«, ebenfalls keine Ermutigung für die Frau, die nichts als ihre Unbewegtheit zu dem beitragen konnte, was da halb hörbar, aber nicht sichtbar in nächster Nähe von ihr geschah.

In seiner Manteltasche fand er eine Zigarettenschachtel. Er stellte sich vor, das Flämmchen des Feuerzeugs und das Glutpünktchen auf der Zigarette könnten ihn ein wenig erwärmen, aber als er die Schachtel hervorholte, schüttelte Dietrich den Kopf, mit ungewohnter Entschiedenheit – Dietrich Befehle geben zu sehen, ein Erlebnis. Der hatte jedoch vorgesorgt; er reichte ihm einen silbernen Flakon mit Cognac. Die Flasche war eiskalt, aber der durch die Kehle rinnende Alkohol tat gut.

»Ich hab noch einen zweiten«, Dietrich sprach mit dieser gedämpften Stimme, deren Schallwellen der Wind forttrug. Es war tatsächlich ein Wind aufgekommen, der die Kälte verstärkte, zum Jagdglück aus der richtigen Richtung. Die Wildsäue, die bald an ihnen vorübergetrieben würden, bekämen keine Witterung von ihren schwerbewaffneten Todfeinden. Dietrich stand wie eine Säule. Er war für die Gelegenheit perfekt gekleidet, wenngleich bei weitem nicht so elegant wie einige seiner Gäste in englischen Tweedanzügen mit Kniehosen, er war unempfänglich für modische Finessen, die Klamotten mußten ihren Zweck erfüllen und damit basta. War es nicht vor allem auch klug, daß er auf eine extravagante Ausstattung verzichtete? Man muß derlei ja auch tragen können. Seinen Füßen in Pelzstiefeln ging es wie denen des Malers, die sich zwischen Schmerz und Taubheit befanden.

»Was bedeutet es für das Bewußtsein, daß ein – eher kleiner – Teil der Menschheit die Erfüllung der großen Träume wirklich erlebt: die Freiheit von Schmerz, Kälte und Dunkelheit.«

Der Maler wollte sich durch das körperliche Unbehagen nicht zum Jammern verleiten lassen, zumal es nicht abzuwenden war, sollte er seinen Plan weiterverfolgen und dicht bei Dietrich bleiben. Selbst Ludwig XIV. habe Kälte, Schmerz und Dunkelheit gekannt, zeitweise wenigstens – für die Bauern war das im Winter der Alltag, bei ihnen mochte noch der Hunger dazukommen. Man nehme die großen Plagen weg, schaffe Zentralheizung, Morphium und Elektrizität, und dann schaue man, was passiere. Das war das große Menschheitsexperiment, so erschien ihm das, während seine Beine steif wurden – aber wer hatte es unternommen? Das wichtigste Ergebnis sei ohne Zweifel, daß die derart beschenkten Menschen die uralten, die Jahrtausende währenden Plagen augenblicklich vergäßen – es gab keinerlei echte Erinnerung daran. Die Unvermeidlichkeit des Übels war in Wahrheit höchst vermeidbar gewesen, man knipste das Licht an, und die Dunkelheit, eben noch geradezu substanzhaft undurchdringlich, war weggewischt, ein Nichts ohne die Kraft eigenen Seins, und genausowenig erinnerten Körper und Seelen sich an die Erfahrungen des Mangels von Hunderten von Generationen. Im Bewußtsein der Zeitgenossen war es, als könne es so, wie es sich entwickelt hatte, auch anders gar nicht sein. Ein Leben ohne die besagten Mängel wurde nicht als Glücksfall empfunden, sondern als »angemessen«, so der vielsagende Ausdruck, »angemessen sei es, nicht zu hungern und zu frieren«. Der Maler führte sein Selbstgespräch, von dem nichts nach außen drang, als unterhielte er sich mit jemandem; die Andeutung von Gelächter hingegen, mehr ein leichtes Schnaufen, gelang ihm nicht zu unterdrücken. Dietrich sah zu ihm hinüber.

Ein Tag wie unter Wasser. Es würde heute wohl überhaupt nicht heller werden. Ein seltsamer Sport, sich bei schlechtem Wetter in die Ecke eines Waldes zu stellen, der keinen weiteren Ausblick erlaubte, und dort schweigend auszuharren. Die hyperbeweglichen Hunde, deren unablässiges Schwanzwedeln den Eindruck ineinander verknäulter Schlangen hervorgerufen hatte, waren wohl doch nicht so pfeilgeschwind, wie ihre Zappligkeit es suggerierte. Wo blieben sie? Bisher hatten sie das Wild nicht aufgestöbert.

Als errate Dietrich seine Gedanken, bemerkte er in dem von ihm perfekt beherrschten lautlosen Sprechen: »Die müssen um den ganzen Schieferkopf und um den ganzen Kühlen Grund herumfahren, das dauert«, als vertraue er darauf, daß der Maler vor dem Aufbruch zur Jagd auf eine Landkarte gesehen habe. Aber der blieb ruhig. Solange der Jagdherr nichts auffällig fand an dieser Herumsteherei, mußte das genügen. Dietrich hatte einen Schritt nach vorn getan, vielleicht rührte sich doch bei ihm ein Krampf in der stiefelgeschützten Wade? Oder wollte er einen besseren Blick in die Schlucht tun?

Er stand als kompakte Masse ohne Einschnitte von Hals und Taille vor ihm, eine tief in sich ruhende Gestalt. Wundern durfte Louis Creutz das nicht, denn er hatte ihn schließlich erlebt, wie er klaglos an langen Abenden ausgeharrt hatte, ohne ein Wort zu sagen, während sein Bruder sarkastische Bemerkungen machte, Beate sich über irgend etwas empörte und er selbst dozierte, und auch bei den Kartenabenden sagte er nicht mehr, als zum Ablauf des Spieles notwendig war. Hier im kalten Wald erwies er sich als Verwandter der Bäume, die gleichfalls nicht schön waren, kratzige graue Stangen mit nicht besonders viel Grün unterhalb der Wipfel. Louis Creutz hielt es inzwischen für möglich, daß der andere mit offenen Augen und im Stehen schlief. Es war, so meinte er zu bemerken, eine Art Schwanken in dieser Statue, die vielleicht mit einem Weggetretensein in Verbindung stand. Zeichen von Schwäche war dieses Im-Wald-Herumstehen jedenfalls nicht. Dietrichs Bescheidenheit ging mit physischer Ruhe einher, die weiß, wie man Kräfte spart.

Eine Gedichtzeile schwamm durch seinen Kopf: »Weh mir, wo nehm ich, wenn es Winter ist, die Blumen und wo den Sonnenschein …« Blumen hätten überhaupt nicht in diesen Wald gepaßt – was für Blumen denn? Anemonen und Schlüsselblumen in frühlingshaften Buchenwäldern, schön, aber in dieser Tannenödheit hätten es nur Plastikblumen ausgehalten. Es machte ihm plötzlich Spaß, an dem allgemein als kanonisch empfundenen Gedicht herumzukritteln.

»Die Mauern stehen sprachlos und kalt« – sollte das Gemäuer hinter und über ihnen etwa reden? »Im Winde klirren die Fahnen« – das taten sie nun ganz bestimmt nicht. Sie klatschten womöglich, wenn sie naß waren, wie vollgesogene Putzlappen, sie mochten, wenn steifgefroren, wohl auch knirschen oder gegen den Mast schlagen – aber klirren? Herrliches Klirren, wenn die Müllabfuhr einen Flaschencontainer leerte und das Herausstürzen der Glasflaschen weithin zu hören war, leider immer viel zu kurz, das hätte gern zehn Minuten dauern dürfen. Wenn metallene Wetterfahnen gemeint waren, dann hätte es »quietschen« heißen müssen, aber wenn der Dichter »im Winde quietschen die Fahnen« geschrieben hätte, wäre das Gedicht kaputt gewesen. Gab es überhaupt ein Gedicht, in dem »quietschen« vorkam? War das Wort etwa nicht lyrikfähig? So wenig, wie er das Signalrot der Jägerjacken hätte malen wollen?

Aus der Ferne, durch die zarten Regenschleier hindurch, war ein Hornsignal zu vernehmen, ein schöner runder

Klang in der weichen Stille. Dietrich nahm seine Waffe von der Schulter und klappte den Lauf auf das Schloß. Und zugleich war, gleichfalls von weitem, das Gebell der Hunde in der Luft, das in der Jägersprache »Geläut« heißt und in seinem Durcheinander von weitem tatsächlich etwas von vielen Glocken an sich hatte, das schwoll an und wieder ab. »Sie laufen hintenrum«, sagte Dietrich mehr wie im Selbstgespräch. Ohne sich umzudrehen, winkte er Louis Creutz, näher zu kommen.

Unten in der Schlucht bewegte sich etwas. Dann waren, schwarz vor der Schneedecke, eigentümlich hoppelnde Tiere zu erkennen, ganz klein, im Galopp über Wurzeln und Felsen dahinstürmend, dem Maler in ihrer Körpergestalt kaum erkennbar, es ging zu schnell. Dietrich hatte die Waffe an die Schulter gelegt und folgte der wilden Jagd mit dem Lauf, ließ sie dann aber wieder sinken.

»Zu weit« – enttäuscht schien er nicht. »Haben Sie sie gezählt?« Der Maler hatte daran nicht einmal gedacht; es war unversehens so etwas wie Jagdfieber auf ihn übergesprungen.

»Das waren zwölf Sauen und Frischlinge. Wer jetzt weiter unten steht, hat eine gute Chance, zum Schuß zu kommen.« Das klang zufrieden. Der Jagdherr gönnte seinen Gästen das Beste.

Es war wieder vorbei und doch anders als vorher, nicht mehr ein Warten ins Unbestimmte hinein. Das Gebell kam jetzt näher, ohne daß sie die Meute gesehen hätten, aber dieses Bellen hatte nun etwas Erregtes, als seien die Hunde auf Spuren gestoßen. Louis Creutz versuchte die erstarrten Zehen in den Schuhen zu bewegen. Ihm war, als sei er am

Boden festgefroren. Was würde er tun, wenn sich ein Wildschwein in ihre Nähe verirrte? Dietrich hob die Waffe wieder an die Schulter. Sah er mehr, hatte die Erfahrung seine Sinne geschärft?

Da war ein dunkler Schatten zwischen den Büschen, langsam näher kommend – gleichzeitig in der Ferne Büchsenknallen, wie von Feuerwerkskörpern, harmlos, piffpaffpuff. Ihm gelang es immer noch nicht, diesen Schatten zu erfassen, aber ein Gefühl von Bedrohung stieg in ihm auf, von den Beinen in den Rumpf – dann der Schuß neben ihm, ohrenbetäubend.

Der Schatten hielt inne, der Maler wagte nicht zu atmen. Dietrich ließ die Waffe sinken.

»Warten Sie hier, ich geh erst mal nachschauen.«

Er rutschte den Hang hinab, indem er sich hin und wieder mit den Fersen eingrub. Eine Weile war er nicht mehr zu sehen. Ungewohnte Gedanken stiegen in dem Maler auf. Das Schwarze in ihrer Nähe, ob das überhaupt einen Körper gehabt hatte? War das nicht sehr unvorsichtig, dort hinabzurutschen? Wäre es nicht besser gewesen, nach diesem Schuß das Weite zu suchen und es einfach auf sich beruhen zu lassen, was die Kugel angerichtet haben mochte?

»Kommen Sie«, der Ruf drang von unten zu ihm, jetzt aber aus größter Nähe. Steifgefroren, wie er war, fiel das Laufen schwer. Er stolperte und hielt sich an Zweigen fest – bloß nicht hinfallen im Bannkreis des Schwarzen, das sich wieder erheben mochte. Er fand Dietrich über einen riesenhaften Keiler gebeugt, der auf der Seite lag. Der Schnee war hier tiefer und umgab den schwarzen Borstenkörper wie Hermelin. Die Größe des Tieres war noch im Tod furchteinflößend. Seine Wucht hätte einen Menschen umreißen und zertrampeln können. Auch die gelblichen krummen Hauer, die aus seinem Maul ragten, waren tödlich, wenn sie sich gegen Mensch oder Hund richteten.

»Die schlitzen manchmal einen Jagdhund auf, aber das sieht schlimmer aus, als es ist – meistens kann man die hervorquellenden Därme wieder in den Leib zurückstopfen und den Riß mit einer Tackerpistole zusammenheften«, der Hundemeister sei darin geübt, und seine kostbaren Hunde seien zäh. Das sagte Dietrich, während sich nun auch der Maler über den Leichnam beugte.

»Legen Sie ihm mal die Hand auf den Bauch, wie heiß er noch ist«, und der Maler berührte das struppige Fell mit den harten Haaren; jetzt aus der Nähe wurde seine Farbigkeit in vielen Umbra- und Anthrazittönen sichtbar. Eine Kampfmaschine war das gewesen, ein lebender Rammbock. Verständlich, daß Dürer dem Teufel eine Art phantastischen Wildschweinkopf gezeichnet hatte. Obwohl das Böse seine eigentliche Residenz im Menschen aufschlägt, wollte man es sich nicht mit Menschengesicht vorstellen.

Dietrich reichte ihm die gesicherte Waffe und zog aus einer Tasche im Hosenbein ein Jagdmesser hervor, dessen Klinge im trüben Licht hart die Weiße des Schnees reflektierte. Er müsse den Keiler jetzt sofort ausnehmen, denn dessen Fleisch werde binnen kurzem ungenießbar, wenn die Eingeweide länger darin blieben. Solche Schnellverderblichkeit überraschte Louis Creutz. Eine derart robuste Muskelmasse sollte so empfindlich sein wie ein Fisch? Die grobe Arbeit des Ausnehmens bei der Jagdbeute der Gäste würden die Montenegriner leisten, aber Dietrich ließ sie sich niemals nehmen. Das gehöre zur Jagd dazu, mit dem Aufschneiden des getöteten Körpers erlege man die Beute erst richtig. Die ihn umwehende Lodenkotze hätte ihn beim Zerwirken behindert, er warf sie ab. Louis Creutz bekam das Jagdglas zum Halten, das ziemlich schwer war und bis eben vor Dietrichs Brust gebaumelt hatte.

Mit gespreizten Beinen suchte er einen festen Stand im Schnee und packte den Keiler am Vorderlauf, um ihn auf den Rücken zu drehen. Der Maler suchte nach der tödlichen Wunde. Wo war die Kugel eingedrungen, die diesem gewaltigen Tier augenblicklich ein Ende bereitet hatte? Aber die Wunde verbarg sich im dichten Haargestrüpp; es war auch kaum Blut ausgetreten, im Fell ohnehin zunächst unsichtbar, in einzelnen Tropfen nur im Schnee aufleuchtend.

Das Bauchaufschneiden machte ein knirschendes Geräusch. Dietrich wußte, wo er die Klinge ansetzen mußte, und ließ sie langsam säbelnd nach oben wandern, und je weiter er hinaufkam, desto schneller platzte die Bauchdecke auf. Sie zerriß unter dem Druck der Klinge und offenbarte das Innere; der Körper war nichts als ein vollgestopfter Sack voll feuchtglänzender Organe in den verschiedensten Farben, weißliches Gedärm in Fülle, der graue Magensack, die braune Leber, das Herz in seiner rundlichen Plastik sofort erkennbar, dem menschlichen verwandt, die Pumpe, so viel mehr in den Augen der Menschen, die es als Zentrum des Lebens begriffen. Schon war die schneeige Reinheit des Abhangs schaurig zertrampelt und verwüstet. Was in dem Keiler gewesen war – »künstlich und fein bereitet«, wie es in einem barocken Lied heißt –, war nur schmieriger Abfall mit einem Geruch, den die Kälte zwar an der Entfaltung hinderte, der aber dem Maler schon als Ahnung unangenehm in die Nase stieg. Denn aus dem geöffneten Leib dampfte es. Dietrich war ins Schwitzen geraten, von seiner Stirn tropfte es in den Bauch des Tieres. Als er sich aufrichtete, war sein Gesicht gerötet. Die blutverschmierten Hände wischte er im Schnee ab, er mußte sich dafür einen Schritt von dem Keiler entfernen, alles ringsum war von blutigen Eingeweiden bedeckt.

Es war dunkler geworden. Das Tageslicht, das kaum durchgedrungen war, nahm schon wieder ab. Dafür hatte der Nieselregen aufgehört und die Kälte angezogen. Nachts würde es noch einmal Frost geben. Louis Creutz sah auf seine Uhr. Fünf Stunden hatten sie im Wald gestanden, aber das war jetzt eine Nicht-Zeit geworden, die in der Erinnerung kaum Spuren hinterlassen hatte. Von fern war wieder ein Hornsignal zu vernehmen, wie aus einer anderen Welt. Dietrich hatte sein Werk beendet. Er wischte sich mit dem Handrücken über die Stirn und bat um die Kotze, setzte auch seinen Hut wieder auf und zog die blutige Klinge durch den Schnee. Sie kraxelten den Hang hinauf, das tote Tier inmitten seines Unrats hinter sich lassend, das würde später von einem Lastwagen abgeholt werden.

Oben stand der Land Rover. Der Maler hatte ihn nicht kommen hören, der Jagdtag war genauestens organisiert. Er fuhr sie in eine Lichtung, wo sich schon die anderen Jäger versammelt hatten, in aufgekratzter Stimmung von ihren Erlebnissen durcheinanderschwatzend. Hier wurde heiße Suppe ausgegeben, Bierflaschen kreisten, aber dem Maler war nicht nach kaltem Bier zumute, er blieb beim Schnaps.

11

Die Wildschweinjagd hatte Louis Creutz eine neue Seite von Dietrich gezeigt.

»Könnte man eigentlich sagen, daß wir in Gefahr waren, als der Keiler sich näherte?«

Die Frage war gelassen gestellt, verriet aber, daß es dem Maler ganz recht gewesen wäre, wenn Dietrich sie bejaht hätte. Die bürgerliche Gefahrlosigkeit seiner Existenz, in der eine Krebsdiagnose oder ein Verkehrsunfall die einzigen wahrscheinlichen Bedrohungen der alltäglichen Sicherheit darstellten, mißfiel ihm insgeheim, aber die einmal gewählte Lebensform, die mit einer freiwilligen Gefangenschaft im Atelier verbunden war, ließ nichts anderes zu als gelegentliche Exzesse mit Ed Weiss und parasitärer Teilnahme an dessen unordentlichem Dasein.

»Wenn ich ohne Waffe gewesen wäre, hätte es schon ungemütlich werden können, denn das Stück war aufgehetzt von den Hunden. Aber mit der Waffe …«

»Sie hätten danebenschießen können …«

»Ach, das eher nicht.« Es war keine Prahlerei mit diesen Worten verbunden, nur eine nüchterne Selbsteinschätzung, die auf Erfahrung beruhte.

»Man dürfte aber dennoch sagen, daß Sie mir das Leben gerettet haben.«

»Das hieße aber erst recht, daß ich es war, der Sie überhaupt in Lebensgefahr gebracht hat – nein, keins von beiden, es war ein schöner Tag, aber ganz harmlos. Früher hat man die Wildschweine mit der Saufeder gejagt, einem langen Spieß, den der Jäger ihnen frontal ins Maul oder in die Brust rammen mußte, während sie auf ihn zugerannt kamen – da war entweder die Sau oder der Jäger dran.«

In der Nacht nach der Jagd wurde in einem Wirtshaus groß getafelt, es wurden Reden gehalten und viel getrunken, von den von Dietrich mitgebrachten Rotweinen. An diesem Abend teilzunehmen war der Preis, den Louis Creutz für die Jagd entrichten mußte – ein hoher Preis, dennoch, der Schuß auf den Keiler war ein Opfer wert.

Und später hatte er im Halbschlaf, in Träume hinübergleitend und wieder aus ihnen erwachend, Dietrich beim Zerwirken des Kadavers vor sich gesehen, die unheimlich zielbewußte Geschäftigkeit, für welche das Innere des Tieres keine Geheimnisse barg. Diese Vertrautheit mit dem Körper des toten Ungeheuers! Wie bei den Tieren! Wo hatte er nur dieser ganz jungen Katze zugesehen, mit flauschigem Fell und übergroßen Augen, tapsig und verspielt – dazu gesellte sich ein Welpe, gleichfalls mit der unbeholfenen Anmut jenes zarten Alters, unwiderstehlich. Sie hatten einen abgeschnittenen Hahnenkopf unter der Bank des Geflügelhändlers entdeckt, mit Kamm und den leuchtend roten Lappen unterm Schnabel. Seine Augen waren gebrochen, das Gefieder um den Hals, das etwas von einem gelben Löwenkragen gehabt hatte, war verklebt, aus der Schnittstelle quoll es dramatisch schwarzrot heraus. Die

Tierchen wurden, so kindlich sie waren, von diesem Blut angezogen. Einträchtig machten sie sich daran, den Kopf akribisch zu zernagen. Wer hatte sie das gelehrt? Die grundsätzliche Feindschaft zwischen Hund und Katze war ihnen noch unvertraut, die mußten sie erst erlernen, aber das Zerknabbern und Zernagen eines toten Vogelkopfes war ihnen bereits etwas Selbstverständliches, und sie unterstützten sich rührend darin: Wenn der Kopf unter den winzigen Zähnen des einen wegrutschte, hielt das andere Kind ihn mit der Pfote fest. Viel Fleisch war da nicht zu erbeuten, es war wohl vor allem der Geschmack nach frischem Blut, der den ungeschickten Eifer hervorrief.

An dieser ernsten Wissenschaft vom Zerfleddern hatte Dietrich offenbar Anteil, das rundete sein Schweigen in Gesellschaft ab. Dieses Körperzerteilen war in seiner Stummheit ein Geschäft, aus dem man nicht einfach in lebhafte Konversation überwechselte.

Louis Creutz hatte auf der Fahrt in die Stadt, am nächsten Morgen, neben Dietrich sitzend, der, gleichfalls eine Überraschung, den schweren Wagen sehr schnell und gelegentlich riskant über die nasse Autobahn lenkte, plötzlich Bedenken bei dem, was er sich vorgenommen hatte. Ohne Zweifel war es Beates Schuld, daß er diesen Mann, nachdem er ihn lange genug überhaupt nicht beachtet hatte, als eine Art Schachfigur ansehen sollte, die nach den Wünschen der brüderlichen Familie hin und her geschoben werden konnte, durchaus »zu seinem Besten«, wie Beate nie hinzuzufügen vergaß. Schachfigur war er nun nicht mehr, an deren Platz stand das Bild des breitbeinig über den Kadaver gebeugten Mannes mit blutigen Händen. Auf Louis Creutz als Augenmensch hinterließ, was er sah, einen stärkeren Eindruck als das, was er hörte oder las. Er hatte nicht eigentlich das Gefühl, diesem Mann unrecht zu tun, wenn er den Versuch unternahm, ihn in irgendeine Richtung zu drängen, er meinte vielmehr zu spüren, daß Dietrich über solche Beeinflussungsversuche hinaus sei, weil er ein Eigenleben besaß, das er nicht ehrgeizig vorführen mußte, was aber keinesfalls mit Schwäche zu verwechseln sei.

Was ging ihn denn schließlich an, ob Dietrich sich eine Verbindung mit Astrid vorstellen konnte? Beates Motive, den Schwager verheiratet sehen zu wollen, kamen ihm widersprüchlich und beliebig vor oder waren womöglich gar vorgeschoben. Und zugleich meinte er zu bemerken, daß sein Herz schneller schlug, wenn von Astrid die Rede war. Er fühlte eine Hemmung. In welche Lage hatte er sich drängen lassen?

Er registrierte deutlich seine Unfreiwilligkeit, als er dennoch zu sprechen begann, während beider Augen auf die nasse Straße gerichtet waren; dort blitzten die Reflexe der Scheinwerfer und blendeten im Halbdunkel, das sich auch nach dem Jagdtag nicht gehoben hatte. Dietrichs Tempo ließ den Maler immer wieder die Stirn runzeln, er schien aber mit den Hirnen der anderen Autofahrer in telepathischer Verbindung zu stehen, die ihm anzeigte, was man vor und neben ihm im Sinn hatte. Fuhr er mit hoher Geschwindigkeit auf einen anderen Wagen auf, dann glitt der alsbald zur Seite – »ich wußte, daß er nach rechts wollte«, ein beruhigendes Wort; obwohl scheinbar nur auf die Straße ausgerichtet, hatte er offenbar doch mitbekommen, daß Louis Creutz nervös geworden war.

»Hast du Astrid wiedergesehen?« Diese Frage, sie duzten sich seit dem gestrigen Abend, sollte jetzt gleichzeitig auch beweisen, daß er Dietrich vollkommen vertraute und keinesfalls um seine Sicherheit besorgt sei.

In Dietrichs Stimme lagen Bedauern und Verlegenheit. Nein, seit Venedig nicht mehr. Er fühle sich gehindert, sie einfach anzurufen; hätte das nicht etwas Unvermitteltes? Es gab doch gar keinen Anknüpfungspunkt. Er wisse nicht, was er ihr sagen solle. Er sei nicht besonders geschickt in solchen Sachen. Er bekomme das schon mit, wenn Rudolf und Beate – vor allem Beate – ihm gelegentlich Frauen vorsetzten und sich dann wie zufällig zurückzogen; kehrten sie zurück, sei die Neugier in ihren Blicken unübersehbar. »Na, hat es gezündet?«

Aber so gehe das nicht bei ihm. Meistens sei es dann Rudolf, der mit der Betreffenden ziemlich unverblümt zu flirten beginne – manchmal glaube er, der Bruder wolle ihm vorführen, wie man so etwas macht, ohne zu bedenken, daß er, Dietrich, von ihm gar nichts lernen könne. »Dann müßte ich erstens auch so aussehen wie er, lange Beine, schöne Haare – ich freue mich, daß er so gut aussieht.« Zweitens ließ er aus, Louis Creutz wartete das auch nicht ab.

Frauen interessierten sich gar nicht in erster Linie für das Aussehen, sondern für etwas ganz anderes – wofür, ließ er offen. Außerdem sei diese Flirterei in Gegenwart der Ehefrau lächerlich. Das erkenne jede sofort als nicht ernsthaft.

»Aber sie hat sich darauf eingelassen.«

»Doch nur, um dich auf sich aufmerksam zu machen.« Er habe sich geradezu unsichtbar gemacht für sie, er habe sich eine Tarnkappe übergezogen. Dietrich mußte lachen, die Vorstellung, er könne etwas Derartiges auch nur beabsichtigen, war zu komisch.

Ob er denn nicht erkannt habe, wie vollständig sich Astrid von einer Frau wie Beate unterscheide. Der Eifer, mit dem seine Schwägerin sich dem Kult um teure Handtaschen unterwerfe, sei ihr vollkommen fremd. Dieser spezifische Blick, mit dem Beate diagnostiziere, was die allerneueste Mode vorschreibe, und sei es noch so häßlich und noch so unvorteilhaft, gehe ihr in staunenswertem Ausmaß ab, so daß sie nicht einmal den Versuch unternehme, da irgendwie mitzuhalten.

»Nein, nein, das ist nicht das fehlende Geld« – diese Frau zöge niemals etwas an, was ihr nicht stehe, und wenn ein Modediktat das noch so herrisch befehle. »Sie kennt ihren Körper und sie liebt ihn; sie hat nicht diesen mißtrauischen und von Selbsthaß gezeichneten Blick vieler Frauen auf die eigene Erscheinung.«

Astrid sei eine unabhängige Frau und werde einen Mann lieben, der genau das an ihr wahrnehme und schätze und sie darin unterstütze. Unabhängig sei sie vor allem auch von irgendwelchen Kleinmädchen-Vorstellungen, wie der zukünftige Ehemann auszusehen habe, wobei sie ein kleines Mädchen wahrlich nicht mehr sei – obwohl jung genug, um noch Kinder bekommen zu können. Ein argwöhnischer Zuhörer hätte hier gestutzt, denn die Empfehlung einer Frau, weil sie Kinder bekommen könne, klang aus dem Mund des Malers doch gar zu unwahrscheinlich; Argwohn in der familiären Sphäre zuzulassen war dem sonst so überlegen operierenden Geschäftsmann Dietrich jedoch nicht möglich, der wäre ihm unerlaubt erschienen.

Es war aber nicht diese Bemerkung, die der Maler bereute, ganz frech fühlte er sich dazu berechtigt, das war doch einfach eine Frage der Kategorie: Leute von Dietrichs Genre hatten dem Land Kinder zu geben – für ihn selbst galt das selbstverständlich nicht. Aber er machte sich Vorwürfe, daß er im Zusammenhang mit Astrid vom Körper gesprochen hatte – von Astrids Körper. Mußte das Dietrich nicht aufhorchen lassen? Dieser Mann war in solchen Dingen so delikat. Sowohl Beate als auch ihr Mann, sein Bruder, liebten derbe bis saftige Späße, auch den gelegentlichen Gebrauch von Kraftausdrücken, und er hatte deutlich festgestellt, daß Dietrich, der blutige Jägersmann, dann beiseite sah oder gar verlegen wurde. Astrids Körper: Wenn man das nur aussprach, dann stand er im Raum, Louis Creutz jedenfalls ging das so. Fand Dietrich, daß er da zu weit ging? Daß er eine Frau empfohlen bekam, die der andere schon etwas zu genau unter die Lupe genommen hatte?

Der Maler verstummte. Auch Dietrich sagte nichts, war allerdings mit seinem zügigen Fahrstil auf der dichtbesetzten nassen Autobahn sehr in Beschlag genommen. Man beließ es am besten erst einmal beim Gesagten. Bei einem derart ernsthaften Menschen wie Dietrich durfte man darauf vertrauen, daß in ihn alles einsickerte, was von Respektspersonen geäußert wurde. Manchmal kam er später auf etwas zurück, was Louis Creutz einst apodiktisch verkündet hatte: »Wie war das noch mal? Ich fürchte, ich habe es nicht verstanden«, und der Maler stellte sich dann vor, daß er wie eine verdauende Kuh viele Male darauf herumgekaut habe, ohne zu einem Ergebnis gelangt zu sein. Sie schwiegen jetzt, bis sie zu Hause waren. In der Gegenwart Dietrichs hatte Schweigen nichts Bedrückendes, es war ein Normalzustand.

»Ich hoffe, du hast dich nicht zu sehr gelangweilt«, sagte er, als er Louis Creutz vor dessen Haustür absetzte.

»Im Gegenteil, ich würde am liebsten den Jagdschein machen. Ich habe Blut geleckt.«

War das jetzt wieder etwas zu viel? Er meinte, auf Dietrichs Miene Unglauben zu lesen. Er mochte naiv sein, war aber sehr empfindlich falschen Tönen gegenüber. »Da sehen Sie mal, wie man aufpassen muß« – nie war diese biedermännische Lebensweisheit mehr am Platz als in Gesellschaft eines Mannes wie Dietrich.

12

Nach der Venedig-Unternehmung verstrich einige Zeit, bis der Kreis sich wiedertraf. Astrid hatte zwar versprochen, für sie alle zu kochen, nein, nein, das müsse sein nach der herrlichen Einladung, eine Erklärung, die bei Beate und Rudolf resonanzlos blieb, während Dietrich unvermittelt seine Freude und die Bereitschaft dazu bekunden wollte, damit jedoch etwas zu spät kam. Man hatte sich schon anderem zugewandt. Es kam denn auch nicht zu diesem Essen, weil Astrid sich eigentlich unfähig fühlte, »solche Leute« zu bewirten, obwohl in Venedig nicht besonders anspruchsvoll gegessen worden war, es war zu ihrem Bedauern niemand dabeigewesen, der lustvoll ans Bestellen gegangen wäre, und tatsächlich waren alle schlank, obwohl älter als sie.

Astrid war noch in der glücklichen Phase, bei ihrer Nahrungsaufnahme nicht aufpassen zu müssen, und aß, worauf sie Lust hatte. Und auch ihre Liebe zu Schokolade blieb noch folgenlos für ihre Figur. In der Nachttischschublade bewahrte sie stets einen Vorrat davon, Pralinen, Tafeln und mit Karamellcreme gefüllte Schokoriegel. Im Dunkeln beim Erwachen nach dieser Schublade zu tasten, blind in ihr zu suchen, bis es knisterte und raschelte, den Zufall mitspielen zu lassen und dann eine Schokoladenbohne zwischen die Lippen zu nehmen, das war ihr geheimes Vergnügen. Ach, dieses Schmelzen auf der Zunge, das niemals enttäuschte, sondern genau zu jenem Genuß führte, den sie sich erhofft hatte, und sogar noch ein wenig darüber hinaus ging – ein kurzer Moment vollständiger Erfüllung. In Venedig war sie mit ihrer Schokoladentorte zum Dessert stets allein geblieben, aber sie hatte sich das nicht verdrießen lassen und stets aufs neue mit der Gabel die splitternde Kuvertüre vorfreudig zerteilt, und wenn aller Augen auf ihr ruhten.

»Sie wird dick werden«, das war von Beate versonnen im Hotelzimmer gesprochen, ein träumerischer Blick in die Zukunft, der ihr nicht ganz mißfiel, während Rudolf Widerspruch wagte. Bis jetzt sei die Taille doch tadellos und alles übrige wohlproportioniert, genauer wurde er nicht, um Beate nicht zu reizen, die auch sofort Einspruch erhob, halb schläfrig schon, den Kopf in den Kissen: Falsch, das sehe sie genau. »Sie hat jetzt schon zwei Kilo zu viel, das ist ein gefährliches Zeichen.« Aber warum nicht? Vielleicht sei ein mollig warmer Ofen für Dietrich genau das Richtige.

Das Treffen kam schließlich nur nach einigem Hin und Her und nicht bei Astrid zustande, weil Beate und Rudolf ein großes gesellschaftliches Programm hatten und Dietrich neuerdings viel auf Reisen war. Als sie eintrat, meinte Louis Creutz, sie zunächst nicht wiederzuerkennen, so verändert sah sie aus, aber er hätte gar nicht sagen können, was genau es war, was da so anders wirkte. Schon in Venedig war ihm aufgefallen, daß ihr Gesicht wie eine Wasseroberfläche war, die vom Windhauch bewegt wird und die sich bei rückkehrender Windstille wieder glättet. Wenn sie stutzte oder etwas überlegte, hatte sie eine Miene, die ihm außerordentlich gefiel – danach wurde sie wieder lebhaft, lachend, machte Grimassen, zeigte Enthusiasmus oder Ablehnung, dann waren ihre Züge nicht mehr klar zu bestimmen, es war dann die Lebendigkeit, die sich einprägte. Er dachte an eine Wendung in schlechter Literatur: »Sagte sie lachend«, das war ja eine Unmöglichkeit, bei ihr aber nicht – ihr gelang es, in ihr eigenes Lachen hineinzusprechen, was ihre Worte beinahe unverständlich machte, die Zuhörer aber, ihn vor allem, ansteckte, er lachte dann mit, auch wenn er nicht wußte, worüber. Dietrich sah solchen Ausbrüchen von Vitalität staunend zu, wie er aus den Augenwinkeln sehr wohl bemerkte.

»Es wäre sehr schwer, wahrscheinlich unmöglich, sie zu photographieren.«

Ein solches Gesicht sei die eigentliche Rechtfertigung für die Porträtmalerei, weil die etwas leisten könne, was die Momentaufnahmen niemals zustande brächten – alle dem Modell möglichen Ausdrucksformen zugleich zu erfassen, in der Ruhe die Bewegung ahnen zu lassen, ein Bild, in dem viele Bilder übereinandergelegt würden, ohne dabei unscharf zu werden, wie das beim Übereinanderlegen von Photographien notwendig geschehe. »Schade, daß ich kein Porträt von ihr malen will, ich will den Körper.«

Als hätte sie seine Gedanken gelesen, wie es zwischen ihnen gelegentlich geschah, fragte ihn Beate nach den Vorbereitungen seiner Aktausstellung in Paris. Und ohne seine Antwort abzuwarten, fuhr sie fort, daß sie das Interesse an Akten im Grunde irregeleitet finde – »somit einen großen Teil der europäischen Malerei«. Louis Creutz tat, als nehme er den Angriff nicht besonders ernst. Zum Schweigen zu bringen war sie dadurch nicht.

»Der Mensch ist nicht nackt. Erst der angezogene Mensch ist er selbst.« Sie sprach mit sentenziösem Selbstbewußtsein. Die Zeit, in welcher der nackte Mensch schöner als der bekleidete ist, sei kurz und falle in die Jugend, die vorindividuelle Phase des Lebens mithin. »Wer interessiert sich schon dafür, was ein junger Mensch denkt.« Der schöne nackte Körper sei anonym. »Kleider machen nicht nur Leute, sie machen den Menschen.« Was den Menschen ausmache, sei, was er trage, noch wichtiger, wie er es trage. Ihre Modebesessenheit verlangte nach einer quasi philosophischen Rechtfertigung.

»Deswegen mußtest du ja auf deinem Porträt diesen scheußlichen Pullover tragen, ich verstehe jetzt die Notwendigkeit.«

Man war in diesem Kreis daran gewöhnt, daß sich die beiden befehdeten, Astrid hatte das inzwischen zwar schon mehrfach mitbekommen, war aber unsicher, ob es gut sei, als Zeuge darüber zu lachen, oder ob man es besser überhörte. An wen sich wenden? Dietrich schwieg beharrlich, obwohl sie ihn aufmunternd ansah, und Rudolf hob die tropfende Flasche aus dem Eiskühler und beschäftigte sich mit dem Nachschenken. Als die Gäste gegangen waren, sagte Beate, von der Haustür zurückkehrend: »Ich habe mich von dem Projekt Astrid Thorblén verabschiedet. Sie will ein Taxi rufen, Louis bietet ihr an, sie nach Hause zu bringen, und Dietrich steht da und ergreift nicht sofort seine Chance. Da kann man halt nichts machen. Vielleicht sind wir noch einmal dankbar für diese Entwicklung.«

Im Auto wurde ein anderes Gespräch geführt. Sie waren sehr bald angekommen, die Innenstadt war nicht weitläufig, und Astrid wohnte zwar in einem erheblich bescheideneren Viertel, das aber an das teure von Beate angrenzte. Weil Louis Creutz dabei war, etwas zu erklären, blieben sie im Auto sitzen, wobei Astrid nach einer Weile erwog, ihn zu sich hinaufzubitten, es dann aber ließ, auch weil sie ihn nicht unterbrechen wollte. Ihr kam der Verdacht, dieses Abendessen sei überhaupt nur veranstaltet worden, damit Louis sie nach Hause bringen könne. Ihm war das tatsächlich recht so, denn er sah es an der Zeit, Beates Auftrag von der anderen Richtung aus anzugehen, nachdem Dietrich ihm hinreichend präpariert schien.

»Er wird nie den ersten Schritt tun, aber er wird sich nicht wehren. Mehr ist nicht drin.« Er hatte inzwischen Vergnügen an der Aufgabe gefunden, die Beate ihm gestellt hatte. Sein Blick ruhte wohlgefällig auf Astrid; sie in den Freundeskreis der Brüder fest einzubinden schien ihm der richtige Schachzug. Daß Dietrich immer noch unverheiratet war, barg eine Gefahr für die Harmonie der Familie, zu der er sich rechnen durfte. Wer wußte, ob solch ein Mann nicht plötzlich in die Hände einer Frau fiel, aufgrund seiner Unerfahrenheit dann natürlich in die einer »unmöglichen Person«, wie das dann heißen würde, und damit das delikate Gleichgewicht des Hauses zum Kippen brachte. Die Junggesellenmonade konnte sich ohne weiteres in jeden gesellschaftlichen Zusammenhang einfügen; das änderte sich mit Hinzutreten einer Ehefrau. Nicht nur, daß dann die sexuelle Disponibilität nicht mehr ohne weiteres gegeben war, womit etwas Entscheidendes wegfiel, es wurde die

Persönlichkeit des Mannes erst durch seine Ehefrau richtig definiert – die falsche Frau konnte zu einer Totaldeklassierung führen.

Ganz im Gegensatz zu der Frau, die mit einem ungenügenden Mann verheiratet war und dadurch Eroberungsinstinkte bei den anderen Männern weckte; in vielen Männern schlief immer noch der Traum, eine gefangene und herabgewürdigte Prinzessin befreien zu müssen.

Er hielt es für geraten, Astrid eine Vorstellung von den Vermögensverhältnissen der Brüder zu vermitteln. So bescheiden, wie sie aufträten, sei es nur Eingeweihten bewußt, wie außerordentlich wohlhabend sie waren. Es walte in der Familie ein sehr ökonomischer Geist, Luxus werde höchst bedacht zugelassen, das sei sogar auf Beate übergesprungen, deren Garderobe so vielfältig und geschickt organisiert sei, daß sie unerschöpflich erscheine. Die Kleiderpracht befinde sich jedoch in ständiger Umwälzung. Beate stehe mit einigen exklusiven Secondhand-Boutiquen in geschäftlicher Verbindung; ein neues Kleid wandere nach kurzem in einen dieser Läden, aus denen sie zugleich den Kleiderbedarf eines Monats beziehe, der alsbald wieder in die Geschäfte zurückkehre. Wenn ihm ein Kleid an ihr gefallen habe, sei es immer schon wieder auf dem Weg aus dem Haus gewesen. Sie rühme sich gelegentlich, wie wenig sie für ihre Garderobe ausgebe, sie sei auf ihre Weise eine genauso geschickte Geschäftsfrau wie die Brüder, wobei sie natürlich den beträchtlichen Zeitaufwand für dieses beständige Hin- und Herschieben nicht veranschlage. Rudolf folge diesem Treiben amüsiert, allerdings aber ganz ernsthaft, wenn sie ihm ihre neuesten Coups schildere, als sei es ihr Ziel, bei Perfektionierung ihres Systems schließlich völlig gratis eingekleidet zu sein.

Astrid lauschte ungläubig, dann lachte sie. »Was für seltsame Leute. Ich frage mich nur: Was wollen die eigentlich von mir – ich passe doch überhaupt nicht da hinein?« Auf eine solche Frage hatte Louis Creutz gehofft. Sie erleichterte ihm den Übergang. Habe sie nicht endlich bemerkt, wie sehr Dietrich sie bewundere?

Sie wandte sich ihm zu, geradezu entrüstet. Das sei ja wohl nicht die Möglichkeit. Das lasse sie sich nicht einreden, sie habe Augen im Kopf. Der andere, sie meinte Rudolf, der sende Signale, gewisse Blicke, sei besonders freundlich, wenn seine Frau schnippisch zu ihr sei, um sie zu ärgern vermutlich, die beiden hätten solch ein Ritual, sich gegenseitig zu reizen, das sei ihr schon aufgefallen. Aber Dietrich? Sie ließ keinerlei herablassendes Wort über seine Grauheit fallen; sie gehörte zu den hübschen Frauen, die von der Natur so reich beschenkt sind, daß sie gegenüber der Welt Großmut walten lassen können. Anders als Männer, die sich untereinander schonungslos über weibliche Vorzüge und deren Fehlen zu unterhalten vermögen, hätte sie niemals die Reizlosigkeit eines bestimmten Mannes anderen gegenüber zum Thema gemacht, und tatsächlich blühten auch Schüchterne in ihrer Gegenwart auf und sahen gleich ein bißchen besser aus, und sie honorierte das mit ihrer strahlenden Zuwendung, die gar nicht zu bemerken schien, daß zwischen ihr und dem betreffenden Mann eine Kluft gähnte. Im Fall von Dietrich, dessen sanfte Freundlichkeit sie durchaus registriert hatte, war sie aber von den Aufmerksamkeiten von Rudolf und Louis Creutz zu abgelenkt, um ihn richtig wahrzunehmen. Sie hatte ihn nicht gesehen, er war nicht in ihr Bewußtsein getreten.

»Frauen können wirklich blind sein, blind und sentimental.« Er hielt es offenbar für geraten, durch Grobheit ihre Augen für den Nichtanwesenden zu öffnen. Wenn ein Mann kein Balzgehabe an den Tag lege, werde er nicht wahrgenommen. Aber was sei von den Balzmeistern zu erwarten? Im allerbesten Fall ein bißchen Vergnügen. Und sie müsse in ihrem eigenen Interesse an die Zukunft denken.

»Wie alt sind Sie?« Sie hatte eigentlich nicht vor, darauf zu antworten, sie hätte ihn gern für seine Unverschämtheit mit einer witzigen Bemerkung in die Schranken gewiesen, aber sie war überrumpelt, und so rutschte ihr »fünfunddreißig« heraus, aber sie schob immerhin einen Protest nach – wieso er sich dafür interessiere? Was dieser Vortrag solle? Was das alles mit ihr zu tun habe?

»Ich interessiere mich dafür, weil ich mich für Sie interessiere, ich will Sie auf eine Chance aufmerksam machen, die Sie keinesfalls verpassen sollten.«

»Was wissen Sie über mich? Gar nichts. Sie haben keine Ahnung von meinem Leben, Sie kennen meine Geschichte nicht, meine Wünsche, meine Bedürfnisse. Ich suche nicht nach Chancen, ich brauche keine Chancen, ich bin vollkommen zufrieden, abgesehen vom Singen. Für mich wäre es eine Chance, wenn ich noch einmal einen Lehrer fände, aber davon abgesehen – Sie halten mich offenbar für eine hungrige Katze, die nach Beute herumschleicht, das ist jetzt schon mehr als unangenehm.« Sie hatte sich in Fahrt geredet, das Befremdliche des Gesprächs war ihr im Sprechen immer deutlicher geworden. Sie legte ihre Hand auf den Türgriff und war kurz davor, ihn herunterzudrücken.

»Natürlich kenne ich Sie nicht, aber ich kenne Sie gleichzeitig sehr gut. Sie sind für mich so klar wie ein Glas Wasser. Ich muß dazu nicht in Details Ihrer Lebensgeschichte eingeweiht sein, meine Kenntnis ergibt sich aus dem, was ich sehe. Sie sind eine schöne Frau, nicht mehr ganz jung, und allein, das heißt ohne Mann oder Freund – völlig unerheblich, ob Sie schon einmal verheiratet waren, wenn ja, dann sind Sie jetzt geschieden. Ein Kind haben Sie ebenfalls nicht ...«

Astrid sah ihn von der Seite an und schüttelte den Kopf, das war zum Lachen, wie er die eine Unverschämtheit dadurch zudeckte, daß er eine größere folgen ließ. »Sie wissen überhaupt nichts – vielleicht ist mein Mann in Amerika oder im Gefängnis, vielleicht bin ich eine moderne Nonne, vielleicht habe ich drei feste Liebhaber ...«

Louis Creutz gab zu, daß das Möglichkeiten seien, die er aber, ihr Auftreten betrachtend, ausschließe, das könne man gar nicht so leicht definieren, aber sie strahle aus, daß sie frei sei. Was natürlich nicht heiße, daß das immer so gewesen sei – wie sie auf ihn wirke, lägen mindestens zwei oder drei größere Affären hinter ihr, die aber vermutlich sie selbst beendet habe, ohne daß das mit erheblichem Unglück verbunden gewesen sei. »Sie haben in meiner Sicht kein Talent zum Unglück, ziehen das auch nicht an, wie manche Naturen, die ins Leiden verliebt sind.«

»Nein, vom Leiden halte ich nicht viel, tatsächlich ...«

Sie war nun wieder eher bereit zuzuhören. Er ist frech, aber unterhaltsam, dachte sie, wie sie das schon öfter über

Männer gedacht hatte; die Unterhaltsamen waren ihr immer die Lieberen als die Rücksichtsvollen. Sie bestand nicht darauf, respektvoll behandelt zu werden, wenn der Betreffende sich seine Ungezogenheiten leisten konnte.

»Sehen Sie, es kommt im Leben einer Frau darauf an, den Augenblick nicht zu verpassen, den die Italiener *sistemazione* nennen – wissen Sie, was das heißt?«

»Ins System kommen oder so ähnlich ...«

»Es heißt: die Ehe. Ist es nicht wunderbar, wie sachlich die Italiener das ausdrücken? Ganz ohne Gesäusel und Sentimentalität, dafür mit dem angemessenen Ernst den harten Lebensfakten gegenüber.«

Eine Italienerin sei sie nicht, vielmehr ein Nordmensch, da sehe man das etwas anders. Die Liebe sei schön. Wenn sie komme, dann gehe sie ihr bestimmt nicht aus dem Weg, das habe er schon richtig gesehen. Sie sei bereits sehr verliebt gewesen, aber wenn das vorüber sei, dann mache sie sofort Schluß. »Dazu sind wir zu ehrlich im Norden«, das war aber nicht mit Nationalstolz gesprochen, sondern beinahe ein bißchen traurig, als wisse sie, daß es nicht immer leicht ist, dieser hohen Tugend zu entsprechen.

Louis Creutz wechselte das Thema. »Ist Ihnen klar, daß Dietrich das Gehirn dieser Firma ist? Beate und Rudolf leben von ihm. Er sagt nichts und macht nichts von sich her, aber er allein ist es, der diesen Riesenladen am Laufen hält. Die Fabriken waren schon groß, als er sie von seinen Eltern übernommen hat, aber er ist es, der sie zu ihrer heutigen Bedeutung geführt hat.« Rudolf habe ihm gegenüber Dietrichs Verhandlungsgeschick gerühmt, das sei fast unwiderstehlich, man glaube es kaum, aber nicht mit Tricks und Manipulationen, mit Rhetorik, Charme oder Erpressung …

»Sondern?«

Er denke sich ganz in sein Gegenüber hinein, analysiere dessen Situation, frage sich, was für den andern vorteilhaft oder nachteilig sei, und erkläre, unerhört informiert, dem Geschäftspartner, warum es für ihn das Klügste sei, mit Dietrich zu kontrahieren, obwohl er der Teuerste auf dem Markt sei. »Davon kann man auch als Künstler etwas lernen.« Ein Mann kurzum, der seine Aufrichtigkeit und Einfühlung zum Fundament seines Erfolges gemacht habe. »Es lohnt sich, ihn zu entdecken.«

»Ja, wenn er sich entdecken ließe.« Ihrem Ton war eine kleine Verstimmung darüber zu entnehmen, daß dieser Mann so gar keine Begeisterung für sie gezeigt habe, als sei jeder verpflichtet, ihr zu huldigen, auch wenn sie nicht daran dachte, darauf einzugehen. Bei Dietrich hatte sie ihre Wirkung auf Männer nicht gespürt, das war bedenklich, auch wenn es sie bis jetzt nicht weiter beschäftigt hatte.

Das Gegenteil sei der Fall. Louis Creutz wurde eindringlich. Sie müsse geistesabwesend gewesen sein, um nicht zu sehen, welch tiefen Eindruck sie bei ihm hinterlassen habe, auf einen, wie gesagt, außergewöhnlichen Mann, der die Welt und die Menschen kenne – nicht die Frauen allerdings, aber dies sprach er nicht aus.

Er sprang zu einem anderen Aspekt. Die Firma, gewissermaßen ein Imperium auf ihrem Gebiet, sei seine Schöpfung, aber es gebe niemanden, der sie eines Tages übernehmen könne. Rudolf und Beate seien kinderlos – welche Gründe das habe, werde nicht besprochen, bei Beate gebe es jedenfalls eine explizite Abneigung gegen Kinder, ihr graue davor, durch einen Säugling in eine Milchkuh verwandelt zu werden; solche krassen Tiraden verbargen wahrscheinlich nur, daß es bei ihr oder Rudolf da ein Hindernis gebe, man müsse wohl sagen, gegeben habe, denn jetzt sei sie für ein Kind vermutlich zu alt. »Und es ist gewiß besser so, ich kann mir Beate mit kleinem Kind einfach nicht vorstellen, man muß ja auch an das Kind denken« – eine aus seinem Munde schon beinahe komische Forderung, nichts war abwegiger, als daß er sich wegen anderer Leute Kinder den Kopf zerbrochen hätte.

Aber wie es dann zugehe, wenn ein solches Unternehmen keinen Erben habe? Es würde eines Tages für einen Haufen Geld an die Konkurrenz verkauft, die es nach seinen vorherigen Schilderungen eigentlich gar nicht gab. Die Familie sei klein, Rudolf und Dietrich, sonst gebe es niemanden, keine Vettern und Cousinen, Neffen und Nichten. Das sagte er mit besonderem Nachdruck – wer dort einheirate, werde es nicht mit einem Clan zu tun haben, mit Verwandtschaft, die mitreden wolle und Ansprüche anmelde. »Sie könnten ihn erlösen« – jetzt brachte er ein weiteres Argument, um nicht zu lange auf dem pragmatischen Gesichtspunkt zu verweilen, von dem er spürte, daß er ihren Widerwillen erregte. »Sie könnten ihm geben, was ihm zu seinem Riesenerfolg noch fehlt …«

Und das wäre?

»Leben, Wärme.« Dietrich sei, das werde sie sehen, wenn sie beginne, sich mit ihm zu beschäftigen, ein guter Mensch – »er hat ein gutes Herz« –, bei diesem Satz hätte es Louis Creutz nicht gewundert, wenn ein Meteor vom

Himmel gestürzt wäre und ihn erschlagen hätte, so falsch klang das aus seinem Mund; man konnte auch verlogen sein, wenn man die Wahrheit sagte. Sie schwiegen.

Dann wurde sie zornig. Wie er glauben könne, daß sie sich durch Geld beeindrucken lasse? Was für eine Frechheit. Wenn sie das gewollt hätte, hätte es genug Gelegenheiten gegeben. Das stimmte nicht, aber sie wollte so etwas jetzt aussprechen, und sie sagte auf jeden Fall insoweit die Wahrheit, als sie bisher niemals daran gedacht hatte, eine finanziell vorteilhafte Verbindung einzugehen, denn sie dachte überhaupt nicht an die Zukunft und war mit einem Augenblick des Glücks vollauf erfüllt. »Ich würde putzen gehen«, sie wurde leidenschaftlich und laut. Ein Lichtstrahl fiel ins Wageninnere. Sie hatte ihm ihr Gesicht zugewandt. Er sah ihre blanke Jugendlichkeit und Reinheit und darin zugleich ihre Verachtung.

»Natürlich, gewiß, das ist doch selbstverständlich. Geld spielt für unsereinen keine Rolle, wir sind Künstler« – das meinte er sogar ernst, seitdem er sie hatte singen hören, »but it adds. Denken Sie auch daran, daß Sie sich wieder auf den Gesang konzentrieren könnten – wenn Sie Ihr Talent brachliegen lassen, werden Sie es eines Tages bereuen.«

So, das war für dieses Mal genug. »Warum mache ich das eigentlich?« fragte er sich. »Beate ist von diesem Plan sicher längst abgerückt, je besser sie Astrid kennt, desto weniger kann sie mit ihr anfangen. Also – warum dann die Mühe? Was treibt mich da?«

13

Einige Zeit nach der Wildschweinjagd hatte Louis Creutz in seinem elektronischen Notizbuch notiert:

Wie ein Tier schlafen können, die gelenkigen Glieder ausgehängt, um sich einzurollen, den Kopf in Richtung der Knie, den Rücken zum Halbkreis gekrümmt – mit dem ganzen Körper tief in den Schlaf gesackt. Keine Zelle im Leib, die nicht schläft. Vor einem Jahr habe ich einen schlafenden Windhund gemalt, dessen Schnauzenspitze die Hinterläufe berührte, auf den ersten Blick war nicht erkennbar, wohin Kopf und Hinterteil gehörten. Er war so geschmeidig gebaut, daß es schien, alle Körperteile könnten miteinander den Platz tauschen; das Fell in herrlichem Grau-Ocker mit etwas Krapplack gemischt – die kräftigen Pinselstriche haben die verwirrende Anatomie noch betont. An ihn geschmiegt Margaret, damals schon sehr dünn – ich war froh, daß ich diese Schlafstellung für sie fand, eine andere hätte sie nicht durchgehalten. Inzwischen ist sie mit ihrer Bulimie in der Klinik, der schöne Hund ist völlig verwahrlost ins Tierheim gekommen. Man soll keine kranken Modelle nehmen, aber dieses karottenrote Schamhaar hat mich gereizt.

Kurzum, heut morgen bin ich genauso erwacht, in Embryonalhaltung, die Knie hinaufgezogen, den Kopf tief hinab ihnen entgegengebeugt, das Rückgrat zum Buckel gebogen, auf der rechten Seite liegend – ungewöhnlich ausgeschlafen und frisch – selten erlebe ich ein solch müheloses Erwachen, meist nur eine störende Unterbrechung des Schlafs mit Sand unter den Lidern. Das Wachsein war gekommen, wie wenn ein Apfel sich vom Ast löst, weil er reif ist. Ich bewegte mich nicht. Dieser Zustand war zu angenehm, um ihn zu beenden.

Und zugleich fühlte ich, wie jung ich war – dreißig Jahre hatten sich in nichts aufgelöst, daran gab es keinen Zweifel, dabei war das ganz unmöglich, denn mit zwanzig hätte ich natürlich nichts dergleichen empfunden, nichts hätte ferner gelegen, sage ich mit bedenklicher Gewißheit, denn woran ich damals dachte, habe ich komplett vergessen. Ich hatte noch nicht zu malen begonnen, war also noch nicht ich. Aber dieses Erlebnis jetzt, dieses starke Gefühl, sehr jung zu sein, hatte auch gar nichts Individuelles, im Gegenteil: es war ein Hundegefühl, als sei mir unversehens die Erleuchtung zuteil geworden, wie es ist, ein junger Hund zu sein, mit Hundebewußtsein, Hundeungeduld, Hundebeweglichkeit im ganzen Körper, mit Hundeseele, voll Spiel- und Jagdlust und gänzlich identisch mit jeder Faser der fettfreien festen Muskulatur.

Anders als sonst mit Träumen, die aus dem Schlaf ins Erwachen mit hinübergenommen werden, hielt dieses Gefühl lange an, verließ mich auch im Badezimmer noch nicht, wurde vom Anblick meines untrainierten Körpers im Spiegel nicht irritiert, als hätte ich eine Art Einweihung in meine wirkliche Natur empfangen. Und blieb den Tag über noch abrufbar, bis eben.

14

Die Hochzeit von Astrid und Dietrich wurde denkbar unauffällig inszeniert. Beiden stand nicht der Sinn nach einem großen Fest. Den gesellschaftlichen Schwarm von Rudolf und Beate zu bitten, bestand kein Anlaß; sie waren niemandem dort verpflichtet. Beate war überrascht, daß Astrid ohne Fest heiraten wollte, so, wie man es früher tat, wenn die Braut schon sichtbar ein Kind erwartete, und etwas enttäuscht, dann aber auch wieder zufrieden; die neue Schwägerin hatte offenbar nicht vor, ihr gesellschaftlich Konkurrenz zu machen.

In Astrid war eine Veränderung vor sich gegangen. Sie war ernst und nachdenklich, gänzlich beschäftigt mit dem großen Versuch, den sie nun unternehmen wollte. Nachdem sie begonnen hatte, mit Dietrich zu sprechen, fing sie an, diesen Mann anders zu sehen. Er gefiel ihr in seiner Einfachheit und seinem Mangel an Geltungsbedürfnis. Bei dem ersten Treffen mußte Louis Creutz noch einmal Hilfestellung leisten, indem er die beiden, ohne sie aufeinander vorzubereiten, in ein Restaurant zum Abendessen einlud und dann selbst nicht erschien. In dem Anruf, mit dem er, als beide schon eingetroffen waren und Platz genommen hatten, bei Astrid absagte, fügte er streng hinzu, er erwarte, daß sie jetzt die Führung übernehme, und das tat sie denn auch, nicht mit schmachtenden oder koketten Blicken und anspielungsreichen Bemerkungen, sondern mit der kühlen Frage: »Stimmt es, daß Sie mich heiraten wollen?« Verlegen machte ihn das schon, da trat der Kellner mit den Speisekarten hinzu und unterbrach, aber als er sich entfernt hatte, war Dietrich wieder im Besitz seiner Geistesgegenwart und antwortete: »Ja, das stimmt.«

Der Bann, unter dem er gestanden hatte, war gebrochen. Er hatte bis dahin im Schutz der allgemeinen Nichtbeachtung bei jeder Begegnung mit Astrid – und die hatten ja immer in Gegenwart anderer stattgefunden – erfolgreich versucht, sie so ausführlich zu betrachten, wie es möglich war, ohne aufzufallen. War er gezwungen, den Blick von ihr abzuwenden, fühlte er nicht nur Bedauern, sondern geradezu eine Schuld, als verschwende er einen ihm gewährten Anblick, den es bis zum Letzten auszukosten gelte, wobei seine Gedanken über den gegenwärtigen Moment nie hinausgingen. Der mußte genügen und genügte auch, weil er so schön war. Als er sich nun überwand, Astrids Frage standzuhalten, hatten sie sich zum ersten Mal in die Augen gesehen. Er brachte die Kraft auf, dem nicht auszuweichen.

»Wenn das so ist, sollten wir uns kennenlernen.« Praktisch gedacht und gesagt war das von ihr, in jenem freundlichen Ernst, der sie seitdem nicht verlassen hatte. Zu Gelächter war nun nicht mehr die Gelegenheit; beide betraten Neuland. Dem ersten Gespräch waren weitere gefolgt, in kurzem Abstand, sie bedurften dazu keiner Hilfe mehr.

Es fiel auf, daß sie den Maler nie erwähnten, obwohl vieles besprochen wurde. Beide breiteten ihre Lebensgeschichten vor dem anderen aus, wobei Astrid sich selbstkritisch eingestand, daß Dietrich dabei vermutlich vollständiger war als sie. »Kunststück«, dachte sie, hörte aber mit wachsender Neugier den Berichten über seine Jugend zu; auch Fräulein Krause wurde nicht ausgelassen, das Maschinenbaustudium in Aachen und an der Technischen Hochschule in Zürich, seine Eltern und die Jagd – »da würde ich auch gern mal mitgehen …«

»Wirklich?« Er errötete vor Freude.

Und sie sprach von ihrer Kindheit in Schweden, vom frühen Tod des Vaters und wie sie dann mit der deutschen Mutter nach Deutschland gegangen sei; länger verweilte sie beim Singen.

»Du mußt das unbedingt weiter betreiben«, sagte er und räumte zugleich ein, nichts davon zu verstehen, von Musik ganz allgemein, aber ein Glaubensbekenntnis zu haben: »Jeder muß unbedingt das machen, woran er Freude hat«, er sprach so entschieden und mit ungewohntem Nachdruck, als sei er zu diesem Schluß nach lebenslangem Nachdenken gelangt.

»Gut«, dieses ihr Wort beschloß den dritten Abend unter vier Augen. Das klang, als wolle sie sagen: Auf dieser Basis können wir uns einigen. Eines war auffällig bei diesen zwei Menschen, die weitgehend ohne Hintergedanken waren: Auch im Fortgang der Gespräche spielte Louis Creutz keine Rolle mehr. Es war geradezu, als wollten sie beide vermeiden, sich daran zu erinnern, wer sie überhaupt dazu gebracht hatte, miteinander so Weitgehendes zu besprechen. Weil der Gedanke daran peinlich war? Weil das, was im Gespräch mit ihm angeklungen war, besser vergessen wurde, weil man schon gar nicht mehr verstand, daß auf das Zustandekommen dieser Treffen ein Dritter gedrängt hatte? Wozu eigentlich? Ihnen beiden war mit wachsender Selbstverständlichkeit ihres Umgangs nicht mehr recht klar, weshalb da so nachhaltig Einfluß von dritter Seite hatte ausgeübt werden müssen.

Bei der Vorbereitung der Hochzeit, die drei Monate nach dem ersten Abendessen zu zweit stattfinden sollte – es sollte schnell gehen, weil Dietrichs große Asien-Reise bevorstand –, war sofort Einigkeit darüber erzielt, daß außer dem Paar nur die Trauzeugen anwesend sein sollten. Dietrich bat Beate um diesen Gefallen, da lag für Astrid nahe, sich an Rudolf zu wenden. Die kleine Zeremonie würde in einer vom Bombenkrieg zerstörten, mit Spenden der Eltern dürftig wiederhergestellten Kirche stattfinden, in welcher sie allerdings nie den Gottesdienst besucht hatten.

Ob Louis Creutz dazuzubitten sei, wurde nicht ein einziges Mal erörtert, auch von Beate nicht, die offenbar gleichfalls ihre massive Intervention nicht mehr wahrhaben wollte. Zu der Nachricht von der bevorstehenden Vermählung äußerte sie sich nicht so, als habe sie eifrig darauf gewartet – »irgendwann mußte das offenbar mal sein«. Und auch sie schob jetzt weg, daß sie Louis Creutz in den Ohren gelegen hatte, Dietrich diese Heirat zu suggerieren; sie hatte sich schon so weit davon entfernt, die Erreichung des eben noch verfolgten Ziels erfreulich zu finden, daß sie nun auch ihren Anteil daran kaum mehr wahrhaben wollte.

Außerdem war Louis Creutz unkontrollierbar und dafür gut, bei unpassender Gelegenheit unerwünschte Bemerkungen zu machen. Er fehlte niemandem bei dem kleinen, aber sehr sorgfältig ausgesuchten Brautfrühstück, das Rudolf für seinen Bruder gab und das auch gar nicht weiter ausgedehnt wurde, weil Dietrich anderntags schon wieder im Dienst des Geschäfts verreisen sollte. An seiner Hingabe an die Firma würde seine Vermählung also nichts ändern, das war beruhigend, und die junge Ehefrau hatte nichts daran auszusetzen, im Gegenteil. Sie empfand die Zeit als Geschenk, um über die neue Situation ein weiteres Mal gründlich nachzudenken.

Louis Creutz fühlte sich im übrigen keineswegs ausgeschlossen und war mit großen Plänen mehr als ausgelastet. Es ging um ein Wandbild, ein großes Fresko – eine Technik, die er weder beherrschte noch besonders schätzte, wie er gern erklärte –, nach Erfindung und Kultivierung der Ölmalerei sei das Fresko in die zweite oder gar dritte Reihe der malerischen Techniken getreten. Aber dieser sich anbahnende Auftrag hatte die Potenz, ihn in »völlig andere Zusammenhänge« zu stellen, wie er sich ausdrückte, um so naive Begriffe wie »reich und berühmt« zu vermeiden, welche die Tragweite eines solchen Auftrags auch nicht hinreichend erfaßten. Er schien jedenfalls deutlich abgelenkt von seiner kleinen Familienintrige; daß sie zum Erfolg geführt hatte, empfand er als Selbstverständlichkeit – »das wäre ja noch schöner«.

Gab es da noch etwas, was er im Sinn hatte? Wenn ja, dann hatte das Zeit. »Sie ist gut geparkt und läuft nicht weg.«

15

Dietrich verabschiedete sich von Louis Creutz am Telephon, bevor er seine auf zwei Monate geplante Chinareise antrat. »Ich müßte dich fragen, was ich mir dort ansehen soll, aber ich werde für nichts anderes Zeit haben, dort wartet viel Arbeit.« Louis Creutz tröstete ihn: »Es gibt nichts mehr zu sehen, bleib in deinem Büro, du verpaßt nichts.«

Sein Freund würde viele Stunden über die Kontinente hinwegfliegen; er selbst hatte bisher nur eine einzige derartige Reise unternommen: nach Japan, wo die Galerie Grünhaus eine Partnergalerie betrieb; sie war ihm im Gedächtnis geblieben als Inbegriff dessen, was ihn seiner Gegenwart am meisten entfremdete, das Blaßwerden der Welt.

Während des Rückflugs erlaubte ein Bildschirm über den Sitzen, die Annäherung an das Ziel zu verfolgen. Ein kleines Flugzeug kroch wie eine Fliege über die Landkarte und passierte Ländergrenzen, die auf der Erde längst nicht mehr leicht zu überwinden sind, weil Kriege und eine abweisende Bürokratie sie geschlossen haben. Das kleine Flugzeug kreuzt Flüsse ohne Brücken, ist im Gebirge nicht auf Pässe angewiesen, wechselt amphibisch vom Land zum Meer und wieder zum Land.

Schläfrigkeit hat sich der Passagiere bemächtigt, doch das Schlafen fällt schwer; Konzentration auf ein Buch ist längst nicht mehr aufzubringen, das Interesse an der Zappelwelt eines Films ist ermattet, bleibt in der erschöpften Langeweile das Starren auf die Flugroute.

In Zentralasien kann man lange im scheinbar leeren Raum unterwegs sein, aber sowie man in die Nähe Europas kommt, häufen sich Städte, deren Namen jeder für eine lange Geschichte, eine Sprache, für endlose Kämpfe um Eroberung und Selbstbehauptung stehen. Zwischen Konstantinopel und Athen sind es hier oben nur wenige Zentimeter, kaum daß es genug Platz für das Flugzeug auf dem Bildschirm gibt. Sofia und Belgrad rücken zusammen, wie sie es in ihrer Geschichte nie getan haben. Die alten, blutigen Konflikte werden unvorstellbar; was ihre geopolitische und religiöse Substanz gewesen ist – ausgelöscht. Was hat diese nah beieinanderliegenden Punkte mit den klingenden Namen nur in solch unvereinbare Gegensätze geraten lassen? »Stadt und Festung Belgrad« ist auf dem Bildschirm eine Benennung wie die eines Mondkraters. Die vielen Kriege, das jahrhundertelange Blutvergießen um diese Stadt werden unwahrscheinlich, während die Namen gerade noch abstrakte Klangpoesie sind.

Auch im Wassertropfen aus der Blumenvase findet ja ein unaufhörliches Fressen und Gefressenwerden statt; den Beobachter läßt das unerschüttert. Frösche- und Mäusekriege – daraus besteht die ganze europäische Geschichte mit ihrem Enthusiasmus und ihren Tränen. Die Reiche, die einst mit Feuer geschmiedet worden sind, bedecken aus der Luft gesehen kaum einen Handteller – »zu klein, um ihre Leichen ganz zu fassen«.

Während das Flugzeug nach Wien weiterrückt, ist es, als wäre die kühne Phantasie einer großen politischen Vereinigung, die alle Gegensätze auslöscht, schon Wirklichkeit geworden. Schon bevor es Flugzeuge gab, gar solche mit diesen Bildschirmen, hatten die Völker ihre Grenzen ausdehnen wollen, indem sie ihre Nachbarn verschluckten, aber erst jetzt, wo das kleine Flugzeug kaum zwischen Wien und Prag paßt, erscheint so etwas nicht nur möglich, sondern wie bereits erreicht.

Widerstand dagegen war einst entstanden, weil jeder länderübergreifende Zusammenschluß eine Großtürkei, ein Großserbien, ein Großösterreich, ein Großdeutschland zum Ziel gehabt hatte, aber der Bildschirm zeigt, wie es anders gehen kann und wohl schließlich auch gehen wird: wenn alle Eigentümlichkeiten und Farben, welche die Namen Zagreb und Triest, Linz und Passau in sich zusammengeballt enthalten, blaß wie das Hellblau der Bildschirmlandkarte geworden sind und nichts anderes mehr anzeigen als den Standort von Produktionsstätten, Verkehrsknotenpunkten und Kraftwerken.

Das Flugzeug schwebt nun über Frankfurt, darf aber noch nicht landen, sondern muß noch kreisen, weil die Landebahn nicht frei ist. Odenwald und Spessart, der Rheingau, der Taunus und die Wetterau, in der Geschichte durch Grenzen geschieden und aus lauter Grafschaften, Fürstentümern, Stadtrepubliken und Bistümern bestehend, alle mit eigener Konfession, Konstitution und ihrem je eigenen Dialekt, rücken zusammen und sind nur noch die weiträumige Landeschleife für diese wartende Maschine.

Mit der Landung schließlich wird der Fokus jäh wieder auf nah gestellt. Siedlungen breiten sich aus, Dächer wachsen dem Flugzeug entgegen, auf der Autobahn bewegt sich der leuch-

tende Drachenschwanz der roten Rücklichter. Ein leichter Ruck, die Erde ist wieder da, mit ihrem Widerstand, ihrer Objektivität. Die Schimäre der Luftreise läßt sich noch einmal vergessen.

16

Es dauerte aber gar nicht lange, da ergab sich schon die Gelegenheit, Astrid ins Atelier einzuladen, und die nahm er dann auch wahr, ganz nebenbei, bei einem Telephonat, mit dem er sich angeblich nur nach Dietrichs Rückkehr hatte erkundigen wollen. Aber als sie dann bei ihm eintrat nach dem Aufstieg über die hallende, ungefegte Betontreppe in den dritten Stock, trat sie ihm kühl gegenüber, als hätte der neue Status als verheiratete Frau ihr Verhältnis nicht nur zur Welt im Ganzen, sondern auch zu ihm speziell verändert.

Sie war beim Friseur gewesen, trug einen schönen weiten Mantel und Schuhe mit flachem Absatz; die Sandalettenzeit mit Pompons und hohen Absätzen war ohnehin vorüber, denn sie wollte Rücksicht auf Dietrich nehmen, der aber nie darüber nachdachte, ob es etwas bedeute, daß sie ihn überragte. Er sah ihre Schönheit nicht in Bezug auf sich, sondern davon völlig unabhängig, von ihm aus hätte sie gern hohe Absätze tragen dürfen.

Bevor sie sich setzte, sah sie sich um, in der Mitte des hohen Raumes stehend. Sie legte den Mantel nicht ab, sondern zog ihn leicht um sich, als denke sie nicht daran, es sich hier bequem zu machen. Damit schien sie deutlich werden zu lassen, daß eine Fortsetzung der vertraulichen

Gespräche, wie sie sich vor ihrer Hochzeit entwickelt hatten, nicht erwünscht sei, schon gar nicht, was Dietrich anging – am Ende plump eingeleitet: »Na, wie läuft's?« Das sollte grundsätzlich unerörtert bleiben. Der Maler verstand, unterdrückte aber nicht ein vieldeutiges Lächeln, das anzeigte, daß er die Vorführung ihrer neuen Rolle nicht ganz ernst nahm.

Das Atelier war an einem frostigen Vormittag ein ungemütlicher Ort, der Boden farbverschmiert, die Tische von Tuben und verkrusteten Flaschen mit allen möglichen Tinkturen bedeckt, Bilderstapel mit der Rückseite zum Raum an die Wände gelehnt; kein einziges fertiges Bild war zu sehen, aber durch das hohe, in viele kleine Scheiben geteilte Fenster fiel ein kühles, weiches Licht, das jedem Gegenstand seine volle Sichtbarkeit gab. Mehrere Staffeleien standen in einer Reihe, als sollten sie den großen Raum teilen.

»Arbeiten Sie an mehreren Bildern gleichzeitig?«

»Selten. Ich kann mich eigentlich nur mit etwas Neuem befassen, wenn ich eine Arbeit abgeschlossen habe, aber ich stelle manchmal fertige Bilder nebeneinander, um sie im Verhältnis zueinander zu sehen. Man lernt nur durch Vergleichen.«

Es gab einen einzigen Sessel im Raum, mit Kelimstoff bezogen; als sie sich hineinsetzte, gab die ausgeleierte Federung nach. Sie richtete sich auf, um nicht darin zu liegen. Er zog einen Stuhl herbei. Das ratschte auf dem Estrich.

»Wo postieren Sie denn Ihre Modelle?«

Das komme darauf an, welche Art Bild er plane. Er nehme dann gelegentlich kleine Umbauten vor, lenke mit dem

Wandschirm dort drüben etwa das Licht, breite auf dem Boden ein Lager aus oder stelle ein Podest auf, um von unten auf das Modell zu sehen.

Der Geruch im Atelier fiel ihr auf. »Das ist Terpentin, nicht wahr? Sie haben bis eben gearbeitet?«

»Ja, bis eben …«

»Und wo ist das Bild?«

Er zeigte auf die Rückseite einer mittelgroßen Leinwand. »Als Sie klingelten, habe ich es von der Staffelei genommen – ich zeige anderen Leuten niemals unfertige Sachen.«

Das klang abweisend, geradezu grob. Sie firmierte unter der Kategorie »andere Leute«, nicht würdig, einen Eindruck vom Entstehen eines Werks zu erhalten.

»Etwas Unfertiges zu sehen appelliert bei vielen an die Vorstellung, Vorschläge machen zu dürfen – am schlimmsten sind diejenigen, die auf die Leinwand gucken und sagen: Laß es doch so, es ist doch eigentlich fertig.« Es werde etwas beurteilt, dessen Plan man gar nicht kenne, noch welche Aufgabe hier gestellt worden sei. Bei der zeitgenössischen Kunst sei das tatsächlich auch gar nicht so leicht herauszufinden – bei einem Bild des achtzehnten Jahrhunderts sehe jeder Ahnungslose auf den ersten Blick, ob es fertig war oder nicht, während es jetzt eine Ästhetik des Fragmentarischen gebe, eine Liebe zur Skizze, zur Andeutung, einen Glauben an den großen Wurf, an die bloße Geste, was dazu einlade, die Vorarbeit schon als Endzustand zu begreifen. »Das verhält sich bei mir nun einmal etwas anders«, wobei auch er durchaus gelegentlich dazu neige, eine akribisch komponierte Untermalung dann wieder mit ein paar Pinselstrichen zu verunklaren – aber ein solches verwischendes Vorgehen profitiere bei ihm eben von dem soliden Fundament, auf dem es sich entfalte. »Das braucht der Betrachter alles gar nicht zu wissen«, eine Wirkung solchen Vorgehens stelle sich dennoch irgendwie ein. »Oder auch nicht – Beate ist mit ihrem Porträt sehr unglücklich, in ihrer schönen oder auch unschönen Offenheit hat sie gesagt, ich hätte das Bild totgemalt.«

»Das war, soviel ich weiß, nach sechsunddreißig Sitzungen …«

»Das war aber ihre Schuld. Ich hatte ihr ausdrücklich verboten, in Italien in die Sonne zu gehen – sie hat diese buttermilchweiße Haut, die ich schon sehr befriedigend erfaßt hatte, aber ich wußte, sie wird in Forte dei Marmi versucht sein, sich dennoch bräunen zu lassen, obwohl das bei ihr einen ganz unglücklichen paprikafarbenen Ton ergibt, und natürlich kam sie vollständig verbrannt zurück; ich habe einen Wutanfall bekommen, wir konnten von vorn anfangen. Sie stellt sich ein Porträt so vor, daß der Maler es in allen möglichen Versionen, wie vom Auftraggeber gewünscht, zurechtmachen kann – ›du weißt doch, wie ich blaß ausgesehen habe‹, hat sie tatsächlich gesagt! Als würde ich nach Fotos malen! Und natürlich will sie kein Porträt eines smarten Gesellschaftsporträtisten – nein, nein, Kunst soll es schon sein!«

Er war heftig geworden, hielt aber inne, während er überlegte, ob der Zeitpunkt schon gekommen sei, offen zu sprechen. Die gegenseitige Abneigung der beiden Frauen war ihm bekannt, nach seiner Einschätzung war sie unheilbar. Aber er beobachtete auch, daß Astrid noch nicht aufgegeben hatte, um Beate zu werben, indem sie die ihr offen entgegengebrachte Antipathie einfach übersah und mit gespielter Unschuld das Wort an sie richtete, ohne sich verdrießen zu lassen, wenn nur eine schnippische oder überhaupt keine Antwort kam. Wenn sie hier hörte, wie er schlecht über Beate sprach, würde sie kaum der Versuchung widerstehen, das weiterzutragen, um Beate eine ihr sonst verweigerte Reaktion zu entlocken.

Er entschied, keine Rücksicht darauf zu nehmen, weil der Streit über das Porträt weitgehend bekannt war. Beate sah es als ihr Damenrecht an, ihn zu kritisieren, und amüsierte sich über seine Verstimmung, wenn er scharf zurückschoß: Ein gehässiges Vorurteil sage schönen Frauen nach, nicht besonders intelligent zu sein. Von Schönheit könne bei Beate nun wahrlich nicht die Rede sein – das wisse sie selbst am besten –, aber wenn es um das Porträt gehe, werde sie zur Primadonna. Ohne es auszusprechen, verlange sie in Wahrheit nichts anderes von ihm als von einem Schönheitschirurgen, den sie sonst gar nicht in Anspruch nehme: Auf der Leinwand jedoch wolle sie zurechtgemacht werden. »Sie verlangt von mir, daß ich auf das einzige, was mich an dieser elenden Porträtiererei reizt, verzichte …«

» … und das ist?«

»Der offene Ausgang des Experiments – was kommt dabei heraus, wenn ich mein Modell so hemmungslos anstarre, als hätte ich noch nie eine Frau gesehen … und als wüßte ich nichts von den gegenwärtigen landläufigen Schönheitsauffassungen. Sie anstarren wie eine Kuh …«

»Wer ist die Kuh – Sie oder Beate?«

»Sie verstehen mich schon, und wenn nicht, habe ich keine Lust, Ihnen das zu erklären.«

»Ich verstehe Beate insoweit ganz gut, weil das Porträt nicht besonders ähnlich geraten ist.«

Sie hatte sich mutig genug für diese Worte gefühlt, war jetzt aber, nachdem sie ausgesprochen waren, besorgt und hätte sie am liebsten zurückgeholt. Tatsächlich war seine Reaktion scharf, setzte ihn durch die Unhöflichkeit aber auch ins Unrecht – das widerfuhr ihm öfter; er gab dann seine ursprüngliche Absicht, den anderen zu überzeugen, vorzeitig auf und ging zu einem Kräftemessen über.

Sie könne überhaupt nicht beurteilen, wie ähnlich das Bild sei. »Es ist tatsächlich sogar sehr ähnlich!« – obwohl das mit der Qualität der Malerei bekanntlich gar nichts zu tun habe, aber sie wisse ja nicht, wie Beate während der Sitzungen ausgesehen habe, und nur diesen Zustand könne er malen und habe er gemalt. Wenn Beate gezwungen wäre, sich eine Weile nicht zu bewegen, mache sie das geradezu verrückt. »Ich habe sie die bequemstmögliche Haltung einnehmen lassen, sie sollte einfach so dasitzen – ich glaube bei Porträts ohnehin nicht an raffinierte Positionen, das alles hat mit Malerei nichts zu tun, ist etwas für Zeichenvirtuosen, die mich nicht interessieren –, aber diese Haltung fand sie unoriginell, obwohl sie etwas anderes keine fünf Minuten durchgehalten hätte. Ich glaube, der bloße Gedanke, eine halbe Stunde stillhalten zu sollen, macht ihr Juckreiz und läßt sie herumhampeln; dazu wird ihre Miene immer verdrossener, stumpfsinniger, ihre Sinne sind gänzlich in ihre Gliedmaßen ausgewandert, die gegen das Regime revoltieren.« Er habe unter den unmöglichen Umständen das Bestmögliche für sie herausgeholt – »und auch für mich, wenn man von der

Katastrophe ihrer verbotenen Sonnenbäder in der Toskana einmal absieht. Sie sieht auf diesem Bild genauso aus, wie sie sich hier präsentiert hat. Hier hat sie gesessen …« – er wies auf einen farbbekleckerten alten Küchenstuhl in der Nähe des hohen Fensters, der dort noch stand, als sei er der stumme Zeuge der Sitzungen. »Das Licht fiel auf sie herab wie ein Eimer Wasser, sie konnte sich nicht verbergen, saß, obwohl mit ihrem scheußlichen Pullover bekleidet, quasi nackt vor mir in ihrer ganzen fatalen Willenskraft und Ungeduld, die sich vor Langeweile gegen mich aufbäumte … Was für ein Bild soll da bitte herauskommen? Ein Bild, das die Umstände seiner Entstehung nicht verbirgt.«

Er sei für Wahrheit in der Malerei, denke nicht daran, sich und anderen etwas vorzumachen. Im übrigen hätte sie das ganze Projekt ja abbrechen können. Sie sei an diesen Stuhl nicht gekettet gewesen. Aber das habe ihr Ehrgeiz verhindert. Sie sei nicht imstande, Modell zu sitzen, aber ebensowenig dazu, sich das einzugestehen. »Ich sollte solche Verpflichtungen gar nicht eingehen.«

Was an dem Bild gut sei – »und es ist in großen Partien tatsächlich sehr gut, ich bin in den Jahren dahin gelangt, nie mehr ein wirklich mißlungenes Bild malen zu können, die Handschrift ist immer erkennbar« –, das vermöge die Dame gar nicht zu schätzen, ihre Vorstellung von sich selbst verhindere das. Einer Sammlerin könne man das Porträtieren freilich schwer abschlagen. Die Sammlerin habe ein gewisses Recht darauf.

»Beate stellt das anders dar. Sie hätten sie so lange gedrängt, bis sie nicht mehr habe nein sagen können …«

»So, sagt sie das? Jeder hat einen Anspruch auf seine eigene Version. Der Streit der Historiker, ob ein Krieg ein Angriff oder eine Verteidigung war, ist endlos.«

»Mit einem Krieg vergleichen Sie diesen Auftrag?«

»Auf jeden Fall war es ein Kampf mit ungleichen Mitteln – was nicht heißen muß, ich sei waffenlos gewesen. Immerhin, das Bild gibt es jetzt, das läßt sich nicht mehr wegdiskutieren.«

Er schien verstimmt, wandte sich ab und verschwand hinter einem weiteren Wandschirm. Wasserrauschen war zu vernehmen. Nach kurzem drang Kaffeeduft in das Atelier. Er kehrte mit einem Tablett zurück und stellte es neben ihrem Sessel auf einen Hocker.

»Aber mich wollen Sie wirklich malen? Bei mir wäre das kein Krieg?«

»Das muß man erst sehen, das ergibt sich bei der Arbeit – es hängt vor allem von Ihnen ab.«

»Das wird keinesfalls ein Auftrag sein. Dietrich hat mir mehrfach gesagt, daß er sich kein Porträt von mir wünscht. Gerahmt an der Wand, käme ich ihm vor, als wäre ich schon tot …«

»So was habe ich ja noch nie gehört. Aber er kann ruhig sein, ich plane kein Porträt von Ihnen. Ich will Ihren Körper malen, der Kopf spielt keine Rolle. Ihr Gesicht ist zu hübsch für das, was ich brauche.«

»Ich fürchte, mit einem Akt wäre er noch viel weniger einverstanden.«

»Seltsam, nach einem ganzen zwanzigsten Jahrhundert haben immer noch ein paar Konventionen überlebt, man hält es kaum für möglich.«

Es sei doch gerade das Konventionelle an Dietrich, was er ihr derart eindringlich ans Herz gelegt habe. Sie höre ihn noch: Um ein ganzes Leben zusammen durchzuhalten, brauche es Konventionen – das habe sie überzeugt.

»Er muß nichts davon erfahren. Von mir wird niemand etwas hören.«

»Sie meinen, ich soll Ihnen hinter seinem Rücken nackt Modell stehen?«

Er antwortete nicht. Auch sie blieb stumm. Wie fanden sie den Weg zurück in das Gelände des Unverfänglichen?

Dann beendete sie das Schweigen: »Hier fliegt ja ein Vogel herum – und da noch einer.«

»Die Tiere lieben mich …«

Bald danach brach sie auf.

17

Flora Ortiz bewegte sich in dem für sie eigentümlichen Tempo voran, Schritt für Schritt im Gleichmaß setzend, nicht schnell und nicht langsam, es war ein gleitendes Wandeln, unterbrechungslos. Auch wenn sie die Straße überqueren mußte, hielt sie nicht inne, sondern lief in den fließenden Verkehr mit gemächlicher Unbeirrbarkeit hinein. Es war, als seien die Autofahrer gewarnt und auf sie eingestellt. Selten begegnete ihr ein jähes Bremsen oder Ausweichen mit quietschenden Reifen, schon gar ein Hupen kam nur vor, wenn ein Fahrer durch ihr Erscheinen erschreckt worden war. Sie umging die Innenstadt in großem Bogen und kam dennoch schnell voran; die Stetigkeit glich die Gemessenheit des Gehens aus.

Hoch aufgerichtet lief sie, den Kopf leicht in den Nacken gelegt, die Augen auf den Horizont gerichtet. Ihr schwarzes Gewand schmiegte sich ihr bei jedem Schritt aufs neue an; von weitem hätte man sie für einen Mönch oder einen Abkömmling eines sterbenden orientalischen Bergvolkes halten können. In der Nähe offenbarte das antikische Jünglingsprofil durch die Bartlosigkeit der erschlafften Haut, daß sie eine Frau war.

Sie hatte die Gewohnheit, niemals etwas zu tragen. Stets ging sie mit leeren Händen umher, die groß und sommersprossig waren, mit rotlackierten Nägeln. Sie widerstand der Versuchung, mit den Händen irgend etwas zu tun, sondern ließ sie von den schmalen Schultern wie nicht zu ihr gehörend hinunterhängen.

Der Weg, den sie zurücklegte, ohne je stehenzubleiben, zu zweifeln oder sich umzusehen, zeigte die Stadt von ihrer häßlichsten Seite. Siedlungshäuser mit kleinen Fensterlöchern und schrägen Balkons, weitgehend menschenleer, lagen an einer mehrspurigen Ausfallstraße. Dann verengte sie sich wieder, und niedrige Lagerhallen und aufgelassene kleinere Fabrikgebäude säumten ihren Weg, auch sie menschenleer, weil die darin verrichtete Arbeit mit nur wenig Personal auskam, der Hausmeister war hier wohl der wichtigste Beschäftigte. Kein Glas Wasser wäre in diesen Straßen zu bekommen. Bräche hier jemand zusammen – jemand, nicht sie! So weit war es noch nicht! –, würde er erst Stunden später gefunden, obwohl dieser ganze Raum durch und durch städtisch war. Die Schilder auf den Einfahrten der Gebäude trugen Abkürzungen, die nur den Eingeweihten etwas sagten: »ACR Reifenservice«, »Wilmo-Infoshop«, »Elfein GmbH«, »Flix-Auslieferung – nach ganz hinten durchfahren« – las sie das, während sie darauf blickte? Ihre Augen schienen zu groß, um damit etwas scharf zu erkennen, ruhten darauf, als seien sie, wie die Elfenbein- und Emailleaugen von Göttern, überhaupt nicht zum Sehen von etwas außerhalb Liegendem geschaffen, sondern vor allem, um das bedrohliche Innere nach außen gelangen zu lassen.

Weiter ging es in unaufhaltsamer Langsamkeit. Das Glas Wasser, das in dieser Öde nicht zu erhalten gewesen wäre, vermißte sie nicht. Ihr Körper war gänzlich autark, gegenwärtig jedenfalls. Wessen er bedurfte, war in seinem Innern gespeichert, ein vielfach komprimierter Kraftvorrat, der tagelang reichte. Man mußte anders essen, um zu einem solchen Depot zu gelangen, ganz wenig, aber Trockenes, Festes, Gestampftes; nicht leicht zu bekommen, in den öffentlichen Küchen war alles zu wäßrig, breiartig und in Rücksicht auf die vielen Besucher mit schlechten Zähnen gekocht, während ihre Zähne zwar nicht schön, aber gesund waren; eine Überraschung für den Zahnarzt, der sie im Krankenhaus untersucht hatte, er erwartete bei Landstreichern ein ruiniertes Gebiß. Man mußte das Harte, eine getrocknete Pumpernickelscheibe etwa, in kleinen Mäusebissen abnagen und dann lange kauen und dann beim Hinunterschlucken eine Botschaft an die inneren Organe senden, diese Nahrung nun nicht sofort zu verpulvern, sondern davon eine Bank anzulegen, die an Magensaft und Darm nur winzige Partikel tropfenweise abgab. Sie wußte, daß sie die Prozesse in ihrem Körper beherrschte, und empfand ihre nahrungsökonomische Technik keineswegs als Mangelverwaltung, sondern als sinnvollen Gebrauch einer seltenen Gabe; auch vor reich gedecktem Tisch hätte sie sich nicht davon abbringen lassen.

Hatte sie reich gedeckte Tische jemals erlebt? Die Frage lag nicht so fern angesichts ihres Auftretens, das bei aller Sonderbarkeit auch herrische, gar befehlsgewohnte Züge besaß. Ob sie selbst darüber hätte Auskunft geben können? Ärzte, Fürsorgerinnen und Polizisten bekamen jedenfalls nichts aus ihr heraus, und wer ihre Biographie hätte schreiben wollen, hätte das Spekulationsvermögen eines Archäologen entwickeln müssen.

Die unfruchtbare Öde ihres Weges ging nach einer Weile in den Zerfall der urbanen Substanz über. Die Straße verengte sich noch einmal und war jetzt voller Schlaglöcher. Hütten standen an ihrem Rand, eine davon ehemals die Gaststätte eines Sportvereins, jetzt verrammelt. In der flockig werdenden Stadtmaterie befand sich noch Raum, der nicht dem ökonomischen Diktat unterworfen war. Hier wurde vorerst noch nicht jedes Fleckchen genutzt. Die bei Stadterweiterung und Verdichtung zu erwartende Wertsteigerung steckte noch im Boden. Verkommenheit war hier vorläufig gestattet. Der Blick der Planer hatte diese Region im ausgefransten Rand zwar bereits ins Visier genommen, damit aber erst einmal nur bewirkt, daß in die verstreut liegenden Häuschen, die durch umgesunkene Maschendrahtzäune miteinander verbunden waren, nichts mehr investiert wurde.

Ohne auf die Straße zu blicken, stolperte sie nicht auf ihrem Weg. Hier war sie vollständig allein. Dann kam ihr ein Radfahrer entgegen, der in einer Geschwindigkeit über die Schlaglöcher holperte, als lege er es darauf an, von ihnen aus dem Sattel gehauen zu werden. Er umfuhr sie, ohne die Augen vom Boden zu nehmen, mit seinem sich nach vorn verjüngenden Helm einem bemannten Geschoß gleichend.

Ein Schrebergartengelände tat sich auf, das aber aufgegeben war. Die kleinen Gartengrundstücke waren verwildert, die Pflanzen mannshoch aufgeschossen, Apfelbäume reckten dürre Äste in die Luft, an denen winzige grüne Äpfelchen nicht mehr die Reife erreichen würden, dazwischen vereinzelt Rosen im Unkraut, die noch am ehesten an die Hände erinnerten, die einstmals hier gepflanzt und geerntet hatten. Beete waren beinahe ganz verschluckt von hochragendem unfruchtbarem Grün, das auch auf den schmalen Weg übergriff und ihn an manchen Stellen verdeckte. Flora zwängte die dafür etwas zu große Hand durch ein Loch im Drahtgitter des Eingangstürchens, fand einen Hebel und rüttelte daran – der rostige Mechanismus gab nach, und das Gitter ließ sich mit Mühe gegen das wuchernde Kraut aufdrücken.

Nah am Zaun die Brombeerhecke, seit Jahren nicht zurückgeschnitten, hatte sich raumfressend und undurchdringlich ausgebreitet. In der Höhe lockten schwarze Trauben reifer Beeren, in den Himmel gereckt, als Nahrung für die Vögel. Flora war aber so groß, daß sie an die niedrigsten herankam; sie streckte ihren Arm aus, bei ihr wurde das zur theatralischen Geste, aber es gab mitten im Unkrautfilz keine Zeugen für diesen Anblick. Auf ihrer Handfläche lag eine leicht zerdrückte Brombeere, schwarz in einem Kranz aus purpurrotem Saft, wie eine edlere Art von Blut. Mehr kostete sie nicht. Es war, als sei sie selbst erstaunt über sich, hier unversehens geerntet zu haben, das heißt, ihre Umwelt auf Brauchbarkeit und Nahrhaftigkeit hin zu prüfen – ein Reflex aus einer vergessenen Weise, die Dinge zu betrachten, die seit langem in der in ihr mächtig angeschwollenen Erregung untergegangen war.

Sie wandte sich von der Hecke ab, die mit kratzigen Ranken nach ihr griff und sich in ihrem Gewand verhakte. Im Vorangehen war das leise Krachen der Kunstseide zu hören, wenn sie sich von einem Dorn losriß. Aber das kümmerte sie nicht, ebensowenig wie sie die Kratzer auf ihren

Händen beachtete – der Brombeerpurpur mischte sich mit Pünktchen hellroten Blutes.

Sie wand sich durch das Gestrüpp, weiterhin zielbewußt. Am Rand ihres Weges erhob sich die Ruine einer Gartenhütte mit eingeschlagener Fensterscheibe, von den Wänden war nur angefaultes Holz übriggeblieben, das Dach hing halb auf den Boden, als habe jemand mit dem Abriß begonnen, dann aber entschieden, das Häuschen seinem natürlichen Verfall zu überlassen. Ihr Blick ging an der kleinen Ruine vorbei, es roch nicht gut von dort; faulte darin ein Kadaver? Sie kannte ihren Weg. Hoch aufgeschossene Pflanzen verschluckten sie, wenn sie diese vor sich zerteilte und dann hinter sich wieder zusammenschlagen ließ. Insektensummen lag in der Luft, das Sirren von Mücken, leises Zwitschern von Meisen, untermalt von dem brummendrauschenden Continuo der nahen Autobahn, aus dem sich manchmal ein Bremsenquietschen oder das Sausen eines besonders schnell fahrenden Wagens heraushob, aber zu sehen war sie nicht. Auf dem übervölkerten und übernutzten Boden dieser Stadt, wo alles eng aneinandergedrängt war, gab es noch Raum für Wildnis. In ihrem Sich-vorwärts-Tasten schien das Gartengelände keine Grenzen zu haben. Der Dschungel ringsum bot keine Aussicht über sich hinaus.

Dann war sie am Ziel. Die Gartenhütte war noch einigermaßen erhalten, der Wildwuchs drängte zwar von überall an sie heran, aber unter einem Vordach war einmal gepflastert worden; dort stand immer noch eine Bank.

Wie lange war Flora schon unterwegs? Sie mußte stundenlang gelaufen sein, in diesem würdevoll unbeirrten

Gang, der sie nicht in Hitze geraten ließ, aber dennoch schließlich anstrengte. Sie trat an die Hütte heran und blickte durch die blinde Scheibe in das dämmrige Innere. Es war nicht leicht, etwas zu sehen. Eine Matratze lag auf dem Boden, mit einem fleckigen roten Stoff bedeckt, daneben leere Flaschen, weitere schwer erkennbare Gegenstände – war das ein Gaskocher? An der Wand lehnten ein schadhafter Rechen und ein Spaten. In einer Flasche steckte eine Kerze, tief herabgebrannt. Waren das neuere Lebensspuren oder längst verlassenes Zeug? Sie schaute gebannt hinein, sie konnte sich von dem Anblick nicht lösen. Schließlich legte sie ihre Hand auf die Türklinke, ganz leicht, ohne sie zu bewegen. Sollte sie die Klinke drücken? Oder lieber nicht? Was geschähe, wenn die Tür sich öffnete? Was geschähe, wenn sie verschlossen war?

Sie fürchtete keine Zurückweisung. Sie war in den letzten Jahren so oft zurückgewiesen worden, daß sie ohnehin nichts anderes erwartete. Zurückweisung war die Form, mit welcher die Welt ihr entgegenkam. Wichtig war nur die richtige Haltung demgegenüber – wer nicht in seinen Erwartungen enttäuscht wurde, hatte nichts zu verlieren. Verlieren, das gab es ohnehin nicht.

Und dennoch verharrte sie lange so, mit der Hand auf der Klinke, unbeweglich im Unentschiedenen, Ungewissen verweilend. Aber wie es das Wesen der Entscheidung ist – oft ist nicht auszumachen, was sie herbeigeführt hat.

Sie drückte die Klinke, das ging leicht, fast zu leicht, die Feder war etwas ausgeleiert. Aber die Tür blieb zu. Sie rüttelte ein wenig, ohne Erfolg. Sie blieb zu.

Zu. Das war die neue Lage. Jetzt war sie da, eben hätte alles auch anders aussehen können. Eben hatte die Möglichkeit, die Tür öffnen zu können, nicht nur in ihrem Kopf bestanden, sondern war etwas Objektives gewesen, durch die Voreiligkeit der Entscheidung in das Loch des Nichtseins gestoßen.

Kein Grund, außer sich zu geraten. Der Gleichmut, den sie ungebrochen aufrechterhielt, was ihr auch widerfuhr, der durfte durch so etwas nicht erschüttert werden. Sie horchte in sich hinein. Was war es eigentlich, was sie mit dieser Hütte verband? Hatte sie hier etwa einmal gewohnt? Geschlafen zumindest? War das rote Tuch auf der Matratze, dieses flammende Rot, etwa aus ihrem Besitz? War sie hier allein gewesen, oder hatte es da noch jemanden gegeben? Das war alles weg; nur der Weg hierher, der war ihr haften geblieben, und ihr war jetzt sehr schattenhaft, als sei sie ihn schon mehrmals gelaufen – vielleicht sogar gestern?

Die Anstrengung der langen Wege durch die Stadt, das war die ihr zugedachte Lebensaufgabe, wie eine Nähmaschine durch ein Stoffgebirge Bahnen durch das Stadtdurcheinander zu ziehen, um es zu arretieren und vor dem Auseinanderfallen zu bewahren.

Sie setzte sich auf die Bank, aufrecht, ohne sich anzulehnen. Wenn sie hier saß, das verschlossene Häuschen in ihrem Rücken, die Füße auf dem Ziegelpflaster, das schützende Vordach über sich, war ihr, als verfüge sie über das Ganze hier, als sitze sie auf dieser Bank mit vollem Recht und sei von niemandem zu vertreiben. Es fehlte nur etwas zu trinken – nicht wegen des Durstes! O nein – sondern allein wegen der Geste, ein Glas in der Hand zu halten, an dem sie vielleicht nicht einmal nippte.

Neben ihr stand die Regentonne, zu der sie manchmal hinübersah. Der Wasserspiegel war schwarz, Blätter schwammen darauf, und darüber huschten Insekten, deren weit gespreizte hauchdünne Beine technisch wirkende Gelenke hatten. Auf dem Wasser liefen sie wie über festes Land, sie bewirkten mit ihrem Gewicht nicht die kleinste Bewegung der Oberfläche. Ihr Sein und Willen versammelten sich in einer kleinen Kugel, ihrem Körper.

Spurlos sich durchs Land bewegen, unbemerkt und unauffindbar – daß sie diesen Wunsch in sich verspürte, bewies, wie wenig sie sich ihrer Wirkung bewußt war. Selbst der allein auf seine Geschwindigkeit bedachte, über die Löcher der Straße schlingernde Radfahrer, der nicht den Kopf gehoben hatte, als er an ihr vorüberschoß, sagte abends zu seiner Freundin, bei der er ein Bier trank, aus einem erschöpften Schweigen heraus: »Am alten Schrebergarten habe ich eine Irre gesehen.«

Jetzt auf dem Gartenbänkchen war sie wirklich verschwunden. Es war ein schöner klarer Tag gewesen, aber nun begann die Dämmerung sich auszubreiten, langsam zunächst, nur durch ein stärkeres Leuchten der Farben sich anbahnend. Eine einsame Rosenblüte wurde vom Strahl der sinkenden Sonne getroffen, das ließ sie aufleuchten. Am Himmel stand die Mondsichel, noch ganz weiß, und nun wurden auch die Hochhäuser sichtbar, die bis dahin den Horizont, nur diffus im Dunst verborgen, begrenzt hatten. Lichtriegel entmaterialisierten die Bauten, das sah von hier eher aus wie das von Scheinwerfern besetzte Röhrensystem einer Raffinerie als nach Türmen voller Menschen, wobei das Licht allerdings anzeigte, daß sie bald ganz verlassen sein würden, nur noch von Reinigungstrupps bevölkert. Oben in der Höhe warnten rote Lampen tief fliegende Helikopter. Diese roten Pünktchen sprenkelten das rauchige Hellblau der Himmelsschale. Etwas strich über ihr Gesicht, reflexhaft fuhr sie sich über die Wangen, ein Nachtfalter, dessen Flügel sie gestreift hatten.

Die Vögel waren verstummt, aber da wischten immer noch Flugwesen durch die Luft, mit dem Auge kaum festzuhalten – Fledermäuse? Vor ihr teilte sich die grüne Wand, und eine schwarze Katze schob sich heraus – innehaltend, als sie einen Menschen bemerkte, zaudernd in der Erwägung, ob sie nicht besser umkehren solle. Dann behutsam Schritt für Schritt in einer gerade auch in der Langsamkeit sich mitteilenden Hochspannung aus dem Dickicht hervorkommend, in dem Entschluß, Flora nicht weiter zu beachten.

Es war noch so hell, daß man hätte lesen können – wann hatte Flora zuletzt etwas gelesen? Das war lange her, obwohl ihr manchmal die Worte »meine Bücher« durch den Kopf gingen, als etwas, worum sie sich eigentlich kümmern mußte. Aber Bücher waren schwer, lagen in Kisten, wer wußte, wo, waren auf einen Ort angewiesen, wo sie aufgestellt werden konnten – das waren Bedingungen, mit denen sie sich nicht mehr beschäftigen konnte, weit weg, aber wie eine solche Fledermaus mochten die Worte »meine Bücher« wohl dennoch einmal bei ihr vorbeischießen.

Die schwarze Katze kam nicht näher, demonstrierte aber zugleich Ruhe und Furchtlosigkeit. Fünf Schritte von ihr entfernt begann sie, sich zu putzen, mit der konzentrierten Systematik, als gebe es um sie herum nicht die geringste Bedrohung. Sie war von fleckenlosem Schwarz, kein weißes Haar an ihr. Das Licht modellierte sie nicht mehr, sie erschien in ihrer Schwärze körperlos. Für Flora war sie ein schwarzes katzenförmiges Loch in der Natur, und ihr war jetzt, als sei dieses Loch, das in unergründliche Tiefen führte, schon von Anfang an dagewesen. Daß da die Katze herbeigeschlichen war, gab es nicht mehr, es gab nur das in seinen Umrissen sich bewegende Loch.

Und oben über den rot blinkenden Pünktchen der Mond. Sein weißes Licht hatte sich intensiviert, war aus der Blässe herausgetreten und begann zu strahlen. Kreisrund stand er wie angewurzelt am Himmel, mit der Festigkeit reiner Geometrie. Aber war diese Festigkeit wirklich unumstößlich? War sie nicht nur ein Schein, der bei einer womöglich nur winzigen Provokation verging und etwas Schreckenerregendes offenbarte, was hinter ihm verborgen war und nur darauf wartete, sich zu zeigen und auszubreiten?

Es genügte dafür, so war sie in diesem Moment eines zeitlosen Verweilens überzeugt, wahrscheinlich ein viel geringerer Stoß als die Raketen, die man dort hinaufschoß. Ihr Blick fiel auf eine leere Colaflasche zu ihren Füßen. Was geschähe, wenn diese Flasche dort oben aufträfe? Sie sah sie an, sah sie auch mit geschlossenen Augen, in eine große Zwille gespannt, mit dem Gummiband weit zurückgezogen und dann losgeschleudert in Richtung auf den Mond, lang und doch blitzschnell ihm entgegensausend und dann – mit den Augen, auch den inneren – nicht mehr wahrnehmbar, dort oben aufschlagen, so daß der Mond sanft erzitterte und wie ein Schiff, das sich vom Ufer löst, aus der eben noch bombenfesten Position herausgeriet und sich verschob, unhörbar – das war das eigentlich Schreckliche dieses Vorgangs – wegglitt wie ein zur Seite geschobener Vorhang. Der Mond war ins Rutschen geraten, wußte selbst nicht, wo dieses Rutschen enden würde; jenseits seiner eben noch sicheren Position gab es kein notwendiges Ziel, nichts, was ihn aufhielte.

Aber hinter ihm das, was er verborgen hatte: Feuer, das sich nun, wo es aus der Deckung gekommen war, rasend schnell ausbreitete, den ganzen Himmel füllte, lodernd und krachend, und näher kommend, jetzt schon den Horizont erreichend, die fernen Stadthäuser schwarz werden lassend und unablässig in gelbrotem Prasseln anwachsend.

»Du mußt nur die Augen aufmachen«, welch ein Gedanke in dieser kosmischen Katastrophe, als liege es allein an ihr, sie zu beenden – was vielleicht gar nicht gut war?

Ein Knacken in ihrer Nähe führte von selbst dazu, daß sie die Lider hob, das war wieder ein Reflex, der einem anderen, ihr selbst längst versunkenen Lebenskapitel entstammte. Sie starrte ins Dunkel. Doch, die roten Pünktchen auf den Hochhäusern waren noch da, aber die grellen Fensterbänder waren zum Teil schon erloschen.

18

Wenn Louis Creutz auf einer Reise ein paar Stunden allein war, machte er sich Notizen, die er manchmal sogar irgendwem schickte, ohne Anrede und Gruß, die Leute sollten sehen, wie sie damit zurechtkamen. Die folgende Nachricht erreichte Astrid ein paar Tage nach ihrem ersten Besuch im Atelier.

Ich sitze auf der Terrasse des Hotels in dieser kleinen thüringischen Residenzstadt mit ihrem übergroßen Theater. Tagsüber Besprechungen des Bühnenbildes. Es soll nach meiner Vorstellung ein dreidimensionales Gemälde werden. Damit die Sänger diesen Eindruck nicht zunichte machen, will ich, daß sie Masken und hohe Kothurne tragen. Das wird bei dem hier zur Verfügung stehenden Material gar nicht einfach sein; vor allem der Dirigent ist gegen Kothurne, weil er befürchtet, die Sänger stünden dann unsicher und könnten sich nicht konzentrieren.

Der Regisseur hingegen schwört auf Hyperbeweglichkeit und ist erst recht gegen mich. Ich habe schon angeboten, alles hinzuschmeißen – es muß einfach klar sein, daß dies meine Produktion ist und daß ich in dieses halbvergessene Städtchen überhaupt nur gekommen bin, weil man mir die Möglichkeit bietet, ganz und gar alles allein zu bestimmen. Ja, es stimmt, ich bin nicht teamfähig, habe ich auch nie behauptet. Mal sehen, ob noch etwas zustande kommt.

Die Terrasse liegt über einem schnell fließenden flachen Flüßchen, das gurgelt und rauscht da unten. Das Haus war einmal eine Mühle, heißt auch noch so. Gegessen habe ich eine Forelle, in der Vorstellung, sie könnte aus diesem Wasser stammen. Am anderen Ufer ein Park mit hohen Kastanien, eine Wand aus weißen Kerzen, von einem Wind sanft bewegt. Der Anblick faßt alle Parks dieses Landes zusammen. Das dunkle Wasser und die im Sonnenuntergang immer heftiger leuchtenden Blüten der alten Bäume sind mir ein Inbegriff geplanter Landschaft, die durch ihr Alter die ordnende Menschenhand vergessen läßt, als hätte sich dies alles auch von selbst ergeben können.

Aber zum Park gehört immer auch Architektur – zierliche Bauten, Tempietti, Kioske, Pavillons, Salettl – und so vollendet sich der Anblick vor mir durch ein im Gebüsch verborgenes kleines Bauwerk mit geschwungenem Schieferdach, pagodenhaft. Nun geht sogar noch eine Laterne an, die im Wind leicht über der Tür schwankt – verheißungsvoll. Vielleicht ist dieser Pavillon gar bewohnt, und es wird dort jemand erwartet? Man sieht schon: Weimar war in meinem Kopf – könnten in einem solchen Parklusthaus nicht Gedichte geschrieben worden sein? Ein lieblicher Anblick, ein idyllisches Bild, verlockend – wie wäre es, eine Brücke zu suchen und nach dem Essen dort hinüberzugehen?

Ein Windstoß teilt die Blättermassen, die ihre blasseren Rückseiten sehen lassen, und zwischen ihnen wird die Tafel sichtbar, die über der Tür des Häuschens angebracht ist: »WC«, unmißverständlich, es ist ein Klohäuschen. Desillusionierung?

Das ist zu einfach. Eher eine kleine Lektion über Wirkung. Über die Bereitschaft des Betrachters, seinen sinnlichen Eindrücken entgegenzukommen und sie in Szene zu setzen. Ich denke: »Schloßpark«, dann wird ein Klohäuschen für mich zum Teepavillon. Der Alltagsmensch ist in einem solchen Fall ganz einfach einem Irrtum erlegen. Meinen Irrtum hingegen habe ich als produktiv anzusehen.

Es ist nun einmal so: Für mich als Maler und auch für die Betrachter meiner Bilder zählt allein das Bild und nicht das Modell. Meine Täuschungen beim Studium des Modells sind der Maßstab. Ich will mein Modell so malen, daß die Begegnung mit dem realen Modell eine gewisse Enttäuschung auslöst.

Denn die einzige Wirklichkeit, die zählt, entsteht aus meinen Täuschungen – und dann scheint sie nicht nur, dann i s t sie. Meine Täuschung wird auf dem Bild zur Wahrheit, und zwar nicht zur vermeintlichen, sondern zur hieb- und stichfesten, zur Objektivität des Bildes. Der gern zitierte Talma-Satz: Was wahr scheinen solle, müsse unwahr sein, trifft es noch nicht. Es muß vielmehr heißen: Was dazu bestimmt ist, objektiv wahr zu werden, mag gern vorher subjektiv unwahr gewesen sein. Sollte man das wissen, wenn man mir Modell sitzt? Wozu? Renoir hat einmal gesagt: »Meine Modelle denken nicht.« Ich stimme ihm zu: Es wäre gut für sie, wenn sie es nicht täten.

Astrid las diese Nachricht mit Verwunderung; sie glaubte zunächst, sie sei ein Irrläufer, nicht an sie gerichtet. Aber dann fand sie darin Wendungen, die so klangen, als wolle Louis Creutz sie auf das Gemaltwerden vorbereiten, als sei das schon eine beschlossene Sache. Daß dem keineswegs so war, mußte sie ihm unbedingt klarmachen.

19

Astrids Besuch im Atelier hätte keine baldige Wiederholung erfordert, wenn sie nicht etwas dort vergessen hätte – was war es noch? – ja richtig, ein Schal. Ein schöner Schal sogar, der mußte schnell wieder ins Haus. Sie rief bei Louis Creutz erst an, als sie schon unten im Hof stand – »will nur ganz schnell was abholen«, und sie fand ihn denn auch nicht allein vor.

Als ihr Flora Ortiz vorgestellt wurde, hatte Astrid sie aber schon einmal gesehen, ausführlich sogar; sie hatte sie lange beobachten können, ohne damit aufzufallen, denn die Fremde hatte keine Aufmerksamkeit für sie übriggehabt. Sie war groß, hatte vor der Caféterrasse Stellung bezogen, wo Astrid eine Schokolade trank, lange unbeweglich wie ein Standbild und mit geneigtem Kopf vor sich hin starrend, traumverloren, in Gedanken vertieft.

Im Atelier verhielt sie sich nicht viel anders. Zunächst machte sie eine Geste, als wolle sie ihr die weiße Hand reichen, ließ sie dann aber wieder sinken. Statt dessen warf sie ihr einen tiefen Blick zu, wandte sich dann wieder ab, trat einen Schritt zurück, als wolle sie zeigen, daß sie nicht gedenke, in ein Gespräch einzutreten, und neigte den Kopf genauso wie vor der Caféterrasse. Es gelang ihr mit dieser

Geste, den Abstand zu anderen unüberwindlich werden zu lassen.

Der Maler tat nichts, um ihre Anwesenheit zu begründen, ging dann auch zum Telephonieren in eine Ecke des Ateliers, wo seine Stimme beinahe ganz verschluckt wurde. Astrid konnte sich wieder der Betrachtung der Frau widmen, die weiterhin keinerlei Anstalten machte, mit ihr zu sprechen. Ihr Haar war gelb gefärbt und kurz geschnitten, wie bei einer antiken Männerskulptur, in einzelnen Locken eine feste Kappe bildend. Dann das Gesicht, in spätantiker Schönheit, mit übergroßen Augen und griechischer Nase – ein Ganymed, aber in Form einer nicht mehr jungen Frau, die Züge schon ermüdet, die Haut sehr weich und wohl etwas schlaff, das Gesicht wie mit Kohlenstaub gepudert, was das Augenweiß dramatisch leuchten ließ. Gute Gedanken schienen sie weder hier im Atelier noch damals im Kaffeehaus zu beschäftigen; ihre Augen blickten drohend, sie durchbohrten das Nichts, wohinein sie sahen; sie brütete – vor der Caféterrasse war es, als sei sie von einer bösen Ahnung erfüllt, was der sorglos schwatzenden und trinkenden Menge bevorstehe –, als schaue sie den Riesenhammer, der schon bald auf die in ihrer Nichtigkeit schwelgenden Kaffeehausgäste niedersausen würde. Und der dieses Volk nicht grundlos vernichtete, weil es viel zu lange schon in Gedankenlosigkeit und Frivolität verharrte.

Sie trug ein langes Gewand aus schwarzer Kunstseide mit silberner Litze von unbestimmt orientalischem Charakter. Es war fleckig, der Saum ausgefranst, ein schmuddeliges Theaterkostüm, ein Bettlerstaat. Ihre sehr schmalen, dennoch großen Hände, die am Körper hinabhingen, mit langen, rotlackierten Fingernägeln, vor dem Kaffeehaus nicht anders als jetzt im Atelier. Sie fühlte sich davor sicher, angesprochen zu werden. Ein Ernst lag in ihrer Miene, der so feierlich wirkte, daß für Verachtung kein Raum darin war.

Vor dem Kaffeehaus hatte sie plötzlich einen Entschluß gefaßt, der sie aus ihrer Statuarik ausbrechen ließ. Da saßen zwei jüngere Amerikaner, ein Weißer und ein Schwarzer, beide akribisch geputzt mit gezirkelten Bärten und Kappen mit Entenschnabelschirm, auf denen eine teure Modemarke für sich warb. Als ob die Frau Verwandtschaftliches in ihnen entdeckt hätte, trat sie aus der Bannmeile vor der Terrasse auf sie zu, neigte sich zu ihnen hinab und begann, leise und eindringlich zu sprechen – nein, das war kein Betteln, wie der ferne Kellner das zu verstehen meinte und deshalb wegscheuchende Bewegungen in ihre Richtung machte, das war wie das Überbringen einer geheimen Nachricht.

Die geputzten schwarz-weißen Herren waren in ihrer physischen Makellosigkeit gleichsam armutsabweisend, wie mit einer Lackschicht überzogen. Obwohl die Frau ihnen nahe, ja zu nahe trat, schienen sie diese nicht zu sehen und setzten ihre nachlässig geführte Unterhaltung unbeeindruckt fort.

Selbst wenn die Frau in ihrer Wahrnehmung beeinträchtigt sein mochte, die Undurchdringlichkeit der Blase, in welcher sich das Freundespaar befand, erkannte sie. Sie zog sich zurück, kopfschüttelnd, als verstehe sie nicht, warum ihre Botschaft nicht ans Ziel gelangen wollte, als ob sie falsch unterrichtet worden sei – galt die Nachricht in Wahrheit jemand anderem? Zweifel stand in ihren vorgewölbten Augen, eine Falte bildete sich auf der kohlenstaubgepuderten Stirn. Sie nahm Abstand davon, ihren Versuch zu wiederholen, wandte sich den Vorüberflanierenden zu, ließ sich von ihnen verschlucken, eine Weile schwamm ihr buttergelber Lockenkopf noch auf der bewegten Menge.

Auch jetzt im Atelier blieb es beim Abstand zwischen ihr und der Frau. Sie hätten stundenlang wortlos nebeneinander zwischen den Staffeleien stehen können. Sollte die Bettlerin gemalt werden? Ungewöhnlich genug war ihre Erscheinung. Wenn es gelang, die Augen in dem bestäubten Gesicht einzufangen, müßte ein höchst unheimliches Bild entstehen: das Brennen und die Leere des Blicks einer verdammten Seele.

Louis Creutz kehrte zurück.

»Habt ihr euch gut unterhalten?«

Die Frage klang spöttisch, als wisse er nicht, daß man sich mit Flora Ortiz nicht »gut unterhielt«, nämlich überhaupt nicht. Aber jetzt öffnete sie den Mund. Astrid erschrak, unversehens ihre Stimme zu vernehmen, tief und rauh. Hieß es nicht, Besessenheit sei an einer Männerstimme in einem zarten Frauenkörper zu erkennen?

»Sie wollten nicht mit mir reden, Sie haben mich neulich beobachtet und wollen das nicht zugeben.«

Astrid versuchte zu widersprechen, aber die Stimme versagte ihr vor Erstaunen. Flora sah sie nun an, aus ihrem von übergroßer Trauer gezeichneten Gesicht.

»Ich habe sie gemalt, aber da war sie noch in besserer Verfassung – nie wirklich schön, der Körper schon gar nicht: mager, die Schulterblätter wie verkümmerte Flügel herausstehend, die Beckenknochen wie die geschwungenen Seitenteile eines Cellos, die Haut von diesem schmutzigen Weiß wie heute, obwohl sie unter der Dusche gewesen war.«

Louis Creutz sprach über sie, als wäre sie ein Hund, der alles dem Tonfall seines Herrn, nichts dem Inhalt seiner Worte entnimmt. Ihrem Gesicht war nicht abzulesen, ob sie seinen Erklärungen gefolgt war.

»Wo ist das Bild?«

»Es ist hier, ich habe es nie verkauft. Es fällt aus meiner Produktion etwas heraus – ich habe auch ihren Kopf gemalt, die Augen, das war ein Fehler, sie sind zu stark, sitzen jetzt wie eine Wunde in dem Bild, nicht integriert. Ha! Sie denken, ich zeige Ihnen das – von wegen. Nicht wahr, Flora, das behalten wir für uns?«

Wieder die Überraschung, die mit ihrer Stimme verbunden war: Es war, als springe ein Mechanismus in ihr an, lasse es in ihr leise schnarren und erzeuge dann ein röchelndes Geräusch, das einem menschlichen Organ ähnelte, aber etwas anderes war.

»Du hast mir das versprochen, und wenn du auch sonst nichts gehalten hast, was du versprochen hast, so wirst du das jedenfalls halten, das weiß ich, aber nicht, weil ich dir glaube.«

»Sie ist übrigens ein vorzügliches Modell – sie hat stundenlang in einer ziemlich anstrengenden Position ausgeharrt. Ich habe fast gefürchtet, daß ihr die Beine aus den Gelenken sprängen, ohne Klagelaute, manchmal nur so ein vogelartiges Quieken, aber dann hatte sie sich gleich wieder in der Hand …«

Ein solches Modell habe er nie wieder gehabt, was die Disziplin anging jedenfalls.

»Er will nicht mehr – ich biete mich an, aber umsonst.«

Das war wieder die geborstene Stimme, die auch, nachdem man sie nun inzwischen kannte, nichts von ihrer Menschenunähnlichkeit verloren hatte.

»Du mußt gehen, Flora«, der Maler war von kühler Freundlichkeit.

»Wird diese Frau jetzt das Modell sein?« Flora wandte sich ihr zu. Eine Belebung trat in ihr Gesicht, es war, als ob sie Astrid jetzt erst richtig wahrnehme.

»Tun Sie es nicht!«

»Was soll ich nicht tun?«

»Werden Sie nicht sein Modell! Machen Sie das nicht!«

Zwischen ihren vollen, blassen Lippen wurden ihre verfärbten Zähne sichtbar. Auf des Malers Miene erschien der Ausdruck von Amüsement.

»Komm, du Tierchen, jetzt reicht's.«

Er zog seine Brieftasche aus der Jacke und entnahm ihr einen größeren Schein. Flora folgte seinen Bewegungen mit den Augen, als könnte sie damit den Inhalt dieser Brieftasche durchdringen, aber darin lag keine Habgier, sondern Schmerz, als ob alles, was sie wahrnahm, ihre Erwartung bestätigte. Den Schein nahm sie ohne Hast entgegen und steckte ihn in die ausgebeulte Tasche ihres Gewandes.

Die Bewölkung hob sich, helles Licht fiel in das Atelier und ließ ihr Gesicht reinlicher erscheinen. Astrid konnte nicht anders, als über die klassische männliche Schönheit dieser Maske zu staunen. Die Wirkung der Warnung verflüchtigte sich darüber, als hätte Flora im Gegenteil dazu geraten, sich malen zu lassen.

Wortlos, mit großen langsamen Schritten, in demselben Gang, den Astrid bei ihr auf der Straße beobachtet hatte, verließ sie das Atelier. Die schwere Eisentür klemmte, sie rüttelte an ihr, bis sie sich quietschend auftat, und ließ sie hinter sich mit lautem Scheppern ins Schloß fallen. Das war, als hätte sie die Tür mit Absicht zugeknallt, ein effektvoller Abgang. Es war dieses Knallen aber gar nicht zu vermeiden und störte in dem verlassenen Fabrikgebäude auch niemanden.

Astrid atmete auf, als Flora verschwunden war. Sie hatte, ohne sich darüber ganz klar zu sein, während deren gesamter Anwesenheit unter der Vorstellung gelitten, sie beim Abschied berühren zu müssen; auch der Maler hatte vom Händeschütteln oder gar einer Umarmung Abstand genommen, das verstärkte den Eindruck der Geisterhaftigkeit dieses Auftritts.

»Als ich sie kennenlernte, war sie viel weniger verrückt als heute – durchaus krank im Kopf, aber das hatte noch keine selbstzerstörerischen Ausmaße angenommen.« Er empfand offenbar doch die Notwendigkeit einer Erklärung.

»Es gab einmal ein Projekt – zwanzig Jahre wird es her sein –, ich sollte Bühnenbilder für eine freie Theatertruppe entwerfen. Deren Häuptling war ein Argentinier, der sich für einen zweiten Antonin Artaud hielt – ein begabter Mann, aber ohne die Fähigkeit zur Organisation, daran ist die Sache dann gescheitert. Flora kommt ebenfalls aus Argentinien, entstammt einer der dort üblichen unentwirrbaren Völkermischungen und hatte in der Truppe eigentlich vor allem die Aufgabe, ihr einzigartiges Gesicht vorzuzeigen. Sie ist nämlich völlig unbegabt und unfähig, irgendeiner Anleitung und Regieanweisung zu folgen; ihr dramatischer, drohender Blick ist ihre Natur. Kein Text kann etwas so Furchtbares aussprechen wie das, was beständig aus ihrem Innern durch die Augenfenster ins Freie tritt. Sie bekam von mir einen goldenen Körperstrumpf übergezogen; damals hat sie damit begonnen, sich das Haar gleichfalls golden zu färben – es kam dieses schmutzige Gelb heraus, was ihr steht und nicht steht, es betont das Grelle, Unnatürliche. Die Inszenierung ist auch an den Kosten meiner Ausstattung gestorben; der Argentinier war naiv und entflammbar und hat sich damit ins Unglück gestürzt. Haha«, er lachte, als gebe es nichts Köstlicheres, als jemanden zu verleiten, sich ins Unglück zu stürzen. Aus dem Bankrott der Gruppe sei ihm Flora Ortiz zugefallen. Dabei sei ihr Gesicht eigentlich gar nicht für seine Zwecke geeignet gewesen.

»Ich bin kein Symbolist, kein Surrealist, kein psychedelischer, kein religiöser Künstler – ich kann mit solcher mitteilungsdräuender Hyperpräsenz eigentlich gar nichts anfangen.«

Aber ihre bizarre Knochigkeit habe dann den Ausschlag gegeben. Gegen ihren Körper seien Egon-Schiele-Modelle geradezu gesund und strahlend.

»Es war diese quasigotische Verdrehtheit, die mich überzeugt hat.«

Sie sei auch damals nicht besonders gründlich gewaschen gewesen, habe, wie sich dann herausstellte, eine katzenhafte Aversion gegen das Wasser, die sie ganz kreatürlich äußerte, mit panischer Gegenwehr, als er sie unter der Dusche hatte festhalten wollen.

»Sie kratzte mich bis aufs Blut – ich war damals noch verheiratet und mußte mir für die Herkunft der Kratzspuren etwas ausdenken.«

Es entstanden Bilder vor dem inneren Auge Astrids, die nicht geeignet sein konnten, ihre Bedenken, sich von ihm malen zu lassen, zu zerstreuen. Er sprach so selbstverständlich, als halte er es für unmöglich, sie könne davon abgestoßen sein. Ja, so war es gewesen, so hatte es sich zugetragen – sie wurde nicht aufgefordert, dazu Stellung zu beziehen.

»Ich mußte einmal ein solches Modell haben, um endlich zu verstehen, daß ich dabei war, von meinem Weg abzuweichen.«

Es sei eben nicht die Außerordentlichkeit der Erscheinung, die von dem eigentlichen, dem malerischen Vortrag ablenken dürfe.

»Jeder Idiot hätte ein unvergeßliches Bild von Flora Ortiz schaffen können – so wie sie sieht halt niemand aus.« Die Wahrheit, auch die künstlerische, aber liege im Allgemeinen, nicht im Besonderen. »Ich bin vollständig zufrieden, wenn mein Modell ein Allerweltsgesicht hat.«

»Wie ich zum Beispiel«, Astrid war auf die Gelassenheit ihrer Antwort stolz. Er faßte sie streng ins Auge und bemerkte dann, wieder eher zu sich als zu ihr sprechend: »Ja, wie bei Ihnen, obwohl Sie schon gefährlich vom landläufig Hübschen ins sehr Hübsche übergehen, das will dann bedient werden, und für solche Mätzchen haben wir keine Zeit.«

Er kehrte zu Flora Ortiz zurück. Dafür, daß er schnell erkannt habe, daß er auf ihren schrillen Reiz hereingefallen sei, habe er aber dann doch viel Zeit mit ihr verbracht. Es sei dazu gekommen, daß sie sich wirklich als sein Modell begriffen habe, als sei das ihre Haupteigenschaft, ihr Stand im Leben, und davon habe überhaupt keine Rede sein können. Diese Verkennung der Wirklichkeit sei mit dem Fortschreiten ihrer seelischen Erkrankung einhergegangen, wobei er anheimstelle, ob man den Wahn als Symptom ihres Verrücktwerdens ansehen wolle oder das Verrücktwerden als Folge dieser Illusion begreife. »Die Psychiatrie kann dazu gar nichts beitragen, obwohl Flora seit Jahren immer wieder im Landeskrankenhaus verschwindet, wenn sie unterernährt und orientierungslos aufgegriffen wird.« Er gedenke jedenfalls nicht, sich als Verursacher ihrer Verwirrungen anzusehen. Im übrigen sei das gleichgültig.

»Das menschliche Schicksal ist unbeeinflußbar.« So laufe sie denn, wenn in Freiheit, in ihrem zerfetzten Gewand, das durch die Silberlitze noch schäbiger werde, durch die Straßen, zielbewußt. »Sie starrt vor sich hin, spricht mit ihrer wolfsrachenartigen Stimme gelegentlich jemanden an, wird für eine Bettlerin gehalten.« Werde ihr jedoch etwas zugesteckt, nehme sie es achtlos entgegen, ohne den Spender anzusehen. Eines sei auffallend: die gelbe Farbe und der kurze Schnitt ihres Haares. Wie es ihr gelinge, das beizubehalten – »vielleicht gibt es da einen Theaterfriseur, eine Bekanntschaft von früher, der ihr diesen Gefallen tut –, aber ich frage nicht, wie ich sie überhaupt gar nichts frage, wenn sie in Abständen hier erscheint, um sich für die

Weiterarbeit anzubieten.« Für sie sei dieses Verhältnis unkündbar, und zwar für beide Seiten.

»Das Gesicht dieser Frau könnte mich nachts im Traum verfolgen.« Astrid erhob sich aus dem tiefen Sessel, ohne Mühe, in einer leicht drehenden Bewegung, an welcher der ganze Körper beteiligt war.

»Tänzerisch«, dachte er.

Sie hatte eine unbestimmte Spannung empfunden, als sie gekommen war, ein Gefühl, vorsichtig sein zu müssen, allein schon auf der hallenden, ungefegten Betontreppe, die in den dritten Stock des Fabrikgebäudes führte. Das war jetzt von ihr abgefallen. Ihr war, als habe der Maler zu viel von seinem Milieu sehen lassen, in welchem er so anders wirkte als in Beates Salon. Was sie soeben mitbekommen hatte, übte keine Anziehung auf sie aus, dagegen mußte sie sich nicht wappnen. »Künstler halt«, das Wort war mit einer kleinen Geringschätzung verbunden.

Hätte er sie jetzt gefragt, wann sie denn wiederkommen wolle, dann wäre die Gelegenheit da, »nein, aus dem Malen wird nichts« zu sagen oder wenigstens auszuweichen. »Wiederkommen? Ich weiß nicht – ich habe grad so viel zu tun …«

Aber er fragte sie nicht.

20

Astrid hatte ihren Beruf nach der Hochzeit nicht aufgegeben, sie hatte keinen Augenblick an dergleichen gedacht. Es war vielmehr ihre Kollegin, Frau Ingeborg Deitenbeck, eine sanguinisch herzliche, auch etwas gewöhnliche Frau, aber ohne Neid und Arg, was mit ihrer Plumpheit versöhnte. Sie sprach ungeniert aus, was ihr gerade durch den Kopf ging. Als Astrid von ihrer bevorstehenden Heirat sprach, fragte Frau Deitenbeck sie zuerst aus wie ein kleines Kind, zeigte dann ungeheucheltes Erstaunen – Astrids neuer Name sei ja tatsächlich jener des weltweit operierenden Hydraulik-Unternehmens, eines gewichtigen Wirtschaftsfaktors der Stadt – und rief dann mit leuchtenden Augen aus: »Astrid, du bist versorgt!«, wobei sie dem Wort »versorgt« einen solchen Goldglanz mitgab, daß die kümmerliche Sorge, die in dem Wort steckt, durch die kleine Vorsilbe gänzlich aufgehoben wurde und nichts Geringeres als das Ende aller Sorgen am Horizont aufging.

»Versorgt!« Nein, so zu denken lag Astrid fern, obwohl ihre neuen Lebensumstände mit Vorteilen verbunden waren, die sie dann doch nicht unbeeindruckt ließen, vornehmlich, was die Mühelosigkeit im Alltäglichen anging. Keinen Gedanken mehr an die Lebensorganisation wenden zu müssen, die Steuer, die Miete und Versicherungen, die Reparatur des Autos, die vielfältigen Drangsale der Bürokratie. Sie gewöhnte sich in Blitzesgeschwindigkeit daran; die täglichen Lasten waren lästig gewesen, jetzt waren sie von ihr abgefallen. »Wenn du was hast, ruf mein Sekretariat an«, dann geschah alles wie von selbst.

Aber darüber hinaus gab es für sie keinen Grund, das Intendantenbüro zu verlassen, in welchem sie beliebt war und in aller Bescheidenheit in Berührung mit der Opernwelt blieb.

Der Zufall wollte es, daß die Probebühne des Opernhauses in eine einstige Fabrikhalle verlegt worden war, die ganz in der Nähe von Louis Creutz' Atelier lag. Sie hatte eigentlich nicht vorgehabt, ihren Besuch dort so bald zu wiederholen. Ihr letzter hatte gemischte Gefühle in ihr hinterlassen. Vor allem war jetzt klar, daß Louis Creutz an unverbindlicher Gesellschaftlichkeit nicht gelegen war.

Mit Dietrich hatte sie nicht viel über ihn gesprochen. Er hatte ihr treuherzig bekannt, daß er gar nichts von dem verstehe, was diesen Mann umtreibe. Um so mehr habe ihn berührt, wie freundlich er sich ihm zugewandt habe, ohne irgend etwas von den Themen zu erwähnen, die er mit Beate und Rudolf bespreche, mit Beate vorzugsweise, aber er werde zugleich den Verdacht nicht los, daß er sich – er wollte es so nett ausdrücken wie nur möglich – zu ihm herablasse. Es sei eine Ungleichheit in ihrer Beziehung, Louis Creutz komme ihm entgegen, während er selbst dem anderen keinen Schritt entgegenkommen könne. Er habe sich gewissermaßen wohler gefühlt, solange Louis Creutz ihn gar nicht beachtete, das sei »irgendwie«, wie er sagte, richtiger gewesen, obwohl er den Maler keineswegs kritisieren wolle. »Ich finde übrigens, daß ihr euch jetzt duzen müßt – du gehörst ja jetzt zur Familie.«

Sie hätte nicht daran gedacht, fand es jedenfalls weniger kompliziert, dem Maler zuzuhören, solange seine bisweilen provozierenden Äußerungen mit dem Sie verbunden gewesen waren, aber diese Bedenken sprach sie nicht aus. Zugleich gestand sie sich ein, wie ungeheuer gut ihr Dietrich gefiel, wenn er so etwas sagte. Sie fühlte eine tiefe Zufriedenheit im Zusammensein mit ihm, sah darin nicht die mindeste Belastung, und sie staunte über sich, daß das möglich sei, weil sich dieser Zustand so stark von den Vorstellungen unterschied, die sie sich vom ständigen Zusammenleben mit einem Mann gemacht hatte, und erst recht von den nicht wenigen Erfahrungen, die sie mit Männern bislang gesammelt hatte. Und das alles in völliger Freiheit. Von seiner Seite gab es nicht die geringsten Erwartungen, sein Versprechen, ihr Freiheit zu lassen, löste er vom ersten Tag an ein. Und war, wie von ihm angekündigt, auch gar nicht so oft zu Hause. Nur die Kartenabende bei seinem Bruder schränkte er ein, das wurde von Rudolf mit Mißfallen bemerkt, und obwohl Beate unter diesem spürbaren Rückzug keineswegs litt, unterließ sie es nicht zu bemerken, daß Astrids Hinzutreten, einst so erwünscht, den Familienzusammenhalt eben doch ziemlich beeinträchtigt habe – solch eine Frau könne es halt nicht lassen, als Spaltpilz zu wirken.

Dietrich war wieder auf Reisen – sie könne gern mitkommen nach Shanghai, vielleicht am besten, wenn er seine

Fertigungshalle einweihe, aber auch dort werde sie nicht viel von ihm haben, die Chinesen seien schon schwierig genug, aber sein eigenes Personal, längst nicht nur Deutsche, eine Landsknechts-Truppe aus allen Erdteilen, müsse das Zusammenwirken noch lernen – »nicht die eigene Karriere im Blick haben, sondern das Wohl des Unternehmens – haha«, bei solchen Gelegenheiten zeigte sich sein Humor. »Das fällt besonders leicht, wenn einem die Firma gehört!« Der seltene Fall eines guten Menschen ohne Illusionen.

So fuhr er denn allein, und ihre wesentliche Unterhaltung bestand in ihrer Tätigkeit im Büro des Intendanten, und das war kein schlechter Zeitvertreib. Langeweile war es keinesfalls, was sie auf den Einfall brachte, bei Louis Creutz in nächster Nachbarschaft wieder einmal vorbeizuschauen, ohne Anmeldung, einfach zu klingeln – und entweder es paßte oder es paßte nicht. In solchen Dingen war sie nicht empfindlich, sie ließ sich gern korrigieren und nahm, was andere als Zurechtweisung aufgefaßt hätten, nicht gleich persönlich.

Die übrigen Fabriken und Lagerhallen dieser im Umbruch befindlichen Stadtregion waren restauriert und allen möglichen neuen Verwendungen zugeführt, die mit dem Maschinenlärm und Schmutz von früher nichts mehr zu tun hatten; es war in den Straßen des Viertels, als sei die Arbeit abgeschafft worden. Aber das Gebäude, in dem das Creutz-Atelier sich befand, stand zwischen der neuen sterilen Ordentlichkeit noch als düstere Erinnerung an Kriegszeiten, Verfall, Verlassenheit. Die dunklen Backsteinmauern ließen die rußige Schwärze nach einem Bombenangriff ahnen, der die Gebäude, die er nicht zerstörte, zum Wanken gebracht hatte.

Hoch oben über den toten Fensterreihen ein großes goldenes Quadrat. Es wurde früh dunkel. Louis Creutz hatte offenbar den Pinsel weggelegt und eine Lampe angeknipst; er malte nur bei Tageslicht und fand selbst das, was Tageslichtlampe genannt wurde, verfälschend, die hellgraue Kühle des Naturlichts ließ sich technisch nicht nachahmen. Die alten Filmscheinwerfer hatten nur eine dekorative Funktion.

Sie klingelte. Als sich ein männlicher Schatten am Fenster oben zeigte, winkte sie.

»Darf ich hinaufkommen?«

Als Antwort surrte der Türöffner. Aber im Treppenhaus war es finster. Sie tastete die Wände ab und fand keinen Schalter. So folgte sie denn dem weißen Licht aus ihrem Telephon die Treppen hinauf, deren Stufen an der Kante mit Metallschienen beschlagen waren. Im Dunkeln hallten ihre Schritte, so meinte sie, noch lauter. Sie war sonst nicht furchtsam, weder im nächtlichen Wald noch allein in einer großen Wohnung. Wenn sie in der Nacht meinte, ein Geräusch zu hören, stand sie auf und sah nach. Es war bisher immer nur ein knackender Parkettboden gewesen, das Schicksal hatte es gut mit ihr gemeint. Aber jetzt auf der Treppe, die sie ja auch bei Tag hinaufgestiegen war, wurde sie einer gewissen Beklommenheit nicht Herr. Das lag vielleicht gar nicht an der Dunkelheit, sondern an dem ganzen Vorhaben eines solchen unangekündigten Besuchs. Sie waren schließlich keine Studenten mehr. Sie stieg und stieg, im weißen Licht des winzigen Scheinwerfers sah jede

Stufe aus wie alle davor. Bloß nicht die Tür verfehlen! Sie könnte rufen, aber die Vorstellung, in diesem Hall ihre Stimme zu hören, hielt sie davon ab.

Gelbes Licht in einem Türrechteck und davor ganz schwarz ein Mann, hochgewachsen, die Hände in den Hosentaschen.

»Sieh da, Astrid. Aber warum haben Sie sich denn kein Licht gemacht?«

»Ich habe den Schalter nicht gefunden …«

»Er ist dort, wo er sein soll, neben der Tür.«

Dieser Aufstieg hatte ihr etwas von ihrer Unbefangenheit genommen. Er bat sie herein. Der große Raum stellte sich ganz anders dar als am Tag, wenn das Licht, das durch die hohen Scheiben fiel, alles darin in den Zustand nackter Objektivität versetzte. Jetzt waren es zwei Stehlampen mit Messingschirmen, welche die Glühbirnen verdeckten und warme Lichtinseln schufen, die von samtigem, in den Ecken ins Tiefdunkle übergehendem Dämmer umgeben waren. Es war geradezu behaglich geworden, wobei es keine anderen bequemen Möbel gab als den mit Kelimstoff bezogenen tiefen Sessel, in dem der Maler wohl bis eben gelesen hatte, wie ein aufgeschlagenes Buch auf dem Boden daneben und ein Glas Wein, gleichfalls auf dem Boden, verrieten; der Sessel war so tief, daß man bequem, ohne die Haltung zu verändern, hinunterlangen konnte.

»Ich störe hoffentlich nicht?«

»Sie unterbrechen mich, aber Sie stören nicht. Ich war gerade dabei zu überlegen, ob ich das Buch zu Ende lesen soll. Dietrich ist verreist?«

»Er ist wieder in Shanghai, die neue Fertigungshalle dort

beschäftigt ihn sehr.« Sie ließ sich in den Sessel sinken, fiel dabei aber so weit zurück, daß sie sich wieder aufrichtete und nach vorn auf die Kante rutschte, wo sie mit geschlossenen Knien balancierte wie ein Vogel auf einem Ast.

»Haben Sie Zeit für ein Glas Wein?«

Ja, sie hatte Zeit, genau genommen für viel mehr als nur ein einziges Glas, denn niemand erwartete sie, und zu Hause war der Kühlschrank leer. Er verschwand hinter dem Paravent, dort klappte eine Tür, in der Stille hörte sie das Knirschen eines Korkens. Er kam mit einer Flasche zurück, ein Glas für sie in der anderen Hand, stellte das alles auf den Boden und zog sich einen Stuhl in ihre Nähe. Er überragte sie, und weil er mit dem Rücken zu den Lampen saß, konnte sie kaum in seiner Miene lesen.

Freundlich war er, aber abwartend. Leicht machte er es ihr nicht; und obwohl er keine abwehrenden Phrasen à la »Was kann ich für Sie tun?« aussprach, war deutlich, daß Derartiges in der Luft lag.

Sie fühlte den Drang, etwas Überraschendes zu sagen, an konventioneller Plauderei schien ihm nicht gelegen. Sie raffte sich auf. Seit ihrer Hochzeit mit Dietrich hätten sie nicht über etwas gesprochen, was sie aber unbedingt einmal aussprechen wolle. Und dabei sei es auch gar nichts Belastendes, sondern im Gegenteil, es handle sich um etwas Schönes – »um Dank«, sagte sie, das kam ihr ganz leicht über die Lippen.

»Dank wofür?«

»Sie sind ja sozusagen der Pate unserer Ehe, und da sollen Sie wissen, daß Sie da etwas sehr Gutes getan haben – Sie haben in allem recht behalten. Dies war das Richtige und sogar Notwendige, und das stellt sich jeden Tag mehr heraus. Sie sind ein großer Menschenkenner und ein Menschenfreund dazu.« Sie stockte und fuhr dann fort, Dietrich sehe das ebenso. Es sei vielleicht ein wenig sonderbar, gar ein Armutszeugnis, wenn zwei Erwachsene nicht auch allein eine solche Angelegenheit erkennen und für sich entscheiden könnten, aber um so glücklicher, wenn es dann jemanden gebe, der die Lage erkenne und die Denkhindernisse beseitigen helfe. Dietrich und sie wüßten heute gar nicht recht, was denn eigentlich so schwierig gewesen sei mit dem Zueinanderfinden, und das sei doch gewiß das beste Zeichen – »Dietrich möchte, daß wir, Sie und ich, wie er findet, endlich zum Du übergehen. Alles andere wäre nach dem Geschehenen doch künstlich …«

»Das kommt von Dietrich? Dann sehr gern.« Louis Creutz war aber nicht gesonnen, weiter auf das Thema einzugehen – es weiter im Unausgesprochenen zu belassen wäre eher in seinem Sinn gewesen, aber das war mit ihrer nordischen Wahrheitsliebe wohl nicht möglich. »Na gut, wenn er es selber will … Dann müssen wir jetzt etwas Besonderes trinken, das da« – er zeigte auf die Flasche, »ist zu gewöhnlich.« Er verschwand wieder hinter dem Paravent und kehrte mit einer staubbedeckten Flasche mit verfärbtem und eingerissenem Etikett zurück. »Man kann gerade noch das Jahr lesen – 1982. Wie alt waren Sie da?«

»Ich war noch gar nicht geboren.«

»Dann können Sie jetzt mal die Erfahrung machen, wie sie war, die Zeit, in der es Sie nicht gab. Ich war damals zehn Jahre alt, ein naseweises, altkluges Kind, das sich unwohl in seinem Kinderkörper gefühlt hat – denke also nicht gern an diese Jahre zurück, wobei ich eigentlich gar nicht daran denke – und dieser Wein war damals schließlich noch ebenso unfertig. Man hätte von dem Most unmöglich schließen können, was daraus einmal werden würde.«

Er widmete sich sehr behutsam dem Korken, der schon zum Zerbröseln neigte, drehte den Korkenzieher langsam hinein und zog dann vorsichtig daran, um die mürbe Substanz nicht durchzureißen. Der Korken saß zunächst gut, was die Prozedur erschwerte, löste sich dann aber plötzlich und glitt weitgehend erhalten aus dem gläsernen Hals.

»Wir wollten doch Du sagen.«

»Ich werde wahrscheinlich noch öfter ins Sie zurückfallen, wir passieren jetzt ein Übergangsstadium. Hör mal, solch einen Wein hast du noch nie getrunken. Das Publikum heute lehnt ihn ab, versteht das nicht mehr. Dies ist ein Wein von der Mittelmosel, man läßt dort die Weißweine normalerweise nicht so lange liegen, aber wenn sie richtig alt werden, dann bekommen sie den Firneton, und der ist für mich das Köstlichste, was es gibt. Der Wein verwandelt sich mit den Jahren noch einmal, er erlebt so etwas wie eine zweite Fermentation und wird zu etwas Neuem. Sieh mal, allein schon die Farbe, er ist rötlich geworden, Aprikose, Tee, Cognac, was du willst. Als der Wein jung war, ist er hellgelb gewesen. Aber diese Moselweine enthalten noch genügend Säure, die ihnen so etwas wie eine Architektur verleiht, ein Gerüst, und das ist die Voraussetzung, alt werden zu können. Probier mal«, er vermied, mit ihr anzustoßen, weil er von solchen Sitten nichts hielt – anstoßen und sich dabei in die Augen sehen, so etwas hatte sie wohl erwartet –, aber er sah niemandem auf Kommando in die Augen, dafür um so nachdrücklicher, wenn sich die Blicke zufällig trafen, das ging schon bis zur Zumutung.

»Einen kleinen Schluck im ganzen Mund verteilen und ein bißchen wirken lassen, bevor du ihn hinunterschluckst.«

Sie fühlte sich wie in einer Prüfung. Was würde geschehen, wenn sie nicht bestand? Die Mehrheit der Zeitgenossen, so war angekündigt, mochte solchen Wein nicht; sie fühlte sich aber zur Mehrheit gehörig, empfand überhaupt nicht das Bedürfnis, sich davon irgendwie abzuheben – klar, daß er das für sich anders sah, sie fand, das dürfe er auch, wenngleich für sie damit das Risiko verbunden war, ausgemustert zu werden. Warum war das eigentlich nicht schon längst geschehen? Daß Beate sie durchschnittlich, um nicht zu sagen gewöhnlich fand, das war inzwischen nicht mehr zu übersehen, aber er hatte sich vom ersten Tag an diesem Urteil nicht angeschlossen, gleichfalls unübersehbar. Warum?

Der erste Schluck, den sie auf seine Anweisung hin trank, schmeckte sehr – ungewöhnlich – aber – gut?

»Ein bißchen wie Möbelpolitur …« Das war ihr herausgerutscht, aber er lachte und gab ihr sogar recht.

»Ganz gut beobachtet, eine Terpentinnote ist darin, Spaniolgeschmack nennt man das, aber noch vieles andere. Firn heißt dieser Geschmack, denn firn heißt alt, der Firnschnee ist der Schnee vom vorigen Jahr, der nicht taut. Der Wein hat im hohen Alter seine Form gefunden. Er ist jetzt völlig definiert, nichts Unordentliches ist mehr darin, nichts Milchiges, Weiches, er ist kristallin geworden. Und trotz des Alters frisch, das macht die Säure. Eigentlich kein Wein mehr, eine Panazee. Ich trinke ihn tropfenweise und dennoch sehr viel, denn ich habe zum Glück genug davon – aus Rudolfs Keller, vielmehr aus dem seines Vaters, der vergessen hatte, ihn aufzubrauchen, und Rudolf als Leser von Weinjournalen weiß, daß man den nicht mehr genießen kann, und hat ihn mir geschenkt, mit seinem berühmten amüsierten Lächeln, das zu seiner Dauerausrüstung gehört, einen kleinen Lastwagen voll.«

In früheren Zeiten seien diese Firneweine gesucht gewesen, aber der Geschmackswandel habe auch gute ökonomische Gründe – wer habe denn Platz, Wein so lange zu lagern? Wer lege sich Weine hin, die er selbst vielleicht nie trinken werde, weil längst gestorben?

Astrid nahm wieder einen Schluck. Die feine Säure breitete sich in ihrem Mund aus, sie meinte, etwas Apfeliges zu schmecken, auch Holz – ja, Louis hatte recht, es war eine richtige Arbeit, diesen Wein zu trinken, mit ein paar Schlucken ihn in sich hineinzugießen, wie sie es gewohnt war, das ging hier nicht. Sie wagte wieder etwas.

»Zum Essen würde ich den aber nicht trinken, er ist dafür zu kompliziert.« Auch hier stimmte Louis zu, geradezu bewundernd – auf keinen Fall zum Essen einen solchen Wein. Offen gestanden: Er trinke ihn ohnehin eigentlich nicht in Gesellschaft – wenn es schwierig werde mit einem Bild, dann öffne er sich eine solche Flasche, man trinke sich mit ihr spürbar Klarheit an.

»Und jetzt nimm auch einmal einen großen Schluck und laß dich von ihm überspülen. Du weißt jetzt, was dich erwartet, bist vorbereitet und kannst dich ihm hingeben!«

Ob er heute schon gearbeitet habe? Sie wollte jetzt nicht

weiter über den Wein sprechen, ihre Unerfahrenheit in dieser Materie war ihr auf die Dauer nicht angenehm. Sie hatte nichts dagegen, sich belehren zu lassen, wenn es sich ergab, so wie eben, aber sie hatte keine Lust auf das Lernen. Louis Creutz ging sofort darauf ein, auch ihm war es im Grunde recht, wenn der Wein sein Privatvergnügen blieb. Er habe schon vier Stunden mit Modell gearbeitet heute, einen großen Akt – er zeigte auf eine Leinwand, die mit dem Gesicht zur Wand lehnte, die Farben müßten jetzt erst einmal durchtrocknen, bis er weiterarbeite – auf der halb angetrockneten Farbe zu malen sei mit dem Risiko verbunden, daß später die Farbe reiße und krakeliere.

»Wieder mit der schrecklichen Frau?«

»Mit Flora – um Himmels willen nein, ich sagte doch, dieses Kapitel ist abgeschlossen.«

»Aber warum müssen das unbedingt immer Akte sein?«

»Das hat zwingende Gründe, die im Material liegen und vom Material vorgegeben werden. Seitdem die Brüder van Eyck die Ölfarbe zur Blüte gebracht haben, ist die eigentliche Aufgabe der Malerei die Schilderung der Haut – erst die Ölfarbe kann eine Suggestion nicht nur von Materie, sondern von lebendiger Materie schaffen. Die Haut ist die Hohe Schule der Ölmalerei. Mit ihr erst kann die Tiefe, die Wärme, die Durchpulstheit der Haut nachgeschaffen werden. Mit ihr verliert die Zeichnung, die Linie ihre Bedeutung, die sie bis dahin behauptet hat. Wer als Maler mit Ölfarben darauf verzichtet, sich dieser Herausforderung zu stellen, hat das verfehlt, was einzig sein Material hervorbringen kann.« Das heiße wahrlich nicht, daß alle Maler mit Ölfarbe dieser Aufgabe auch gerecht geworden seien, aber die Besten hätten es verstanden und auf die unterschiedlichste Weise damit gekämpft.

»Das eigentliche Geheimnis der Ölmalerei, das Inkarnat, wie viele haben versucht, ihm näherzukommen, und haben es nicht geschafft, aber es gibt genug Meister, die ihm gewachsen gewesen sind …«

Astrid suchte in ihrer Erinnerung nach den Bildern, die sie liebte – Landschaften, Stilleben, Interieurs –, auf keinem eine Spur von diesem »Inkarnat«. »Beate sagt, wenn du von Inkarnat sprichst, meinst du eine Schweinerei …«

Ja, er kenne das von Beate, es sei mehr Eifersucht darin als Prüderie, prüde sei sie bekanntlich gar nicht, im Gegenteil. Astrid kenne doch das Märchen vom Rumpelstilzchen – wie heiße das wohl auf Schwedisch? Sie war sich nicht sicher – »Rumpelstiltskin? Ein böser Zwerg, der Kinder stiehlt?« Die Königin versuche, ihm ihr Kind abzuhandeln, auf das er einen Anspruch erworben habe, und biete ihm ihre Schätze an, aber das Rumpelstilzchen sage nein: »Etwas Lebendes ist mir lieber als alle Schätze der Welt.« Ja, und ein solches Rumpelstilzchen sei auch er, nichts gehe über »etwas Lebendes«, wenn man zugleich die Technik besitze, um mit dieser Herausforderung fertig zu werden. Im übrigen gebe es da keinen Königsweg, es gebe das Marzipan-Inkarnat von Ingres und das Schinken-Inkarnat von Frans Hals, das Elfenbein-Inkarnat von van Eyck und das durchblutete Inkarnat von Courbet und dazwischen viele Stufen – »wenn man darauf gekommen ist, hört man nicht auf, es zu versuchen«.

»Alles aus technischen Gründen.«

»Ja sicher, eine neue Technik schafft eine neue Kunst und

setzt andere Ziele. Und dann ergibt sich, daß sie mit sehr alten Wahrheiten übereinstimmt.«

Er stand auf und holte einen Bildband von einem Regal, das mit Büchern vollgestopft war und auf dem sich oben Stapel türmten, in dem weitgehend leeren Raum herrschte allein hier Gedränge. Er schlug eine Doppelseite mit einer großen Abbildung aus einem buddhistischen Kloster auf. In einer offenen Halle hingen verschiedene Schlaginstrumente: eine Bronzeglocke, ein Fisch aus Holz, eine Bronzetafel mit gekurvtem Rand und eine große Pauke. Diese Schlaginstrumente stellten dar, was alles der Mensch *nicht* sei – welche Eigenschaften ihm, seinem eigentlichen Wesen, nicht angehörten, obwohl gerade sie als Bestandteile seiner Persönlichkeit erschienen. Die mit Rinderhaut bespannte Pauke stelle die Triebe dar, die den einzelnen Menschen mit der gesamten Gattung verbänden und seine Person nicht ausmachten; die Bronzewolke mit hellem, hartem Klang stehe für die Phantasien, diese körperlosen Spielereien des Bewußtseins ohne inhaltliches Gewicht, der hölzerne Fisch verkörpere die Launen, unbeherrschbare Geisteszustände, die über den Menschen eine sinnlose Herrschaft ausübten, und schließlich die Bronzeglocke, die für die Macht des Dämonischen stehe, für geistige Mächte, die von außen auf den Menschen einwirkten und gleichfalls keine Wurzeln in ihm hatten, so stark sie ihn auch lenkten. Ein unvergeßliches, helles, dunkel untermaltes Getöse erschalle, wenn diese Gegenstände zugleich angeschlagen würden. Eine Musik, welche die Nichtigkeit von all dem darstelle, was irrtümlich für die Persönlichkeit des Menschen gehalten werde.

»Was der Mensch sagt, denkt, tut – das alles ist er nicht,

das ist nur Schaum, der auf der Oberfläche treibt. Wie er sich äußert, das ist er nicht.«

Astrid hatte ebenfalls schon in Büchern über asiatische Philosophie geblättert, solche Vorstellungen waren ihr nicht ganz unbekannt, aber was folgte daraus? Wenn dies stimmen sollte, welche Schlüsse konnte sie für sich daraus ziehen? Sie hatte eine starke Abneigung dagegen, Theorien zustimmen zu sollen, die dann zum guten oder bösen Ende Konsequenzen verlangten, denen sie keinesfalls zuzustimmen gedachte. Stirnrunzelnd betrachtete sie das Kupfertiefdruckphoto mit den schönen Musikinstrumenten in weich-pelzigem Schwarzweiß.

»Was hat das alles mit der Malerei zu tun?«

Er schlug das Buch zu. Sie möge bloß nicht glauben, er sei Buddhist, das sei keine Religion für Maler. Aber dieses philosophische Tempelgeläute und Gehämmer und Gepauke habe ihm klargemacht, was es denn sei, was vom Menschen bleibe, wenn man seine Illusionen, seine Träume und phantastischen Auffassungen von sich selbst von ihm abziehe: die Haut. Die Haut sei der Mensch, diese dünne Oberfläche enthalte ihn ganz. Erst die Haut mache den Körper, dieser Sack für die Muskeln und Eingeweide stelle den Menschen erst eigentlich her. Wenn man den Menschen ansehe, dann sei es die Haut, die ihn repräsentiere, und man könne sogar sagen, die ihn vollständig repräsentiere, vor allem, wenn er gemalt werden solle.

Wollte er damit sagen, der Mensch werde erst durch die Malerei geschaffen? Ihr schien, als liege eine Portion Größenwahn in seinen Ausführungen und vor allem in seinem Schluß. Gut, sie hatte ja wissen wollen, warum er immer nur nackte Frauen malte. Jetzt hatte sie schon gleich zwei Begründungen, die ihn zur Aktmalerei geradezu verpflichteten. Wenn er denn die Wahrheit sagte. Hieß es nicht: wenn einer zwei Gründe für sein Handeln anführe, seien beide gelogen?

Es fiel ihr aber nicht ein, ihm zu widersprechen, sie fürchtete auch, daß sie mit ihrem Zweifel eine weitere Welle sonderbarer Argumente ausgelöst hätte. Die Flasche mit der Panazee war jetzt leer. Sie hatte sich an den Geschmack des alten Weins gewöhnt und fühlte, wie er ihre Nerven in der Mundhöhle gleichsam imprägnierte. Die feine Säure kam ihr reinlich vor, als werde der Speichel durch sie zu einer edleren Substanz.

Louis Creutz holte eine zweite Flasche, diesmal eine zehn Jahre jüngere. Es sei immer unerwartet, was man mit solchen alten Weinen erlebe. Wie beim Menschen sei es nicht das Alter allein, was die Qualität ausmache. Es komme auch vor, daß solch ein alter Wein buchstäblich gestorben sei, was es auch bei alten Menschen gebe, die zwar immer weiterlebten, aber nur noch als Schatten ihrer selbst. Der Wein sei dann wie Wasser, dem eine verdorbene Substanz beigemischt ist. Wenn jetzt dieser Wein aber das Niveau der ersten Flasche halte oder es womöglich noch übertreffe, sei das doch vielleicht ein gutes Omen für diese ungeplante Zusammenkunft.

Glaube er an solche Sachen? Ihre Frage klang spöttisch.

»Unbedingt, aber nur, wenn es mir in den Kram paßt.« Da er sie nicht erwartet hatte, war es kaum möglich für ihn gewesen, mit diesen Flaschen eine Art Regie vorzubereiten. Auch er durfte gespannt sein, was jetzt in die Gläser floß.

Tatsächlich eine Steigerung, es hätte nicht besser sein können, um Astrid auf die alten Weine einzustimmen. Er war etwas weniger firn, aber noch frischer als der erste und von reicherem Bouquet, Orangen meinte sie zu schmecken, auch Lavendel.

»Man wird davon nicht betrunken«, sagte er, als er ihr ein weiteres Glas einschenkte, das sei eine geistige Substanz, sie werde mit dem Gehirn aufgenommen – weniger geschmeckt als verstanden.

Sie fühlte sich heiter und wach. »Ich wüßte gern, ob du eigentlich selber hörst, was du alles sagst.« Es gelang ihnen auf einmal ein leichtes Geplänkel, ein Pingpong von Rede und Antwort. Louis Creutz rutschte nicht mehr in Vorträge ab, mußte nichts beweisen, verzichtete darauf, recht zu behalten, und Astrid war in ihrer besten Form, bereit, blitzschnell die Themen zu wechseln, nichts zu vertiefen und vor allem heiter und gelöst zu sein. Es war dann überraschend, daß der dem Konversations-Auf-und-Ab hingegebene Maler die Zeit nicht vergessen hatte, auf einmal abbrach und erklärte, noch eine Verabredung zu haben. Er begleitete sie nach unten, bei ihm ging das Licht an, wenngleich aus trüben Birnen, und er zeigte ihr den Schalter unten neben der Tür, der nur ungewohnt hoch saß.

Zum Abschied küßte sie ihn leicht auf beide Wangen, das hatten sie bisher nicht gemacht, aber dem neuen Status war das angemessen. Und bevor sie sich zu ihrem Auto im dunklen Hof wandte, kam noch eine Frage von ihm, ohne Nachdruck wie obenhin gestellt: »Und, wann fangen wir an?«

»Womit?«

»Wir wollen doch ein Bild zusammen machen.«

»Ja, wollten wir? Laß uns telephonieren«, das fiel ihr gerade noch ein, ein deutliches Nein hätte an diesem Abend einfach nicht gepaßt.

21

Louis Creutz erklärte gern: »Wenn ich erblinden sollte, werde ich Schriftsteller.« Aber was er in sein elektronisches Tagebuch notierte, geriet ihm nach seinem Geschmack immer zu kurz; er kam sich dann vor wie ein Vogel, der die Flügel ausbreitet, aber nicht fliegt.

Zwei Tage nach ihrem Besuch im Atelier fand Astrid eine Nachricht von ihm unter ihren Mails, wieder ohne Anrede und Gruß.

Das Azaleenbäumchen war nicht groß, als es ins Haus kam, aber über dem dünnen Stamm drängte sich eine solche Menge von rosa Blüten, daß sie sich gegenseitig an der Entfaltung hinderten. Exotische Überfülle, Blütenkissen wie aus Seide. Allmählich verblühend. Die Blüten offenbarten im Abfallen ihre hauchfeine Textur, ein Rosenblatt war derb dagegen. An die Stelle der Blüten trat neues Laub, schwarzgrün, feinledrig, zart behaart, dazwischen auch hellgrüne Blätter. Eigentlich war es so weit, das Bäumchen wegzuwerfen, es war nicht mehr dekorativ. Aber dieses hellgrün-gelbliche Laub! Das bewies: Es lebt noch. Und es war über lange Zeit gezüchtet worden, bis es einen richtigen Stamm und eine buschige Krone entwickelt hatte, und nun sollte es nach einer einzigen Blüte im Abfall landen?

Ich habe entschieden, es nicht wegzuwerfen und es in einer Ecke der Terrasse stehenzulassen, wo der Regen es erreicht. Manchmal wurde es gegossen, manchmal vergessen.

Monatelang trieb es kleine Blätter, aber so, als ob es mit der Vorstellung, Blüten hervorzubringen, grundsätzlich abgeschlossen hätte.

Eine neue Lebensphase, so, wie es Schriftsteller gibt, die in ihrer Jugend Gedichte geschrieben haben und danach ein langes Leben nie mehr.

Ein zufälliger Blick im Sommer: Da waren zwischen den Blättern winzige Knospen entstanden. Ein Irrtum? Doch, Knospen. Aber so klein, daß Zweifel erlaubt waren, ob sie sich je öffnen würden.

Dennoch offenbarte sich die Zeit nach dem Abblühen jetzt als eine keineswegs tatenlose, sondern vorbereitende. Die Pflanze hat sich für eine neue Aufgabe gerüstet, ihr Abschied von der Blüte war die Einleitung eines neuen Prozesses, der ohne Pause begonnen hatte, wie die hellgrünen Blätter, welche die letzten Blüten begleiteten, bewiesen. Es muß einen frühen Entschluß in der Pflanze gegeben haben, in ihr ein Handeln in Gang zu bringen, und davor ein dieses Handeln vorbereitendes Denken.

Nur scheinbar ein langsames Denken – vielmehr in winzigen Schritten ablaufend, von denen keiner ausgelassen werden durfte – das Gegenteil von inspirationsgesteuerter Arbeit, die glaubt, in Sprüngen voranschreiten zu dürfen. Das Leben bedarf aber solcher Pedanterie. Es dürfen für den Lebensprozeß keine Schritte ausgelassen werden. Das durch Inspirationssprünge Hergestellte ist Pseudoleben.

Die Pflanze hatte in Monaten wichtige Vorarbeiten geleistet. Es hatten sich jetzt eng zusammengesteckte Knospen gebildet,

Dolden von Knospen, wobei noch unentschieden blieb, ob der Schritt hin zur Öffnung wirklich erfolgte, der schließlich eine besondere Anstrengung bedeutete.

Eine Willensballung bereitete sich vor. Die Pflanze hatte in ihrem akribischen Durchdenken einen Punkt erreicht, in welchem ein exakt kalkulierter Anstoß wie von einem Billardspieler mit dem Queue das erwünschte Notwendige würde geschehen lassen; das Aufplatzen der Knospen – nicht einfach durch aktive Konzentration zu erreichen –, das mußte sich vielmehr ereignen, nachdem die Voraussetzungen dafür hergestellt waren, einer Reaktion im Reagenzglas gleich, die nach den Berechnungen eintreten muß, die aber noch nicht eingetreten ist. Es ist alles dafür getan, um geschehen zu lassen, was dem Willen nicht mehr unterworfen ist.

Wäre ich doch nur dabei gewesen, als die erste Knospe platzte und zusammengepreßtes geknäultes rosa Seidenpapier sehen ließ, das herausquoll und sich wie ein geschlüpfter Schmetterling allmählich entfaltete!

Dann habe ich drei Tage nicht hinsehen können – war in Paris –, und nach meiner Rückkehr: acht große Blüten, auftrumpfend. Mir kommt es vor, als seien sie größer als damals, als der Topf ins Haus kam. Es sah ideal schön aus vor dem dunklen Laub – die hellgrünen Blätter sind inzwischen schwarzgrün pelzig geworden.

Aber um ästhetische Gesichtspunkte kümmerte sich die Pflanze nicht. In ihrer Vorbereitungszeit hatte sie die Weichen anders gestellt – nicht in Richtung auf Fülle, sondern auf Überfülle.

Zwei Wochen später die Blütenexplosion, eine große rosa Wolke, ohne noch ein einziges grünes Blatt hindurchzulassen, das Grün förmlich erstickend. Unbegreiflich, welche Farbkraft in den dünnen Ästen geschlafen hatte und nun hervorgeschleudert wurde. Eine beängstigende Verausgabung! In der Stille der knospenlosen Zeit und dann der stecknadelkopfgroßen Knospen hatte sich angebahnt, was stärker schien als die Pflanze selbst: eher als sei das Rosa von oben auf sie hinabgefallen und habe sich auf ihr niedergelassen. Und die Prachtentfaltung war kein Traum, sondern höchst solide, Wochen andauernd, in denen die Kraft zu dieser Fülle nur durch das hagere Stämmchen aufstieg – das Sonnenlicht von oben freilich nicht zu unterschätzen.

So müßte man arbeiten, wie diese Pflanze! Arbeiten, ohne das Ziel im Auge zu haben. An nichts denken, was eine Ware werden könnte, für andere und für irgendwelche Zwecke brauchbar. Nach dem in mir wohnenden Gesetz, das ich geduldig aufzuspüren hätte, die notwendigen Schritte tun – den Willen nur auf die schrittweise Erfüllung jenes inneren Gesetzes ausrichtend. Und dann die Fülle hinnehmen, nicht als Leistung, sondern als das Hinzugegebene nach der zähen, halb bewußten Anstrengung. Das, was gelingt, als Wunder begreifen, obwohl jeder einzelne dazu erforderliche Schritt unternommen worden ist.

Ein Maler hat einmal geschrieben: »Ich habe nichts vernachlässigt.« Ich konnte mit diesem Satz nicht viel anfangen. Jetzt meine ich, ihn verstanden zu haben.

22

Wo steht es denn, das berühmte Azaleenbäumchen? Jetzt bin ich doch vorbereitet, um es richtig zu würdigen.«

Ach, das sei längst auf den Müll geworfen, es habe sich mit der zweiten überraschenden Blüte so verausgabt, daß es danach schnell verdorrt sei. »Ich habe keinen Sinn für Leute, die nicht durchhalten.«

Heute war das Atelier wieder lichtdurchflutet, auch der Aufstieg durch das Treppenhaus, in dem der Hall jedes Schrittes verstärkt wurde, hatte alles Unheimliche verloren und war nur noch anstrengend – sie war ärgerlich, daß sie ohne Atem oben ankam und ein Luftschnappen unterdrücken mußte, um nicht gleich zur Begrüßung schon aufgelöst zu wirken.

Es war wärmer als bei den vorigen Malen; sie entdeckte jetzt, daß es einen großen Ofen gab, hinter dessen Glastür ein schönes Feuer brannte und dessen Rohr quer durch den Raum gezogen war, zum Fenster hin, wo es durch ein Loch hinausging. Der Anblick der Flammen erzeugte Behagen, die fabrikmäßige Frostigkeit des Raumes war belebt. Zwei oder drei Meter von der Staffelei entfernt lag eine Matratze auf dem Fußboden, mit einem Wollplaid bedeckt, die hatte es beim letzten Mal noch nicht gegeben.

Auf der Staffelei stand eine hohe Leinwand, die gänzlich mit einem braunroten Farbton bedeckt war.

»Du hast ja tatsächlich schon angefangen?« Sie zeigte darauf, und er erklärte, er male seit langem nicht auf den weißen Grund – Bolus nannte er dieses Rot, das eingetrocknetem Blut glich, darauf stehe die Farbe besser, auf Weiß wirkten die ersten Pinselstriche immer wie eine Beschmutzung, diese Irritation behindere den Anfang.

Auf einem Tisch daneben, der von Farben verkrustet war, lag eine Palette aus Pergamentpapier, darauf frisch leuchtende Häufchen von Ölfarbe. Es sollte offenbar keine langen Präliminarien geben, für ihn war das Bild eine beschlossene Sache, nun sollte es losgehen.

Grundsätzlich war es für sie nicht mit Bedenken verbunden, vor anderen nackt zu sein. Wäre sie mit Louis Creutz in einer einsamen Meeresbucht gewesen, hätte sie keinen Augenblick gezögert, sich zum Baden auszuziehen. In ihrer Familie war man in dieser Hinsicht schon gar nicht heikel gewesen. Sie fühlte sich wohl in ihrer Haut, wenn sie nackt war, ohne deswegen das Bedürfnis zu spüren, sich auszustellen. Auch sie erlebte gelegentlich im Traum, als einzige in großer Gesellschaft nackt zu sein, aber das war nicht mit Sorge verbunden, im Gegenteil, mit dem Erstaunen darüber, wie gut das ging, ohne aufzufallen, als könne Nacktheit sie unsichtbar werden lassen.

Was Dietrich darüber denken mochte, wenn sie sich in diesem durchwärmten Atelier vor den Augen seines Freundes Louis auszog, wußte sie nicht mit Bestimmtheit zu sagen – gänzlich angenehm mochte ihm das nicht sein, aber skandalös hätte er es vermutlich doch auch nicht gefunden – die Entschuldigung, der Kunst zu dienen, wäre ihm allerdings fremd vorgekommen, einfach deshalb, weil die Kunst ihm fremd war. Gleichfalls schwierig fand sie, daß er nichts davon erfahren sollte und notwendigerweise auch nicht mußte, weil das Bild als Rückenakt geplant war. Wenn sie schon keine Exhibitionistin war, dann war Dietrich das erst recht nicht. Schon gar nicht wäre es ihm ein Bedürfnis gewesen, den Körper seiner Frau den taxierenden Blicken des Publikums ausgesetzt zu sehen, auch weil es ihm grundsätzlich widerstrebte, Lärm und Aufhebens um sich selbst oder den ihm nächststehenden Menschen zu machen – ja, er war schon dabei, sie in seine eigene mausgraue Tarnung in bester Absicht herüberzuziehen, und das entsprach eigentlich auf die Dauer nicht ihrem Wunsch und ihrem Temperament.

So haderte sie mit sich, zu spät allerdings; hätte sie ernste Zweifel gehabt, dann wäre sie besser nicht gekommen. Kam bei ihrem wollenden Nichtwollen oder nichtwollenden Wollen auch hinzu, daß mit dem Modellsein ein kleiner Triumph über Beate und ihre vertrauliche Spezialbeziehung zu Louis Creutz verbunden war? Die Schwägerin war zunehmend ungemütlicher geworden bei den seltenen Gelegenheiten, bei denen man sich noch sah. Nein, die war nicht ihre Freundin, jedenfalls nachdem erreicht war, was sie davor so nachdrücklich betrieben hatte. Astrid wußte noch nicht, daß Beates Haltung schnell ins Gegenteil umschlug, sowie sie ans Ziel eines ihrer Wünsche gelangt war.

»Nehmen wir noch einen Schluck Wein, bevor es losgeht?«

»Aber nicht von deinem Zauberwein, bitte.« Sie hatte plötzlich die sichere Empfindung, daß die Wirkung von seinen verstaubten Flaschen unvorhersehbar sei und am Ende noch zu etwas führte, was über ihre Absichten hinausginge, die ihr allerdings zu diesem Zeitpunkt noch gar nicht bewußt waren. Aber als er dann Gläser und eine diesmal unverstaubte nur zwei Jahre alte Flasche herbeibrachte und sie den kalten Wein trank, der ihr an diesem späten Vormittag sehr guttat, als habe ihr Körper nur darauf gewartet, wollte trotz dieser Belebung die Unterhaltung nicht recht in Gang kommen. Es gab bloß ein kleines Geplänkel, Zeugnis reiner Verlegenheit.

Es war ihm anzumerken, es solle endlich losgehen. Sie fragte sich gespannt, wie er es anfangen werde, den Übergang zu finden. Weit hinten stand der Wandschirm, die schwarzen Lacktafeln zickzackförmig gefaltet; daß er einen Eisschrank und eine Kochplatte verbarg, wußte sie schon – ob sie sich dahinter etwa auch ausziehen sollte? Wieso eigentlich? Wenn sie hier nackt herumsprang, wieso sollte sie sich dann für das Entkleiden entfernen? Aber hinter dem schwarzen Lack befand sich auch eine Tür, die in ein großes Badezimmer führte, mit drei alten Waschbecken noch aus der Fabrikzeit, alles sehr spartanisch, doch inzwischen war so viel Platz auch schon eine Art Luxus.

Als er ihr vorschlug, sich dort hinten »umzuziehen« – unabsichtlich rutschte ihm dies Wort heraus –, war sie doch dankbar, denn die warme Unterwäsche, die sie trug, kam ihr nicht präsentabel genug vor. Als sie das letzte von drei Unterhemden ausgezogen hatte, betrachtete sie sich in den drei Spiegeln über den Waschbecken. Sie hob die Arme und faltete die Hände über ihrem Kopf, der Körper straffte sich, die Brüste wurden hinaufgezogen – glaubte sie etwa, das sei die Position, die Louis Creutz vorschwebte? Sie war mit ihrem Anblick zufrieden. Aus dem Bad rief sie ins Atelier: »Soll ich das Haar hochstecken?«

»Unbedingt.« Er male keine Frauen mit langen Haaren, das sei ein erotisches Klischee – »dann schon lieber mit rasiertem Schädel«.

»Da mußt du dir eine andere suchen.« Sie trat hinter dem Lackschirm hervor. Ihr Haar hatte sie mit einem Griff zusammengefaßt und am Hinterkopf mit einem Gummiband umschlungen. Es war ein unerwarteter Moment, dieses Hinaustreten in das über sie stürzende Tageslicht hinein, geradezu wie das Steigen in ein Schwimmbecken. Louis Creutz stand ohne Jacke an der Staffelei, blickte auf und sah sie an – wie eine Fremde, schien ihr. Einen Augenblick dachte sie, daß er jetzt erst entscheide, ob er sie malen oder als unbrauchbar wegschicken würde – »aber nein, das geht schon, das kann man machen«, meinte sie ihn im murmelnden Selbstgespräch zu vernehmen. Enthusiasmus war das nicht, aber sie war dankbar für diese Sachlichkeit, die es ihr erleichterte, auf ihn zuzugehen.

»Wenn du dich mit dem Bauch auf die Matratze legen wolltest, ein Bein ein bißchen angewinkelt, den Kopf zur Seite geneigt, ich werde vom Gesicht höchstens das verlorene Profil sehen.« Ob sie es warm genug habe? Er verließ die Staffelei, ging zum Ofen und warf noch zwei Holzscheite hinein; sie sah hinter der Glasscheibe die Funken sprühen.

Könne sie in dieser Position jetzt eine Weile ausharren? Sie sagte »ja«, obwohl sie, kaum daß sie sich in der angegebenen Weise hingelegt hatte, schon spürte, daß ihr die Arme, auf denen der Kopf ruhte, bald weh tun würden, das war auch bei gelegentlichen Massagen so gewesen – wie unsachgemäß der Körper doch komponiert war. Sie hörte Louis Creutz' Stimme in ihrem Rücken und war seinem Blick preisgegeben, ohne ihn erwidern zu können. In ihrer Vorstellung meinte sie, seine Musterung wie ein Fliegenkrabbeln zu spüren.

»Sollte ich erst mal eine Skizze machen?« Sie antwortete nicht, weil sie sich nicht angesprochen fühlte. Aber später vermutete sie doch hin und wieder, mit seinen Worten gemeint zu sein. Das war wohl so etwas wie seine rätselhaften Mails, die er glaubte, an sie richten zu müssen.

»Dies könnte ein neuer Anfang werden ... Es könnte das sein, was ich schon damals in der Galerie, beim ersten Mal, vermutet habe ... Eine neue Frische ... Ich muß versuchen, wieder loszuwerden, daß meine Bilder ein Markenzeichen haben ... Handschrift ja, aber aus der sich einschleichenden Masche herauszukommen ...«

Sie roch die sich im Raum verbreitende Ausdünstung des Terpentins, die sich mit dem aus dem Ofenrohr dringenden Rauch des Holzfeuers mischte.

»Ein Bild ohne Botschaft ... ein stummes Bild ... stumm wie du jetzt ... a thing is what it is and nothing else ...«

Sie war ein Ding für ihn?

»Eine neue Naivität – gibt's gar nicht, geht gar nicht ... Muß es aber geben, sonst ist das alles Plunder ...« Dieses Flüstern lullte sie ein, sie entspannte sich. Was er sagte, brauchte sie nicht zu verstehen, wahrscheinlich verstand er sich selbst nicht ganz, hoffte nur, indem er etwas aussprach, einem sich noch im Wortlosen befindenden Gedanken näherzukommen, so wie jemand, der in trübem Gewässer mit einem Speer herumsticht, um einen unsichtbaren Fisch zu treffen. »Schön ist die Haut, ganz viel Haut ist das, schöner, als ich dachte, mattweiß, mit einem ganz leichten Stich ins Hellgraue, Fleisch, kühl, das Licht heute ist gut, es verfärbt dich nicht. Geht's noch?« Das war unmißverständlich an sie gerichtet, aber sie antwortete nicht gleich, sie war ein bißchen weggetreten.

»He, nicht einschlafen! Ich brauche dich wach …« Sie machte den Versuch, den Kopf zu heben und ihm zuzuwenden.

»Keine Bewegung!« Ein strenger Befehl. Dann lachte er leise. »Ich fange mit einem Fuß an, unglaublich klein für eine so große Frau, mit roter Sohle, kommt vermutlich vom vielen Barfußlaufen. Aber der Kontrast zwischen der Sohle und dem weißen Spann ist schön.«

»Wenn du den Fuß malst, kann ich doch den Kopf bewegen« – ein vorsichtiger Aufstandsversuch.

»Ja was glaubst du denn? Denkst du, ein Bild ist ein Puzzle aus verschiedenen Körperteilen, die dann später irgendwie zusammengesetzt werden? Ich muß das Ganze vor mir haben, jedes Teil muß das Ganze in sich tragen. Willst du einen Schluck Wein? Warte einen Moment. Ich will noch schnell diese Stellung markieren.«

Er nahm ein Stück Kreide und zog eine Linie um sie herum. Sie spürte seine Nähe, wie er sich zu ihr hinabbeugte, seinen Atem auf ihrem Rücken, aber er vermied, sie zu berühren. Sie fühlte sich wie eingesponnen in ein Netz, von feinen Fäden umgeben. Dann reichte er ihr das Glas.

»Jetzt kannst du es nehmen.« Sie richtete sich auf, behutsam, als könne sie damit etwas kaputtmachen. Die Kreidestriche um sie herum sahen aus wie die polizeilichen Markierungen für die Lage eines Unfallopfers. Sie nahm das Glas, ohne ihn anzusehen. Ihr war, als sei sie weniger nackt, solange sich ihre Blicke nicht begegneten. Dann nahm sie ihre Stellung wieder ein, Louis Creutz adjustierte von der Staffelei aus – »das Bein noch etwas höher, den Kopf bitte etwas mehr nach links«, aber er arbeitete nicht mehr lange. »Ich muß vermeiden, zu viel auf einmal zu wollen, man darf niemals ins Fertigmachen-Wollen verfallen. Das Bild entscheidet, wann es fertig ist, nicht der Maler.«

»Sind wir schon am Fertigmachen?« Astrids Frage klang beinahe enttäuscht.

Er lachte. Was für eine Vorstellung. Sie möge sich darauf einrichten, mindestens einen Monat lang zu kommen. In einem Monat könne ein Stadium erreicht sein, daß er eine Weile allein arbeiten könne, aber sicher sei das nicht. Astrid war inzwischen nur noch halbtags im Büro des Intendanten; möglich wäre eine solche Verabredung also gewesen. Ihrer Natur widerstrebten aber feste Verpflichtungen – konnte man das nicht etwas lockerer angehen?

»Auf gar keinen Fall – jetzt ist es dafür zu spät, das hättest du dir vorher überlegen müssen.« Er sprach so bestimmt, als hätte er das Recht, über ihre Zeit zu verfügen. Diese Unterhaltung, mit abgewandtem Kopf auf der Matratze liegend, während er vor der Leinwand stand und immer wieder nach einigen Pinselstrichen zu ihr hinunterblickte, machte ihr Spaß. »Wieviel zahlst du denn in der Stunde? Was bekommen deine Modelle denn so?«

Er lachte, als hätte sie einen Scherz gemacht. Sie bekämen durchaus etwas, gar nicht so wenig, aber sie … »du bist unbezahlbar.«

Das Tageslicht wurde allmählich schwächer. Für heute war das, was möglich war, geleistet. Sie stand auf und drehte sich geschickt, damit es nicht ängstlich wirkte, so daß er sie nicht von vorn sah, und verschwand hinter dem Paravent. Im Bad hingen ihre Kleider über einem Stuhl. Als sie nach der Unterwäsche griff, dachte sie unversehens, es wäre jetzt angenehm, die Wäsche zu wechseln. Sie war einfach und büromäßig angezogen, mit einem engen Rock und Pullover; sie nahm das Gummiband aus dem Haar und schüttelte es, so daß es weich und etwas unordentlich auf ihre Schultern fiel. Sie schüttelte den Kopf noch einmal, mehr gedachte sie jetzt nicht für ihre Frisur zu tun.

Dann kam sie wieder hinter dem Paravent hervor; ihm angezogen gegenüberzutreten ließ die Stunden auf der Matratze unwirklich erscheinen. Er begleitete sie zur Tür, aber als sie seine Wange auf die flüchtige konventionelle Weise küssen wollte, zog er sie an sich und umarmte sie – ganz und gar nicht konventionell. Sie machte sich frei und sah ihn an, erstaunt, ungehalten.

»Nein? Dann eben ein andermal. Irgendwann geschieht das sowieso, das steht doch längst fest …« Hinunter begleitete er sie diesmal nicht; während ihre Absätze auf den Betonstufen klapperten, wuchs ihre Erleichterung mit jedem Schritt.

23

Abends allein in der großen leeren Wohnung hatte sie viel Zeit zum Nachdenken. Dietrich hatte sich ausgedacht, ihr durch ein gutes Blumengeschäft jede Woche drei üppige Sträuße schicken zu lassen, derselbe Laden, der auch die mannshohen Gestecke in der Eingangshalle seines Verwaltungsgebäudes lieferte, manchmal den Jahreszeiten angepaßt, mit Brombeerranken und Hagebutten um die kinderkopfgroßen Chrysanthemen herumdrapiert, manchmal mit exotischen Züchtungen in grellen Farben. Nachdem ihr die Zusammenstellungen einmal nicht gefallen hatten, rief die Floristin an und machte für die Zukunft Vorschläge – Astrid mochte nicht zuviel Raffinement, ein dicker Strauß Lilien oder Rosen war ihr lieber, wenn sie denn entscheiden sollte. Dietrich nahm seinen Blumengeschenken durch dieses von ihm liebevoll gemeinte Arrangement allerdings den romantischen Charakter. Der wöchentliche Austausch der Bouquets – in jedem der großen Zimmer stand eines – hatte eher etwas von einer Serviceleistung. In diesen Blumen steckte viel von der Art seiner Zuwendung: Sie sollte alles haben, wessen sie bedurfte, aber er selbst würde sich nicht darum kümmern können.

Aus Anlaß der Hochzeit gab er ihr, aber ohne jeden feierlichen Nachdruck, nur so nebenbei, eine Kreditkarte, der sie sich nach Gusto bedienen möge für die Einkäufe, Kleider, Schuhe – »was du so brauchst«. Auch das war keineswegs ein Zeichen von Kälte oder Geschäftsmäßigkeit, sondern ganz einfach Ausdruck seiner Zeitnot, auf die er sie schon in den ersten Gesprächen vorbereitet hatte. Obwohl er nie in der Firma tätig war, während seine Eltern, später die Mutter allein, sie leiteten, sondern nach weisem Familienratschluß bei der Konkurrenz – dieses Unternehmen war inzwischen seinem eigenen angegliedert –, war er vom Pflichtgefühl der Eltern zutiefst geprägt.

Was sie ihm hinterlassen hatten, war sein eigentlicher Lebenszweck, und wenn er eine Eigenschaft besaß, die man fragwürdig finden mochte, dann die, sich in allen einzelnen Geschäftsbereichen für allein zuständig zu halten und ein Gefühl der Unersetzbarkeit zu pflegen, das sich denn auch fortwährend bestätigte – so wie er widmete sich eben niemand den anstehenden Aufgaben. Ehrgeizige Mitarbeiter lernten viel bei ihm, nutzten dann aber bald eine Gelegenheit, die Firma zu verlassen, um woanders aufzusteigen.

Wenn er schließlich Zeit für Astrid hatte, war er von einer Sanftheit und Liebenswürdigkeit, die sie um so mehr rührten, als sie sich in der größten Einfachheit und Offenheit äußerten; sie fühlte, daß diese Einfachheit ihr entsprach; die Riesenversuchung zur Sentimentalität durch Literatur und Filme, der viele ihrer Zeitgenossen zum Opfer fielen, war bei ihr weitgehend ohne Resonanz geblieben.

Dafür genoß sie seinen Sinn für trockene Komik. Als sie auf dem Weg zu einem Abendessen bei Rudolf und Beate waren, standen sie beide, abendlich angezogen, zusammen vor dem großen Spiegel im Entrée und sahen sich verlegen ihre Verdoppelung an, er so viel kleiner als sie, sie jung, jünger, als sie war, er ziemlich erschöpft von seiner Arbeitswoche, blaß und grau, obwohl sie ihm einen bunten Schlips umgebunden hatte, bis er sagte: »Das Paar sieht verboten aus!«, und sie beide in Gelächter ausbrachen.

In einem solchen Moment, der gar nicht so selten war, empfand sie eine heftige Sympathie für ihn, sie ergriff seinen Kopf, beugte sich zu ihm und versuchte, ihn zu küssen, was nicht gelang, weil er sich, um ihr entgegenzukommen, jäh in eine andere Richtung bewegte – wieder Anlaß zum Lachen.

Ein Liebeskünstler war er nicht. Es stellte sich für ihn heraus, daß ihm in den langen Jahren ohne Frau eigentlich gar nicht so viel gefehlt hatte, aber sie glich seine Ungeschicklichkeit aus, indem sie ihn seine Unerfahrenheit so wenig wie möglich spüren ließ – auch hier half oft das Lachen, und er ging dankbar darauf ein.

In der reichlichen Zeit allein war allerdings gar nicht zu vermeiden, daß sie darüber nachdachte, ob diese wohltuende Spannungslosigkeit ihrer Ehe die gesamte Zukunft bestimmen würde. Sie hatte von anderen sagen hören, daß sich ein solcher Zustand auch bei zunächst heftig verliebten Paaren irgendwann einstelle, aber sie war unsicher, ob auch die Umkehrung des Prozesses möglich sei. Für sie war diese beruhigte Gemeinschaftlichkeit als Dauerzustand etwas Neues. Wenn er sich von fern in ihren früheren Verbindungen angekündigt hatte, dann war schnell Schluß gewesen.

Sie teilten das Schlafzimmer, obwohl Dietrich ihr angeboten hatte, sie könne gern auch in einem eigenen Zimmer schlafen, aber das hielt sie für einen schlechten Beginn, man mußte es doch wenigstens mit dem Ehebett einmal versucht haben, und es stellte sich heraus, daß das auch sehr gut ging. Sie war gerührt – wieder kam die Rührung ins Spiel –, wie fest und ruhig er, in seinen frisch gebügelten Schlafanzug gekleidet, neben ihr einschlief, nachdem sie sich herzlich kurz umarmt hatten. Sie sah in diesem Schlaf einen Vertrauensbeweis; und er brauchte dieses Ausruhen auch, denn er stand morgens sehr früh auf. Sie durfte liegen bleiben, das war sein ausdrücklicher Wunsch – Kaffee bekam er im Büro.

Beate hielt eines Tages die Ungewißheit nicht aus und machte eine Bemerkung, aus der unverhohlen die Neugier sprach, auf die sie aber keine Antwort erhielt, im Sinn von »Tut sich denn endlich was?« – das war in ihren Augen schließlich die eigentliche Rechtfertigung dieser Ehe, aus der für sie bisher vor allem folgte, daß Dietrich sich seltener sehen ließ. Jetzt entdeckte sie, wie sehr sie ihn vermißte. Es war mit ihm ein anderes Leben im Haus als nur mit einem einzigen Mann; der ewig Schweigende hatte zur Stimmung viel beigetragen, es war eben Gesellschaft gewesen.

Im übrigen war es nicht so, daß gar nichts zur Erreichung des erwähnten Ehezwecks geschehen wäre. Mit Beate gedachte sich Astrid allerdings nicht darüber auszutauschen.

Ihrer beider Rückzug von der Familie war jetzt auch Dietrich aufgefallen; sein Bruder machte ihm Vorwürfe; diese brüderliche Bindung war mehr als Liebe, Rudolf fühlte sich unvollständig ohne Dietrich.

»Wir müssen uns wieder öfter bei ihnen sehen lassen. Beate wird sich irgendwann beruhigen, das Sticheln gehört bei ihr dazu wie das Atmen. Sie kann sich gar nicht vorstellen, daß irgendwer das übelnehmen könnte. Sie selbst ist großzügig und nie eingeschnappt – wenn ich nur denke, was alles sie sich von Louis sagen läßt!«

Er war immer noch hingerissen von ihrer Erscheinung, sein Gesicht leuchtete auf, sowie sie ihm entgegenkam, wenn er erschöpft die Haustür öffnete, er mußte nicht poetisch werden, damit sie sah, was er bei ihrem Anblick empfand. Es teilte sich einfach mit, daß er sich fragte, wieso gerade er an diese Frau gekommen sei. Sein Selbstwertgefühl ruhte auf seiner Ingenieurskompetenz und der Beherrschung seines Geschäfts, aber gegenüber Astrid zählte das nicht, da galt anderes.

Ein frühes Kindheitserlebnis sei ein sonntäglicher Waldgottesdienst gewesen, nahe einer Ausflugsgaststätte; ihm sei es im Rückblick und aus seiner Kinderperspektive, als seien dort nur Greise mit zittrigen Stimmen versammelt gewesen, die zur Begleitung eines jammernden, in den Wald geschafften Harmoniums sangen. Und er zwischen ihnen, noch sehr klein, zu einer singenden alten Frau hinaufschauend, die ein trauriges, aber auch einschmeichelndes Lied so deutlich vortrug, daß ihm die Zeilen im Gedächtnis geblieben seien: »Schön sind die Blumen, schöner sind die Menschen …« Und wie er sich darüber gewundert, ja geradezu entrüstet habe, wie man so etwas behaupten konnte – daß die Menschen schöner als die Blumen seien –, und schon gar nicht die Sängerin, die mit blutleeren Lippen und schlaffem Faltengesicht solches sang – unmöglich.

Nun, das sei ihm klargeworden: Was Schönheit anging, könnten auch diejenigen Menschen nicht mithalten, die man nicht als ausgesprochen häßlich bezeichnen durfte – Schönheit war in seinen Augen gar keine Kategorie für Menschen gewesen. Jetzt erst sei ihm das richtig klar, daß ein Mensch schöner sein könne als alle Blumen, Sonnenuntergänge, Meerespanoramen und … Er geriet ins Stokken, als er ihr das darlegte, vielleicht war er verlegen, daß ihm nur Postkartenschönheiten einfielen und er so gar keine Phantasie bewies.

Da war er nun überraschend in die Lage geraten, mit einem schönen Menschen, einer schönen Frau zu leben, sie aus nächster Nähe betrachten zu können, wann immer der Terminkalender das zuließ, und sogar im selben Bett mit ihr zu schlafen, sollte er einmal in Deutschland sein.

Er kam nicht auf den Gedanken, daß er seine Frau vernachlässige, fand es im Gegenteil sogar gut eingerichtet, nicht zu viel von ihrer Zeit und ihrer Zuwendung zu fordern, sondern sein Glück in kleinen Dosen zu genießen, damit Astrid nicht zu schnell herausbekomme, wie langweilig er sei.

Davor mußte er aber keine Angst haben, denn das wußte sie schon, und es machte ihr nichts aus; wie gut ihr seine Loyalität und respektvolle Hingebung taten, offenbarte erst, daß sie dergleichen vorher nie erfahren hatte, ohne es weiter vermißt zu haben. Wie sehr hatte sie die Faszination der Kollegin, deren Ausruf »Du bist versorgt!« befremdet. Allmählich erst stellte sich ein Gefühl dafür ein, was es bedeutete, die Hinwendung eines aufrichtigen, zugleich aber sehr wohlhabenden Mannes zu genießen – doch, das war etwas Neues, eine Statusveränderung, es tat gut, man konnte sich entspannen. Und das alles bei einem Höchstmaß an Freiheit, die nicht ertrotzt werden mußte, sondern die völlig selbstverständlich gewährt wurde. Sie war auf eine höhere Lebensstufe versetzt worden, als hätte eine Gottheit sie mit den Fingern wie eine Schachfigur ergriffen und vom Boden auf den Tisch gestellt, und da oben lebte es sich weiter, fast wie zuvor, nur auf unbestimmbare Weise müheloser. Das haushälterische »Versorgt« wurde dem wahrlich nicht gerecht.

Ohne Zweifel war es vorteilhaft, daß Dietrichs Eltern schon tot waren – wenn er »meine Mutter« oder »mein Vater« sagte, dann spürte sie die Schwere und Bedeutung dieser Begriffe. Diese Mutter vor allem war offenbar mehr als eine Frau gewesen, vielmehr eine Institution, eine letzte Instanz, etwas Majestätisches im besten Sinne, denn Dietrich hatte, wie herauszuhören war, unter dieser Instanz nicht gelitten, sondern hatte sich von ihr eingeweiht gefühlt in die Geschäftsarkana und überhaupt in die Maßstäbe des Lebens; es war keine Erleichterung für ihn mit ihrem Tod verbunden, sondern die Übernahme ihrer Pflichten, das Eintreten in ein wohlbestelltes Haus mit seinen Forderungen, denen es galt, gerecht zu werden.

Mit Blick auf Astrid hingegen war es ihm mehr als recht, daß diese Instanz nicht mehr anwesend war – unsichtbar blieb sie es, aber nur für den Sohn, sie durfte sich mit seinen Erzählungen begnügen. »Schade, daß du sie nicht kennengelernt hast – andererseits, vielleicht ganz gut so.«

Er überblickte genau, daß er aus dem von den Eltern vorgegebenen Ehemuster herausgetreten war, als er Astrid heiratete. Es würde sich mit ihr nicht wiederholen, was die Eltern ihm vorgelebt hatten: das gemeinsame geschäftliche Zusammenwirken, die Überführung einer Ehe in eine ökonomische Partnerschaft.

Dem stand aber gegenüber, daß Astrid mit Freude und Neugier seinen Jagdgeschichten lauschte – da wurde der passionierte Jägersmann sehr beredt – und wünschte, bei der nächsten Jagd dabei zu sein, wozu weder seine Mutter noch die Schwägerin Beate bereit gewesen waren, so daß er geglaubt hatte, dies sei ein gänzlich unweibliches Geschäft. Nein, keineswegs, sie erwartete den Winter mit Spannung, und das war aufrichtig: Eine bisher unbekannte Welt würde sich auftun, was ihr wichtiger war, als daß er sich plötzlich für die Oper erwärmt hätte.

»Siehst du, um auf Louis zurückzukommen«, Dietrich telephonierte aus Shanghai zu allen möglichen Zeiten – sehr früh, tief in der Nacht – wenn er dort eben gerade frei war, Astrid hatte ihn darum ausdrücklich gebeten – »Nimm keine Rücksicht auf die Uhrzeit, sonst gelingt bei sechs Stunden Differenz nie ein Anruf« – »Louis ist auch mitgekommen zur Wildschweinjagd, und es hat ihm sehr gefallen« – so wohlmeinend er seiner Familie grundsätzlich gegenüberstand, so war es doch manchmal bitter, Beate über die Jagd spotten zu hören, wobei er sich stets mit dem Gedanken beruhigte: »Sie kennt's ja nicht.« Er wollte jetzt aber auf etwas anderes hinaus.

»Wir haben Louis vernachlässigt, er muß denken, daß wir ihm etwas übelnehmen, und das tun wir doch gar nicht – man könnte sagen, im Gegenteil. Wenn er von dir gesprochen hat, dann hätte man denken können, eigentlich hätte er dich heiraten müssen, nicht ich. Ach was, der hat vom Heiraten für immer genug …« Auch zu ihm waren Details des weithin bekannten Ehedramas gedrungen, obwohl es nun schon so viele Jahre zurücklag. »Es wäre mir nicht recht, wenn bei ihm der Eindruck entstünde, wir hätten uns von ihm zurückgezogen. Gut, nach der Hochzeit mußte eine Pause sein, denn die ist eben wirklich ein Einschnitt gewesen, in unser aller Leben, die Rudolfs klagen ja auch, und ich habe schon ein paarmal versucht klarzumachen, daß du daran unschuldig seist …«

»So, Beate behauptet so etwas, das ist ein starkes Stück, aber von ihr erwarte ich nichts anderes.«

Jetzt hatte er wiederum damit zu tun, Astrid zu beruhigen – das sei alles gar nicht ausgesprochen worden, es gebe nur ein Bedauern, vor allem von seinem Bruder, den er oft vermisse … Louis sei natürlich nicht der Typ, der sich beklage, das passe nicht zu ihm, aber er denke sich gewiß seinen Teil. »Ich wäre froh, wenn du mal wieder mit ihm sprächest, ihn anriefest, ihn mal in seinem Atelier besuchtest, das ist bestimmt interessant dort. Und schließlich – warum nicht? Du könntest ihm ja tatsächlich mal ein bißchen Modell sitzen, das ist es doch, was er will. Ich weiß, ich wollte eigentlich kein Porträt von dir, nachdem ich Beates Porträt gesehen habe« – er verstehe ja von so was nichts, sein Mißfallen bedeute gar nichts, ebenso wenig wie Beates Kritik an der Jagd. »Gut, ich habe es für unnötig gehalten, aber etwas unfreundlich ist es schon – er geht mit mir zur Jagd, und ich bestelle kein Bild.«

Er fand nichts dabei, ein solches Kalkül vorauszusetzen, das war doch ganz normal, man durfte den Menschen so etwas nicht verübeln. Beate sei hyperkritisch, nicht nur, was Bilder angehe. Sie habe sogar die Porträts der Eltern nach ihrem Einzug abgehängt – das seien Feld-Wald-und-Wiesen-Schmierereien, düster, tot, in schmutzigen Farben, nach Photos gemalt, und das stimme sogar, denn seine Eltern hätten nicht davon geträumt, stundenlang Modell zu sitzen. Jetzt hingen die Bilder in der Eingangshalle des Unternehmens, nahe dem immensen Blumenstrauß, und lockerten das Geschäftsmäßige dieses Ortes durch ihre Naivität etwas auf.

»Nein« – wenn Dietrich sich nach längerem Nachdenken zu einer Entscheidung durchgerungen hatte, machte er gern von der rhetorischen Figur des affirmativen Nein Gebrauch –, »nein, ich meine, es spricht überhaupt nichts dagegen, wenn du ihm erlaubst, dich zu malen. Du würdest vor allem mir einen Gefallen damit tun, und ich bin schließlich noch eine Weile hier angebunden, dann hast du eine Abwechslung …«

Es fiel Astrid schwer, sofort zu antworten. Sie stammelte etwas Ausweichendes, dann kam ihr eine Störung in der Leitung zu Hilfe – eben noch hatte sie Dietrich aus Shanghai sprechen hören, als wäre er nebenan, jetzt kehrte wieder die Realität der vieltausend Kilometer zwischen ihnen zurück, er war mit einem Schlag weg.

Sie befand sich in einer unerwarteten Lage, die sie selbst verschuldet hatte. Warum hatte sie nichts davon erzählt, daß sie Louis längst besucht hatte, da gab es doch etwas zu berichten, der Auftritt der unheimlichen Flora Ortiz etwa, das wäre doch ein Erzählstoff gewesen. Und dann, daß das, was jetzt geschah, seine dringende Bitte, sich malen zu lassen, doch bereits erfüllt wurde – freilich in anderer

Weise, als er sich das wahrscheinlich vorstellte. Sie würde auf dem Bild nicht zu erkennen sein, hatte Louis ihr versprochen – möglich, daß er sich daran hielt, sie wußte nicht, wie weit sie ihm trauen durfte.

Wenn sie jetzt über das Ganze nachdachte, dann war ihr, als hätte sie dieses Modellsein nicht weiter an die große Glocke hängen wollen – es war unwichtig, und es betraf Dietrich nicht. Es war wie etwas, was sich ebenso vor ihrer Verheiratung hätte abspielen können, was aus der Zeit der Ungebundenheit und des Niemandem-zu-etwas-verpflichtet-Seins in die Gegenwart hineinragte. Man wurde ja durch solch einen Gang zum Traualtar nicht ein anderer Mensch, obwohl ihr manchmal so war, als sei sie das tatsächlich geworden.

Sie dachte daran, wie Dietrich ihr vor ein paar Tagen ganz unbefangen von seinem Besuch in einem Massagesalon erzählt hatte, ein von Geschäftspartnern empfohlenes Institut, in dem man sich möglicherweise nicht ausschließlich der medizinischen Massage widmete, wie er vermutete, aber erst, als er auf einem Bett lag und zwei kichernde junge Masseusen an seinen Füßen zu kneten begannen, eine Fußreflexzonenmassage. Er hatte das noch nie erlebt, es war himmlisch, von einer Wirkung, die er nie vermutet hätte. Von den Füßen strahlte das in den ganzen Körper aus und schuf ein Wohlbefinden, das die Anstrengungen des Arbeitstages vergessen ließ. Die beiden Mädchen hätten sich als Number one und Number two vorgestellt. Sie lachten gemeinsam darüber. War das nicht komisch, junge Frauen, die sich als Number one und Number two bezeichneten, als seien sie dadurch genügend individualisiert?

Ob die Sorge von Number one und Number two ausschließlich seinen Füßen gegolten hatte? Sie hielt es für möglich, so wie sie ihn kennengelernt hatte. Aber auch wenn sich der Service ausgeweitet hätte, sie wäre nicht beunruhigt gewesen. Nur hören hätte sie es nicht wollen, so standen sie nicht zueinander.

Sie war ratlos. Noch nie hatte sie so wenig gewußt, was jetzt richtig gewesen wäre. Ehrlich genug vor sich selbst war sie, um sich einzugestehen, daß ein – unwahrscheinlicher – Exzeß mit Number one und Number two nicht vergleichbar wäre mit dem, wohinein sie nun geraten war – »Vorrei e non vorrei«, hieß es in einem Duett, das sie mit ihrem Lehrer zusammen gesungen hatte. Sie mußte sich eingestehen: Das Erleben des eigenen Körpers, das Sichzeigen, das Betrachtetwerden, wohl auch das Bewundertwerden – obwohl Louis Creutz kaum die entsprechenden Worte über die Lippen gekommen waren, um so besser, das hätte nur die Stimmung zerrissen – das war ihr jetzt ein Bedürfnis, genauso schön wie das Singen.

24

Flora Ortiz war auf dem Weg, so wie jeden Tag, aber wenn man sie entdeckte, war es schon zu spät festzustellen, woher sie kam. Sie schlug stets neue Richtungen ein und schritt voran, als kenne sie die Stadt wie ein Taxifahrer. Nie blieb sie stehen, um einen Straßennamen zu lesen. Soeben passierte sie eine große Bäckerei. Brotgeruch mit allem, was an unguten Backmitteln darin lag, überschwemmte die ganze Nachbarschaft – roch sie das, so war sie satt. Kurz danach eine Hähnchenbraterei, im Schaufenster die sich drehenden Spieße, die Vögel mit rotbraunknuspriger Haut – auch was ihnen entströmte, verschlug ihr den Appetit, selbst wenn sie Geld gehabt hätte, wäre keine Versuchung davon ausgegangen. Die Tasche des schwarzen Gewandes war aber leer, und sie trug auch sonst nichts, worin sie Münzen hätte aufbewahren können; sie schritt unbelastet einher. Jetzt folgte eine Parfümerie, auch aus der drang heraus, was drinnen gehandelt wurde, starker pudriger Rosenduft von kopfschmerzerregender Süße; davor hatten Arbeiter auf dem Trottoir einen Kanaldeckel angehoben und stocherten in der schwarzen Tiefe, aus der ein Fäulnis- und Verwesungsgeruch aufstieg.

Flora beschleunigte nicht ihren Schritt. Weder Gutes noch Böses nahm Einfluß auf ihre Fortbewegung. Der Auspuff der Autos ließ eine sich in der Luft auflösende Benzinwolke hinter sich, das roch sie nicht ungern.

Es war, als sei ihr Hauptwahrnehmungsorgan die Nase, ungeachtet ihrer Augen, deren vorgewölbte Größe jedem, der sie ansah, als erstes auffiel. Roch sie sich selbst?

Gut roch sie nicht, aber sie stank nicht; ein unfrischer Muff umgab sie jedoch, der sich optisch verstärkte durch die ungewaschenen Hände und die sich beißenden Farben des gelben Haares mit der schmutzig weißen Haut. Hätte ein roher Mensch sie unverblümt auf ihre Ungewaschenheit angesprochen, es hätte sie nicht berührt. Ob so etwas sie überhaupt noch erreichte? Höchstens als Mosaikstein in dem großen Bild ihres Daseins in der Welt. Beeinflußt konnte da gar nichts mehr werden, alles war jetzt Aushalten und Ertragen, und zwar möglicherweise noch eine Weile, wie sie sich ohne Furcht, schon geradezu gleichgültig eingestand.

Sie lief in der Menge; wie sie da ohne Eile voranschritt, war ihr, als gebe sie den Leuten rechts und links das Tempo vor. War es nicht ein gemeinsames großes Marschieren aller in Richtung auf die Tiefe, die sich dann tatsächlich auch öffnete? Die Menge, deren Bestandteil sie war und die sie selbst vorantrieb, floß die Stufen hinab, den Bahnsteigen der Untergrundbahn zu.

Solche Bahnhöfe betrat sie nur selten, und nicht, weil ihr das Fahrgeld fehlte. Ihr Trieb richtete sich auf das Laufen. Keine Entfernung schien ihr schwierig; die weitesten Strekken mußten von den eigenen Beinen in stetiger Geduld zerkleinert werden. Wenn man die Entfernungen fahrend durchbrauste, verloren sie an Wirklichkeit. Über der Erde gelang es ihr, den eigenen Ort zu bestimmen, aber während einer unterirdischen Fahrt durch die künstliche Nacht geriet alles ins Rutschen.

Es war jetzt etwas Unfreiwilliges in diesem Mitfluten, sie wußte auch gar nicht, wohin es eigentlich gehen sollte. Unter der Erde verließ sie, was sie im Sonnenlicht vorantrieb.

Ein Zug fuhr ein, die Türen öffneten sich. Das Innere saugte die bis an den Wagen gedrängte Menge hinein, und sie war einfach dabei, als gehörte sie zu ihr. Einen Sitzplatz gab es nicht für sie. Sie hätte auch Hemmungen gehabt, sich einfach so zu setzen, als würde sie sich hier auskennen. Ihrer Erfahrung entsprach, daß sie immerfort etwas falsch machte und dann zurechtgewiesen wurde. Die Leute wurden auch manchmal scharf, und trotz ihrer nomadenhaften Autonomie hatte sie davor Angst; sie regte sich darüber derart auf, daß sie nur schwer wieder zur Ruhe fand. Viel hätte es zu sagen gegeben, um die Dreistigkeit der Zurechtweisungen abzuwehren, allzu viel, das wollte nicht zugleich auf die Zunge und die Lippen, sie schnappte dann nach Luft, und es wurde noch schlimmer.

Sie stand an eine Stange gepreßt, umklammerte sie unmittelbar unter ihrem Kinn, hielt sich mit der anderen Hand über ihrem Kopf fest – im spiegelnden Fenster sah sie die Göttermaske ihres Gesichts wie in einen Schraubstock geklemmt. Die Fahrgäste, Männer und Frauen aus Afrika und Asien, blickten unbewegt vor sich hin, niemand glotzte. Mit Fremdartigkeit schien man zu rechnen, es gab nichts anderes, war mit Knöpfen im Ohr auch in Musik hineingetaucht, die als akustischer Filter die Eindrücke der Außenwelt abwies.

Nach einigen Stationen leerte sich der Waggon etwas, neben einer jungen Frau in hautengen, über Riesenschenkel gespannten Hosen wurde ein Platz frei. Sie nickte auffordernd in Floras Richtung, die immer noch die Stange hielt, als werde sie von allen Seiten an sie gedrückt, aber sie fing diesen Blick nicht auf, er glitt an ihr ab wie an einer Blinden.

Drei Männer mit militärischem Barett und schwarzen Windjacken näherten sich, sie gingen durch die Reihen und warfen flüchtige Blicke auf die ihnen entgegengehaltenen Fahrscheine und Telephone. »Schon gut, in Ordnung« – das war alles eingespielt, Kontrolleur und Kontrollierte ergänzten sich, jeder füllte seine Rolle aus, Überraschungen waren nicht vorgesehen.

Unversehens sah Flora sich umringt von den dreien, die im Vorbeigehen bei ihr innehielten, schon bereit weiterzugehen, mit dem Vorzeigen der Fahrkarte rechnend, ohne sich die Frau richtig anzusehen; sie waren jeden Tag so vielen Gesichtern ausgesetzt, daß keines haften blieb. Die Passagiere einzuordnen hatten sie längst aufgegeben. Warum löste die Person in ihrem schwarzen Fetzen nun nicht die Hände von der Stange, so konnte sie das Billett doch nicht präsentieren? Statt dessen schien sie sich darauf zu stützen wie auf einen Speer, als könnte sie damit um sich schlagen.

»Na, was is? Den Fahrschein bitte.« Die Männer, zwei mit rasierten Köpfen unter dem Barett, am Hals schauten Tätowierungen aus dem Kragen, der dritte, älter als die beiden anderen, mit einem Hängebauch und Ohrringen, waren zu Höflichkeit angewiesen. Es war ihnen verboten, Delinquenten anzuschnauzen; ihre Waffen waren Papierblöcke und kleine Apparate zur elektronischen Datenerfassung, geeignet, den Fahrscheinlosen bürokratisch zu verstricken.

Und doch fühlte Flora jetzt alle Blicke der stummen Reisenden auf sich gerichtet. Sie wußte, daß sie diese Situation kannte. Das hatte es schon gegeben, aber was hatte sie damals gesagt und getan? Alles fort, weggewischt. Und es war nicht Trotz, weshalb sie keine der in verhaltenem Ton an sie gerichteten Fragen beantwortete, sondern die reine Ratlosigkeit. Sie habe keinen Fahrschein? Wohin sie wolle? Woher sie komme? Verstehe sie Deutsch? Habe sie einen Ausweis?

Schweigen. Jetzt konnten die Kontrolleure nicht anders, als den Ausdruck in ihren Augen wahrzunehmen. Ihre Ratlosigkeit sprang auf die Männer über. Aber die hatten wenigstens Vorschriften, an denen sie sich in weglosem Land orientieren konnten. Der Zug fuhr in eine Station ein, der Hängebauch sprach in sein Telephon. Die Tür öffnete sich. In sanftem Drängen schoben die drei sie hinaus. Es fiel ihr schwer, sich von der Stange zu lösen, ihre Hand gehorchte ihr nicht. Ein dramatischer Auftritt: Drei Wachmänner umgaben sie, überragt von ihrem gelben Lockenkopf, sie wehrte sich nicht. Da war etwas von früher, was sich in ihr meldete – Handgemenge, Szenen, Schreien, das gehörte sich nicht.

Inmitten der drei Schwarzen schritt sie erhobenen Hauptes aus der Bahn, eine Garde, die sich von ihrem eigenen Status im Grunde kaum unterschied, denn auch diese Ordnungshüter gehörten nicht zu den Gewinnern der bürgerlichen Gesellschaft.

Die Männer waren sich nicht einig, was nun geschehen solle. Der Jüngste murmelte: »Laufen lassen«, er verspüre nicht die mindeste Lust zur Abwicklung dieser Sache. Es war kein mit Nachdruck vorgebrachter Vorschlag, eher ein hörbares Nachdenken. Auf dem Zwischenstock des U-Bahnhofs, wo sich die Ausgestiegenen schon zerstreut hatten, blieb die Gruppe stehen.

»Also noch mal: Woher kommen Sie? *Do you speak English?* Ausweis – *passport*.«

Flora schwieg, ihr Blick ruhte in Trauer auf dem Fragenden, mit einem Ausdruck, als wolle sie sagen: »Du fragst und fragst. Aber du würdest meine Antwort nicht verstehen. Passport, ja, hatte ich, habe ich vielleicht sogar noch, müßte in meinen Sachen suchen – aber wo sind die? Ich bin frei, ich habe alles aufgegeben – vielleicht etwas zu früh, denn sonst könnte ich Ihnen jetzt helfen.«

»Wohin wollen Sie denn?«

Es fiel ihr schwer zu sprechen, aber jetzt wollte sie es versuchen. Sie glich äußerlich einer Statue, aber in ihrem Innern tobte ein Krieg. Sie war in ihrem widerstandslosen Schweifen durch die Stadt auf Hindernisse, zumal menschliche, nicht vorbereitet. Mit ihrer Stimme war es wie mit einem stillgelegten Mechanismus – wird er wieder eingeschaltet, so braucht er eine Weile, bis er in Gang kommt. Diese Stimme, die dazu geeignet war, unvorbereitete Hörer zu erschrecken, erschreckte sie selbst am meisten, wenn sie die ersten Worte wie von außerhalb ihres Kopfes vernahm, rostig, wie aus einem Heizungsrohr gesprochen.

»Wo bin ich?« Die Ordnungshüter sahen sich an. Der älteste telephonierte. Man führte sie auf die Straße. Dann hieß es warten. Aber es war den dreien jetzt klar, daß es kaum darum ging, eine fluchtbereite Rechtsbrecherin zu bewachen. Sie fielen gleichsam von ihr ab, der Ring um sie lockerte sich, sie holten Zigaretten hervor und begannen zu rauchen. Sie stand allein, einer der beiden Tätowierten bot ihr eine Zigarette an, sie schaute auf die Schachtel in seiner Hand, aus der einladend eine hervorragte. Dann überwand sie ihren Widerstand und griff nach ihr, aber als ob sie ihr aus dem Nichts heraus offeriert würde, ohne zu danken.

Auf der Polizeiwache wurde sie zum Sitzen genötigt. Eine Beamtin stellte wieder Fragen, aber nun war ihr Mund aufs neue verschlossen. Vor ihr stand übergroß, geradezu anschaubar, die Sinnlosigkeit dieser Fragen. Wenn sie lief und sich bis zur völligen Erschöpfung durch die Straßen der Stadt bewegte, war ihr glasklar, was ihre Pflicht sei – diese Bewegung, die war ihr aufgegeben, sie durfte darin nicht innehalten. Ihr Ende käme nur, wenn sie keinen Fuß mehr vor den andern setzen konnte. Aber das war eine Klarheit, die sich nicht in Sprache fassen ließ. Es gab Dinge, die zwangsläufig und zugleich unaussprechlich waren. Ihre Wanderungen besaßen in ihrem Ablauf die Notwendigkeit von Traumbildern, die sich beim Erwachen der Erklärung entziehen, so eindringlich sie bei geschlossenen Augen noch gewesen sind. Der Unterschied zwischen Traum und Wachen war ihr freilich unbekannt.

Die Beamtin, eine jüngere Frau in unkleidsamer männlicher Uniform, gab schnell auf und wandte sich zum Telephon. Man habe eine orientierungslose Person aufgegriffen – welche Heime, psychiatrischen Anstalten, Rehabilitationseinrichtungen hätten Suchanzeigen aufgegeben?

»Wir müssen jetzt warten«, die Beamtin hatte sich ein Bild des Falls gemacht, das kannte man, da tat sich keine Schwierigkeit auf, und das beruhigte sie, und von dieser Beruhigung konnte sie an Flora etwas weitergeben. Ob sie ein Glas Wasser wünsche? Ob sie sich erleichtern wolle, die Hände waschen? Sie werde sie gern hinausbegleiten.

Flora hatte noch nichts getrunken an diesem Tag, fühlte vor dem Wassertrinken auch einen Widerwillen, der an Ekel grenzte, das war alles viel zu viel, und bei dem Gedanken, einen Waschraum unter Begleitung aufsuchen zu müssen, revoltierte es in ihr. Bei ihrem letzten Aufenthalt in einem Klo – wo? wann genau? –, genug, einem Klo, hatten in dem weißen Becken eine Tomate und ein halb aufgelöstes Stück Weißbrot geschwommen, als ob dieser Anblick eigens auf sie gewartet hätte. Er stand jetzt überdeutlich vor ihren Augen.

Wenn sie erklärte, was ihr zugestoßen war, würde jeder sofort verstehen, was ihr kein zweites Mal zuzumuten sei, aber sie brachte nur »die Tomate« hervor, als die Beamtin sie am Ellenbogen berührte, mit dieser wie aus unterirdischen Räumen stammenden Stimme. Die Frau sah sie fragend an, auch sie hatte ein Wochenendseminar für den Umgang mit verwirrten Personen besucht und wußte, daß man ihnen nicht widersprechen dürfe, obwohl ihr gutes und mütterliches Herz gegen diese Regel revoltierte. Sie hielt es immer noch für möglich, daß ein Vorhalt der Realität solch eine Person wieder auf den Erdboden zurückführen könne.

»Was für eine Tomate?« Die Frage geriet ihr unabsichtlich zu scharf, eine bohrende Ausforschung, als werfe sie Flora vor, sich undeutlich ausgedrückt zu haben. Floras

Stimme war ein solches Ereignis, daß alle in dem großen Büro Versammelten ihre Augen von den Bildschirmen hoben und sich nach ihr umwandten. So voller Trauer ausgesprochen, war es, als habe es mit der Tomate eine unheilvolle Bewandtnis. Alles lauschte. Die Beamtin hoffte, daß sie weiterspreche, und Flora wäre jetzt auch dazu bereit gewesen, wenn das innere Bild von dem Inhalt der Klosettschüssel sie nicht derart bedrängt hätte – die Tomate war schlimm genug, aber die Weißbrotscheibe unerträglich – wie reinigte man sein Hirn von solchen Bildern?

Soeben wurden zwei jüngere Männer hereingebracht, die sich mit Messern verletzt hatten und beide heftig bluteten. Um sie herum entstand ein Getümmel mit Schubsen und Anherrschen, auch die jungen Männer waren in Rage, das Erlebnis des Hineinstechens ins Fleisch des anderen hatte sie nicht besänftigt.

Jetzt wurde Flora mit Nachdruck von ihrem Stuhl heruntergezogen und in ein Nebenzimmer gebracht; durch die Tür waren die erregten Stimmen der Männer und der Beamten zu vernehmen.

Aber Flora hätte keiner Schonung bedurft. Sie mußte vor dem Anblick von Blut und Gewalt nicht bewahrt werden, ihr Gefühl sagte ihr, daß die Teilnahmslosigkeit und Nichtbeachtung der Menschen nur Täuschungen seien, denn alle standen kurz davor, übereinander herzufallen.

Sie saß auf dem einzigen Stuhl im kalten Nebenzimmer und lauschte dem Tumult. Wenn sie an die blutenden Gesichter der beiden Kämpfer dachte – beide bös entstellt, der eine schien ins Auge gestochen worden zu sein – und dazu das bellende Schimpfen hereindringen hörte, dann war ihr unversehens, als hätten die beiden Hundeköpfe gehabt, die Lefzen hinaufgezogen, Speichel sabbernd, mit haarigen Ohren und nassen Nasen, zwei auf den Hinterbeinen stehende Schäferhunde, am Halsband davor zurückgehalten, sich ineinander zu verbeißen.

Flora empfand aber doch Erleichterung, endlich allein und durch die Tür vor Lärm und Fragen geschützt zu sein. Gern wäre sie lange in diesem Zimmer geblieben. Dies Auf-dem-Stuhl-Sitzen war ein Äquivalent zu ihrem Umherschweifen und, solange sie eingeschlossen war, ihre Pflicht. Eingeschlossen? Immerhin, die Tür hatte von innen keine Klinke, nur einen Knopf, der aber drehbar sein mochte. Sie sah ihn an, ob er sich vielleicht bewegte, aber nichts tat sich. Das Tageslicht verriet nicht die Zeit. Der weißbedeckte Himmel war heute ebensowenig mitteilsam wie eine verschlossene Menschenmiene.

Die Beamtin in ihrer unförmigen Uniform trat ein, sie zog einen Stuhl hinter sich her.

»Also jetzt mal ganz ruhig – wir wollen jetzt mal ganz ruhig sein.« Sie richtete diese Ermahnung vor allem an sich selbst, aber es erwartete sie eine Überraschung. In der Stille war etwas mit Flora geschehen. Spannung war von ihr gewichen, sie fühlte sich in höflicher Erwartung, es war ihr eingefallen, wie sie die Situation auflösen könnte.

»Noch mal – wo wohnen Sie, wohin waren Sie unterwegs?«

»Ich muß zu Professor Louis Creutz, er wartet auf mich.« Die Verwunderung über ihre Stimme blieb jetzt aus, die kannte die Beamtin ja schon. Weitere Fragen sparte sie sich, um lieber schnell selber herauszufinden, wo Professor

Louis Creutz wohnte. Sie ging hinaus und kam bald zurück.

»Es gibt einen Kunstmaler Professor Louis Creutz, der wohnt hier ganz in der Nähe. Wollten Sie zu ihm?«

Es verschlug Flora die Sprache. Sollte sie wirklich zu ihm unterwegs gewesen sein? Die U-Bahn bestiegen haben, weil sie zu ihm führte, etwas, was sie, so wollte ihr scheinen, noch nie zuvor getan hatte?

Die Beamtin tippte in ihr Telephon. Vom Anrufbeantworter kam kein Name, aber sehr schnell gesprochen eine Nummer. Die Beamtin wählte noch einmal und hielt das Telephon an Floras Ohr. »Ist das dieser Herr Professor Creutz?«

Flora vernahm Louis Creutz' Stimme, die Zahlen in einer Ungeduld rasselnd, als wolle er sie eigentlich unverständlich werden lassen. Ja, das war er, und wie gut kannte sie diese Ungeduld. Sein ganzes Wesen steckte in dieser Ansage, die sie nie zuvor gehört hatte. Er war nicht da, aber er hätte gar nicht in höherem Maße anwesend sein können. Sie war überzeugt, daß auch die Beamtin das spürte.

25

»Schön, daß du da bist!« Louis Creutz kam Astrid von der Staffelei her entgegen, als sie sich durch die nur angelehnte Stahltür schob, indem sie sich dünn machte, denn die Tür ging schwer in den rostigen Angeln. Er habe lange über das Ergebnis des ersten Maltages nachgedacht, bei dem ja noch gar nicht so viel entstanden sei; aber eine gewichtige Frage könne er sich bereits beantworten, nämlich ob es lohne, weiter an dem Bild zu arbeiten. Er habe ihr schon einmal erklärt, daß die landläufig als »schön« deklarierte Frau sich nicht für die Malerei eigne, seine jedenfalls nicht. Der Maler gerate dann in die gefährliche Versuchung, dieser Schönheit »zu gehorchen«, das sagte er in derart strengem Ton, als sei das besonders verwerflich. Astrid hörte es ratlos, aber auch amüsiert – dieses unvermittelte Drauflossprechen, kaum daß sie im Raum war. Wie sie da in einer gewissen Entfernung vor ihm stand, seinem forschenden Blick ausgesetzt, ohne eigentlich begrüßt zu werden, das hatte etwas Bühnenhaftes, wobei die Weitläufigkeit des Ateliers, verbunden mit seiner Leere, ohnehin theatralische Assoziationen begünstigte.

»Dann würde ich eher noch eine schöne Frau häßlich malen«, aber der Satz sei absurd, malerische Schönheit unterliege gänzlich anderen Gesetzen als die real menschliche, die beiden seien unvergleichbar.

»Wenn du mir einen Vortrag halten willst, setze ich mich hin.«

»Was ich sagen will – ich habe es mir genau überlegt: Wir machen weiter!«

»Was ich dazu zu sagen habe, ist uninteressant?« Sie hatte an diesem Morgen lange mit Dietrich telephoniert, es war ein heiteres, herzliches Gespräch gewesen. Er erzählte von komischen kleinen Erlebnissen, die illustrierten, wie anders die Leute dachten, mit denen er dort zu tun hatte – »aber ich fange an, sie immer besser zu verstehen, wann ein Ja ein Ja und wann es ein Nein bedeutet. Vielleicht muß ich mir doch die Zeit nehmen, Chinesisch zu lernen, obwohl es so schwierig ist, die einfachsten Wörter in den Mund zu bekommen, ich glaube manchmal, man braucht eine andere Zunge dafür«.

Sie hatte sich vorgenommen, ihm bei nächster Gelegenheit zu eröffnen, daß Louis Creutz sie male – und daß kein Porträt geplant sei. Wie genau sie das erklären würde, wollte sie dem Verlauf des Gesprächs überlassen, sie meinte darauf vertrauen zu können, daß ihr da das Richtige einfalle. Aber die angeregte Schilderung seines Alltags bot keinen rechten Anknüpfungspunkt. Es kam ihr angesichts seines ernsten Arbeitslebens auch so nichtig vor, vom Malen und vom Modellsein zu sprechen. Sie fand, was er jetzt brauche, sei Anteilnahme an seinen Geschäften und nicht etwas, was womöglich irritierend wirkte, wenn er allein in seinem Bett lag und der Gang der Gedanken sich verselbständigte. Sie verwarf ihren Entschluß, davon zu sprechen, und verschob das auf später. Dabei spielte Furcht vor ihm keine Rolle; sie hatte ihn als derart sanft und wohlmeinend kennengelernt und verstand ihn außerdem als engen Freund von Louis Creutz, was sollte es da für Verstimmungen geben? Das Dumme war nur, daß sie, je länger sie wartete, ihn schließlich vor vollendete Tatsachen stellen mußte – mit dem Risiko, wenn nicht gleich ein Mißfallen, soeben doch ein Unbehagen bei ihm zu erregen, und sie spürte, daß es ihr gegen den Strich ging, diesem Mann, so, wie er sich ihr offenbart hatte, auch nur die kleinste Beunruhigung zu bereiten.

In dieser Stimmung war sie bei Louis Creutz im Atelier eingetroffen. Als er schon gleich bei ihrem Eintreten davon sprach, er habe erwogen, das Bildprojekt abzubrechen, bevor es richtig begonnen worden sei, meinte sie einen Augenblick, dies sei die von einem gütigen Geschick gesandte Chance, auch ihrerseits im allerletzten Moment entkommen zu können: Sie lag scheinbar entspannt in dem durchgesessenen Kelimsessel und wich seinem Blick nicht aus. Hatte sie ihn verblüfft? Er sah sie mit unbewegter Miene aus seinen grauen Augen an.

»Du hast dich doch längst entschieden – komm, fangen wir an!«

Er trat auf sie zu, reichte ihr die Hand und zog sie sanft aus der Sesseltiefe. Sie gab nach; zu dieser Geste hatte er sich bisher nicht verstanden. Oft dachte sie später darüber nach, wie für einen kurzen Augenblick eine vollständige Freiheit bestanden hatte, in welche Richtung die Entwicklung weiterliefe, der durch ihre fehlende Geistesgegenwart aber ungenutzt verstrichen war. Oder weil sie es anders nicht gewollt hatte? Aus dem Bad hinter dem Wandschirm kam sie diesmal mit einem Handtuch hervor, das sie nachlässig vor den Körper hielt, als beabsichtige sie gar nicht, damit etwas zu bedecken. Louis Creutz war mit der Leinwand beschäftigt; geradezu demonstrativ verzichtete er darauf, einen Blick auf sie zu werfen. Das erleichterte ihr die Situation. Die Stimmung war unverfänglich, als liege da wirklich nichts in der Luft. Die Kreidestriche auf der Matratze bildeten die Form, in welche sie ihren Körper einpaßte, sie meinte die Grenzen zu spüren.

»Ja, ist doch gut. Das linke Knie noch ein bißchen höher – du bist schon vollständig professionell.«

Er klang freundlich. Hatte er mitbekommen, daß die Weiterarbeit ganz kurz auf der Kippe gestanden hatte? Anders als beim letzten Mal hielt er es wohl für geraten, sie ein wenig zu unterhalten, sie teilnehmen zu lassen an dem, was er vorhatte – damit sie verstand, daß da wirklich mit einer Ernsthaftigkeit gearbeitet wurde, die alles andere absorbierte. Er sprach in abgerissenen Sätzen, brach jedes Mal ab, wenn er sich besonders konzentrierte, was deutlich machte, daß seine volle Aufmerksamkeit der Leinwand gehörte.

»Ich weiß nicht, ob du das Wort ›Malfaust‹ schon mal gehört hast – ein Begriff für eine bestimmte Sorte Maler, der sich eigentlich selbst erklärt. Er hat mit der Idolatrie von Kraft zu tun, die hauptsächlich mit Brutalität und wildem Wüten assoziiert wird … solch ein Meister bin ich leider nicht, dann ginge alles viel schneller … es gibt Leute, die tun, als ob sie die Leinwand mit dem Pinsel verprügeln wollten … und dann auf der anderen Seite die glasige

Perfektion, wie du sie von den Surrealisten kennst ... das Versiegeln des Pinselstrichs, als sei das Bild ein Öldruck ... bei mir geht es um etwas anderes ... Materie ... ja ... es gibt nichts Höheres als Materie ... aber eine neu erfundene, eine sublimierte Materie, nicht die aus der Farbtube gedrückte Ölschmiere, die farbige Zahnpasta ... die hingerotzte Farbe ... verstehst du mich? Siehst du es vor dir? – sondern eine neue Feinbröckeligkeit, eine zarte Splittrigkeit wie von Brotrinden, im Detail aus Kleinstbestandteilen aufgebaut, man könnte sagen: aufgemauerte Flächen ... oder anders ... du kennst doch Silberschalen, die nicht gegossen sind, sondern in die mit stumpfem Hammer Rundungen gehämmert werden, bei denen man den Hammerschlag in der glatten Oberfläche tasten kann ... so was – verstehst du?«

Erwartete er, so leise und wie im Selbstgespräch das kam, eine Antwort? Er erhielt keine.

»Ich will, daß auf der gesamten Fläche kein Quadratzentimeter unbearbeitet bleibt ...«

Das vernahm sie bereits nicht mehr. Dieses eintönige, geradezu schläfrige Vor-sich-hin-Sprechen versetzte sie in eine tiefe Entspannung. Ihre Bedenken verstummten, sie ergab sich dem Augenblick. Was er sagte, konnte sie kaum mit eigenen Vorstellungen füllen. Welche Konsequenzen es für sein Voranschreiten haben würde, darüber brauchte sie sich keine Gedanken zu machen. Die Augen fielen ihr zu. Ohne es sehen zu können, bemerkte er das. Wie wenig er so etwas bei seinen Modellen mochte, verkündete er häufig. Aber diesmal hielt er es für geraten, sie nicht zu wecken. Er verstummte – dabei schlief sie gar nicht.

Durch ihren Kopf wanderten die disparatesten Gedanken, die sich nicht festhalten ließen und sofort in weitere hinüberglitten. Es begann, als er nicht weitersprach, ein Grübeln ohne Ziel. Ihr Blinzeln in das Flackern der Flammen hinter der Glastür brachte immer neue Bilder hervor und vernichtete sie sogleich auch wieder. Was Louis Creutz ihr über seine Malerei und seine Absichten dabei soeben geschildert hatte, begriff sie eher als den Versuch, das Herumfuhrwerken mit dem Pinsel als eine ebenso aufreibende Tätigkeit erscheinen zu lassen wie Dietrichs rastlosen Kampf in Shanghai, um demnächst zwanzigtausend Chinesen in Lohn und Brot zu setzen, aber es war ebendieses Timbre seiner Stimme, das sie im Nacken geradezu gekitzelt hatte.

Es roch gut in diesem Saal, sie mochte das Terpentin und auch den Holzrauch, aber was war das für ein Rasierwasser von Louis Creutz? Es war ihr schon in Venedig aufgefallen, bevor sie ihn überhaupt angesehen hatte. Irgendwelche bitteren Wurzeln mochten darin sein, die dann von einem weicheren Duft verbunden wurden – Parfummachen war wohl etwas Ähnliches wie Kochen? Bei ihr hielt kein Parfum, ärgerlich, auch sehr teures verflog sofort, es saß auf der Haut obenauf und verwehte schnell.

»Du riechst nach gar nichts«, das hatte sie schon ein paarmal gehört – war das überhaupt möglich? Zum Glück konnte sie Dietrichs Geruch gut ertragen, wenn er neben ihr erwachte – warm, ein wenig speziell, aber reinlich, ohne ungesunde Beimischungen. Selbst Alkoholexzesse mit seinem Bruder bei den selten gewordenen Kartenabenden hatten kaum unangenehme Folgen bei ihm, sein stämmiger Körper wurde ihrer Herr.

Heute war sie im Taxi gekommen, weil der Wagen in der Werkstatt war. Natürlich hätte man ihr seitens der Firma sofort einen anderen gestellt, aber sie hatte sich an solchen Service noch nicht gewöhnt und versäumt, darum zu bitten. Komischer Kerl, der Taxifahrer. Er hatte unvermittelt zu zwitschern angefangen, so daß sie glaubte, ein Vogel wäre im Fond eingeschlossen, aber da lachte der Mann schon und zwitscherte ein weiteres Mal. Er könne drei Vogelstimmen imitieren – Amseln, Meisen und Stare. Hinten sitzend, sah sie sein Gesicht nicht, stellte sich aber unwillkürlich vor, er sei ein Mischwesen mit Menschenkörper und Schnabel. Wenn ein Mann zwitscherte – beeinträchtigte das seine Männlichkeit? Da war sie unsicher. Ein Mann mit Ticks, vorteilhaft war das nicht gerade. Rudolf etwa war beständig mit seiner Nase beschäftigt, durchaus nicht unappetitlich, aber es war ein stetes Zupfen, als jucke es dort. Wenn es in der Nase juckt, kommt Geld ins Haus, hatte es einst geheißen – in Rudolfs Fall stimmte das jedenfalls, je mehr er zupfte, desto mehr kam bei ihm an, so viel wußte sie inzwischen; Dietrich hatte ihr das voller Gleichmut genau entwickelt. Aber es gab auch viel Unerklärliches. Neulich im Krankenhaus auf dem Flur gegenüber einer kleinen Tür sitzend – sie hatte sich vor der Hochzeit untersuchen lassen, denn sie, nicht Dietrich, wollte wissen, ob sie Kinder bekommen könne, ja, sie könne, alles sei bei ihr in bestem Zustand, aber sie sagte Dietrich kein Wort davon, so früh über Kinder zu sprechen wäre peinlich gewesen, »erst einen kleinen Papageno, dann eine kleine Papagena …«, wie sie mit dem Gesangslehrer gesungen hatte – ja, und hinter dieser Tür verschwanden unausgesetzt Leute, die sich eilig näherten, meist mit Papier in der Hand, und kein einziger kam wieder heraus, es mußte dort drinnen längst Überfüllung herrschen. Es erwachte in ihr der Gedanke, neue Eintretende warnen zu müssen – »Vorsicht! Es kommt keiner wieder heraus!« Sie war zu solchen Spontaneitäten fähig, aber zum Glück war sie still geblieben.

Doch nun fühlte sie auch, daß all diese kleinen Nichtigkeiten, bei denen sie verweilte, keineswegs das Ergebnis einer Entspannung in der Wärme des Holzofens waren, sondern etwas überdeckten, was darunter lag. Das Licht veränderte sich, die sinkende Sonne hatte mit einem rötlichen Strahl den östlichen Rand des Atelierfensters erreicht, seine bis dahin gleichmäßige Farblosigkeit wurde leicht getönt. Das Ende dieses Maltages nahte. Sie meinte das auch an kleinen kratzenden und schabenden Geräuschen festzustellen, die in ihrer Vorstellung etwas Abschließendes hatten.

Ihr stand unversehens vor Augen, daß jetzt in diesem Moment sich die zweite Chance auftat, um dem Aufenthalt hier eine Wende zu geben. Sie mußte einfach nur ganz entschieden und schnell aufstehen, das Handtuch ergreifen und ohne Ankündigung, und ohne Louis Creutz anzusehen, im Bad verschwinden. Was hielt sie davon ab, das zu tun? Es wäre nicht die mindeste Courage erforderlich, nur eine kleine Entschlossenheit, und zwar bevor der Maler verkündete, daß er für heute fertig sei.

Aber sie blieb liegen, als könne sie sich nicht rühren. Nur zu einem war sie entschlossen: von sich aus keinen Einfluß auf die Entwicklung zu nehmen. Sie hörte seine Schritte auf dem lackierten Zementestrich, er kam näher. Sie sah seine Schuhe neben ihrem Kopf. Er ließ sich neben sie auf die Knie nieder. Sie fühlte seine großen schlanken Hände, trocken und kühl, auf ihren Schultern, sanft und fest, in einer Bewegung den Rücken hinab, wie der Beginn einer behutsamen Massage. Das war sehr gut. Das mußte jetzt so sein.

Mit diesem sanften, festen Streichen wurde jede Art von Bedenken, die sie bis dahin bedrängt hatten, weggewischt. Die Unruhe, die sie die ganze Zeit erfüllt hatte, offenbarte ihre wahre Natur – sie war eine einzige große, ins Unbeherrschbare gewachsene Erwartung. Es stand fest, was jetzt geschehen würde, und hatte längst festgestanden – klar war nur nicht gewesen, wie es dazu kommen würde. Es hatte nur ein Winziges gefehlt, und jetzt war es da.

26

Louis Creutz verreiste am nächsten Morgen für zwei Tage nach Paris, um den großen Auftrag zu besprechen. In der zweiten Nacht schrieb er ihr eine Nachricht.

Nichts zieht mich so herunter wie der Anblick frühstückender Paare in Hotelspeisesälen. Lebhaft geht es nicht zu, jeder ist still mit dem elenden Frühstückskram beschäftigt. Das Auspacken von Butterpäckchen, das Aufreißen von Honigdöschen, mit den Fingernägeln die Lasche zu fassen kriegen, eine Art Basteln, wie die Teilnahme an einem Wettspiel im Fernsehen. Das Zurichten des Brötchens, das Messer in den knisternden Brötchenlaib gestoßen und es dann sauber aufgeschnitten, andere den Daumen hineingrabend und es aufreißend, wie ein wildes Tier den Bauch seiner Beute öffnet, dazu einsilbige gedämpfte Unterhaltung.

Morgens früh ist man noch leicht benommen, obwohl sichtbar unter der Dusche gewesen, der Geruch von Shampoo, Deodorant, Cremes, Seifen liegt in der Luft – ich schreibe bewußt nicht Duft, denn Duft gehört für mich zu den Blumen, zu köstlichen Speisen, zur Erinnerung an saubere Haut, während diese Art Kosmetika mich so belästigt, daß sie schon geradezu eine besondere Art von Gestank darstellt. Ja, man hat sich in den fensterlosen Badezimmern mit den Marmor-

fliesen, die aus edlem Stein eine Plastiktapete machen, gründlich gewaschen und besprüht, denn nach dem Erwachen hat man schon gewohnheitsmäßig aneinander herumgerubbelt und Miniaturekstasen ausgelöst, die keine Erschütterungen hervorrufen und alsbald vergessen sind. An ihre Stelle tritt die vollendete Spannungslosigkeit der Befriedigung. Schon bei jungen Paaren diese freudlose Beruhigung, die dazu befähigt, die gesamte Aufmerksamkeit dem Auspacken der Päckchen zuzuwenden.

Wie gesegnet bin ich, keine Tochter zu haben, wie verzweifelt wäre ich, sie in Gesellschaft eines dieser Businesskerle gesund befriedigt in einem solchen Frühstückssalon zu wissen. Bei dem Gedanken an ein Hotel ist mir früher immer das Verbotene eingefallen, die verborgene, dem Alltag abgetrotzte Ausschweifung, Tränen der Lust und des Abschiedsschmerzes, Vorstellung von Flucht und Versteck. Jetzt herrscht die vollständige Geschäftsmäßigkeit; kaum ein Gast, der nicht die Spesen abrechnet, auch der Ehebruch mündet hier in geordneten Kommerz. Niemand trägt sich mehr mit falschem Namen ein, das ginge auch schwer, wenn nachher mit der Karte bezahlt werden soll. Nirgendwo spüre ich die Abwesenheit von Glück und Unglück so sehr wie an einem solchen Ort, vielleicht ganz unberechtigt, denn ich weiß in der gepolsterten Abgedämpftheit eines solchen Hotels natürlich überhaupt nicht, was sich hinter den schweren, elektronisch luftdicht verschlossenen Türen abgespielt hat. Bin da aber neugierdelos. Die ästhetischen Umstände des zeitgemäßen Hotels lassen keine Extreme zu; ich darf darauf vertrauen, mich als Augenmensch da nicht zu täuschen.

Würde ich dies alles schreiben, wenn ich nicht allein hier wäre? Würde mich der Anblick bequem gekleideter, frisch gewaschener, sexuell beruhigter Paare dann ebenso in eine solche Verstimmung rutschen lassen? Wissen kann ich das nicht. Es stört mich der Gedanke, daß mein Eindruck nur aus einer Laune heraus entstanden sein könnte. Ich möchte objektiv sehen, unabhängig von der Verfassung meines Gemüts. Der Haß darf die Wahrnehmung nicht beeinträchtigen. Tut es auch nicht.

Das Treffen gestern Abend war ein voller Erfolg. Man kommt mir in jeder Weise entgegen. Das Angebot übersteigt deutlich, was ich zu fordern vorhatte. Ich wurde »verwöhnt«, wie das so unschön, und auch unrichtig, heißt – auf meinem Zimmer stand ein großer Strauß orangefarbener Rosen, den ich sofort habe hinaustragen lassen. Als ich mich nachts im Badezimmer im Spiegel sah, habe ich mich kaum wiedererkannt.

27

Der junge Rucktäschel pflegte die Verbindung zur Galerie von Louis Creutz auf eigene Weise. Ohne in einem festen Arbeitsverhältnis zu stehen, fand er sich öfters dort ein, schlug in der Katalog-Bibliothek etwas nach, plauderte mit den anwesenden Damen und machte sich beliebt, weil er die allfälligen Schwierigkeiten mit der Elektronik höchst hilfsbereit und geschwind in Luft auflöste. Seitdem er an der Creutz-Biographie arbeitete – immer noch ohne Vertrag, da drängte er aber nicht, er war sich sicher, daß etwas Besseres seiner wartete, wenn er die Arbeit abgeschlossen vorlegte –, ergab es sich immer häufiger, daß er sogar herbeigerufen wurde, wenn Not am Mann war. Er kam stets ohne Aufschub, und als eine junge Kunsthistorikerin die Galerie verließ und ihre Stelle nicht sofort neu besetzt wurde, fügte es sich mühelos, daß er an ihrem Schreibtisch Platz nahm, der alsbald als der Rucktäschel-Schreibtisch galt.

In der Kunstwelt sind solche nicht fest definierten Verhältnisse nicht so selten; Rucktäschel fühlte sich dadurch keineswegs benachteiligt und gab, wenn das Telephon vor ihm klingelte und er den Hörer abnahm, durchaus kompetent Auskunft, auch in sehr speziellen Vertragsfragen, als sei das seine Pflicht – mit der hellen, etwas zerstreut klingenden Stimme eines Mannes, der aus konzentrierter Tätigkeit aufgeschreckt worden ist. »Sie gestatten, daß ich mir den Vorgang aufrufe …« Und so bewegte er sich denn bald souverän in den Dateien und Korrespondenzen des Hauses.

Herr Hillmann, der Galerist, war selten anwesend, hatte sich aber an den Anblick des jungen Mannes gewöhnt, fand ihn brauchbar, und die Frauen lobten ihn als hilfsbereit, waren dabei aber etwas ironisch, als nähmen sie ihn nicht ganz für voll, für das Abendprogramm kam er nicht in Betracht – und der große Chef suchte von sich aus nie das Gespräch mit dem Personal, ob es etwa Wünsche oder Beschwerden gebe, und dieser Mann gehörte darüber hinaus ja auch gar nicht dazu.

Solche jungen Dienstwilligen, die hofften, in das namhafte Unternehmen durch Gratisvorleistungen irgendwann hineinrutschen zu können, hatte es schon einige gegeben. In der Galerie vermutete man, daß er nicht nur über, sondern auch für Louis Creutz arbeite, ohne daß man sich die Mühe gemacht hätte, herauszufinden, worin diese Tätigkeit bestehe. Der Maler wälzte vieles Lästige auf die Galerie ab – Flugtickets und Hotelreservierungen ohnehin, und was sonst so an Anfragen an ihn herangetragen wurde. Das Geschäftliche hatte er allerdings einem Steuerberater übertragen, so weit reichte das Vertrauen zu diesem Partner denn doch nicht.

So war es keinesfalls ungewöhnlich, daß Rucktäschel eines Tages das Tablet des Malers auf seinem Schreibtisch fand; ein Bote hatte es abgegeben. Louis Creutz kam immer noch nicht gut mit dem Gerät zurecht und ließ, wann immer dies nicht tat, was er wollte, in der Galerie nachsehen, was Creutz schon wieder falsch gemacht hatte.

Diesmal verweigerte das Tablet jeden Dienst und blieb einfach schwarz, so fest er auch auf die Sperrtaste drückte. Er fühlte keine Neigung, auf die Mechanik dieses komplizierten Dings weiter einzugehen, das sollten andere machen. Für ihn besaß ein solcher Gegenstand kein Anrecht darauf, kompliziert zu sein; bei Versagen mußte er ihm sofort aus den Augen geschafft werden. Leute, die für derlei geschaffen waren, mochten ihn zur Raison bringen, dann durfte er sich in erneuertem Gehorsam wieder bei ihm einfinden.

Für Rucktäschel bedeutete dieses Zusammentreffen einen Glücksfall, den er nicht zu erhoffen gewagt hätte. Mehr als kunsthistorische Literatur las er Internet-Zeitschriften, die in einer Sprache abgefaßt waren, von der Louis Creutz kein einziges Wort verstanden hätte. Aber für den jungen Kunsthistoriker war ein solches Tablet ein beseeltes Gegenüber, freilich in ganz anderer Weise als für den Maler, der in ihm nur stumme Dienstwilligkeit oder Renitenz, Trotz oder gar Insubordination erkannte. Rucktäschel aber tastete das Gerät so sicher und behutsam ab wie der Arzt, der eine nackte Brust abklopft; es fehlte nur, daß er es vor seinen kalten Fingern gewarnt hätte.

Auf der Tastatur, die sich für ihn niemals versperrte, spielte er Klavier. Aus den zahlreichen einzelnen Arbeitsgängen, die blitzschnell aufeinander folgten, war zu schließen, daß der Schaden für jeden andern wohl nicht so leicht zu beheben gewesen wäre. Es mußte sich jemand der Sache widmen, der vom Inneren des Geräts her dachte, in es hineingewachsen war, als folge er damit den Windungen des eigenen Hirns. Es war eine stille, intensive Zwiesprache, die er mit dem Tablet des Malers hielt. Dem Gerät mochte zumute sein, als sei es unversehens aufgeweckt worden, weil jemand sich seiner bemächtigt hatte, der die in ihm schlafende Sprache beherrschte. Da mochte man schon an ganz andere Zusammenhänge denken: »Ich habe dich bei deinem Namen gerufen und du bist mein« – gerade auch der zweite Teil dieses Satzes sollte sich als passend erweisen.

Denn nachdem Rucktäschel die Funktionstüchtigkeit des Tablets auf verschlungenen Wegen wiederhergestellt hatte, hielt er nicht inne; niemand in den weitläufigen, blendend weiß ausgeleuchteten Hallen der Galerie schenkte ihm Aufmerksamkeit oder fand an seiner längeren Beschäftigung gar etwas Bemerkenswertes. Was das Innere der flachen Tafel in gleichwohl unergründlicher Tiefe verbarg, lag offen vor ihm. Das war, verglichen mit den Daten von Geschäftsleuten, die ihre gesamte Tätigkeit elektronisch abwickeln und speichern, nicht allzu viel. Dazu kam die Unbeholfenheit von Louis Creutz, die ihn daran hinderte, das Potential seines Tablets auch nur annähernd auszuschöpfen.

Immerhin gab es eine Datei, die offenbar Tagebuchartiges enthielt, jedenfalls kürzere und längere datierte Texte, die schon beim Überfliegen erkennen ließen, daß sie für die Werkbiographie ergänzend wirken könnten, wenngleich es ihn nicht überraschte, daß der Maler es verschmähte, biographisch explizit zu werden. Daß von diesem Mann keine Hilfe bei der Beschaffung von biographischem Rohmaterial zu erwarten wäre, hatte er hinreichend klargemacht. Für neuere Künstlerbiographien galt aber, daß die Originalzitate, die sogenannten O-Töne, gar nicht rätselhaft genug sein konnten. War es nicht, als habe Creutz die Möglichkeit gewittert, jemand könne ungebeten mitlesen? Jetzt war freilich nicht die Zeit zu analysieren, was diese Ader alles mit sich führte, die er mit den Fingerspitzen tipp tipp tipp soeben erschlossen hatte. Ausgedehnt durfte das nicht werden, denn ein beobachtender Blick schweifte dann doch gelegentlich von den anderen Schreibtischen zu ihm herüber. Da eine solche Gelegenheit vermutlich kein zweites Mal gewährt würde, sandte er kurz entschlossen das, worauf er gestoßen war – es gehörten auch die letzten Steuererklärungen dazu, da ging es, selbst wenn hohe Abzüge geltend gemacht wurden, um Summen, die weit über Rucktäschels Erfahrungsbereichen lagen –, alles dies an sein eigenes System, nicht ohne danach durch Löschung dieses Vorgangs die Spuren seiner Tätigkeit sorgfältig zu verwischen, so viel Zeit mußte sein.

Nach abgeschlossener Aktion wandte er sich an die ihm zunächst sitzende Sekretärin, indem er eine bescheidene, aber ernste Miene aufsetzte. Das Tablet von Herrn Creutz hier einfach so herumliegen zu lassen sei fahrlässig in hohem Maße – da hätte ja irgendwer herumschnüffeln können. Es sei jetzt wieder in Ordnung und könne zurückgebracht werden. Bis dahin gehöre es aber in den Tresor.

Die junge Frau sah ihn an, wie er das schon kannte: »Du harmloser Wichtigtuer« stand auf ihrem Gesicht zu lesen, was ihn sonst ein wenig kränken mochte, ihm heute aber allzu recht war. Er hatte ein Tor für sich geöffnet, das nicht mehr so leicht zu schließen wäre. Unbeschwert ging er davon. Was er erbeutet hatte, war ihm längst durch die Luft vorangeflogen.

28

Astrid war nicht froh, wenn sie an die Stunden im Atelier dachte. Sie fühlte sich nicht wohl in ihrer Haut. Dies hatte sie nicht gewollt, und sie verstand, nach Hause zurückgekehrt, nicht mehr, wie es entstanden war – was es ihr schwermachte, sich im Spiegel zu sehen: War ihr nicht doch etwas anzumerken von dem Zwiespalt, in welchen sie sich ohne Not begeben hatte? Vor kurzem war sie noch völlig im reinen mit sich gewesen. Es hatte niemanden auf Erden gegeben, vor dem sie etwas aus ihrem Leben hätte verbergen müssen.

Hatte sie das Atelier verlassen, konnte sie sich vorstellen, nicht dorthin zurückzukehren; alles, was sie dorthin gezogen hatte, schwieg dann, als sei es nie dagewesen. Am darauffolgenden Morgen hielt sie es allen Ernstes für möglich, daß sie am frühen Nachmittag zum Modelliegen erschiene, ohne daß dies dann in etwas überginge, was sie vor Dietrich, aber eigentlich auch vor sich selbst verbergen müsse. Was nach den zwei, drei Stunden Stillhalten innerhalb der mit Kreidestrichen gezogenen Grenzen abliefe, besaß doch gar keine Notwendigkeit – konnte es nicht einfach ausfallen und sich auch daraus eine Gewohnheit entwickeln, welche die vergangenen Umarmungen verblassen und vergessen ließe?

Es war ja keineswegs so, daß zwischen ihr und Louis Creutz entstanden wäre, was üblicherweise zu einem verliebten Verhältnis gehört. Auch für ihn geschah doch das, was sich immer, wenn er sie malte, an das Malen anschloß, gleichsam in Parenthese, nicht wirklich zum Tag und zum Leben gehörend. Hätte es nicht von Zauberhand einfach daraus entfernt werden können?

Etwas ungeschehen zu machen mochte objektiv unmöglich sein – der abgeschossene Pfeil kehrt nicht zur Sehne zurück –, seelisch war das aber keineswegs unmöglich, wie sie fühlte. Es mußte sogar möglich sein, in heilender Amnesie, die ihnen doch beiden hätte willkommen sein müssen. Zwischen ihnen gab es nicht einen Anflug von Zärtlichkeit. Den Worten, die sie miteinander wechselten, hätte kein verborgener Zuhörer entnommen, daß es sich um Gespräche eines Liebespaares handelte. Traf sie ein, stand er schon an der Staffelei, in Hemdsärmeln, in die Arbeit des Vortages vertieft. Er hob kaum den Kopf, geschweige, daß er ihr entgegengegangen wäre, und auch sie tat keinen Schritt in seine Richtung, sondern verschwand sofort im Bad, um sich auszuziehen. Wenn sie nackt hinter dem Wandschirm hervorkam, sah er sie zum ersten Mal an, aber als wäre sie eine Fremde. Sie meinte sicher zu sein, daß in diesem Moment noch nicht die mindeste Spannung zwischen ihnen bestand.

Und zugleich schlug diese Kälte sie in Bann. Wenn sie sich zwischen den Kreidestrichen ausstreckte und seinen Blick zwischen ihren Schulterblättern zu spüren meinte, dann bemächtigte sich ihrer eine Willenlosigkeit, wie sie sie noch nie zuvor empfunden zu haben glaubte. Sprach er davon, daß er die Mitwirkung des Modells brauche, dann hatte er bei ihr keinen Anlaß zur Klage. Wenn sie sich erst einmal auf der Matratze ausgestreckt hatte, war ihr Unbehagen verschwunden. Sie befand sich in einem Spannungsfeld, das war augenblicklich zu fühlen.

Eine große Erwartung hatte sich unbemerkt aufgebaut, ohne Ungeduld. Die kleinen Geräusche, die er während der Arbeit machte, Schritte, wenn er zurücktrat, um die Leinwand aus einem Abstand zu betrachten, gelegentlich ein Scharren und Kratzen – er gebrauchte manchmal einen Spatel, um Farbe zu verreiben oder wegzunehmen –, vertieften die Stille. Sie kannte von ihrem Temperament her keine Langeweile und auch nicht den Überdruß, aber jetzt erlebte sie, daß das Leben Steigerungen bereithielt, die über ein stabiles Wohlbefinden hinausgingen.

Es mochte alles gar nicht gut sein, was sich im Atelier von Louis Creutz ergeben hatte, aber es war unmöglich, darauf zu verzichten. In diesen Stunden vergaß sie, daß sie sich am Abend zuvor ernsthaft und ohne innere Unruhe in gesammelter Vernünftigkeit gewünscht hatte, dies alles möge ein Ende nehmen. Und vor dem Einschlafen hatte sie sich in einem Zustand befunden, als hätte es schon aufgehört und als hätte es gar niemals wirklich angefangen.

Dietrichs Stimme in ihrer gelassenen Freundlichkeit zu vernehmen machte die Vorstellung, einen solchen Mann zu hintergehen, augenblicklich denkunmöglich – also tat sie es auch nicht. Eigentlich nicht, jedenfalls.

Und am nächsten Morgen war wieder alles anders. Und mußte so sein: nur für das Bild, und das schuf ja eine natürliche Begrenzung. Es war doch vollkommen selbstverständlich, daß diese eigenartige Routine zu einem natürlichen und zwangsläufigen Ende gelangen würde, wenn das Bild erst fertig und signiert wäre. Denn es war Routine in einem geradezu mechanischen Rhythmus, was sich zwischen ihnen abspielte – man konnte auch sagen: Ritual. Klar war, daß das Malen und die darauf folgende Umarmung zusammengehörten und eins nicht ohne das andere stattfinden konnte – nur, was ging sein Bild sie an?

Diese Frage stellte sich ihr gar nicht mehr. Er hatte sie in sein Leben mit dessen Gesetzen hineingezogen. Sie ahnte immer noch nicht, was da hinter ihrem Rücken entstand, aber sie war von der fraglosen Notwendigkeit erfüllt, es müsse fertig werden, und das hänge tatsächlich und einzig an ihr allein. Wie war es ihm gelungen, derart über ihre Gedanken zu herrschen? Gegen ihren Willen, aber immer nur genauso lange, wie sie sich im Atelier und in seiner Gegenwart befand.

Sie war doch nicht unerfahren in der körperlichen Liebe, aber sie hatte nur deren freundliche, wohltuende, entspannende Seite kennengelernt, gemäßigte Lust, die keine Herrschaft kannte. Jetzt offenbarte sich ihr die andere Seite: Dort ging es um Unterwerfung und vielleicht noch um mehr – und um die fatale Verbindung von Lust und schlechtem Gewissen.

Den wenigen Worten, die sie während des Malens wechselten, war nicht anzumerken, was sich in der steigenden Spannung vorbereitete, man könnte sagen: im Gegenteil. Die Nüchternheit, die aus den Bemerkungen des Malers sprach, hätte man auch als Unfreundlichkeit auffassen können, er erwartete jedenfalls keine Antwort.

»Ich sehe gerade, daß bei dir am Oberschenkel die Cellulitis beginnt – noch ziemlich schwach, aber für mich deutlich genug zu erkennen.«

»Wirst du mir eine Cellulitis malen?«

Sie sprach, ohne sich zu rühren, es klang nach schwachem Protest.

»Cellulitis ist ein Geschenk für das Bild. Diese Unebenheiten sind für die Schilderung der Haut eine große Erleichterung … das wird erst interessant mit diesen kleinen Unebenheiten …«

»Wenn du das machst, zerschneide ich das Bild.«

Das kam in schläfrigem Ton. Er lachte leise. Wann er aufhören würde zu malen, teilte er ihr nie mit, das konnte sie nur vermuten. Die Staffelei quietschte ein wenig, wenn er die Leinwand herunternahm, um sie mit dem Gesicht zur Wand zu stellen. Dann dauerte es noch ein wenig, und dann war er bei ihr, beugte sich über sie und legte seine Hände auf ihre Hüften.

Was er tat, tat er sehr schnell – das bestärkte sie in der Vorstellung, daß auch er schon von Ungeduld und Erwartung erfüllt gewesen sei – da war sie, die Gegenseitigkeit, die sonst nicht zum Ausdruck gelangte. Es gelang ihm, die gesamte lange Malphase als Einleitung seiner Umarmung erscheinen zu lassen. Der sonst so beherrschte Mann befand sich für kurze Zeit außer Kontrolle – das machte auf sie großen Eindruck, zugleich war sie, wenn auch nicht befriedigt, dankbar dafür, sich nicht aus der Hand gegeben zu haben. Sie entwand sich ihm, den Moment seiner Erschöpfung ausnutzend, und ging ins Badezimmer. Als sie angezogen wiederkam, stand er in einem Baumwollkimono am Waschbecken und war mit dem Reinigen seiner Pinsel beschäftigt, was er mit einer Sorgfalt tat, als wollte er ihr zeigen, daß es Dinge gebe, die man unter keinen noch so ablenkenden Umständen vernachlässigen dürfe.

So ging das wochenlang, wobei sie keinen Augenblick glaubte, daß er sich mit seiner Malerei mehr Zeit als üblich nehme, um das Zusammensein mit ihr in die Länge zu ziehen – o nein, was zur Vollendung des Bildes erforderlich war, das bestimmte nicht er selbst, das lag allein in der Natur der Sache. »So lange wie erforderlich« würde sie kommen müssen? – kommen dürfen? Während sie die Eisentür hinter sich schloß, war sie unsicher, welches der beiden Worte paßte.

Der Bann wich von ihr, sobald sie im Auto saß und ins Büro fuhr. Sie erlebte den Alltag dort sehr stark; hier wußte niemand, woher sie kam, nichts war ihr anzumerken von diesen Stunden, wenn man ihre kollegiale Heiterkeit beim Eintreten nicht als etwas forciert empfunden hätte – so komisch, wie dieses sonnige Gemüt das Leben fand, sei es nun auch wieder nicht.

Es war ein Neumondtag, als sie erneut das Atelier betrat, nach einigen Tagen Pause – Louis Creutz hatte ein weiteres Mal nach Paris reisen müssen. Dem Neumond werden viele Wirkungen nachgesagt, wie nicht selten auf diesem Feld auch widersprüchliche: Ein Verhinderer sei er, Stagnation begünstigend, zugleich aber auch für jähen Wechsel der Verhältnisse verantwortlich. Astrid hatte freilich die Mondphasen nicht im Auge, als sie die Treppen in dem alten Fabrikgebäude hinaufstieg, was sie nun längst gewohnt war, es brachte sie nicht mehr außer Atem.

Über die übliche leichte Beklommenheit bei diesem Aufstieg hatte sich heute noch etwas anderes gelegt; sie fühlte das Bedürfnis, etwas zu klären, aus gegebenem Anlaß, wußte aber noch nicht, wie am klügsten zu verfahren sei – ob sie gleich beim Eintreten davon anfangen oder sich doch erst einmal ausziehen solle. Louis Creutz nahm ihr die Entscheidung ab, als er von der Staffelei her flüchtig grüßte, den Kopf dabei aber nicht von der Staffelei abwandte – er sei dabei, noch schnell etwas zu korrigieren, bevor sie beginnen könnten, einen kleinen Fehler von gestern, der ihn irritiere. So ging sie denn ins Bad, ohne ein Wort gesagt zu haben. Und sie war froh, Louis Creutz nicht ins Gesicht sehen zu müssen, als sie dann, wie stets mit abgewandtem Kopf, in der mit Kreidestrichen fixierten Haltung lag und zu sprechen begann.

Sie bitte darum, ihr etwas zu erklären. Sie machten während des Malens keine Konversation, schon gar nicht war dies der Augenblick, von ihm Erklärungen zu verlangen. Entsprechend kühl war seine Antwort:

»Bitte?«

Sie habe gestern Abend einen Brief geöffnet – von der Galerie Grünhaus, an Dietrich adressiert, was sie aber übersehen habe, sie habe das für eine Einladung gehalten …

»Und?«

»Es war keine Einladung – der Brief war tatsächlich nur an Dietrich gerichtet, von Herrn Hillmann …«

Ja, Hillmann, gewiß, sehr eifrig, sehr tüchtig, habe nicht so viel Geschmack wie Grünhaus, der aber in den letzten Jahren etwas lustlos geworden sei … Das waren lässige Informationen, ihr hingestreut, als habe alles seine Ordnung.

Nichts Ungewöhnliches, daß Hillmann Briefe schrieb, erst recht an Dietrich, den er ja weniger kenne, mit dem stehe die Galerie ja nicht in dauerhafter Geschäftsbeziehung wie mit Rudolf und Beate.

»Noch nicht oder vielmehr: neuerdings schon«, Astrid unterbrach ihn, aber ohne Nachdruck, sie schloß sich seinem lässigen Tonfall an.

»So?«

»Er dankt Dietrich …«

»Wofür?«

»Das müßtest du doch eigentlich wissen?«

»Eigentlich ja, eigentlich nein … keine Ahnung, was Hillmann so alles unternimmt.«

»Aber von dieser Sache wirst du gehört haben. Hillmann dankt ausdrücklich für deine Vermittlung.«

Es war nicht vorgesehen, daß sie den Dialog, wenn er gerade dabei war, mit der Arbeit zu beginnen, zu Beginn derart ausdehnte. Der eher zerstreuten Antwort, in welcher Louis Creutz auf sie einging, war anzumerken, daß er sich durch ihre Fragen jedenfalls nicht von seinen Vorbereitungen hatte abhalten lassen. Er schien schon gänzlich auf die Leinwand konzentriert.

»Irgendwann schon … kann schon sein … ich erinnere mich nicht …«

Das war nun der deutliche Hinweis, daß ihm an der Fortführung des Gesprächs nicht gelegen war, er war jetzt mit Wichtigerem beschäftigt. Und er durfte glauben, Astrid zum Schweigen gebracht zu haben – nach seiner Erfahrung genügten zur Ausübung seiner Autorität kleine Zeichen der Ungeduld, auch nur ein Stirnrunzeln, das sie aus ihrer

Position freilich nicht wahrnehmen konnte. Männer, die schimpften und drohten, waren Schwächlinge in seinen Augen. Warum blieb jetzt die Wirkung aus? Es war, als werde Astrid durch dieses lässige Ausweichen in ihrem Wissensdurst erst richtig angeregt.

»Hillmann dankt Dietrich für ziemlich viel Geld – für die Unterstützung deiner Museumsausstellung, Hilfe für den Katalog und die Versicherung …«

Louis Creutz schwieg, aber es teilte sich mit, daß er vor einer Antwort erst etwas fertig machen wollte – »Moment!« Dann hatte er offenbar den Pinsel sinken lassen und hob zu einer geduldigen Belehrung an. Das sei das Normalste von der Welt – für solche großen Ausstellungen würden immer Unterstützungen eingeworben, die lägen schließlich auch im Interesse der Sammler.

»Dietrich ist kein Sammler, und ich schwöre dir, er wird es auch nie werden.«

Sie staunte, wie scharf ihre Stimme klang. Als sie den Brief geöffnet und gelesen hatte, war sie zunächst einmal verblüfft. Sie war überzeugt, irgend etwas nicht verstanden zu haben – vielleicht lag auch ein Mißverständnis vor, und Hillmann hatte eigentlich Rudolf und Beate schreiben wollen? Aber warum hatte er dann geschrieben, es sei ihm eine Freude, »daß diesmal erstmals Sie (Dietrich nämlich) zum Unterstützerkreis gehören wollen«? Vielleicht gab es für all dies eine harmlose Erklärung, aber seine hochmütige Nichtbeachtung hatte ihre Irritation in Mißtrauen umschlagen lassen.

»Ich empfinde es nicht als normal, daß du Dietrich als finanziellen Unterstützer empfiehlst.«

Sie rührte sich nicht während dieser Worte. Ihrer Aufgabe als musterhaftes Modell kam sie weiterhin nach, während sie mit abgewandtem Kopf zu ihm sprach, ohne in seiner Miene lesen zu können. Wieder Schweigen, diesmal ein nachdenkliches. Hatte er den ungewohnten Ton in ihrer Stimme registriert – wie darauf eingehen? Argumentieren? Eher nicht. Aufgepaßt, da regte sich Widerstand.

»Hör mal, Astrid, das geht dich überhaupt nichts an. Wenn Dietrich Sponsor und Mäzen sein will, ist das seine Sache.«

»Während ich …«, sie sprach es nicht aus, es kam nicht über ihre Lippen, denn sie fühlte, wie Zorn in ihr wuchs und ihr den Atem einschnürte. Das Unbehagen an ihrer Rolle, das sonst zur Ruhe kam, wenn sie das Atelier betreten hatte, erwachte und gewann nun die Oberhand.

»Auch du darfst dich von mir aus als Mäzenin betrachten, ihre seid beide meine Mäzene, die ganze Familie, Rudolf und Beate ohnehin.«

Ein Angebot, die Sache etwas lockerer zu nehmen? Aber wenn er sie hatte beruhigen wollen, dann war das wohl das falsche Mittel. Die Kreidelinien fesselten Astrid nicht mehr.

Sie richtete sich auf und wandte sich ihm zu. Da stand er, in seinen Händen Pinsel und Palette, auf den Lippen ein dünnes Lächeln, eher unsicher als herausfordernd. Ahnte er, daß er soeben einen Fehler gemacht hatte? Der Zauber war zerbrochen. Es war wie eine Erleuchtung über sie gekommen. Sie sah ihn jetzt als ein Monstrum an Kälte und Frechheit. Frechheit – dieses Wort ergriff sie ganz und gar und drängte alles andere weg: Frechheit. Wie wehrte man sich gegen so etwas? Alles in ihr verlangte jetzt nach einer Gewalttat. Der Druck, der auf ihr lag, mußte abgeworfen werden, und er konnte abgeworfen werden.

»Du bist doch nur ein ganz gemeines Stück …«

Sie wurde so ausfallend wie noch nie zuvor in ihrem Leben. Und das war noch nicht grob genug, sie hätte ihn schlagen mögen. Statt dessen stand sie auf und wandte sich zum Bad. Mit großen Schritten ging sie darauf zu, sie beeilte sich nicht.

»Wenn du wüßtest, wie häßlich du bist, wenn du hier herumschreist«, das hörte sie noch in ihrem Rücken, er wollte wohl weiter den leidenschaftslosen Beobachter spielen, aber das wirkte nicht mehr.

Sie zog sich mit fliegenden Händen an, sie fürchtete, er könnte ihr ins Bad folgen. Das Zuknöpfen dauerte zu lange, sie zog den Mantel über den halbnackten Leib.

Als sie aus dem Bad herauskam, war er verschwunden, das Atelier war leer. Die Stahltür stand halb offen. Sie bewegte sie vorsichtig. Wartete er draußen? Würde er versuchen, sie am Verlassen des Hauses zu hindern? Nein, er war weg. Auch im Hof, wo ihr Wagen stand, war keine Spur von ihm. Er hatte sich aufgelöst – ein Gespenst.

29

Wie anhänglich Louis Creutz sein konnte, zeigte sein Verhältnis zu Ed Weiss; das war frei von jeder Berechnung, mußte es auch sein, denn der Schulfreund war restlos unbeeinflußbar, seine Handlungen unvorhersehbar, seine Beweggründe unauslotbar. Auch bei ihm ging es wie bei den meisten vor allem darum, sich irgendwelche Vorteile zu verschaffen, aber warum geschah das oft tollkühn, mit dem größtmöglichen Risiko und ohne daß die Gefahr und die erhoffte Beute in einem vernünftigen Verhältnis gestanden hätten? Louis Creutz hatte niemals versucht, Ed Weiss zu mäßigen, und auch der hatte ihn stets so genommen, wie er war.

In der Volksschule hatten sie nebeneinander in der letzten Reihe gesessen, ein ungleiches Freundespaar. Ed Weiss wurde häufig streng bestraft, Louis Creutz, als besäße er geheime Privilegien, war von jedem Tadel ausgenommen, nur daß seinen Eltern mehrfach nahegelegt wurde, auf den Umgang ihres Sohnes zu achten. Mußte er denn unbedingt mit dem frechsten und gewalttätigsten Jungen der Klasse zusammenstecken, auch dem unsaubersten nebenbei? – aber da war der kleine Louis unbeirrbar.

Er war nur immer schon geschickter in seiner Unbeugsamkeit gewesen, die erst auf den zweiten Blick provozierte, denn er verfügte über die Gabe, sich unsichtbar zu machen. Das Hellgrau war seine Domäne, schon im Bubenalter konnte man sich beim Anblick seines kräftigen, aber farblos hellblonden Haarschopfes vorstellen, wie es grau werden würde, was dann auch früh geschah, da war er noch keine vierzig. Und das Gesicht darunter war jung geblieben, anders als bei Ed Weiss, der früh schon tiefe Falten bekam, wie mit dem Linolschnittstichel quer über die Stirn gegraben.

Als Louis Creutz ins Gymnasium kam, hatten sich ihre Wege getrennt, dieses tägliche Zusammensein mit den endlosen Knabengesprächen, die vor allem aus Louis' Monologen bestanden. Ed Weiss hatte ihnen gelauscht, zerstreut manchmal, wenn es ihm zu abwegig vorkam, was der Freund ihm da entwickelte, oft mit leichtem Spott auf seiner Miene, aber es muß damals bei ihm eine solide Bewunderung des Gleichaltrigen entstanden sein, die über die kommenden Jahrzehnte anhielt: bei Louis einer Überlegenheit zu begegnen, die ihm in seiner eigenen Sphäre unvertraut war, zum Glück unerreichbar und deshalb nicht zur Nachahmung auffordernd.

Ed hatte schon mit elf den Drogenhandel kennengelernt, als unschuldiger kleiner Bote, der sich mit anderen auf den Stufen der Börse herumtrieb, wo die Broker, die dem Portal entgegeneilten, innehielten und die Jungen fragten, ob sie nicht Stoff für sie hätten. Ungeahndet blieb das nicht; es begann die lebenslange Geschichte der Zusammenstöße von Ed Weiss mit der Polizei.

In der Verbindung mit Louis Creutz wurden die jedoch ausgespart, nicht im Sinne eines Verschweigens oder Verbergens, sondern im klaren beiderseitigen Bewußtsein von der Unvereinbarkeit der Welten, in welchen sie nun zu leben begannen. Louis hätte seinen Freund niemals mit Ratschlägen behelligt, weil er vermutete, daß die eigenen Erfahrungen dem anderen nicht nützlich waren.

Unvermittelt konnte Ed vor Louis' Tür stehen; dann ließ der andere alles stehen und liegen, und sie brachen irgendwohin auf, wo Ed sich auf vertrautem Boden bewegte – Nachtlokale, Klubs, Bars, die Louis sonst nicht betreten hätte, von denen er in Eds Gesellschaft aber viele kennenlernte, ohne daß er allein dorthin zurückgefunden hätte; er schwankte und lallte nicht, auch wenn er schon völlig betrunken war, wußte aber zum Schluß dennoch nicht mehr, wo sie gewesen waren.

Manchmal blieb Ed eine Weile aus und ließ zwei Monate ohne Nachricht verstreichen; manchmal war er heruntergekommen, dann wieder neu eingekleidet, mal kränklich blaß, mal braungebrannt, aber niemals wurde das von ihm oder auch von Louis kommentiert, und so festigte sich das Band zwischen ihnen, das nicht aus verwandten Interessen, Teilnahme an Leben und Arbeit des anderen oder sonst dem bestand, was Menschen verbindet – es war wie eine Blutsverwandtschaft, unverbrüchlich auch dann, wenn es darüber hinaus keine Gemeinsamkeiten gibt.

Daß Louis Creutz den Anruf eines Anwalts erhielt, der ihn um ein Gespräch wegen Ed Weiss bat, war in ihrem Verhältnis nicht vorgesehen. Niemals hatte es Dritte zwischen ihnen gegeben, schon gar keine gemeinsamen Bekanntschaften, die ersparten sie einander. Beate, die in der Zeit vor ihrer Verheiratung Ed Weiss einmal im Treppenhaus des Ateliers begegnet war, hatte mit leicht anzüglicher Miene gefragt, was das denn für eine finstere Gestalt gewesen sei. »Malst du den etwa auch?«

»Das würde sich vielleicht lohnen, aber wir haben nie daran gedacht. Ich könnte sagen: Mit dem hab ich im Sandkasten gespielt, aber der hat sich schon als Kind mit solchen Albernheiten nicht abgegeben.« Damit mußte sie sich begnügen, obwohl sie bis heute gelegentlich fragte: »Und siehst du noch deinen Sandkastenfreund?«, was Louis Creutz stets unbeantwortet ließ.

Der Anwalt war Strafverteidiger. Die Räumlichkeiten der Kanzlei waren mit Perserteppichen ausgelegt, machten aber darüber hinaus einen unaufgeräumten, eher privaten Eindruck; der Mann hatte ein übernächtigtes Gesicht und trug, obwohl der Himmel bedeckt war, eine Sonnenbrille, was er damit entschuldigte, daß das Tageslicht ihn zu sehr blende. Eine Erscheinung wie Louis Creutz hatte er offenbar nicht erwartet.

»Darf ich fragen, woher Sie meinen Mandanten kennen?«

»Wir sind Schulfreunde.«

»Das hat er auch gesagt.«

»Warum fragen Sie dann?«

»Ich höre alles gern zweimal …«

In der Stadt gab es Regionen, die Louis Creutz noch nie betreten hatte, Vorstädte, in denen sich Wohnblöcke reihten, ärmlich wirkend mit häßlichen Gardinen an den Fenstern, obwohl sonst ohne Zeichen der Verwahrlosung, ausgestorben trotz Tausender, die hier mieteten. Louis Creutz ging zu Fuß, er ließ sich von dem langsam vorrückenden blauen Punkt auf seinem Telephondisplay leiten. Es war ein langer Weg. Er sagte sich, während er die endlosen Gebäudefluchten passierte, die nicht verrieten, wie in ihnen gelebt wurde, daß er solche Spaziergänge eigentlich öfter unternehmen müsse; die blasse Fremdartigkeit dieses weiten Quartiers, das keinen kleinen Teil seiner Stadt einnahm, beschäftigte seine Phantasie. Ein kühler Wind trieb Staub durch die kahle Breite der Straße und ließ den dünnen Stoff seines langen Regenmantels flattern – seine Taschen waren leer –, bis er stehenblieb, um ihn zuzuknöpfen.

»Bringen Sie nichts mit«, hatte der Anwalt gesagt, »er bekommt alles von mir.«

Er erreichte eine hohe Betonmauer, darüber Stacheldrahtrollen. Sie zog sich scheinbar endlos und gab der Straße in ihrer sich in der Ferne verlierenden Verjüngung den Charakter einer surrealen Vedute, eine Transponierung der Vorstadtleere ins Traumartige. Dann eine Stahltür in der Wand, daneben ein langes Fenster mit grünlich getöntem, dickem Glas. In diesem Aquarium saßen Polizeikräfte, Männer und Frauen vor Bildschirmen, oder sie trugen Akten hin und her, ein stummes Treiben, abgegrenzt von der Verlassenheit draußen, als wäre alles Leben des Viertels in dieser Kammer konzentriert.

Die Stahltür öffnete sich, um ein Polizeiauto einzulassen. Er folgte ihm und sah sich alsbald einem Schalter gegenüber. Dort forderte ihn eine Lautsprecherstimme auf, die vom Rechtsanwalt beantragte Besuchserlaubnis und den Personalausweis vorzulegen. Innerhalb dieser Mauern mußte das so sein, hier galten andere Regeln als draußen, und es erstaunte ihn nicht, daß der Beamte ihm den Ausweis nicht zurückgab, nachdem er das Photo und den Besitzer desselben sorgfältig miteinander verglichen hatte. Auch der Jeton, der für die Rückgabe vorgewiesen werden sollte, gelangte nicht in seine Hände. Den behielt der Beamte, der ihn in ein kleines Gelaß führte. In einem Schließfach dort hatte er den Inhalt von Hosen- und Jackentaschen, das Telephon und die Handschuhe zu verwahren. Und damit war er vorbereitet, in das Innere des Baus vorgelassen zu werden, was aber nicht sofort geschah. Er ließ sich auf einer Bank nieder.

»Sie kennen Herrn Weiss.«

Die Worte des Anwalts hatten vieldeutig geklungen, als bedeute dieses Kennen weit mehr als eine bloße Bekanntschaft. Louis Creutz stimmte dem zu: er kenne ihn tatsächlich lange und gut – aber von dem, was er tue und treibe, wo er wohne, wo er sich aufhalte, wovon er lebe, habe er keine Ahnung.

»Ich weiß, daß er zweimal verheiratet war, aber ich habe davon immer erst nach der Scheidung erfahren, das Persönliche hat in unseren Gesprächen nie eine Rolle gespielt …«

Der Anwalt tat höflich erstaunt, als dächte er nicht daran, diese Worte in Zweifel zu ziehen, so ungewöhnlich sie ihm auch erschienen – nun, seine Aufgabe war es nicht, jedenfalls zunächst nicht, hier nachzufassen.

Der kahle Raum in heller Sachlichkeit hatte nichts von alter Gefängnisatmosphäre, er war vielmehr gänzlich atmosphärefrei. Dieses Gefängnis wollte nicht erschrecken, einschüchtern oder bestrafen, aber was dann? Seine Gefährlichkeit war unbestimmter. Wer hier eingeschlossen wurde, war buchstäblich exkommuniziert, aus der Gesellschaft mit sauberem Schnitt herausgelöst – außerhalb der Gesellschaft aber war das Nichts. Wer aus ihr extrahiert war, befand sich im Niemandsland. Louis Creutz lächelte unwillkürlich. Was hatte er sich vorgestellt? Die Carceri des Piranesi? Das war alles hier schon ganz richtig so, es entsprach einer Zeit, die den Straftäter weniger moralische Mißbilligung als seine gesellschaftliche Inkompatibilität fühlen lassen wollte.

»Sie wissen, weshalb Herr Weiss, Ihr Freund …«

»Ich weiß gar nichts. Sehen Sie, ich bin Maler – aber die Malerei interessiert Ed Weiss nicht weiter. Er weiß, daß es da etwas gibt, was Leute, mit denen er nie in Berührung kommt, irgendwie wichtig finden, und er vermutet, daß ich erfolgreich bin, das entspricht seinem Bild von mir, was sich auch nicht ändern würde, wenn ich plötzlich auf der Parkbank übernachten müßte; und ebenso wenig weiß ich, was er so treibt – ich bekomme nur mit, ob er eine Glücks- oder eine Pechsträhne hat, was ihn selbst übrigens weitgehend ungerührt läßt. Er ist sehr unabhängig, unabhängiger als ich – ich weiß gar nicht, ob ein Maler unabhängig sein kann. Wenn man Bilder ausstellt, beginnt die Gesellschaft doch, mit Krakenarmen nach einem zu greifen …«

Er hatte sich etwas vergaloppiert bei dem Versuch, dem Anwalt einen Begriff von dieser besonderen Freundschaft zu vermitteln, war geradezu in Eifer geraten beim Abwiegeln. Er erkannte das an dem kaum verborgenen Ausdruck von Langeweile seines Gegenübers, welches gewiß daran gewöhnt war, daß die Leute versuchten, so harmlos wie möglich zu erscheinen.

»Ich nehme an, das ist am klügsten so: Wenn Sie dem Gericht glaubhaft darstellen könnten, daß Sie über das … sagen wir mal, Geschäftliche Ihres Freundes vollkommen uninformiert sind – wenn das wirklich stimmt –, haben wir einen Vorteil, denn die Wahrheit kann gelegentlich überzeugend wirken, man muß jedenfalls nicht fürchten, bei Widersprüchen ertappt zu werden. Es hängt etwas davon ab für Ed Weiss, daß man Ihnen glaubt. Gegen ihn spricht vieles, aber wenn man Ihnen glaubt, müßte er freikommen.«

Dies war nun wirklich etwas Neues. So etwas hatte es zwischen ihnen noch nie gegeben. Verstieß das nicht gegen ihren unausgesprochenen Pakt – den anderen niemals und unter keinen Umständen in die eigenen Affären hineinzuziehen? Grundsätze wie »Das macht man nicht«, »Das gehört sich nicht« waren ihrer Freundschaft fremd – nie hätte er Ed Weiss Vorhaltungen gemacht, was immer der anstellen mochte, und es war bisher auch nicht ein einziges Mal vorgekommen, daß sich ihrer beider Lebenssphären über die gemeinsamen Ausflüge in die Nacht hinaus vermischt hätten. Sollte er jetzt für diese lange Verbindung einen Preis zu entrichten haben?

Eine verzerrte Lautsprecherstimme dröhnte in den Raum hinein. Er verstand zunächst kein Wort, bei der dritten Wiederholung meinte er »Herr Krox« zu hören. Er stand auf. Ohne Telephon, Hausschlüssel und Brieftasche fühlte er sich selbst als eine Art Gefangener, jedenfalls als einer, der unter Aufsicht stand und tun mußte, was die Lautsprecherstimme befahl. Er fühlte Widerwillen dagegen, Erwartungen zu erfüllen und verpflichtende Erklärungen abgeben zu sollen.

Zwei Polizisten traten ein, der eine sportlich athletisch, imstande, so schien es, jeden Widerstand körperlich zu brechen. Auch das war doch eine Zumutung. Sie führten ihn in eine Kammer, die von einer dicken grünlichen Glasscheibe geteilt war, drei Stühle paßten kaum hinein. Die beiden Polizisten würden anwesend sein, das verstand er nun, und jedes Wort mithören. War der Besuch unter solchen Umständen nicht eigentlich unnötig?

Die Männer saßen ihm beinahe auf dem Schoß, aber sie waren betont höflich und stellten ihre Beine schräg in dem Versuch, so wenig Raum wie möglich einzunehmen. Die Ausdruckslosigkeit ihrer Mienen demonstrierte eine unerschütterliche Unparteilichkeit gegenüber allem, was sie in ihrem Beruf zu sehen und zu hören bekamen. Aber das hieß eben nicht, daß sie ihre Ohren verschlossen. Sie gestatteten sich nur kein Urteil darüber, was wichtig oder unwichtig sei.

Der Anwalt war dabei geblieben, es sei das beste, wenn Louis Creutz nicht zu genau wisse, worum es ging; auch ihm selbst war das am liebsten so, erst recht in diesem Zimmer. Sein Nichtwissen empfand er als seinen Schutzpanzer, undurchdringlich.

Das Zimmer war fensterlos, aber die Deckenleuchte strahlte bis in den letzten Winkel. Alles hier war ausschließlich darauf eingerichtet, eine Flucht des Delinquenten zu verhindern, aber man berichtete doch von Fluchten aus erheblich berüchtigteren Gefängnissen. War es schon einmal gelungen, aus dieser Festung auszubrechen?

»Aber nein!«

Der Anwalt hatte mit ihm ein eigenartig behutsames Gespräch geführt. Es machte deutlich, daß er gewisse

Dinge nicht aussprechen wollte und dennoch hoffte, verstanden zu werden.

»Herr Weiss hat angegeben, daß er am 13.9. von etwa fünfzehn Uhr bis dreiundzwanzig Uhr bei Ihnen im Atelier gewesen sei – erinnern Sie sich daran? Das war doch so, nicht wahr?«

In dieser Frage lag etwas Drängendes, als hätte er eigentlich sagen wollen: »Das wollen Sie doch nicht etwa bestreiten?«

Der Anwalt sah ihn prüfend an und bemühte sich, seiner Miene einen vielsagenden Ausdruck zu verleihen, ein schwieriges Unterfangen mit Sonnenbrille.

»Wenn es wirklich so gewesen ist, dann sollten Sie das unbedingt bestätigen. Aber nur dann! Ich muß Sie ausdrücklich davor warnen, einem alten Freund mit einer passenden Aussage einen Gefallen tun zu wollen, was dann nachher womöglich auffliegen könnte – das hätte für alle Beteiligten, vor allem auch für Sie, nachteilige Folgen. Ihre Aussage muß möglicherweise beschworen werden. Sie wissen, was das zu bedeuten hat – sie muß wasserdicht sein.«

Jetzt war er eingetreten, der unvorhergesehene Fall. Die eigentlich ausgeschlossene Präsentation eines längst vergessenen Wechsels. Nein, nein, das hatte nichts mit Loyalität, Treue, Milchbruderschaft zu tun, das war überhaupt keiner freien Entscheidung unterworfen – so etwas durfte nicht eintreten, hatte aber, trat es dennoch ein, die Konsequenz, die Freundschaft mit einem einzigen Schlag auszulöschen. Mehr als einmal brauchte mit einer solchen Zumutung nicht gerechnet zu werden.

Das warf ein Licht auf den Ernst der Lage. Leichtfertig hätte Ed Weiss nicht gestattet, daß der Anwalt ihm derart die Pistole auf die Brust setzte; Louis Creutz war sich sogar sicher, daß Weiss in eine solche Verteidigungslinie erst eingewilligt hatte, nachdem es seinem lichtempfindlichen Verteidiger gelungen war, ihn von der Aussichtslosigkeit jeder anderen Strategie zu überzeugen.

»War es nicht so, daß Sie an diesem Tag zusammen waren? In Ihrem Atelier eben, wo leider niemand sonst zugegen war?«

Die Augen hinter dem braunen Brillenglas des Anwalts glitzerten. Seine Stimme hatte einen beruhigenden, sanft suggerierenden Ton angenommen: Es ist alles gar nicht so kompliziert, es geht ganz leicht, Sie machen Ihre Aussage, und der Fall ist erledigt – natürlich muß sie wahrheitsgemäß sein, aber das ist sie ja, etwas anderes dürfte niemand von Ihnen verlangen!

»Sie sagen, am 13.9. abends, nicht wahr? Da müßte ich nachdenken, manchmal mache ich mir Notizen, oft auch nicht ...«

Er tat, als ließe er die Tage Revue passieren. Doch was am 13.9. gewesen war, das wußte er nur allzu gut. Am 13.9. hatte das letzte Treffen mit Astrid stattgefunden, und was das Wichtigste war: Es war bis heute der letzte Arbeitstag an dem Bild gewesen – sein Arbeitstagebuch führte er so gewissenhaft, daß er ziemlich präzise rekonstruieren konnte, wieviel Zeit mit wie vielen Modellverabredungen über die Entstehung eines Gemäldes verstrichen war. Und über den Verlauf dieses letzten Treffens konnte er ebenso sorgfältig Auskunft geben, auch ohne Erinnerungsstütze, denn aufgeschrieben hatte er davon nichts, das war doch zu unerfreulich gewesen, und es war ja auch so gut wie nicht gemalt worden an jenem Nachmittag.

Das Erlebnis einer außer sich geratenden Frau war ihm zwar vertraut, aber dies war etwas anderes gewesen. Verhängnisvoll, daß es kein Eifersuchtsanfall gewesen war, damit hätte er umgehen können, das hatte ihn eine lebenslange Erfahrung gelehrt. Nein, ihr Zornesausbruch war durch etwas provoziert worden, was er bis jetzt nicht ganz verstand. Da war mit unangenehmem Stimmaufwand ein Vorwurf erhoben worden, der auf eine vertrackte Weise etwas mit seiner Ehre zu tun haben sollte – Ehre, was war das überhaupt, in seinem Denken und Empfinden spielte das Wort gar keine Rolle.

Seine Ehre bestand darin, alles, wirklich alles seiner Arbeit und deren Promotion unterzuordnen. Diesem Grundsatz folgte er unbeirrt, und wer mit ihm zu tun bekam, der verstand das schnell oder machte sich davon. Bei Astrid war er sich nun sicher gewesen, daß sie das verstanden hatte, nicht aus Bewunderung für seine Kunst nebenbei, da machte er sich nichts vor, eher wegen der Umstände, unter denen sie entstand; selbst in Gedanken vermied er rohe Worte, um die Gewohnheit zu bezeichnen, in welche die Arbeit an ihrem Bild inzwischen eingebettet war.

Leider war er ihr gegenüber nicht so frei, wie es seinem Bedürfnis nach Unabhängigkeit entsprochen hätte. Es fiel ihm schwer, sich einzugestehen, daß er sie brauchte – ein erschreckendes Wort –, zumindest gebraucht hätte, um das Bild abzuschließen, was mindestens noch einen Monat erfordern würde. Es war noch keineswegs ein Stadium erreicht, in welchem er es zur Not auch allein hätte vollenden können. Vielleicht würde er es aufgeben müssen, denn er würde keinesfalls den ersten Schritt tun, um sie zur Fortsetzung ihrer Präsenz zu bewegen, und er hielt zugleich für möglich, daß auch sie nicht von sich aus wieder zurückkehrte – nein, »so ist die nicht«, sagte er sich, »bei der ist was passiert, was immer in einem solchen Hirn vor sich geht«. Sie hatte sich »in äußerster Entschiedenheit« geäußert, so seine euphemistische Formulierung – gut, daß sie in dem Ateliergebäude allein gewesen waren, ihre Stimme hatte, verstärkt durch den Nachhall im Treppenhaus, das ganze Gebäude erfüllt.

Es war peinlich, daran zu denken. Er hatte sich »in aller Unschuld«, wie er tatsächlich dachte, in eine verzwickte Lage gebracht. Astrid war unbezähmbar; was jetzt geschehen mochte, hatte er nicht in der Hand, und wenn sie etwa so weit ginge, Dietrich gegen ihn einzunehmen, dann wäre das – nun – zumindest »blöd« gewesen. Hier verbot er sich, nach einem die Situation noch genauer treffenden Begriff zu suchen.

Astrid war nicht Ira; was sie so erzürnt hatte, besaß einen Kern, der wohl etwas Grundsätzliches in ihr berührte. Das war nicht einfach ein emotionaler Vulkanausbruch gewesen, der dann wieder in sich zusammengesunken wäre. Da gab es etwas in ihr, was für ihn keine Geltung besitzen mochte, was er deshalb aber eben auch nicht erreichte. Es war nicht nur Erleichterung, was er empfand, als sie das Atelier verlassen hatte. Es hatte sich ein Gefühl hineingemischt, wofür er keinen rechten Ausdruck fand – »die bin ich los« –, die Gewißheit, einen echten Einschnitt erlebt zu haben, der über den Verlust seines Modells noch hinausging.

Eine kleine Tür auf der anderen Seite der Trennscheibe öffnete sich, und Ed Weiss wurde hindurchgeschoben. Hinter ihm war ein Wächter zu erkennen, der seine Schritte dirigiert hatte. Ed hielt den Kopf geneigt nach Art hochgewachsener Menschen, die damit rechnen, irgendwo anzustoßen. Er trug seine gewohnte Lederjacke, dies war ja noch die Untersuchungshaft, aber Louis Creutz sah doch, wie blaß sein Freund geworden war, was so schnell eigentlich gar nicht geschehen konnte. Anstaltsluft, Gefängnisluft – ohne daß er darin Spezifisches ausmachte, war ihm, als atme er eine Abgestandenheit, die auf die Dauer gewiß nicht gut bekam. In seinem Rücken wußte er die beiden Protokollanten – wie führte man da ein unverdächtiges Gespräch? Am besten gar nichts sagen. Sich einfach nur ansehen?

Er hatte viel geschwiegen mit Ed Weiss, wenn sein Monolog diesen ermüdet hatte. Dem anderen fehlte dann nichts. Die »Kunst der Konversation« durfte Louis Creutz anderswo pflegen, mit seiner Freundin Beate etwa ein leicht gereiztes Pingpong aufführen; damit konnte Ed Weiss schon gar nichts anfangen. Aber vollständig den Mund zu halten – war das nicht ebenso verdächtig?

»Na, wie sieht's aus?«

Das war ihre übliche Begrüßung, eine Frage, die nicht beantwortet werden mußte.

»Beschissen wäre geprahlt.«

Auch dies eine vertraute Bemerkung aus Ed Weiss' Mund, die sich sonst auf Kopfschmerzen nach einem Exzeß beziehen mochte.

»Wie hast du es erfahren?«

Eine berechtigte Frage, denn er selbst hatte keinen Versuch unternommen, den alten Kumpan zu benachrichtigen, wie auch früher nicht in ähnlicher Lage – der hatte mit solchen Sachen nichts zu tun und konnte ohnehin nichts bewirken – außer vielleicht doch jetzt einmal?

»Dein Anwalt.«

»Was hat er gesagt?«

»Daß du hier einsitzt.«

»Und sonst?«

»Nichts. Ich hab auch nicht gefragt. Ich vermute, nicht wegen Falschparken.«

Ed Weiss lächelte.

»Stell dir vor, das ist auch dabei.«

Louis Creutz erschien dieses Lächeln vieldeutig. Amüsiert sah es nicht aus, heiter schon gar nicht, wie wäre das auch möglich gewesen, aber da mischte sich etwas hinein, was nicht zu diesem Mann paßte – war er bedrückt? Machte er sich wirklich Sorgen? Niemand hatte ihn jemals klagen hören; er befand sich doch in einer unerschütterlichen Übereinstimmung mit der Welt, mit ihrer Unordnung, ihren Überraschungen, ihrer Ungerechtigkeit. Da galt es nichts dagegenzuhalten, das mußte man sich zunutze machen, mit ihr schwimmen, darunter hindurchtauchen, sich manchmal in einer Nische bergen, wenn es zu anstrengend wurde, und die reißende Strömung mit ihren Strudeln an sich vorüberrauschen lassen. Und jetzt die Veränderung.

Louis Creutz meinte zu fühlen, es stehe wirklich etwas bevor, nicht nur in seinem Verhältnis zu Astrid, sondern auch zwischen ihm und Ed Weiss. Hatten die Sterndeuter etwa recht, die Schicksalsmomente bei Eintreten bestimmter himmlischer Konstellationen vermuteten?

»Ich habe jetzt öfter in Frankreich zu tun, es gibt dort einen größeren Auftrag.«

Warum erzählte er so etwas? Er wußte doch genau, daß solche Dinge für Ed Weiss nicht die leiseste Bedeutung besaßen. Es war die reine Verlegenheit, aus der er sprach, nur um zu sprechen, indem er der Vorstellung nicht Herr wurde, daß sich hinter Eds bemüht ausdrucksloser Miene die reine Ängstlichkeit verbarg. Gewiß konnte er sich des Ansturms der Gedanken nicht erwehren, wenn er allein in seiner Zelle saß. Er hatte offenbar eine Riesendummheit gemacht, wie das hieß, wenn man das eigentlich zutreffende böse Wort nicht aussprechen wollte.

Aber in ihren wechselseitigen Beziehungen hatten solche Riesendummheiten eben keinen Platz – Kavaliersdelikte ohne Zahl, ein Slalom um die Kriminalität herum, aber bitte immer, ohne Louis Creutz zu involvieren.

Er hatte dem Anwalt mit den vielleicht nicht nur vor der Mittagssonne geschützten Augen entschieden klargemacht, es sei vor allem eins, was er seinem Klienten ausrichten möge: er wolle auf keinen Fall in dessen Angelegenheiten hineingezogen werden, und sei es auf noch so – scheinbar – harmlose Weise. Er gedenke nicht, in Verhandlungen des Schwurgerichts auszusagen.

»Das steht leider nicht in Ihrer Verfügungsgewalt. Sie werden von uns nur benannt, weil uns nichts anderes übrigbleibt, und dann werden Sie geladen, und wenn Sie nicht erscheinen, werden Sie bestraft und zwangsweise vorgeführt.«

Louis Creutz wußte das alles längst. Er hörte schweigend zu und dachte nur: Diesmal hat er es zu weit getrieben, das reicht für immer.

»Was machst du den ganzen Tag?«

»Was ich mache? Denk mal nach. Pornos gucken?«

»Sie lassen dich Pornos gucken?«

Ed Weiss war jetzt voll Verachtung, das verdeckte für einen Moment sogar den Ausdruck seiner Besorgtheit. Louis Creutz vermutete, sein Freund habe noch nie einen einzigen Tag Entbehrung gelitten, er war in dieser Hinsicht vorzüglich und zeitsparend organisiert. Der Zeitaufwand, den Louis Creutz mit Frauen trieb, war ihm unverständlich, er hatte sich in seiner wortkargen Art oft darüber amüsiert. Louis Creutz hatte den Anwalt noch ohne Antwort gelassen – er wolle zunächst mit Ed Weiss sprechen, müsse seine Erinnerung noch bestätigen.

Ein Gespräch war hier gar nicht möglich, die beiden Männer in seinem Rücken versiegelten ihm den Mund. Zugleich fühlte er, daß er anfing, diese Situation dem Freund anzulasten – der sollte doch leben, wie er wollte, aber andere nicht in seine Risikobereitschaft hineinziehen, ungefragt und ungewarnt schon gar nicht. Das war eine Rücksichtslosigkeit, ein Übergriff genaugenommen; darauf gab es nur eine Antwort: Es nicht zu dulden.

Oder war ein Vorteil aus dem Fehler zu ziehen, den Ed Weiss sich gestattet hatte? Astrids Unbeeindruckbarkeit im Zorn stand ihm vor Augen. Das war keine Szene gewesen, nach welcher die Frau schluchzend in sich zusammenfiel und alles, was sie inzwischen erzielt hatte, wieder verschenkte – im Gegenteil. Es war unakzeptabel und mußte irgendwie ungeschehen gemacht werden.

Am besten hatte es gar nicht stattgefunden. An jenem ominösen 13.9. war sie gar nicht bei ihm gewesen. Das lebte immer noch in ihm: daß es seine Gedanken waren, die über die Wirklichkeit entschieden. Um so leichter, wenn sie der Überprüfung durch andere entzogen waren. Wer bei ihm war in der verlassenen Fabrik an dem fraglichen Tag, das wußte er allein. Das Bild in seinem fragmentarischen Zustand hatte er beiseitegestellt. Bis er es wieder ansah, durften gern ein paar Monate verstreichen. Er rechnete damit, daß auch sie über ihren letzten Auftritt bei ihm nicht Buch führte.

»Du bist mit was anderem beschäftigt.«

Ed Weiss' Stimme drang in seine Gedanken.

»Es gibt viel nachzudenken. Wie lange wird das Ganze denn dauern?«

»Es muß gelingen, zu beweisen, daß ich es nicht gewesen sein kann, was ja auch wirklich so ist …« – war diese Bemerkung für die Protokollanten bestimmt? Aber es bedurfte nicht des feinen Ohrs von Louis Creutz, um das Flehende aus diesen Worten herauszuhören.

»Sonst dauert es lange.«

Er suchte in der Miene des Freundes jenseits der Trennscheibe nach einem Zeichen, irgendeiner winzigen Regung, aber Louis Creutz blieb unbewegt. Er hatte festgestellt, daß die Scheibe spiegelte, und war davon überzeugt, daß die Männer hinter ihm sie im Auge behielten. Daß sie sich zum

Abschied die Hand nicht reichen konnten, war ihm recht. Dieser Besuch würde sich nicht wiederholen. Er nickte Ed Weiss zu. Der sah ihn immer noch an, als ob er eine Lösung von ihm erhoffte, und blieb einen Augenblick stehen, als Louis Creutz ihm schon den Rücken zugewandt hatte.

Vor dem Gefängnistor stand der Wagen des Anwalts, der ihn dort erwartete. Louis Creutz stieg ein, obwohl er lieber nach Hause gelaufen wäre; die Luft in der Anstalt hatte beklemmend auf ihn gewirkt, als würden die tausend Atemzüge aus den vielen Zellen chemisch gereinigt und über Rohre dem Gebäudekomplex wieder eingeblasen.

Er habe noch einmal nachgedacht. Ja, es stimme, den 13.9. nachmittags und abends habe er mit Ed Weiss verbracht, bis etwa dreiundzwanzig Uhr.

»Das können Sie beeiden?«

»Wenn es unbedingt sein muß.«

»Haben Sie bedacht, daß Ihr Gespräch mitgehört wurde?«

Louis Creutz verzichtete auf eine Antwort. Der Anwalt nahm die Sonnenbrille ab, seine Augen waren klein und rotgerändert. »Schweineaugen«, dachte er, aber Schweine seien ja intelligent. Jetzt war ihm klar, wo Ed Weiss diesen Mann aufgetan hatte; »das muß wohl ein weiterer Gefährte seiner nächtlichen Streifzüge sein«. Ed Weiss hielt seine Bekanntschaften sonst grundsätzlich auseinander. Diesmal hatte er es nicht durchgehalten, die Sphären sorgfältig zu trennen, das mußte man also selber tun. Zu Hause schlug er sein liber veritatis auf – »13.9.« stand über einer Seite, aber nichts sonst. Nein, ganz klar: An diesem Tag war nicht gearbeitet worden.

30

Die Fähigkeit zu großem Zorn hatte in Astrid lange unentdeckt geschlafen, wenn man von der frühen Kindheit absieht, in der sie zu Wutausbrüchen fähig gewesen war, deren Kraft in dem winzigen Körper erstaunte und in komischem Gegensatz zu ihrem niedlichen Putz stand, mit Tüllröckchen, von rosa Bändern durchzogenem weißen Strickjäckchen und einem Reif mit großer Schleife im spärlichen Haar. Aber dann begann eine lange Phase von harmonischem Äquilibrium, der auch das allgemeine Wohlwollen entsprach, das ihr entgegengebracht wurde. Sie machte die Erfahrung, daß ihre strahlende Laune die Verstimmung ihrer Mitmenschen schnell aufhellte, und beschäftigte sich zugleich mit den anderen nicht gründlich genug, um zu bemerken, daß es auch Leute gab, denen diese bombenfeste Heiterkeit auf die Nerven ging, und mancher sich ihren Charmeattacken sogar entzog, aber das waren diejenigen, mit denen sie ohnehin nichts zu tun haben mochte.

Ihre Liebesgeschichten hatten überwiegend ein schmerzloses Ende gefunden. Sie hatte sich vor allem in Männer verliebt, die ihrem Charakter verwandt waren und wie sie zur Unstetheit neigten. Szenen, Schreien und Weinen waren ihr gänzlich fremd. Es war Louis Creutz vorbehalten gewesen, diese seelische Reserve in ihr entdeckt und zutage gefördert zu haben.

War am Ende auch seine geschiedene und längst gestorbene Ehefrau Ira eigentlich ein friedliches und gelassenes Temperament gewesen? Man könnte auf diesen Verdacht kommen, weil sie nach der Trennung in einer Zurückgezogenheit gelebt hatte, in der es für heftige Auftritte keine Bühne gab; fern von ihm war das Bedürfnis danach offenbar erloschen.

Nachdem Astrid das Atelier verlassen hatte, war sie schnell zur Ruhe gekommen. Sie dachte nicht daran, bei ihm anzurufen, und auch ein Anruf von ihm blieb aus. Gut, dann blieb er eben aus. Es gab auch keinen Anlaß dafür. Wenn es da nicht das Bild gegeben hätte, an dem er, wie er stets erklärte, ohne sie nicht weiterarbeiten könne – nein, noch nicht einmal am Hintergrund, das hatte er ihr ausführlich erläutert: Die landläufigen Kategorien Vordergrund und Hintergrund seien in seiner Malerei unbekannt. Das Modell sei bei ihm derart innig auf seine Umgebung bezogen, daß schon kleine Änderungen an dem einen ebensolche an dem anderen notwendig machten. Er gehöre nun einmal nicht zu den Malern, deren Hintergründe wie von Anstreichern ausgeführt seien.

Und er hatte ihr dies auch an einem fertigen Bild detailliert vorgeführt, diese Fülle der Interdependenzen zwischen allen Teilen des Gemäldes; das waren keine leeren Behauptungen, das konnte er beweisen.

Wenn das aber so war, dann hieße das wohl, daß er das Bild erst einmal weggestellt hatte.

War die Weiterarbeit gar nicht mehr so dringend? Konnte

sie aufgeschoben, womöglich gar aufgegeben werden, oder wäre das doch zu schmerzhaft für ihn, so weit, wie das Bild gediehen war? Meinte sie nicht mitbekommen zu haben, daß er es sozusagen »brauche«, daß es der Galerie versprochen sei, im Zentrum der nächsten Ausstellung stehen sollte?

Aber um etwas zu bitten, das lag ihm fern, so wie sie ihn kennengelernt hatte. Sie war entschlossen, ihn warten zu lassen, vielleicht sogar zu erreichen, daß er unruhig wurde. Es traf sich gut, daß Beate nach einer geglückten Krebsoperation in ihren gesellschaftlichen Aktivitäten behindert war; ein zufälliges Zusammentreffen mit Louis an einem dritten Ort würde sich so schnell nicht ergeben.

In ihrem Schweigen fühlte sie sich stark. Diese Stärke war eine Folge ihres Zornesausbruchs. Der war kein Strohfeuer gewesen, sondern eine Befreiung. Wenn es zu einer Wiederaufnahme der Verbindung kommen solle, müsse sich etwas ändern – daß das möglich wäre, daran zweifelte sie.

Der Gedanke daran setzte ihr zu, aber nur zuweilen. In einer schlaflosen Nacht war sie kurz davor gewesen, ihm auf den Anrufbeantworter eine Nachricht zu sprechen; später war es ein paarmal so weit gekommen, daß sie ihm im dunklen Schlafzimmer eine Nachricht schrieb, vom Display beschienen, während Dietrich neben ihr schlief. Jedes Mal hatte sie es über sich gebracht, sie nicht sofort abzusenden, und bei Tageslicht war die Versuchung wieder beherrschbar geworden. Die kleinen Texte, die einmal versöhnlich, einmal provozierend ausgefallen waren, wurden wieder gelöscht, das ging ganz leicht.

Aber nun war etwas eingetreten, das die Lage vollständig veränderte, mit welchen Konsequenzen, war ihr noch nicht klar – nur, daß nun nichts mehr so sein würde wie zuvor. Zwei Notwendigkeiten taten sich auf: Die eine – endgültig jede Verbindung zu Louis Creutz zu kappen, das schien ihr plötzlich leicht und auch dringend geraten. Die andere – ihn unbedingt irgendwie wissen zu lassen, was geschehen war. Aber wozu? Das war schon viel weniger klar, ihre Phantasie versagte bei dem immer neu unternommenen Versuch, sich seine Reaktion vorzustellen.

Astrid war seit einer Woche allein, denn Dietrich war auf Reisen, wieder in China. Er reiste gern nach China. Inzwischen kannte er sich in den Verhältnissen vorzüglich aus und kam als Repräsentant eines Familienbetriebs mit den Korruptionsverhältnissen viel besser zurecht als die großen Aktiengesellschaften. Die Beziehungen wurden nachgerade herzlich. Dietrich empfand das verschlossene Wesen der Geschäftspartner als angenehm – da war es plötzlich, das Wort Takt, das er in Deutschland nie gebrauchte, obwohl es für ihn von höchster Bedeutung war, und das er zur Beschreibung des Umgangs mit seinem chinesischen Gegenüber überraschend fallen ließ.

Astrid vermißte ihn; sie entdeckte mehr und mehr, daß sie sich ihm geistesverwandt fühlte. Das betraf schon den Lebensstil – er war gleichgültig, was seine Umgebung anging, sie aber auch. Ihre ästhetischen Bedürfnisse endeten bei ihren Kleidern, der Rest mochte sein, wie es sich eben ergab. Zu ihrer Hochzeit hatte Dietrich eigentlich ein Haus kaufen wollen, ein angemessenes Heim für seine Frau, mit großem Garten in einer schönen Gegend, und da standen einige geeignete Objekte zur Disposition, aber Astrid wollte auf keinen Fall in Suburbia leben und sah einem Garten wie einer Bedrohung entgegen, und so nahmen sie denn eine Wohnung in der Innenstadt, die dann erst einmal für längere Zeit uneingerichtet blieb, obwohl Beate ihr für die Ausstattung ihre Hilfe nicht nur mehrfach anbot, sondern geradezu aufdrängte – vergeblich, die beiden fühlten sich wohl in den hallenden, weitgehend leeren Räumen.

Und in denen schallte das Klingeln des Telephons besonders laut. Sie war noch im Morgenrock, es war Sonntagvormittag. An freien Tagen bis in den Mittag hinein nur nachlässig bekleidet zu sein war die einzige Schlamperei, von der sie Dietrich hatte überzeugen können, er fand das mittlerweile auch sehr gemütlich. Sie erlebte inzwischen ganze Tage, in denen sie keinen Gedanken mehr an Louis wandte. Und auch davor schon eine Weile ohne Herzklopfen, nur mit der Neugier, die schon größer war als das Verlangen, seine Stimme zu hören: Wie würde er es anfangen, aufs neue Verbindung aufzunehmen? Denn daß er das, so wie die Verhältnisse lagen, tun mußte, stand für sie fest. Leichter machte er es sich nicht durch sein langes Zögern, fand sie, aber da irrte sie. Hätte er sich bald nach ihrem stürmischen Aufbruch aus dem Atelier gemeldet, hätte ihn ein Guß kalten Wassers erwartet; diese Phase meinte sie inzwischen aber überwunden zu haben.

Er war es. Er sprach so gelassen, als sei dieser Anruf nicht mit den geringsten Schwierigkeiten verbunden. Es tue ihm leid, daß er sich länger nicht gemeldet habe, aber es hätte ohnehin mit der Arbeit nicht weitergehen können, da er nicht in Deutschland sei.

»Ah, ja?« Sie versuchte, in die beiden Silben so viel Gleichgültigkeit wie nur möglich hineinzulegen, aber zugleich fühlte sie, wie die Empörung in ihr aufstieg. Sie hätte doch schwören können, die sei weg gewesen, aber so war es nicht, eingekapselt in ihr, hatte sie sich drei Monate lang frisch gehalten. Er plauderte weiter. Hielt er Gleichgültigkeit gar für die beste unter den zu erwartenden Reaktionen?

Er habe nicht groß darüber gesprochen; es sei damals noch nicht alles geklärt gewesen, aber dann ging es eben doch schnell. Sie kenne doch – er nannte den Namen eines französischen Geschäftsmanns, der Modemarken und Champagner-Kellereien an sich gezogen habe –, kurzum, von dem sei ein Großauftrag gekommen; die Ausmalung einer romanischen Kirche, die zu dem Schloß dieses Mannes gehöre. »Saint-Fraimbault, macht nichts, daß du das nicht kennst, ich kannte es auch nicht.«

»Du und Kirchen ausmalen …«

Schon richtig, früher sei Kirchenmalerei was für Dekorateure gewesen, jetzt machten das alle berühmten Kollegen, zumal die Kirche da nicht mehr reinrede – »die Prälaten sind schon dankbar, daß sie sich in unserer Gesellschaft zeigen dürfen«. Es sei klar, warum man sich nach so etwas dränge: man bekomme einfach einen phantastischen alten Raum, nackt wie ein Rohbau, und könne darin machen, was man wolle, und nachher werde das eine Tourismusdestination, in der Region ohnehin erwünscht. »Die Apsis ist sieben Meter hoch« – der Raum sei ein Traum, nichts Störendes darin bis auf ein paar gipserne Heiligenfiguren aus dem neunzehnten Jahrhundert, die aber rausflögen, das habe er sich schriftlich zusichern lassen.

»Soso.« Von brennendem Interesse zeugte das nicht, aber das erwartete er wohl auch nicht. Sie war bekanntermaßen ahnungslos, was die Kunstwelt anging, und hatte dem, was er in dieser Richtung äußerte, stets nur fromm gelauscht, da wäre mehr als ein »Soso« schon geradezu verdächtig gewesen.

Er habe eine Idee gehabt. Die einzig mögliche Weise für ihn, den Auftrag anzunehmen. »Ich schildere die gesamte Kreuzigungsszenerie von hinten – man sieht ein bißchen von den Armen und Beinen, den geneigten Kopf nur angeschnitten, schon gar nicht ein Gesicht, wobei ich das Kreuz dann doch etwas schräg gestellt habe, so daß noch etwas mehr von den angewinkelten Beinen rausguckt. Die Idee ist, man schaut in diesen Raum wie in einen Tunnel, der durch die Jahrtausende führt, und am Ende steht dann dieser Schemen, von dem man nicht weiß, was das ist – was ja tatsächlich niemand weiß … Alles sehr dunkel, aber übergroß. Vergiss, was ich dir von der Malerei gesagt habe – hier gibt es kein Detail, nur den überbreiten Pinsel, der aber Detaillismus suggeriert –, man muß es sehen, sonst versteht man es nicht. Zur Einweihung fahren wir alle hin, das gibt eine große Sache, mit Kardinal und Präsident, Beate und Rudolf werden auch dabei sein wollen …«

»Ich gratuliere …« Daß dieser Auftrag ihn gänzlich in Beschlag genommen hatte und seine Phantasie auch nach dem Abschluß noch beschäftigte, war ihm nicht vorzuwerfen, aber sie hörte aus seiner Erzählung auch heraus, daß er sie damit zu überwältigen und eine Anknüpfung an ihre letzte Begegnung damit von vornherein zu ersticken suchte. Angesichts eines solchen Erfolges verlor doch alles andere Persönliche einfach an Bedeutung, unter vernünftigen Menschen jedenfalls. Da fiel es ihr noch leichter, auf seinen Ton einzugehen. Klang ihr Glückwunsch etwa ironisch?

»Und dann geht es mit uns weiter, vielleicht schon in zwei Wochen, etwas Luft schnappen sollte ich nach der Sache, ich bin das gar nicht gewöhnt, auf der Leiter stehend zu malen – es wird eine gewisse Aufmerksamkeit geben, dafür sorgt schon der Auftraggeber – ich werde auch noch ein paarmal dort erscheinen müssen, die Beleuchtung muß eingerichtet werden. Und dann geht es wieder los …«

»Ich fürchte, nein.« Das war genauso obenhin gesprochen, wie er seine Arbeitswochen vor ihr ausgebreitet hatte, und deshalb fiel seine Antwort auch verblüfft aus – was sollte das denn? Besonders vorsichtig, aber auch etwas von oben herab tat er sein Erstaunen kund: Es könne doch wohl nicht sein – nein, ausgeschlossen, das könne wirklich nicht sein …

»Was kann nicht sein?«

»Daß du beleidigt bist?«

Sie hätte nie zu hoffen gewagt, daß er ihr für ihre Eröffnung eine solche Bühne bereiten werde, aber jetzt war sie da, und wenn sie auch nie in einer Oper hatte auftreten dürfen, so besaß sie doch einen Sinn für den dramatischen Effekt. Und sie war stolz auf sich, wie ruhig sie blieb, und zugleich dankte sie seiner Berechnung und Kälte, mit der er sie so lange hatte warten lassen – noch vor vier Wochen hätte sie sich nicht in gleicher Weise in der Hand gehabt.

»Einen Grund, beleidigt zu sein, wie du es nennst – man

könnte auch sagen, verletzt oder abgestoßen –, gäbe es schon, wenn du deine Erinnerung ein wenig durchforschen wolltest, aber darum geht es nicht. Es geht nicht um eine subjektive, sondern um eine objektive Unmöglichkeit.« Als Assistentin des Intendanten kannte sie sich mit Anwaltskorrespondenzen aus.

»Es ist ganz einfach so, daß ich schwanger bin, und das ist auch schon zu sehen.«

Auf der anderen Seite Stille – mehr, als sie zu hoffen gewagt hatte. Dann: »Das kann nicht sein …«

»Warum sollte das nicht sein können?«

»Weil … Wirst du das Kind bekommen?«

»Selbstverständlich werde ich es bekommen, warum denn nicht?«

Wieder Stille. Dann: »Aber …« Er schenkte sich den Einwand. »Weiß Dietrich schon Bescheid?«

»Selbstverständlich.«

»Und?«

»Er freut sich, was sonst?«

»Was hast du ihm gesagt …?« Er wurde nicht genauer. Es war, als sei er darum bemüht, nur auszusprechen, was die ganze Welt mithören könne. Das bewies ihr, daß er wirklich alarmiert war. Einzig in Andeutungen wollte er sich ergehen. Es gab Wochen in den vergangenen drei Monaten, in welchen die Freude, die sein Anruf bei ihr ausgelöst hätte, größer gewesen wäre als die Verstimmung, aber davon konnte jetzt keine Rede mehr sein.

Im Gegenteil, sie fühlte, wie sich in ihr etwas zusammenbraute, was mit der vorgeblichen Gelassenheit nicht in Einklang stand. Kein Zweifel, das hing mit ihm zusammen.

Er war doch der Ironische, der nie aus der Ruhe zu Bringende, der die entrückten Regionen seiner Kunst, die für andere unerreichbar waren, in seliger Einsamkeit bewohnte. Und stockte jetzt, rang darum, verstanden zu werden, ohne deutlich zu sein. Noch ließ sie ihn ringen.

»Du hast doch gesagt, du und Dietrich …«

»Was soll ich gesagt haben?«

»Ich durfte dich doch so verstehen, daß du und Dietrich …«

»Ich verstehe nicht, worauf du hinauswillst.«

»Du verstehst genau.« Er ermannte sich. Ihre Eröffnung hatte ihn wirklich für einen Augenblick die Fassung verlieren lassen. So etwas durfte eigentlich nicht passieren, unverzeihlich. Als ob er sich nicht schon früher in einer solchen Lage befunden hätte! Diese hier war freilich komplizierter. Astrid war keine Zufallsbekanntschaft, sie hatte sich eine Familie erheiratet, mit der er auch sonst vielfältig verbunden war. Das spielte zwar nicht mehr dieselbe Rolle wie in seinen Anfängen – der Kapellenmäzen in Frankreich gehörte in eine gänzlich andere Kategorie als diese Leute, das war nicht mehr Provinz, das war Weltklasse –, aber es könnte dennoch sehr unangenehm werden.

»Und du wirst das Kind bekommen?«

»Ich bin im vierten Monat! Natürlich werde ich das Kind bekommen!« Sie meinte, hinter der Teilnahmslosigkeit seiner Frage wieder die unterdrückte Erregung zu spüren – hatte er etwa Angst?

»Du und Dietrich …« Hier stockte er schon wieder. Der Ingrimm in ihr wuchs, er schnürte ihr fast die Kehle zu, und als sie sich in sein Schweigen hineinzusprechen imstande fühlte, war sie von einer Kraft erfüllt, die ihre Brust weit werden ließ und alle Bedenken zermalmte.

»Hör mal, ich warne dich – du bist doch nicht etwa eifersüchtig auf Dietrich?«

Er hörte einen Ton in ihrer Stimme, den er noch nicht kannte. Er verstand sofort, daß es kaum mehr gelingen werde, sie mit seinen üblichen Mitteln wieder in den Griff zu bekommen. Der Vorwurf der Eifersucht empörte ihn.

»Ich eifersüchtig? Und ausgerechnet auf Dietrich?« Im Ton der wenigen Worte war eine Verachtung zu hören, die er sich sonst zu zeigen verbot, aber dieser Dialog hatte die gewohnten Bahnen verlassen. Sie lachte, unerträglich war das, ein höhnisches Bühnenlachen der verhinderten Opernsängerin, aber sie schob das Theaterspielen sofort zur Seite und ließ alle Zügel fahren. Es war, als sei sie von einem Blitz der Erkenntnis getroffen – sie sah und konnte auch selbst aussprechen, was sie bisher nicht einmal als Ahnung zugelassen hatte. Sie war gänzlich außer sich geraten, in der einen Hand das Telephon, die andere schloß sich in festem Griff um den Hals der Flasche, die auf dem Küchentisch stand – als stehe Louis Creutz ihr gegenüber, und sie wolle sich einer Waffe vergewissern.

»Das warst doch duuu!« Unvermittelt schrie sie jetzt; es war, als hätte sie sich mit ihrer falschen Gelassenheit Gewalt angetan, und so zog sie das U in eine Länge, die einen gegen ihn ausgestreckten Zeigefinger akustisch darstellte. »Duuu warst es, der mich Dietrich regelrecht zugeschoben hat, um mich als die bequeme Mätresse zu haben, alles nur für die Kunst natürlich, ich habe das längst verstanden« – das stimmte nicht, es war ihr in ganzer Härte erst eben klargeworden. Sie war jetzt entfesselt. Ihr Herz schlug rasend, tatsächlich hob sie die Flasche und schüttelte sie, ihr Zustand forderte eine körperliche Reaktion heraus.

Es knackste. Das war im Telephon, aber sie meinte, es aus ihrem Inneren hervordringen zu hören. Das Telephonknacksen, das verriet, daß er die Verbindung mit einem Druck auf die Taste beendet hatte, fiel mit dem Knacksen in ihrem Körper zusammen – doch, so war es gewesen. Dem Chefarzt der Gynäkologie in der Universitätsklinik hatte sie das später beschrieben, er sagte mit seiner wissenschaftlichen Überlegenheit, das könne nicht sein, diesen Schluß dürfe sie nicht ziehen, aber der Mann war keine Autorität mehr für sie, sie wußte, was sie erlebt hatte. Und sie wollte später, als alles vorüber war, auch genau gewußt haben, was dieses Knacksen in ihr bedeutete – ihr Kind war in Gefahr.

Da saß sie in der leeren Wohnung, die eben noch von ihrer erhobenen Stimme erfüllt gewesen war. In der Stille verriet nichts, was sich gerade abgespielt hatte. Die Empörung hatte sie außer sich geraten lassen, aber jetzt kam ihr das alles ganz fern und schattenhaft vor. Dafür war sie von einer Angst erfüllt, die ihr das Herz abdrückte. Es war etwas geschehen. Aber was? Etwas Bedrohliches. Sie hatte, seitdem sie wußte, daß sie schwanger war, auf Wein weitgehend verzichtet, die Flasche stand angebrochen schon seit einer Woche herum. Jetzt goß sie sich mit bebender Hand ein Glas ein und stürzte es hinunter.

Am späten Nachmittag setzten Wehen ein. Sie war darauf nicht vorbereitet. Es war ihr erstes Kind. Die Frauen, von denen sie früher über ihre Geburten gehört hatte, sprachen von starken Schmerzen; auf der Schmerzskala stünden die Wehen oben, noch über den Nierenkoliken, aber das sei aushaltbar, so besonders ihre Mutter, eine sehr sportliche Frau, die nicht zu Wehleidigkeit neigte.

Das Ziehen in der Leiste und im Rücken, das unvermutet einsetzte, steigerte sich zu einer Heftigkeit, die sie hilflos machte, sie schnappte nach Luft. Das Bett war nahe. Sie legte sich, in der Hoffnung, es werde vorübergehen, und es ging tatsächlich vorüber, aber sie war nun darauf eingestellt, daß es sich wiederholte.

Dietrich rief aus China an. Als er hörte, was geschehen war, bat er sie sanft, aber eindringlich, sofort ins Krankenhaus zu fahren. Sie sei bei Professor Taubert in besten Händen. Sie war ihm dankbar, daß er nicht aufgeregt war. Er konnte sie beruhigen, das stellte sich bei dieser Gelegenheit zum ersten Mal heraus. Er selbst werde in der Klinik anrufen und ihre Ankunft ankündigen – »Es ist alles ganz einfach, du nimmst nichts mit, du mußt nicht packen«, als ahne er so viele tausend Kilometer entfernt, daß sie dazu nicht imstande wäre.

Der Schmerz war vergessen, aber der Schreck saß ihr in den Gliedern. Ihre Selbstsicherheit hatte einen Stoß erlitten. Seinen Anweisungen gehorchte sie wie ein Kind. Nur mit ihrer Handtasche stieg sie ins Taxi. Es wurde schon dunkel. Als sie die Adresse nannte, fragte der Fahrer: »Ist es eilig?«

»Ich weiß nicht«, diese Auskunft enthielt viel mehr, als er wissen wollte. Wie sie da im Fond des Wagens saß, wußte sie tatsächlich nichts: wann sich die unerträgliche Attacke wiederholen würde, ob sie ihr gewachsen wäre, ob sie überhaupt weiterleben werde und ob sie das auch wolle. Die

Straßen waren voll, Berufsverkehr im sinkenden Licht. Sie kamen langsam voran, das Rot der Ampel strahlte am frühen Abend stärker, eine Warnleuchte, so kam es ihr vor, die das Unheil, das sie ankündigte, nicht abwehren konnte. Der unaufhörliche Wechsel zwischen Anfahren und wieder Halten setzte ihr zu. Ihr brach der Schweiß aus.

»Es ist die Zeit«, sagte der Fahrer, als müßte er sich für den Verkehr entschuldigen, auch dies schien ihr unendlich viel mehr zu bedeuten als die frühabendlichen Stauungen – »die Zeit«, ihre Zeit, ihre Lebenszeit, die jetzt in ihrem Ablauf erst offenbarte, was von Anfang an in ihr angelegt war. Im Radio die Nachrichten, was anderswo in der Zeit stattfand – ein Bombenangriff auf ein Kinderkrankenhaus mit vielen Toten, Zusammenkünfte von führenden Politikern zu fruchtlosen Verhandlungen, Bürgerkriege in bettelarmen afrikanischen Ländern, dann aus den Lokalnachrichten etwas besonders Abscheuliches: Eine Jugendbande hatte sich darauf verlegt, nachts Landstreicher, die im Freien schliefen, mit Benzin zu übergießen und anzuzünden.

»Bitte machen Sie das Radio aus«, das bekam sie gerade noch über die Lippen, als die Wehen abermals einsetzten.

»Die Welt besteht nur aus Gemeinheit und Schmerz«, so war ihr, als sie, mit auf die Schulter gesunkenem Kopf nach vorn gerutscht, auf dem Rücksitz mehr lag als saß.

Schwester Annemarie leitete die Privatstation Professor Taubert, sie waren seit Jahrzehnten ein Paar – allerdings nicht verheiratet oder wenigstens in wilder Ehe, wie das in ihrer Generation noch allgemein genannt wurde, sondern gänzlich ohne erotischen Aspekt, auf des Professors Seite jedenfalls, der sich bei dem Gedanken geschüttelt hätte. Aber war ein über solch langen Zeitraum durchgehaltenes Zusammenwirken nicht viel mehr als eine Ehe, die bestenfalls spätabends realisiert wurde und im Wesentlichen aus ein paar Urlaubswochen bestand? Schwester Annemarie hatte Frau Taubert selbstverständlich gekannt, sie erschien zu Weihnachtsfeiern, eine große Blondine, die in den Jahren ihrer Bekanntschaft von der Tennismeisterin allmählich ins matronale Fach übersiedelt ist. Auch am Telephon wechselte man aus gegebenem Anlaß mal ein paar Worte. Das Verhältnis der beiden Frauen, der vor der Welt angetrauten und der getreuen Gefährtin, war so korrekt gewesen, wie es angesichts der wenigen Berührungspunkte auch gar nicht anders sein konnte, aber darüber hinaus verabscheute Schwester Annemarie Frau Taubert, die ihr zu Weihnachten immer teure Kosmetika schenkte, weil sie die Oberin offenbar zu den Frauen ihrer eigenen Art rechnete. Die Beschenkte warf die schleifengeschmückten Paketchen jedes Mal empört in den Mülleimer – ob die Person sich etwa vorstelle, daß man auf einer Krankenstation in einer Parfumwolke herumlaufen könne? »Sie sieht aus wie das Luther-Porträt von Cranach«, das hatte ein kunstkennender Assistenzarzt einmal hinter ihrem Rücken zu einer jüngeren Krankenschwester gesagt, die damit gar nichts anfangen konnte und dennoch kicherte, denn mit dem Assistenzarzt konnte sie desto mehr anfangen. Schwester Annemarie hatte dieses Geflüster sehr wohl vernommen; danach begann sie dafür zu sorgen, daß der junge Arzt bald wieder aus der Station verschwand.

Das war das Unbegreifliche an dem Mann Taubert, der in dieser einzigen Beziehung war wie alle Männer – ein ganzes ihm dargebrachtes Leben zählte nicht mehr als die Visage einer gebräunten Tennisspielerin. Und der dann nicht einmal vor der Heuchelei zurückschreckte, bei der Verleihung eines der höchsten Wissenschaftsehrungen des Landes seine Rede zu beginnen: »Vor allem danke ich meiner Frau, ohne die ...« Nun war sie im vorigen Jahr in ihrer ganzen Tennisgesundheit vom Tod dahingerafft worden, die gepflegte Figur hatte eben nichts verraten über den unheilbaren Krebs in ihren Eingeweiden.

Seitdem verdoppelte sie ihre Fürsorge für ihn, was er in dankbarer Melancholie geschehen ließ. Auf der Station war sie gefürchtet für ihre Strenge. Auch den Patientinnen gegenüber war sie barsch. Aus therapeutischen Gründen, wie sie erklärte – es gehe bei den bürgerlichen Damen, die vorzugsweise Professor Taubert konsultierten, vor allem darum, sie vor schwächendem Selbstmitleid zu bewahren.

Sie saß am Schreibtisch in ihrem Büro, mit Eintragen von Ziffern in Tabellen befaßt, um ihren Aufbruch vorzubereiten, der wieder erst um acht Uhr abends gelingen würde, obwohl ihr Dienstschluß um achtzehn Uhr dreißig gewesen wäre. Natürlich kam noch ein Anruf von der Notaufnahme. »Wenn unsereins frei hat, muß ja noch eine Notaufnahme kommen«, das war ein Gedanke, so oft gedacht, daß etwas Automatisches darin lag.

»Wir sind randvoll hier oben – wir schieben sie irgendwo rein.«

Es stehe eine Fehlgeburt bevor, so der Arzt der Notaufnahme, aber die sei noch nicht angelaufen; es werde genügen, wenn man da morgen tätig werde.

Schwester Annemarie war ungehalten. Sie konnte solche Vorkommnisse außerhalb der ordentlichen Abläufe inzwischen nur noch als Anschlag auf Professor Tauberts Wohlbefinden begreifen. Der Mann brauchte vor allem Ruhe, am besten wäre er überhaupt eine Weile zu Hause geblieben, denn sie hätte ihn nach eigener Überzeugung weitgehend ersetzen können, wäre dann zwar seines Anblicks beraubt gewesen, hätte dafür aber ein weiteres Mal ihre Unersetzlichkeit bewiesen. Ein annoncierter Notfall, der dann offenbar keiner war – das paßte gerade in ihr Bild von Frauen, die falschen Alarm gaben und hart arbeitenden Leuten die Zeit stahlen. Die Dame hatte sich aber verrechnet. Ihr stand jetzt eine Nacht in der Totenkammer bevor, einem schlauchartigen fensterlosen Gelaß, in welchem man die Gestorbenen so lange aufbewahrte, bis sie abgeholt wurden.

Die koreanische Krankenschwester, welche die Anweisungen für die Nacht entgegennahm, war einen Kopf kleiner als Schwester Annemarie – wenn sie vor ihr stand, machte sie sich sogar noch etwas kleiner, indem sie den Kopf einzog, als fürchte sie einen Nackenschlag. Das Kopfnicken, mit dem sie die einzelnen Befehle beantwortete, hatte etwas Dienerndes, grenzenlose Bereitwilligkeit ausstellend. Sie sprach gut Deutsch, aber kam mit der Aussprache nicht zurecht. Es war, als werde ihre Zunge von einer heißen Kartoffel im Mund behindert. Sie gab sich große Mühe, war aber nur schwer zu verstehen. Schwester

Annemarie fuhr sie gelegentlich an: »Sprechen Sie laut und deutlich«, was sie noch mehr einschüchterte.

»Vor allem eins«, sagte Schwester Annemarie zum Abschied, »ich verbiete, daß Herr Professor Taubert geweckt wird. Sehen Sie zu, wie Sie zurechtkommen, es liegen für jeden Patienten hier die Indikationen vor.« Sie zog ihren Kittel aus und holte einen Regenmantel aus dem Schrank. Eine aus hellblauer Angorawolle gestrickte Mütze verbarg ihr kurzgeschnittenes graues Haar, die Härchen dieser Wolle umgaben ihren Kopf mit einem flauschigen Halo. Sie würde heute Abend mit einer Freundin ins Kino gehen – doch, sie hatte Freundinnen und war bei ihnen beliebt und bewundert.

Astrid fand sich nach der Untersuchung durch den jungen Arzt, der meinte, noch nicht tätig werden zu müssen, und einer Fahrt im Krankenhausbett in dieser Totenkammer wieder, einem Raum ohne weitere Möbel, ohne Fenster und ohne Bilder, dafür von einem Neonquadrat an der Decke taghell ausgeleuchtet. Nach kurzem erschien die koreanische Krankenschwester. »Ich bin Schwester Eunmo«, stellte sie sich vor, die Laute an der bewußten Kartoffel vorbeigequetscht. Astrid versuchte, das Namensschild auf ihrem Kittel zu lesen. Die Wehen hatten nachgelassen, aber sie war durch den Schmerz geschwächt und nicht aufnahmefähig.

Ihre Handtasche, wo war die geblieben? Schwester Eunmo ging hinaus und kehrte mit einem fahrbaren Nachttisch zurück, die Handtasche stand darauf, Astrid tastete nach ihr und suchte darin herum, es war unnützes Zeug, was sie dabeihatte, und wo vor allem war das Telephon? Das hatte sie zu Hause liegen lassen.

»Ich brauche bitte ein Telephon.«

»Ein Telephon?« Schwester Eunmo machte ungläubige Augen, das gebe es nicht mehr, heute habe jeder sein Telephon dabei – aber sie werde fragen: morgen vielleicht. Sie war eine sanfte und auch liebevolle junge Frau, aber unter der Herrschaft von Schwester Annemarie in solchen Schrecken versetzt, daß sie keine selbständige Handlung wagte. Alles konnte falsch sein, und dann wurde hart getadelt. Eine Flasche Wasser immerhin stand auf dem Nachttisch, noch verschlossen. Das Deckenlicht wurde ausgeschaltet, dafür fiel aus einer für Astrid unsichtbaren Quelle ein schwaches, etwas wärmeres Nachtlicht ins Zimmer. Die Schwester zeigte ihr die Klingel, die hing für sie leicht erreichbar am Nachttisch.

»Möchten Sie noch etwas zu essen haben?« Eine angelernte Frage, die sie stellte, obwohl sie wußte, daß es zu dieser Stunde kein Essen mehr auf der Station gab. Astrid war nicht nach essen zumute, so blieb ihr das Geständnis der Ungastlichkeit erspart.

»Alles gut?« fragte die Schwester, in dieser Frage brach ihre menschenfreundliche Natur durch, sie war von einem Blick begleitet, der Astrid beruhigte und tröstete. Ja, es war gut, wenngleich vielleicht nicht alles. Die Wehen kamen viel zu früh. Grund zur Sorge war das schon, aber der junge Arzt hatte keinen Anlaß gesehen, unmittelbar eingreifen zu müssen. »Wir warten mal ab, wie sich das heute Nacht entwickelt«, das war mit solcher Sicherheit gesprochen, daß sie aufatmete, obwohl die Attacke im Taxi noch unvergessen war.

Sie war jetzt allein. Zum Schlafen war es viel zu früh. Sie war niemals vor zwölf im Bett, eher später. Wenn Dietrich aus dem Büro kam, gingen sie meistens essen, das war doch schön, wie entspannt sie dann zusammensaßen und plauderten – ja, das war möglich mit ihm, das hatte sich entwickelt. Er liebte es, ihr zuzuhören, was immer sie erzählte, und auch er selber sprach; diese Fähigkeit, sich mit Sprechen über alles und vieles die Zeit zu vertreiben, hatte in ihm geruht, bis er Astrid gefunden hatte; sie konnte ihn zum Lachen bringen, und er ging auf ihre Scherze ein und konnte ebenso komisch sein.

Es wäre gut gewesen, wenn er jetzt nicht nach Shanghai hätte reisen müssen. Er hatte es an sich ruhigen Gewissens tun dürfen, denn das, was da plötzlich eingetreten war, hatte auch Professor Taubert nicht vorhergesehen, der sich nach den bisherigen Untersuchungen »sehr zufrieden mit ihr« gezeigt hatte, als sei ihre Schwangerschaft eine für ihn und in seinem Auftrag zu erbringende Leistung. Dumm war das mit dem Telephon, aber sie konnte sich deswegen nicht anklagen. Der jähe Überfall des Schmerzes hatte sie einfach übermannt. Daß sie überhaupt das Taxi hatte rufen können! Daß sie die Treppe hinuntergekommen war! Im Krankenhaus hatte sie keinen Schritt mehr allein gehen können.

An der Wand ihr gegenüber entdeckte sie jetzt eine große Uhr, wie auf dem Bahnhof – wie hatte sie die bisher übersehen können? Eine weiße, von innen schwach beleuchtete Scheibe mit Strichen statt der Zahlen im weißen Zifferblatt. Wenn der Minutenzeiger vorrückte, federte er etwas; sie meinte, ihn zittern zu sehen, während der Sekundenzeiger beim Voranrücken keine Hindernisse zu überwinden hatte und ohne Eile, aber stetig voranschritt. Sollten die hier aufgebahrten Leichen durch sie erfahren, daß die Zeit von ihrem Tod unbeeindruckt weiterlief? Für Astrid würde ihr Anblick unvergeßlich werden.

Es war jetzt zwanzig Uhr dreiundvierzig, die Zahl merkte sie sich, weil nun wieder Wehen einsetzten, mit gesteigerter Gewalt. Der Schmerz in den Hüften und im unteren Rücken war jetzt so stark, daß sie gar nicht daran dachte, nach der Klingel zu tasten. Ihr war, als werde ihr wie bei einer Vierteilung das Becken mit ungeheurer, von außen kommender Kraft auseinandergezerrt. Ihr war, als werde sie zerrissen. Jede Gegenbewegung war ausgeschlossen. Sie war dem ausgeliefert.

Man hatte von Atemübungen gesprochen, die einen diese Krämpfe leichter überstehen ließen, auch im Gesangsunterricht war es um das richtige Atmen gegangen. Irgendwann wäre sie gewiß zu den von Professor Taubert angeratenen Kursen gegangen, aber doch nicht so früh. Ihr graute vor dem Zusammensein mit anderen schwangeren Frauen, die über ihre Schwangerschaft sprechen wollten, sie war eben keine Frau für Frauen. Hätten solche Übungen jetzt geholfen?

Es gehörte zu diesem Schmerz, daß es nicht vorstellbar war, ihn abzumildern; die Unerträglichkeit war seine Natur. Viel war es nicht, was sie in ihrem Leben hatte aushalten müssen – ein angebrochener Knöchel beim Skilaufen war das Schmerzhafteste gewesen, der Wundschmerz nach der Blinddarmoperation hatte ihr nachts gleichfalls zugesetzt, bis sie dann schließlich eine Tablette schluckte. Warum gab es jetzt keine?

Sie griff nach der Klingel, es gelang ihr nur mit Mühe, sich aufzurichten; ihr war, als sei der ganze Körper außer Funktion gesetzt, bis auf die eine, tollwütig weh tun zu können.

Sie drückte den Knopf kraftvoll, das immerhin gelang, aber es geschah nichts. Der Sekundenzeiger vor ihr nahm sich unendlich viel Zeit, um das große Zifferblatt zu umkreisen, pedantisch, keinen Schritt auslassend. Eine Minute dehnte sich, bis es schließlich so weit war und der große Zeiger nach vorn hüpfte und dort stillstand, als werde ihn jetzt nichts mehr bewegen. Aber je mehr sie auf die Uhr starrte, desto weniger gelang ihr festzuhalten, von wo der Sekundenzeiger aufbrach, war er schon dreimal im Kreis gewandert oder doch nur einmal?

Die Koreanerin betrat das Zimmer, sie schaltete das Deckenlicht ein, als gelte es zumindest, deutliche Verhältnisse zu schaffen. Astrid japste nach Luft. »Bitte helfen Sie mir! Rufen Sie den Arzt!« Schwester Eunmo sank förmlich in sich zusammen und sah die Patientin hilfesuchend an. Sei es schlimm?

»Ja, fürchterlich schlimm, schnell einen Arzt!«

»Aber das ist schwer«, die Schwester wollte nicht nein sagen, ihre Miene erstarrte zu einem Mondgesicht. »Es ist alles in Ordnung. Schwester Annemarie hat gesagt, es ist alles in Ordnung. Der Arzt ist nicht nötig …«

Astrid ließ den Kopf auf die Schulter sinken. Welch ein Wahnsinn! Woher wollten diese Frau und eine abwesende Annemarie wissen, wie es ihr ging?

»Ein Arzt, ein Arzt«, keuchte sie. In die Augen der Schwester trat die nackte Angst.

»Schwester Annemarie sagt, alles in Ordnung, streng verboten, Herrn Professor Taubert zu wecken …« Sie hielt sich an diesen Worten fest – mußte Astrid nicht begreifen, daß sie hier einem unerbittlichen Regiment unterworfen war? In ihrer Verfassung war Astrid nicht fähig, sich über diese Worte zu entrüsten, wie sie es als die Frau, die sie bis vor kurzem noch gewesen war, getan hätte – sie war nicht jemand, der vor Polizei, Arzt oder Beamtenautorität zurückschreckte, sie verstand sich darauf, solchen Instanzen energisch Bescheid zu sagen. Es wurde ihr meist auch nicht übelgenommen, wenn sie entschlossen auftrat; die darunterliegende Gutmütigkeit und Heiterkeit nahm solchen Auftritten das Verletzende, was sie dem Inhalt ihrer Worte nach durchaus gehabt hätten.

Aber jetzt war sie in die Welt des Schmerzes eingetreten, auf der Bahre in diese fensterlose Totenkammer gerollt, in der andere Gesetze galten. So wie dieser Schmerz ohne Sinn und Verstand war, konnte man an Sinn und Verstand auch nicht mehr appellieren. Hier herrschte der Irrsinn, repräsentiert durch eine ihr unbekannte Frau namens Schwester Annemarie, die entschied, daß ihr Schmerz in Ordnung sei. Die Not auf dem Gesicht der kleinen Schwester bewies, daß alles so hinzunehmen war.

Einen Moment hatte Astrid die Augen geschlossen. Als sie sie wieder aufschlug, war die kleine Koreanerin entwichen aus der auch für sie bedrohlichen Konfrontation. Und in dieser Lage ohne Telephon. Sie hätte jemanden anrufen können, der kam und den Professor aus dem Bett warf oder einen anderen Arzt in diesem Riesenkomplex aufstöberte. Wen?

Dietrich war weit weg, unerreichbar, könnte erst in zwanzig Stunden hier sein, wenn er sich sofort in das nächste Flugzeug stürzte. Louis gleichfalls weg, was auch schon egal war – nach dem Ende ihres letzten Gesprächs hätte sie ihn ohnehin nie wieder angerufen, aber was hieß das jetzt? Schuf der Schmerz nicht eine völlig neue Realität, in welcher die schmerzfreie Vergangenheit wesenlos wurde? Was in ihr geschehen war, das zählte alles nicht mehr.

Hätte sie nicht Beate anrufen können? Allein diese Frage, die bewies, in welch extremen Umständen sie sich befand, löste in ihr eine Erkenntnis aus, die sie fast ebenso wie die Wehen erschütterte: Ich bin allein. Ich bin auf der Welt völlig allein. Ich habe niemanden, den ich in höchster Not rufen könnte. Wieso habe ich das nicht gewußt? Wie blind war ich? Jetzt ist die Wahrheit unabweisbar. Der Schmerz ist die Wahrheit, und deshalb gibt es auch kein Entkommen. Aber diese Gedanken waren wie Schaum, sie faßte sie nicht und sank für Minuten in einen erschöpften Schlummer. Der aber keine Ruhe brachte. Ein Traumbild peinigte sie. Sie hatte eine Dose in der Hand mit einem Schraubdeckel und wollte sie schließen. Und das gelang nicht, weil sie den Deckel nicht richtig aufsetzte. Er faßte die Rillen nicht, und wenn er das doch einmal tat, dann saß er schief und stockte und ließ sich nicht weiterdrehen, sie mußte ihn wieder aus dieser Verklemmung herauslösen und neu ansetzen. Er hatte doch gepaßt, und jetzt wollte und wollte das Zudrehen nicht gelingen – und zugleich hing unendlich viel davon ab.

Als sie voller Unruhe erwachte, zeigte die unparteiisch über alle Träume erhabene Uhr zweiundzwanzig Uhr einundzwanzig, auch diese Zeit prägte sich ihr ein, denn nun kam die nächste Welle der Wehen, und es war wieder dieses Auseinanderreißen des Körpers, so wie zwei Hände ein Brathähnchen zerreißen; aber die vorausgegangenen Wehen hatten sie nicht darauf vorbereitet, dies war wieder etwas Neues.

Es war ein Schmerz, der alles in ihr auslöschte, ihr ganzes Leben, alles, was darin von Bedeutung gewesen war, das Gute wie das Böse, und zugleich war klar, daß er nicht zum Tod führen würde. Er war schon jenseits des Todes, er gehörte schon zur Ewigkeit. Er gehörte zur Hölle. Er war die Hölle. Das war bisher nur ein Wort für sie gewesen, um etwas Unangenehmes zu bezeichnen, aber es bedeutete etwas Reales, und dieses Reale entschleierte sich jetzt und war keine Metapher mehr.

Sie fand, erstaunlich genug, wieder die Klingel, und als die Schwester erschien, erneut in händeringender Hilflosigkeit, brachte sie nichts anderes hervor als »Schwester Annemarie« und »Professor Taubert« – es wurden diese beiden Namen zu Trümmerstücken eines Lebens außerhalb dieses Zimmers, zugleich von böser Bedeutung aufgeladen: Teufelsnamen, die eine unbesiegbare Unbarmherzigkeit verkörperten.

Noch zweimal sollte Astrid in dieser Nacht klingeln, immer nur denselben Bescheid erhaltend, während die Zeiger in unbeirrbarer Langsamkeit voranrückten. Der Anblick des Zifferblatts hatte sich ihr längst ins Hirn gebrannt, ein böses weißes Nichts. In dieser Kammer gab es keine Morgendämmerung. Die Zeit trat hier nur in Gestalt der Zeiger auf, und gingen sie überhaupt richtig? Vielleicht standen auch sie mit Schwester Annemarie im Bunde, um Astrid zu verwirren und zu quälen?

Gegen sieben Uhr dreißig kehrte die Stationsoberschwester an ihren Arbeitsplatz zurück, nahm die hellblaue Angoramütze von der praktischen Duschfrisur und zog einen frischen Kittel an, während sie den Bericht von Schwester Eunmo entgegennahm. Die Nacht war ruhig auf der Station gewesen, es gab keine besonderen Vorkommnisse, nur die Frau aus der Notaufnahme hatte unablässig geklingelt und habe stets aufs neue nach Herrn Professor Taubert verlangt.

Schwester Annemarie zog die Brauen zusammen. »Sie haben den Professor doch nicht etwa geweckt, ich hatte doch ausdrücklich angeordnet …«

»Nein, nein«, die kleine Koreanerin bemühte sich, den bösen Verdacht von sich abzuwenden, und empfand nach einer Nacht, die sie bis an die Grenzen ihrer Fassung hatte verzweifeln lassen, zum ersten Mal die Erleichterung, der strengen Chefin genügt zu haben.

»Der werde ich mal heimleuchten«, dachte Schwester Annemarie und begab sich auf ihren morgendlichen Weg in die einzelnen Zimmer, schön nacheinander, wie sie am Gang lagen. Sie hatte es zwar eilig, aber das lag an der Fülle der Pflichten und hatte nichts mit den Einzelfällen zu tun. Schließlich kam sie zu der Kammer, in der Astrid lag, öffnete die Tür mit Schwung und knipste die überhelle Deckenlampe an. Astrids Kopf war zur Seite gesunken, ihre Züge waren zerlaufen, sie war nicht mehr die Frau, die vor zehn Stunden hier eingetroffen war. Die Schwester trat an ihr Bett.

»Na, was haben wir denn hier?« Ihre Stimme war von gleichgültiger Härte. Astrid war außerstande zu antworten.

Aber als die Schwester die Bettdecke zurückschlug, erschrak sie. Blut zwischen Astrids Beinen, die formlosen dicken Substanzen der Nachgeburt, dazwischen die Ahnung eines winzig kleinen Embryos in seiner zusammengekauerten Haltung, die Fäustchen vor die noch zugewachsenen Augen gedrückt.

Jetzt war das Ende der langen Bewegungslosigkeit gekommen. In schneller Fahrt wurde das Bett durch den Korridor gesteuert. Das Letzte, was Astrid im Operationssaal vernahm, war die Frage des Arztes: »Aber warum haben Sie denn nicht geklingelt?« Dann wurde sie ohnmächtig.

31

Louis Creutz blieb nicht von jeder unwillkommenen Situation so unbeeindruckt, wie ihm das wünschenswert erschienen wäre, aber er hatte sich einer strengen Selbstkontrolle unterworfen, die dafür sorgte, daß von dem, was ihn unfreiwillig bewegte, nichts nach außen drang. Nach dem Auftritt mit Astrid in seinem Atelier und dem jähen Abbruch der Weiterarbeit hatte er sich so wenig in der Hand gehabt, daß er weggelaufen war und im Treppenhaus einen Stock höher abwartete, daß sie das Haus verließ; sie waren beide voreinander auf der Flucht gewesen. Und während er dort oben mit klopfendem Herzen auf ihre Schritte die Treppe hinab lauschte, mußte er sich bekennen, daß er, der große Menschenkenner, ihren Charakter falsch eingeschätzt hatte. Diese moralische Entrüstung, welche sie sich doch gar nicht leisten konnte, mit der sie aber einen Punkt berührt hatte, der zwickte.

Sie hatte allen Ernstes gewagt, ihn als Person anzugreifen, genauer noch: als Mann. Wenn er für sich selbst altertümliche Prinzipien wie Ehre und Ritterlichkeit längst abgeschüttelt hatte, dann hieß das nicht, daß die anderen das mitbekommen sollten. So ausgehöhlt der Begriff Ehre inzwischen auch sein mochte, so gehörte er dennoch und immer noch zu einer Auffassung von Männlichkeit, die er für sich in Anspruch nahm.

Das Recht, ihm die Ehre abzusprechen, wollte er speziell Astrid nicht zubilligen. Solche Dinge gingen sie gar nichts an; damit kam sie ihm erheblich näher, als wenn sie ihn umarmte, zu nah nämlich. Was er dachte oder was seine Beweggründe seien, hatte unkommentiert zu bleiben.

Sie war zu weit gegangen – vor inzwischen drei Monaten, zu korrigieren war das nicht so leicht. Durch Argumente schon gar nicht, zumal er aufrichtig genug zu sich selbst war, um ihr recht zu geben, was die Fakten anging.

Das einfachste wäre gewesen, sich ein für allemal von ihr abzuwenden, das Ganze ins Leere laufen zu lassen. Alles sprach dafür. Im Kern war hier nichts zu reparieren, jedenfalls war das frühere Verhältnis nicht wiederherzustellen. An ihre Großzügigkeit appellieren? Lieber nicht, die traute er ihr nicht zu und wollte sich keinesfalls eine Abfuhr holen, aber da irrte er und bewies, daß er sie bei dem Studium ihres Körpers, so weit er darin auch gediehen war, nicht wirklich kennengelernt hatte.

Und da gab es nun dieses Bild, das ziemlich weit gediehen war. Er gestand sich widerwillig ein, daß er noch nie zuvor so zufrieden mit sich gewesen war, wenn er das bisher Geleistete betrachtete. Die Oberschenkel, auch die Schultern durfte er als fertig bezeichnen. In seiner geduldigen akribischen Arbeitsweise war in diesen Partien auf jeden Fall schon jene aus vielen kleinen Pinselstrichen gleichsam gehämmerte, lückenlos feste Malerei entstanden, die dem, was er seit langem anstrebte, sehr nahekam. Das war, was den Körper anging, schon mehr als die Hälfte –

aber es war völlig aussichtslos, die Füße, die Arme, die Haltung des Kopfes ohne Astrids Unterstützung abzuschließen. Er konnte es versuchen, aber es gäbe unfehlbar einen Bruch im Bild, er wäre nicht mehr vom Anblick der vor ihm Liegenden zentimeterweise vorangeführt, sondern würde sich auf seine Imagination verlassen müssen wie jeder beliebige seiner Zeitgenossen – »und Phantasie ist ja nichts wert, Phantasie hat jeder Flachkopf«, wie er gern erklärte.

So wie hier die linke Schulterpartie mit dem Ansatz des Halses, schon ziemlich weit in den Rücken übergehend, habe er den menschlichen Körper noch nie rekonstruiert. Er sei zu einem wirklichen Wiedererschaffen gelangt, freilich indem er das spezifische Gewicht des Körpers erhöht hatte; eine Schwere zu suggerieren, die vollständig belebt war, das war hier gelungen.

Es nicht fortzusetzen wäre ein hoher Preis. Astrids Aufstand hätte eine echte Schädigung zur Folge, was er ihr denn doch nicht konzedieren mochte. Zugleich forderte ihr Betragen eine Maßnahme seinerseits heraus. Bestrafung konnte das leider nicht sein, wie die Dinge standen. Also war es wohl das Klügste, das gesamte Ereignis zur Nichtexistenz zu verdammen. Es hatte niemals stattgefunden. Er hatte an diesem Tag Astrid gar nicht bei sich gehabt, und das war ein von Dokumenten untermauertes Faktum.

Die Welt wußte inzwischen, daß er an dem bewußten Tag mit Ed Weiss zusammengewesen war, und das glaubte er – zeitweise – sogar selbst, einfach weil er es glauben mußte. Sollte die Welt ihm das abnehmen, hatte er als erster davon überzeugt zu sein.

Sehr gut paßte das französische Engagement, das ohnehin eine Unterbrechung der Arbeit erzwungen hätte. Die verstrichenen Monate waren mit starken Erlebnissen und beträchtlichen, auch körperlichen Anstrengungen angefüllt gewesen – zum ersten Mal Arbeit mit Gehilfen, welche die Entwürfe auf die hohen Mauern übertrugen –, und dann hatte er selbst auf Leitern und Gerüsten gestanden, in dem Kampf, die großen Flächen irgendwie zu erobern. Was ihm vorher unmöglich erschienen war – Malen außerhalb des Ateliers –, war unversehens notwendig und gelang dann auch.

Einschneidender in seine Grundsätze war der Verzicht auf Modelle; nur wäre sein gewohnt akribisches Vorgehen in diesen Dimensionen ohnehin undurchführbar gewesen – in Saint-Fraimbault ging es nicht um Beschwörung von Wirklichkeit, sondern um eine finstere gewalttätige Phantasmagorie: ein Bühnenbild eher, ein Theatervorhang, und das lag ihm eben auch, wie er, als er sich auf den Auftrag einließ, zu seinem freudigen Erstaunen entdeckte.

Malerei war das natürlich nicht. Diese Art von höherem Pfusch – den Entwurf wollte er durchaus als eigenständige ordentliche Arbeit passieren lassen – schien zu illustrieren, was er als junger Maler oft bei Betrachtung des Werks berühmter Kollegen gesagt hatte: »Erfolg ist schlechtere Arbeit für mehr Geld.« Dabei durfte er nicht stehenbleiben.

Als er nach drei Monaten in sein Atelier zurückkehrte und Astrids Akt, der dort an der Wand lehnte, herumdrehte und auf die Staffelei stellte, kam ihm unwillkürlich der

Gedanke, daß er dieser unverschämten Person tatsächlich etwas verdanke. Dies anzuerkennen hatte nichts mit Gerechtigkeit zu tun – auch das war für ihn ein Wort ohne Bedeutung –, sondern mit jener Objektivität, deren er sich oft rühmte. Jetzt war so viel Zeit verstrichen, die Vergangenheit war gänzlich ins Nichts gesunken, zählte ja ohnehin nichts. Es gab nur die Gegenwart mit ihrer Forderung, dem hier Erreichten standzuhalten und es wenn möglich noch weiter zu treiben. Jetzt war genug Zeit verflossen seit ihrem letzten Treffen, das es bekanntlich gar nicht gegeben hatte, und das wäre wohl auch bei ihr nicht anders.

Als er Astrid nun anrief, war er davon überzeugt, ihr mit dem freimütigen Übergehen des letzten Zusammenseins entgegenzukommen; eine starke Gegenwärtigkeit stieß alles Vergangene ins Nichtsein.

Aber statt Dankbarkeit hatte ihn ein Schock erwartet. Während er noch arglos in den Hörer plaudernd das angefangene Bild im Blick hatte und dabei schon überlegte, wie nun weiter zu verfahren sei, ob es vielleicht schon an der Zeit sei, sich auch der Matratze zu widmen, hörte er sie Dinge sagen, die nichts mit Launen, Einbildungen und Vorwürfen zu tun hatten, dafür aber das Potential zu höchst unwillkommenen Weiterungen in sich trugen; daß er das richtig verstand, da durfte er der Objektivität vertrauen, auf die er so stolz war.

Sie hatte es geschafft, ihn sprachlos zu machen. Als er nach dem schroffen Ende des Gesprächs über die letzten Minuten Gericht hielt, konnte er das bittere Eingeständnis nicht vermeiden, soeben schon wieder seine Betroffenheit verraten zu haben. Auflegen, das allein war ein Zeichen der

Kapitulation, der dumme Verzicht auf die Möglichkeit, weiter Einfluß auf die Lage zu nehmen. Wer auflegte, ließ sein Gegenüber – seinen Feind! – frei laufen, das war doch überhaupt nicht seine Art? Bei dieser Hilflosigkeit durfte er nicht verharren. Das war ein Seelenvakuum, das sich schnellstens wieder füllen mußte.

Er fühlte es in sich sieden, das wallte in ihm auf, kochendes Wasser: der Haß. Er sah mit neuen Augen auf das Bild. Er meinte jetzt in seinem eigenen, wenn auch unvollendeten Werk einen bösartigen Angriff auf seine ganze Existenz zu erkennen. An seine Ankündigung, Astrid mit abgewandtem Kopf, also nicht identifizierbar zu malen, hatte er sich gehalten – ein Versprechen hätte er das nie genannt, wie käme er dazu, Versprechen abzugeben.

Gewiß, ihr Kopf war abgewandt, etwas weniger als das verlorene Profil war sichtbar. Aber für ihn war sie natürlich ganz und gar und höchstpersönlich charakterisiert. Wie der Körper da entspannt lag, ein Bein angewinkelt, die schönen Hinterbacken, der Tailleneinschnitt, die Art, den Kopf zu neigen – das alles war sie, unverkennbar. Wer ihren Körper kannte, der würde bei Betrachtung des Bildes wissen, wer das war. Individualität drückte sich nicht nur in Stirn, Mund und Nase aus, sie steckte im ganzen Menschen, sie drängte sich aus jedem Fältchen, aus jeder Unebenheit nach vorn.

Ihre Haut – er mußte die Erinnerung daran regelrecht von sich wegschieben, damit sie nicht von ihm Besitz ergriff und sich vor das Neue, den Haß, schob, der gebieterisch nach Ausdehnung und Aktion verlangte. Es war jetzt alles unerträglich, und es gehörte zu ihm, daß er aus dem, was ihn empörte, etwas Grundsätzliches werden ließ.

Dazu reichten Astrids Vorwürfe keineswegs aus, nicht einmal diese bedrohliche Schwangerschaft, welche zugleich mit einem Kind alle möglichen peinlichen Verwicklungen entstehen lassen konnte. Nein, etwas anderes war ihr Verbrechen: sie hatte ihn in dieses Bild hineingelockt, hatte seine Kräfte gebunden und versucht, ihn zu verstricken und in eine aussichtslose Lage zu führen. Und wahrscheinlich war doch dieses gesamte Bildvorhaben, das mit ihr unlösbar verbundene, letztlich durch ihre Schuld zustande gekommen – was er da eben noch als besonders gelungen, als seine bisherigen Anstrengungen überflügelnd empfunden hatte, das war nicht erst jetzt zur Sackgasse geworden – durch ihre Verweigerung, weiterhin am Zustandekommen des Bildes mitzuwirken –, es war gewiß von Anfang an eine Sackgasse gewesen.

Er griff nach allen möglichen Farbtuben – rot, gelb, blau, grün – ganz gegen seine Gewohnheit, denn er war dahin gelangt, die Palette immer mehr zu reduzieren, um zu immer feineren Abstufungen zu gelangen. Jetzt aber preßte er Farbwürste heraus, achtlos und verschwenderisch. Er nahm einen dicken Pinsel, mit dem er sonst nur den Bolusgrund auftrug, und fuhr mit ihm, nachdem er ihn mit Malmittel getränkt hatte, roh durch die Farbhäufchen hindurch; es entstand ein schillerndes Geschmier; das war jetzt gerade gut genug, um das Bild, das unnütze, zu bestrafen.

Er versetzte der Leinwand Pinselhiebe, als treffe er damit den mit solcher Inbrunst beschworenen Körper. Er beschmutzte ihn, er bewarf ihn mit Dreck, und bald genügte ihm der Pinsel nicht mehr – er fuhr mit beiden Händen in die nasse Farbe, so wie er Astrid berührt hatte, jetzt aber, um die Erinnerung an sie auszulöschen. Sie meinte wohl, sie hätte die Brücken zu ihm abgebrochen, aber da täuschte sie sich – jetzt erst war der Bruch irreversibel, das unter ihrer Mitwirkung Geschaffene war aus dem schmutzigen Chaos nicht mehr auszugraben. Er trat von der Leinwand zurück. Seine Erregung war abgeklungen, der Mord begangen, die Ursache der großen Wut vernichtet.

Bereute er, was er getan hatte? Unvorsichtigerweise hatte er seinem Galeristen schon von dem Bild erzählt und ihn damit ziemlich neugierig gemacht: Es entstehe wahrscheinlich ein Meisterwerk – solche Worte kamen ihm leicht über die Lippen, er pflegte nicht abzuwarten, bis andere zu diesem Urteil gelangten. Das war weniger Prahlerei als Zeichen seines Selbstbewußtseins, das auf Bestätigung nicht angewiesen war. Außerdem honorierte das Publikum selten die Bescheidenheit des Künstlers und übernahm dessen Selbstkritik allzu bereitwillig, ohne dazu berechtigt zu sein, weil ihm deren Maßstab gar nicht bekannt war.

Der eifrige Herr Hillmann, bei dem sich jeder winzige Anstoß sofort in Aktion umsetzte, plante nun schon mit dem neuen Werk, wollte es zu einer besonderen Attraktion, ja Sensation werden lassen, auch in Verbindung mit den Wandbildern in Frankreich, deren Kartons er um das Hauptwerk herumzugruppieren gedachte.

Die Gemütsruhe war wieder da, etwas beeinträchtigt durch einen gewissen Hohn über seine Gefühlsentgleisung, wobei er nicht nur die Zerstörung des Bildes, sondern auch alles darin einschloß, was dem vorangegangen war, die Umstände seiner Entstehung nicht zu vergessen.

Er hatte sich wie ein Idiot betragen. Nun, das kam vor, war auch nicht zum ersten Mal geschehen. Wie er da aus dem Abstand einiger Schritte auf die Leinwand sah, hatte er Anlaß, über sich zu staunen. Er war doch gerade in einem Furor gewesen, hatte einfach drauflos geschmiert, was auf der Palette sinnlos zusammengepappt worden war – aber so sah das gar nicht aus. Daß dies ein weiblicher Körper war, konnte man immer noch deutlich erkennen, nur daß dieser Körper einer üblen Behandlung ausgesetzt worden war: mit Unrat übergossen, gehäutet und gequält, eine Leiche mit schauerlichen Wunden, aber eben immer noch eine Frau. Der weggedrehte Kopf sah jetzt aus, als sei ihr das Genick gebrochen worden. Es rann über die Leinwand, als blute sie.

»Ich bin offenbar nicht imstande, mich völlig aus der Hand zu geben; auch wenn ich herumwüte, ist da immer noch eine Form – das ist wohl gar nicht aus mir herauszukriegen.«

Er hatte eigentlich vorgehabt, zum Schluß die Leinwand mit einem scharfen Messer zu zerfetzen; jetzt kam ihm das aber doch zu pathetisch vor.

»Das macht die Sache zu wichtig.« Er würde sie aufheben und gelegentlich betrachten.

»Es soll mir eine Lehre sein.«

32

Die Unruhe hatte Flora Ortiz noch nicht verlassen. Sonst schaffte es die physische Erschöpfung, daß ihr irgendwann die Augen schwer wurden und sie den Ort ansteuerte, an dem sie gerade schlief; in den letzten Wochen war das Atelier von Louis Creutz seltener ihr Ziel gewesen. Es war aber unvorhersehbar, wie es sich mit ihr verhielt. Gewiß, sie war eine Besessene, eine manisch Getriebene, von Zwangsvorstellungen verfolgt, aber es gab in ihr einen Winkel, in dem ungestört von den sie verfolgenden Bildern eine gänzlich unbeeinträchtigte Alltagserfahrung lebte, die ihr erlaubte, ihre Erlebnisse nüchtern zu beurteilen.

Aus diesem Winkel heraus konnte sie sich selbst so vernünftig beraten, als wäre sie ein ihr zugetaner älterer Mensch, der in ihre Leidenschaften nicht einbezogen war; wobei sie diese Stimme auch zu überhören imstande war. Immerhin, so etwas gab es bei ihr, eine Instanz, die »Vorsicht« in ihr Ohr flüsterte, obwohl Behutsamkeit bei der Einschätzung von Gefahren niemals ihre Sache gewesen war, auch in gesünderen Zeiten nicht, als sie Louis Creutz kennengelernt hatte.

Auf einem Abend bei einer Schauspielerin, dem sie allein durch ihre Erscheinung schon Künstlerglanz verliehen hatte: als nicht tanzende Primaballerina, nicht theaterspielende Tragödin, den Catwalk niemals betreten habendes Model. Sie war immer auf das ungefilterte Risiko aus gewesen, die Radikalhingabe an den Augenblick, die unsinnig viel kosten mochte, bereit, alles aufzugeben für eine unberechenbare Eingebung, Laune mochte man das bei ihr nicht nennen, das Wort hat zu wenig Wucht.

Und inzwischen hatte sie alles, was sie an Besitztümern angesammelt hatte, aufgegeben. Von ihren Kleidern, mit denen sie sich dramatisch kostümiert hatte, und von ihrem Stil waren nur die Ganymed-Locken geblieben; das immerhin war gelungen und mußte bis zuletzt gelingen, und wie sie das erreichte, das gehörte zu der Alltagswachheit, die in einem Bewußtseinswinkel überdauerte. Wie sie an etwas zu essen kam, wußte sie oft nicht, aber wie sie an eine neue Flasche mit Farbe für die Haare gelangte, das wäre ihr in der größten Verwirrung noch eingefallen. So hütete sie sich auch davor, Louis Creutz über ein gewisses Maß hinaus lästig zu werden. Er war ebensowenig beeinflußbar wie sie, besaß darüber hinaus aber mehr Muskelkraft.

Zweimal hatte er sie schon mit dem Auto in die Psychiatrie gefahren; da hatte er einfach über sie verfügt, hatte ihren Protest überhört, war über sie hinweggegangen, hatte sie mit hartem Griff um das Handgelenk gepackt, die Treppe hinunter und auf den Rücksitz seines Wagens geschoben. Das hatte wegen ihres Widerstands eine Weile gedauert; ohne Erfolg hatte sie auf ihn eingeredet – womöglich auch geschrien? Daran wollte sie sich nicht gern erinnern, aber im Ohr gellte ihr noch eine heulende, kaum menschliche Stimme, die in seinem hohen Treppenhaus widerhallte, ein schauriges Stöhnen – von woher war das gekommen?

Sie hatte solche Szenen doch gar nicht nötig, saß bei ihm doch ohnehin am längeren Hebel, ihre Verbindung war schicksalhaft, nie würde er von ihr loskommen, das wußte sie einfach, das gehörte zu den Gewißheiten ihres Lebens. Da konnte sie ruhig sein und abwarten – bis die Frau, die dort neuerdings so häufig erschien, genauso wieder weggeschickt werden würde wie ihre Vorgängerinnen.

Eine gewisse Kontrolle übte sie dennoch aus. Es geschah bei ihren Wegen durch die Stadt immer wieder, daß sie, ohne es geplant zu haben, in dem Innenhof der aufgelassenen Fabrik landete, vor den schwarzroten Backsteinmauern mit den hohen Fenstern. Dieser Hof schien aus einer anderen Zeit in die Gegenwart hineinzuragen wie ein verrostetes Frachtschiff in einem Hafenwinkel. Die sonst überall auf den neuesten Stand gebrachte Stadt war hier abwesend, diese Mauern waren ihrem Zugriff endgültig entzogen, denn nun gehörte der gesamte Komplex dem Maler, der davon nur die dritte, die vorletzte Etage, für sich nutzte und den Rest schlafen ließ.

Abends leuchtete in der Schwärze sein Atelierfenster hoch oben, nicht zum Zeichen, daß er dort arbeitete, denn er malte nur bei Tageslicht, daran erinnerte sie sich genau. Oft war Ed Weiss vorbeigekommen, und sie hatten zu trinken angefangen, bevor sie ausgingen, dann wurde es wieder dunkel hinter den vielen Scheiben, der Raum war so groß, daß Flora sich darin niemals wie in einem Haus fühlte, sondern wie im Freien. Es war auch kühl dort, der Maler mochte es nicht warm.

Flora war zum Warten wie geschaffen, nichts fiel ihr so leicht. In eine Ecke bei den Müllcontainern gedrückt die

Tür im Auge zu behalten, das war eine Tätigkeit – so durfte man das durchaus nennen, ein aktives Warten wie das der Katze vor dem Mauseloch. Es fiel ihr leicht, die Spannung dabei zu halten und alle Signale, auch die Nichtsignale, aufzufangen.

Wenn er dann herauskam, mit der Frau oder ohne sie, mit Ed Weiss oder ohne ihn, oder auch wenn er ausblieb, beides war gleichermaßen aussagekräftig. In unwägbarer Weise enthielt jedes Vorkommnis und auch sein Ausbleiben eine Botschaft. Das Getriebensein beruhigte sich dann wie nach Erfüllung einer schwierigen Pflicht; sie hätte Bilanz ziehend sagen können, sie habe an diesem Tag ihr Bestes gegeben.

Es war dunkel geblieben im dritten Stock, schon seit zwei Wochen. Als sie aus dem unbeleuchteten Hof auf die Straße trat, blendete sie das weiße Licht der Bogenlampen. Der Hof und die Straße waren zwei streng voneinander geschiedene Sphären; unter den Lampen war unbekannt, was drinnen von größter Bedeutung war.

Ihr Weg führte sie durch die Außenbezirke der Stadt, wie sie es stets vorzog, hatte dabei aber den Fluß zum Ziel, was freilich einen großen Umweg bedeutete. Aber darauf war es noch nie angekommen, ihre Routen orientierten sich nicht am Vogelflug, es ging grundsätzlich nicht um Geschwindigkeit und Sparen der Kräfte. Wer so kräftig war, wie sie sich fühlte, mußte nicht haushalten.

Sie gelangte schließlich an Hafenanlagen mit hohen Tanks und Speicherbauten, Kränen und Absperrungen, alles war auf Lastwagen und Gabelstapler berechnet, einzelne Fußgänger hatten hier auch dann nichts zu suchen, wenn der Betrieb ruhte. Dennoch drang sie zum Fluß vor, der mit seinen im

Nachtlicht auf den Wellen tanzenden Reflexen wie ein zähflüssiger schwarzer Ölstrom aussah. Es begannen bald Anlagen mit niedergetrampelten braunen Wiesenflächen und Parkbänken. Menschenleer war es hier nicht. Auf den Bänken, auch auf den Wiesenflächen hielten sich kleine Gruppen von überwiegend jungen Männern auf; manchmal wurden sie durch einen Laternenstrahl ins Licht gehoben, dann sanken sie wieder in den Schatten.

Ein Schwatzen im Dunkeln erfüllte die Luft, Rufen und Lachen, Zigarettenglut wanderte im Kreis. Einsamkeit war nicht die übliche Lebensform, man mußte dazu berufen sein.

Sie empfand keinen Neid auf diese Geselligkeit in der Nacht und versuchte, ein Wort dafür zu finden, aber es fiel ihr nichts ein, um präzise auszudrücken, was sie empfand, und so blieb nur der zögernde Gedanke: »Das ist – ein ganz – anderer – Menschenschlag«, während sie auf eine Schattengruppe blickte, aus deren Mitte Kichern und Juchzer zu ihr flogen. Der Kies knirschte unter ihren Füßen, sie ging nah am Fluß und roch das Wasser. Es war nicht so faulig wie an heißen Tagen, Aquariumswasser mit darin verwesenden Pflanzen und Fischen, die ihre Kotgirlanden hinter sich herzogen, während sich auf den Scheiben grün schmieriger Algenfilm gebildet hatte, Naturgerüche also, immerhin, keine chemischen Abwässer.

Ja, solche Aquarien, die gab es. Sie hatte so etwas gesehen. Wo? Wann? Wann war sie das letzte Mal schwimmen gewesen? Die Frage überraschte und überforderte sie zugleich. Warum fragte sie sich etwas, wovon sie wußte, daß sie es nicht beantworten konnte? Das taten sonst Leute, die sich anmaßten, ihr zuzusetzen, die ihr verboten auszuweichen. Manche glaubten, sie dürften das, man müsse es über sich ergehen lassen. Das endete irgendwann, diese Leute besaßen nicht, wovon sie im Überfluß hatte: Geduld. Sie war schwimmen gewesen einst, und es hatte so gerochen wie jetzt am Fluß – das Wasser undurchsichtig, in einem Betonbecken stehend – als Kind? War sie überhaupt jemals Kind gewesen? Von ihrem heutigen Wissensstand aus gesehen – niemals –, aber konnte das sein?

Auf den Bänken saßen Raucher. Es war hier dunkler, die Laternenabstände vergrößerten sich, und so wurden die Glutpünktchen gut sichtbar. Sie leuchteten vor einem Kopf, der nur als schwarzer Umriß erschien. Doch ja, die Glutpünktchen schufen eine Orientierung. Mit dem Einsaugen des Rauchers leuchteten sie heller, in einem Sekundenlicht glühten die hinter ihnen liegenden Gesichter rosig. So war das.

Sie war mit ihrem Vater zu einer Weihnachtsfeier gegangen – wenn man Wörter einfach benutzte, ohne sich lange zu fragen, was sie bedeuteten, wenn man also wie eben das Wort »Weihnachtsfeier« einfach mal passieren ließ, ohne in die Falle zu geraten, es verstehen zu wollen –, dann kam man im Denken voran, man verhedderte sich nicht. Und siehe da, dann entstanden auch Bilder, in diesem Fall eher ein Nichtbild aufgrund tiefer Dunkelheit: Sie neben ihrem Vater – das ließ sie jetzt auch einfach ungeprüft stehen! –, einen Berg hinaufsteigend, einem aus vielen Fenstern gelb leuchtenden Haus entgegen, in einer Wolke von Stimmen im Dunkeln unsichtbar bleibender Personen, die gedämpft und zugleich erwartungsvoll klangen, und der Vater rauchend, zwischen den nikotinbraun gefärbten Kuppen des Zeige- und des Mittelfingers eine Zigarette, deren Glutpunkt ihnen den Berg hinauf vorantanzte – ja, und wenn das so war, dann war der Beweis erbracht: Sie war Kind gewesen, sogar ein ziemlich kleines, dem Vater gerade übers Knie reichend. Sie hielt inne. Es war ihr, als könne sie die abgerissenen Fetzen, die ihr durch den Kopf flogen, zum Bild formen und im Zusammenhang betrachten.

Zusammenhang – der war möglich, der konnte sich zeigen, auch wenn er sich gewöhnlich gut verbarg. Nie war es ganz still in der Stadt, aber die Geräusche waren so spät jetzt zu einem Schnaufen geworden, das in Wellen an- und abschwoll. Ging es zurück, war der Fluß zu hören, der angesichts seiner Wassermassen, in denen die ganze Stadt hätte ersaufen können, erstaunlich leise war – hätte dieses ruhige Strömen nicht einen Akkord erzeugen müssen, einen endlosen Akkordeonvielklang in sanfter Dissonanz? Sie meinte so etwas zu hören, durch das leichte Plätschern gegen die Steine der Ufereinfassung hindurch.

Ein Papierkorb stand am Rand ihres Weges, bis zum Überquellen gefüllt mit dem Abfall der Leute, die am Fluß gepicknickt hatten, sperrige Pappkartons, zusammengeknautscht und immer noch zu groß für das Aluminiumgeviert. Ein starker Geruch nach mit Oregano getränkter Pappe drang daraus hervor; als sie ihn wahrnahm, veränderte sich etwas in ihr.

Ihr eigen war ein geradezu hoheitsvolles Zurückweisen von angebotenen Speisen, wobei es selten zu so etwas kam, und wenn, dann von Leuten, die sich in ähnlicher Verfassung wie sie befanden und ihr ein Brötchen reichten, in welches sie eben hineingebissen hatten. Als sei mit dem Oregano ein Zauberreiz verbunden, der ihre Haltung dahinschmelzen ließ, beugte sie sich nun über den Abfallbehälter und zog im Halblicht der Reflexe auf den Wellen, das alle Gegenstände schwarz erscheinen ließ, eine ölgetränkte Pappschachtel daraus hervor. Das Gewicht verriet, daß der Karton noch halb gefüllt war; ein Pizzarest.

Sie trat in einen anderen Zustand ein, in einen weit zurückliegenden, weit über das eigene Leben in sehr frühe Menschheitsgeschichte zurückreichend, in eine Epoche, in der Mensch und Tier noch nicht streng voneinander geschieden waren. Der Karton fiel ihr aus der Hand. Den Pizzarest wandte sie hin und her, prüfend. Dann beugte sie sich über ihn und schlug die Zähne hinein, nagte den weichen, feuchten Belag ab, bis der Teig freigelegt war, zerrte an der zähen, kalten Substanz herum wie an einem Fetzen erlegten Wildes, biß und würgte mit einem Zucken des Kopfes, der nach jedem Herausreißen eines Stücks sich zurückbog und dann wieder hervorschoß, als könne eine todwunde Beute sich noch einmal befreien. Sie kaute und sah dabei um sich, als müsse sie sich vergewissern, daß niemand in der Nähe war, der ihr dieses Beutestück abjagen könnte.

Bis zu diesem Fund hatte sie keinen Hunger verspürt, schon gar nicht nach etwas zu essen Ausschau gehalten. Ihr Mund war rot verschmiert. Es war kein Spiegel zur Hand, der ihr das gezeigt hätte, aber sie spürte, daß es um die Lippen herum klebte, und wischte mit dem Handrücken darüber. Jetzt war klar, ihr hatte etwas gefehlt, aber sie fühlte sich nicht gut nach diesem hastigen Verschlingen.

Etwas zu trinken wäre willkommen gewesen, das Salz in ihrem Magen verlangte nach Flüssigkeit, der Mund wurde trocken.

Sie hob den Kopf. Alles wie vorher, vor diesem Einbruch besinnungsloser Gier. Der Fluß hatte das nicht zur Kenntnis genommen, die Nacht war unverwundet. Sie war furchtlos zum Erstaunen, körperlich zäh, schwer ermüdbar, mit festen Muskeln und im Laufen lange durchhaltend, aber zugleich sehr dünn und trotz ihrer Größe leicht. Ein Mann von geringer Körperkraft hätte sie umhauen können, zumal sie nicht auf Gegenwehr eingestellt war. Wurde sie geschlagen, wie das in verschiedenen Asylen schon vorgekommen war, erstarrte sie vor Schreck, als hätte das niemals geschehen dürfen und sei auch im Lauf der Welt nicht vorgesehen, jetzt aber dennoch eingetreten, ein übles Zeichen, nicht nur für sie, der die Wange brannte, sondern für alle, die sich hinfort auf Gewißheiten nicht mehr verlassen durften.

Aber die Überzeugung, daß sie eine von aller Gewalt Ausgenommene sei, und zwar sowohl als Erleidende wie auch als Täterin, kehrte bald zurück, und so kannte sie keine Bedenken, sich in Gegenden zu begeben und darin aufzuhalten, in die Frauen sich nur ungern allein wagten.

Zeitungen, die von Gewalttaten in nächtlichen Parks berichteten, las sie nicht. Ermahnungen von Polizisten hörte sie nicht an, sondern schenkte ihnen nur ihren unergründlichen Blick; ihr Gegenüber fühlte sich dann bis zum Grund der Seele durchschaut, dabei sah sie ja eigentlich nichts; was von außen in sie einsank, gelangte selten in ihre Gedanken.

Es war eine dunkle Nacht, soweit es in der Stadt dunkel

werden kann. Eine Wolkenschicht bedeckte den Himmel. Kein einziger Stern gelangte hindurch, und vom Mond war nicht mehr als ein milchiger Schimmer zu erkennen. Dort standen zwei Bänke, man hätte darüber stolpern können, aber sie fand sich in der Nacht gut zurecht, mehr mit den Ohren als den Augen. Wenn sie ihre großen überschlanken Füße auf den Sand setzte, war es, als vernehme sie ein winziges Echo, sowie das Knirschen auf ein Hindernis traf. Mit Bewußtsein nahm sie das nicht wahr, und das war auch nicht nötig, sie empfing solche Signale mit dem ganzen Körper und blieb stehen, bevor sie in ein Hindernis hineingelaufen wäre.

Die Bänke kamen genau zur rechten Zeit. Sie hatten sich hier eingefunden, als es so weit war, daß sie ihrer bedurfte. Sie setzte sich, sah noch eine Weile zum glitzernden Fluß hin, der sich für sie jetzt zu einem schwerflüssigen Teerstrom verfestigt hatte, und streckte sich dann auf den Holzlatten aus. In solchem Liegen auf der harten Fläche erlebte sie ihren Körper wie niemals sonst in seiner sehnigen Zerbrechlichkeit. In ihrer Vorstellung wurden ihre hervortretenden Schulterblätter, die Wirbelsäule mit jedem einzelnen Wirbel, das aus dem mädchenhaft schmalen Torso sich in Cellokurven herausreckende Becken weich wie die Knöchelchen eines jungen Huhnes; die ausgestreckten Beine aber wurden lang und länger, wie Stelzen.

Sie trug nichts am Leib, was dieses Liegen gepolstert hätte. Von Zeit zu Zeit nötigte man ihr Kleider auf, Unterwäsche vor allem. Das geschah, wenn sie Leuten in die Hände fiel, die glaubten, über sie verfügen zu dürfen, sie abhörten, ihr Spritzen setzten, sie in eine Badewanne zwangen, was sie alles stoisch hinnahm, um sich des Empfangenen bei nächster Gelegenheit in Freiheit wieder zu entledigen. Wozu diente eine schmutzige Unterhose – weg damit. Das schwarze dünne Gewand bedeckte sie genügend, es hing um ihren Körper herum wie auf einem Kleiderbügel. Der Kunststoff, fein wie Fallschirmseide, umflatterte und umwehte sie. Traf sie ein Windstoß, blähte er sich auf oder drückte sich an die Haut und ließ die kleinen Brüste und die knochigen Knie ahnen. Ihre geheime Nacktheit war ihr von großer Bedeutung. Sie bezeichnete einen Einschnitt in ihrem Leben aus ihrer heutigen Sicht eigentlich als Beginn ihres Lebens, denn was davor lag, war wie unordentlich in einen großen Sack gestopft, in dem man nichts wiederfindet. Kam ein Detail daraus hervor, blieb es ohne Zusammenhang unverständlich.

Dieser Einschnitt war das Modellstehen, -liegen und -sitzen für Louis Creutz, der die Nacktheit von ihr gefordert hatte. Es war eine für sie zunächst unmögliche Forderung gewesen. Alles in ihr hatte dagegen revoltiert, das Modellsein wäre beinahe daran gescheitert.

Mit Stehen, Liegen und Sitzen war übrigens nur eine Andeutung von dem gegeben, was er von ihr erwartete; er wollte ihren Körper in verdrehten, nach kurzer Zeit schmerzhaften Positionen sehen, sich spreizend und ausstellend in einer Schamlosigkeit, die sie erst hatte erlernen müssen, die ihr jetzt aber als bleibende Leistung ihres Lebens erschien.

Sie hatte, indem sie seinen extremen Wünschen nachkam – warum hatte sie das eigentlich getan? –, einen Anspruch auf ihn erworben. Ihre Bindung aneinander war nicht mehr rückgängig zu machen. Und bestand fort, auch wenn sie sich lange nicht sahen. Er wußte das genau, daran ließ sie keinen Zweifel zu. Jetzt, da sie ihren Körper fühlte, weil die Knochen auf der harten Bank begannen weh zu tun, waren die Monate, in denen sie nicht mit ihm gesprochen hatte, in nichts zerronnen. Ihr war, als werde er jeden Augenblick an diese Bank herantreten und ihr befehlen, aufzustehen und ihm zu folgen. Waren da nicht Schritte zu hören? Näherte sich da nicht jemand?

Es war nicht er. Es waren männliche oder eher jugendliche Stimmen, mit einem Kichern, einem Flüstern, wobei sie niemals dem Wortsinn folgte, sondern aus dem Tonfall herauslas, was die anderen im Schilde führen mochten. Und dieses Kichern sprach von einem unbändigen Vergnügen, das die Sprechenden vor sich sahen. Das erfüllte sie mit höchster Spannung. Es sollte etwas gewagt werden, es sollte blitzschnell gehandelt und dann schleunigst geflohen werden. Das Herz schlug ihnen bis zum Hals. Was sie vorhatten, würde, wenn es gelang, zu einem Riesenspaß.

Das klang nicht bös, schon gar nicht gefährlich, zwei Halbwüchsige, die sich am Fluß herumdrückten und wohl schon etwas getrunken hatten. Ein Wispern und Räuspern – war das auf sie bezogen? Die Unsichtbaren hatten sie vielleicht noch gar nicht bemerkt. So war es in der Stadt, so entsprach es ihrer Erfahrung: Man trieb zwischen vielen Menschen nebeneinander her, ohne sich zu berühren, nahm einander nicht zur Kenntnis, so wurde die Überfüllung erträglich.

Und doch war ihr plötzlich, als rückten diese Flüsterer und Kicherer ihr näher, als sprächen sie über sie, hätten sie eben doch wahrgenommen, diesen langgestreckten schwarzen Körper mit dem gelben Haar, das in der Nacht grauweiß schimmerte.

Und dann gluckerte da etwas, und sie fühlte Kühles auf Hand und Beinen, Nässe, die an ihr hinunterrann, nein, das war kein Regen. Etwas war über ihr ausgegossen worden. Sie schoß in die Höhe. Das geschah, ohne zu denken. Sie breitete die Arme aus, um einen Angriff abzuwehren. Sie berührte einen anderen Körper, der sich nicht halten ließ, der sie zurückstieß, und zugleich wurde aus dem Geflüster ein Gelächter. Ein Streich war geglückt.

Sie verstand das noch nicht, und dann sah sie die Flamme, die über den schwarzen Kunststoff raste und blau und gelb aufloderte. Ein beißender Schmerz war damit verbunden. Sie sprang von der Bank und war von Feuer umgeben, während Schritte sich eilig entfernten. Sie schlug in die Flammen, wie in eine Mückenwolke, der Geruch brennenden Benzins umgab sie, als sie in großen Sätzen von der Bank weglief, in dem Versuch, einer Verfolgung zu entkommen, und als trüge sie das Tödliche nicht an sich selbst und nähme es mit, wohin sie auch liefe.

Da war schon das Ufer – war ihr das bewußt, oder stürzte und stolperte sie blindlings über die Kaimauer und platschte in den Fluß? Sie tauchte unter, sie schluckte viel von dem trüben Wasser. Gerade hier führten Stufen auf den Kai. In ihrem Strampeln und Rudern stieß sie an den roten Sandstein und schleppte sich halb hinauf. Die Füße blieben im Wasser. Erst jetzt überwältigte sie der Schmerz, sie verlor das Bewußtsein.

Wer die nackte, mit Brandwunden übersäte Frau gefunden hatte – es muß Stunden später gewesen sein, als es hell wurde –, sie hätte dazu nichts beitragen können. Als sie erwachte, lag sie bandagiert wie eine ägyptische Mumie in einem Bett mit Rädern, das durch einen hell erleuchteten Korridor geschoben wurde, von jemandem, den sie nicht sah. Sie hatte keine Schmerzen, die sie daran erinnert hätten, was ihr zugestoßen war, nur eine Taubheit in allen Gliedern.

Ihre Augen lagen frei, sie folgten der Fahrt durch die Überhelligkeit; Betten fuhren aus der entgegengesetzten Richtung an ihr vorbei, eine alte Frau mit Schläuchen in der Nase, ein Mann, dem der Kopf auf die Schulter gesunken war und dessen Mund offenstand.

Und dann eine Frau mit rotem zerlaufenem Gesicht und verschwitztem Haar, eigentlich wohl blond, jetzt dunkel an Stirn und Schläfen klebend, wach, aber abwesend, vor sich hin starrend, und obwohl die beiden Betten nur kurz nebeneinander stockten, erkannte Flora diese Frau. Sie wußte, wer das war: die Frau aus dem Atelier von Louis Creutz. Und ihr war, als sei der wahre Grund, warum sie hier in diesem immer noch nicht begriffenen Zustand umhergefahren wurde, daß sie an diesem Ort dieser Frau begegnen mußte.

33

Ein Sextett der Mißverständnisse

Am Tag nach der Eröffnung der großen Louis-Creutz-Schau im Pariser Musée d'Art Moderne sandte Herr Hillmann, der Junior-Geschäftsführer der Galerie Grünhaus, dem alten Grünhaus, der sich nach Gstaad zurückgezogen hatte, eine Einschätzung der Ereignisse. Grünhaus in seinem Chalet sollte versichert sein, daß Hillmann alles richtig anpackte.

Daß Paris ein derart großer Erfolg für uns werden würde (er hielt es für weise, den Seniorpartner trotz seines Abschieds vom aktiven Geschäft zumindest grammatikalisch stets einzubeziehen), das war keine Selbstverständlichkeit. Es sollte ja ursprünglich nur um die Kartons für die Kapelle in Saint-Fraimbault gehen, und damit haben wir genaugenommen nichts zu tun, da wollte auch der Sponsor gern im Mittelpunkt stehen. Aber wir haben uns dennoch ins Spiel bringen können und der ganzen Sache überhaupt erst den Höhepunkt geliefert.

Ich sagte Ihnen ja, das waren etwa zwanzig großformatige Studien auf Papier, alle in Schwarz, sehr zeichnerisch, aber mit dickem Pinsel, unter uns würde ich sagen, eher dekora-

tive Arbeiten, mit Wirkung auf weite Distanzen geplant – für mich, ehrlich gesagt, etwas eintönig, man sieht die Hand, das schon, aber er ist doch ein Mann der Farbe und der ausgesprochen malerischen Effekte – kurzum, mir hätte was gefehlt.

Es ist der reine Zufall, daß es anders gekommen ist – Händlerglück –, was ja immer gerade Ihre Stärke war und ist! Ich hatte manchmal Sorge, ob ich da jemals würde mithalten können. Na, jetzt hab ich so was auch mal erlebt.

Ich komme zu ihm ins Atelier, es ging um was Finanzielles, er ist ja, wie Sie wissen, zäh im Zeigen, läßt sich nicht in die Karten gucken. Bei Ihnen war er natürlich nicht so. Das war die Ausnahme, die kongeniale Beziehung zwischen Künstler und Händler. Zu Ihnen hat er Vertrauen; ich muß mir das erst erarbeiten, aber da bin ich jetzt weitergekommen.

Wir sprechen über dies und das, im Verhandeln ist er stark. Ich habe dabei die umgedreht an der Wand lehnenden Leinwände im Auge – nein, er zeigt nichts, obwohl ich unvermittelt, überfallartig, mit Lächeln sage: Ach, Sie zeigen sie mir doch! *Darauf er: Sie Schlauberger! Er ging immerhin auf mein Lächeln ein; ich glaubte schon, ich habe ihn, denn er war nicht gereizt, aber er blieb hart.*

Dann geht er ins Bad. Mit zwei Schritten bin ich bei der größten Leinwand, hebe sie an, sehe von der Seite hinein, bin sofort elektrisiert – da ist er schon zurück. Ich habe Ihnen doch verboten, die Bilder anzufassen – sehr streng. Aber zu spät. Ich hatte etwas gesehen, da gab es kein Zurück. Es ging noch ein Weilchen hin und her, aber jetzt nicht mehr drängelnd von meiner Seite – ich habe meinem Enthusiasmus freien Lauf gelassen. Irgendwann hat ihn das beeindruckt und unsicher gemacht.

Allein das dürften nicht viele bei ihm erreicht haben – außer Ihnen, Sie sind die uneinholbare Konkurrenz.

Das Ende vom Lied – das Bild kam auf die Staffelei. Mein Aus-dem-Winkel-Linsen hatte mich nicht getrogen. Ein Wahnsinnsbild! Eine Explosion! Ein vollkommen neuer Louis Creutz. Ich muß gestehen, ich habe mich manchmal im Geheimen gefragt, wie es bei ihm weitergehen könnte. Er hat doch immer erklärt, er wolle kein Markenartikel werden, aber er war inzwischen ein Markenartikel, diese monumentalen eiskalten Akte, diese Fleischmaschinen, luftlos, von erstickender Perfektion – keine Kritik, wo denken Sie hin!, ich liebe dieses Werk wie Sie, der Sie es entdeckt und groß gemacht haben! Und dennoch, ich fühlte die Stagnation, auch einen Vollkommenheitstick, der unfruchtbar war.

Aber jetzt – diese neue Brutalität, die so neu aber gar nicht ist, denn sie schlief in ihm, davon bin ich überzeugt, nur bisher gegen sich selbst gewandt und jetzt freigelassen.

Gut so weit, aber jetzt begann erst die Arbeit. Ich will das Bild für Paris! – Auf keinen Fall, das wird niemandem gezeigt, Sie sind schon einer zu viel! – Ich muß es haben! – Nur über meine Leiche! – Wollen Sie, daß ich Sie umbringe? Man muß, wenn es ernst wird, immer auch einen Spaß machen. Schließlich dreht er sich um und geht zum Fenster. Schweigt, während ich weiterrede, aber dann denke ich plötzlich: Kein Wort weiter, laß ihn nachdenken.

Und dann dreht er sich wieder um und sagt so leise, daß ich es kaum verstehe, als wäre das auch gar nicht für mich bestimmt: Wenn man die Schamlosigkeit nicht von Anfang an in den Knochen hat, muß man sie eben lernen.

Er gibt mir das Bild! Und wie richtig ich gelegen habe, zeigt *sich jetzt in Paris. Mal abgesehen davon, daß es sehr wichtig war, daß auch von uns etwas kam, und zwar die Sensation – denn die Konkurrenz schläft nicht, und er scheint sich stark nach Paris hin orientieren zu wollen –, darf ich Ihnen hier Auszüge aus einem großen Aufsatz schicken, prominent aufgemacht. Sie wissen es am besten: Wir brauchen die Kritik nicht mehr, die Sammler haben längst ihr Votum abgegeben, aber zur Unterfütterung unserer Politik kann sie immer noch brauchbar sein:*

> Louis Creutz hat sein germanisches Korsett abgeworfen, den elitären peinture-Kult, den zynischen érotisme, die verdrossene Eitelkeit auf ein souverän exerziertes Handwerk. Er hat die Tyrannei der Mimesis gesprengt, er läßt sich nicht mehr vom Modell versklaven. Und nun offenbart er seine Humanität, als ob er sich ihrer geschämt hätte, seine Wahrnehmung des geschundenen, zerstörten Menschen, seinen Protest gegen die Mißachtung der Menschenwürde, und das alles in Leidenschaft und Freiheit, aber der Freiheit eines großen Malers.

Ich vermute, das freut Sie. Wir dürfen, glaube ich, alle sehr zufrieden sein.

Beate war allein zur Eröffnung gereist, denn Rudolf wurde wegen Dietrichs Abwesenheit in der Firma festgehalten. Sie berichtete ihm noch in der Nacht von den Ereignissen.

Verpaßt hast du was, wenn ich auch noch nicht weiß, was genau. Der äußere Ablauf glanzvoll – na, was soll sein, wenn ein

Monsieur Bernoult einlädt? Großes Getümmel, wobei ich natürlich nicht einschätzen kann, wieviel davon Qualität und wieviel Füllmasse. Die Leute sehen alle so viel gewitzter und smarter aus als bei uns, aber das täuscht natürlich, denn was kommt schon noch groß von dort?

Was mein Outfit angeht, war ich zufrieden, ich beschreibe es Dir nicht, denn wenn ich zurückkomme, ist es schon verkauft – auf das bloße Photo hin, das sagt schon was. Louis war wie immer, stand lauernd am Rand, war mit Leuten, die ihm gebracht wurden, wortkarg, hatte diesmal erstaunlicherweise den vollständigen Anzug an, erkannte mich aber – ich sag's extra so. Ich hatte halb damit gerechnet, daß ich als deutsches Groupie weggeschoben würde.

Im Gegenteil! Er stellte mir seinen Bernoult vor. Der hat ein schlaues französisches Fuchsgesicht, die Arroganz so perfekt in die Höflichkeit eingebettet, daß man sie kaum wahrnehmen muß. Läßt dich grüßen, bedauerte, daß du nicht da warst, das war aber gar nicht schlecht, solche Leute müssen lernen, daß man nicht wie ein Licht angeflogen kommt, wenn sie mit den Fingern schnipsen – besteht darauf, daß wir nach Saint-Fraimbault kommen, Einladung folgt. Das war schon sehr viel mehr Zuwendung, als man gerechterweise erwarten durfte, und dann hatte ich ihn im Restaurant sogar noch zu Tisch. Wir waren sofort bei Vornamen, er heiße Christian, als ob ich das nicht wüßte, und tatsächlich klingt »Beát« so viel eleganter als die trübselige Beaaate, die ich immer gehaßt habe. Er horchte mich über Louis aus, hält ihn für eine große Nummer.

Daß er das tatsächlich ist, wissen wir selbst und länger als er, aber der große Akt, an dem er die letzten Monate ge-

arbeitet hat, also der – ich will nichts sagen, von mir aus ein gutes Bild, wenn alle das so wollen, aber etwas diametral anderes als das gesamte bisherige Werk! Ich hätte Louis niemals erkannt. Bei längerer Betrachtung schimmerte was durch, was man mit Müh und Not mit ihm in Verbindung bringen mochte. Und dafür Monate! Mein Eindruck war, daß das Ding in einer halben Stunde entstanden ist. Ich wollte immer, daß er seine gepreßte Malweise ein bißchen auflockert, etwas Luft darunter läßt, so wie man geschlagenen Eischnee unter ein Soufflé hebt, aber doch nicht so was! Es widerspricht allem, was er uns immer verkündet hat, mit seinen geheiligten Prinzipien hat es nichts mehr zu tun. Das mag ja alles glanzvoll sein, aber mir sind solche Radikalkonversionen unheimlich. Wenn ein Berghang zu Tal rutscht, ist auch viel Kraft dabei. Er muß mir das alles mal genau erklären, darauf haben wir doch wohl einen Anspruch. Wenn er der averbale Künstlertypus wäre, die Wildsau, rein instinktgetrieben – gut. Aber gerade das ist er ja nicht. Er ist ein Kopfmensch. Wenn er nicht malt, dann liest er, bis zum Hals voller Theorien. »Ich weiß, was ich tue. Ich kann von jedem meiner Schritte Rechenschaft ablegen«, so tritt er auf. Das müßte er mir bei dem Ding mal im Detail vorführen.

Und dann das Stärkste: Er verläßt uns, verläßt vor allem das Atelier, das angeblich so lebenswichtige, um das er gekämpft hat, ohne das er keinen Strich tun kann. Da ist wirklich was passiert. Er geht nach Paris. Bernoult gibt ihm eine große Fabrikhalle in der Banlieue, ist ja schön, aber das hat sich alles überhaupt nicht vorbereitet, für mich jedenfalls nicht. Klar, er ist hinter dem Geld her, aber zugleich kam er mir immer völlig unabhängig vor, unbeeinflußbar wie ein Autist.

Immerhin hat er sich nach seinem Freund Dietrich und nach Astrid erkundigt, mit einer gewissen Vorsicht schien mir, als hoffe er, es gebe einen harmlosen Grund für ihre Abwesenheit. Damit konnte ich nun nicht dienen, und es kam raus, daß er von Astrids Fehlgeburt gar nichts mitbekommen hatte. »Soso, das ist ja gar nicht schön«, mehr war ihm dazu nicht zu entlocken.

Ich muß aber gestehen, daß mir Astrids sogenannter Zusammenbruch inzwischen schwer auf die Nerven geht. Ich hab schließlich auch so was gehabt, genaugenommen sogar zweimal, wobei das erste ja ein sehr früher Abgang war, und natürlich ist das keine reine Freude, aber dann geht das Leben doch irgendwann weiter. Wir haben uns von ihr was anderes erhofft – Naivität mit Gesundheit verbunden –, aber das war eine Pseudogesundheit, schreckliche Kombination: Einfalt und Kraftlosigkeit. Ich bleibe noch zwei, drei Tage, es soll noch einen Lunch für Louis geben, aber im kleinsten Kreis, und ich will auch noch Zeit zum Shopping haben. Nutz das für einen Kartenabend!

Rudolfs Antwort folgte erst einen Abend später, er ließ private Mails grundsätzlich eine Weile ruhen.

Ich finde wie immer, daß Du zu streng mit Astrid bist. Du weißt, ich habe von Anfang an eine Schwäche für sie gehabt, aber Frauen untereinander sind grausam. Jetzt würdest sogar Du die Grausamkeit vergessen – ich habe sie gestern gesehen, zum ersten Mal nach dem Krankenhaus. Sie war kurz vor der Abfahrt in ein Sanatorium am Starnberger See. Ich war erschrocken. Vollkommen zerstört ist das arme Mädchen, die ganze Hübschheit ist weg, die ja zum Teil aus ihrer Lebhaftigkeit bestanden hat. Man konnte auf einmal ahnen, wie sie mit fünfzig aussehen wird. Und schlimmer noch: Die tonlose Stimme, die langsamen Bewegungen, die Zerstreutheit – sie hat mir kaum zugehört. Daß Du zu Louis' Ausstellung gefahren bist, hat sie nicht weiter zur Kenntnis genommen, nur vor sich hin gemurmelt: Solche Sachen sind zum Glück vorbei. »Gar nichts ist vorbei, du kommst wieder auf die Beine«, war meine etwas hilflose Antwort.

Sie sieht mich darauf mit leerem Blick an. Ihre Haare waren ungewaschen. Nein, da ist was Furchtbares passiert, das arme Geschöpf ist in einer einzigen Nacht vernichtet worden. Dietrich hat den Arzt verklagt, einen berühmten Mann, und noch dazu wegen unterlassener Hilfeleistung angezeigt, aber das Wichtigste wäre doch vor allem, daß ihre spirits zurückkehren.

Mit Dietrich habe ich lange telephoniert; er mußte wieder nach China und ist dort todunglücklich. Will sein Leben ändern, mehr Zeit mit ihr verbringen, grübelt darüber, ob er an allem schuld sein könnte. Er ist ein anderer geworden, sehr ernst, sehr liebevoll besorgt. Wenn er »meine Frau« sagt, klingt das ganz feierlich. Mit ihm hat sie Glück im Unglück. Es gibt Leute, die mögen keine Kranken sehen – Du gehörst dazu, ich aber auch, obwohl ich versuche, das zu verbergen. Aufgeatmet habe ich erst, als ich wieder auf der Straße war – da wartete schon eine Firmenlimousine, um sie nach Bayern zu bringen.

Was Du von Deinem new best friend Christian schreibst, amüsiert mich. Wir haben Louis ja gar nicht entdeckt, er war einfach ein Spezi von Dir – richtig rausgebracht hat ihn

Grünhaus, zunächst mit sehr kleinem Einsatz, dann wuchs das Engagement, als es was zu verdienen gab, aber immerhin. Mir wäre es inzwischen ganz recht, wenn wir nicht mehr gar zu eng mit Louis zusammen gesehen würden. Da hat es doch diese fatale Geschichte gegeben, Du hast das doch am Rande mitgekriegt. Ein Freund von ihm – Schulfreund, sagte er, als machte das die Sache besser – scheint ein übler Bursche zu sein, kein unbeschriebenes Blatt; in was immer der Kerl verwickelt war, in was Unappetitliches jedenfalls, und zum Schluß lag eine Leiche rum, und er galt als überführt, und dann kam Louis plötzlich, der Anwalt hat ihn aus dem Hut gezogen, und gibt ihm ein Alibi. Kann alles stimmen, kann alles in Ordnung so sein, aber wir sollten mit solchen Milieus besser nichts zu tun haben.

Und daß Louis jetzt Paris entdeckt und das idolisierte Atelier aufgeben will, das scheint mir doch gut in das ganze trübe Bild zu passen – als ob ihm der Boden hier zu heiß geworden wäre. Um so besser, wenn er von sich aus geht.

Und dann hab ich den Katalog durchgeblättert mit den Kartons für die Kapelle Deines neuen Freundes, die hauptsächlich schwarz waren, und dann das, was als »Frauenakt« bezeichnet wurde – ich hab erst gar keinen Körper erkannt –, es gab da einen hypergescheiten Aufsatz, der brachte diesen Akt, wie er nun mal hieß, mit den Kapellenkartons in Verbindung und schreibt doch tatsächlich »die gekreuzigte Frau«, und wenn mir ohnehin Louis in Verbindung mit Religion schon sehr schräg vorkommt, dann … na, ich brauche es nicht auszuführen. Ich war immer bereit, Deinen Bohème-Zirkus mitzumachen, und es war oft auch lustig, wenn Louis sein Pfauenrad schlug, aber wie heißt es so treffend: »Il y a des choses qui rompent le charme.«

Schöne Redensart, kannst Du beim Lunch mit Deinem neuen Freund mal fallen lassen. Auf Kartenrunden habe ich ohne Dietrich keine Lust, ich kann gar nicht sagen, wie sehr er mir fehlt.

Astrid schrieb am Abend nach ihrer Ankunft in dem Sanatorium am Starnberger See eine Nachricht an ihren Mann.

Die Fahrt ging glatt, obwohl ja furchtbar weit. Als der Abstand zwischen mir und unserer Wohnung immer größer wurde, dachte ich, wie komme ich je zurück? Dumme Frage! Früher bin ich viel und weit gereist, jetzt kommt mir das fast unmöglich vor. Das Haus hier ist eher wie ein Hotel, Blick auf die Alpen vom Bett aus. Nur wenn man die Schatten mit Rollator herumkriechen sieht, weiß man, wo man gelandet ist. Aber ich bin selbst solch ein Schatten, wenn auch noch ohne Rollator, aber da fehlt nicht viel. Wie die sich mit den blaugeäderten Händen daran festklammern, wie an ihren einzigen verbliebenen Besitz!

Morgen sehe ich einen Arzt. Heute bekam ich das Essen aufs Zimmer gebracht, Du hast mir eine Suite bestellt, viel zu groß für mich. Ach, Dietrich, wer hätte gedacht, daß das alles so bös endet! Ich wollte es Dir nicht verschweigen, aber Du hast nie danach gefragt, und so habe ich es denn auch nicht gesagt: Du bist nicht der erste Mann in meinem Leben, glaubst Du sicher auch nicht. Es gab nicht so wenige vor Dir. Wenn ich versuche, mich zu erinnern, waren es wohl neunzehn, aber ich will mich gar nicht erinnern, denn Du bist der Beste und das Beste, was mir je in meinem Leben begegnet ist, und ich hab auch gar nicht so lange gebraucht, um das zu begreifen – aber was mich jetzt so deutlich überfällt: daß in unsere Verbindung, für mich eigentlich ein solches Glück, von Anfang an was Schlimmes, Falsches hineingemischt war – ich weiß nicht, wie ich das beschreiben soll, wie in das Glück von Anfang an etwas Giftiges geraten ist.

Und im Krankenhaus, in der Nacht, von der ich Dir erzählt habe, da ist mir, vor allem auch danach, klargeworden, daß das Unglück längst vorbereitet war – und ich auch daran schuld – und daß ich einsam war, ohne einen einzigen Menschen, weil ich selbst alles verspielt hatte.

Du weißt, da ist kein Vorwurf gegen Dich dabei, wahrlich nicht, es liegt alles bei mir. Ich habe keinen Widerstand geleistet, obwohl ich wußte, das entwickelt sich nicht gut. Und jetzt hast Du eine Frau, die den ganzen Tag heult und nichts ißt. Rudolf hat mich besucht, den hab ich wirklich gern, und ich denke manchmal, er mich auch, aber ich habe deutlich gesehen, wie erschrocken er war bei meinem Anblick, obwohl er das zu verbergen versucht hat. Er hat erzählt, daß Beate in Paris ist bei Louis' Ausstellung, wo wir eigentlich auch sein sollten, zumal Du den Katalog bezahlt hast, der bei uns zu Hause groß und schwer und in vergoldetes Leinen gebunden rumliegt und den ich nicht mal aufgeschlagen habe, als könnte aus den Seiten eine Schlange auf mich zu zischen.

Solche Unternehmungen – mit vielen Leuten nach Paris fahren –, ich weiß nicht, ob ich dazu überhaupt noch mal fähig sein werde. Ich habe das Gefühl, eine schlechte Frau für Dich zu sein, und weißt Du, was ich sogar denke: Obwohl ich die Nacht im Krankenhaus meinem schlimmsten Feind nicht wünsche, wie man so sagt – aber bei mir stimmt das nicht,

Schwester Annemarie wünsche ich so was durchaus –, denke ich jetzt sogar, ob es nicht gut so war. Was uns das erspart hat, Dir vor allem.

Es zieht vom Fenster ziemlich kühl hier herein, mir ist kalt bis auf die Knochen. Die Alpen sehen aus wie eine Mondlandschaft; wer hat eigentlich angefangen, die schön zu finden? Meinst Du, in diesem feinen Haus gibt es eine Wärmflasche? Ich würde am liebsten weglaufen, wenn ich nicht zu schwach dazu wäre. Und ich wüßte auch gar nicht, wohin. Ich hätte nie gedacht, daß plötzlich alles, was man kennt, ganz anders aussieht.

Dietrich, zurück in Shanghai, antwortete sofort:

Du kannst Dir vorstellen, daß ich Deine Nachricht mit großer Sorge und Kummer gelesen habe. Es klingt geradezu, als ginge es Dir inzwischen viel schlechter als noch im Krankenhaus und später dann zu Hause. Irgendwie hast Du Dich in negativen und falschen Gedanken richtig eingewohnt, Du hast sie jetzt durchdacht und Dir völlig zu eigen gemacht, und Du gibst mir das Gefühl, als seist Du darin gar nicht mehr zu korrigieren oder auch nur zu irritieren.

Wenn ich es nicht besser wüßte, wäre ich nach diesem Brief ziemlich ratlos. Immerhin schreibst Du, ich sei der Beste, der Dir habe begegnen können, und erwähnst sogar meine Vorgänger, und ob das viele oder wenige waren, kann ich gar nicht beurteilen, denn ich habe anders gelebt, kann deswegen aber erst recht sagen: Du bist das Beste und die Beste für mich. Ich hätte nie für möglich gehalten, daß mir etwas fehlte, bevor ich Dich getroffen habe, und jetzt kann ich mir das Leben ohne Dich nicht mehr vorstellen – da sieht man, wie wenig ich mich selbst gekannt habe, gar nicht nämlich.

Man glaubt, man ist vollständig so, wie man ist, was ja auf den Körper tatsächlich auch zutrifft, wenn er gesund ist, und dann die Entdeckung, daß was gefehlt hat, aber erst, nachdem das Fehlende, diese Fehlende hinzugetreten ist.

Verrückt ist das, aber so ist es gekommen, und so soll es bleiben. Glaub bloß nicht, daß ich das, was Du alles sagst, einfach so hinnehme und für wahr und richtig nehme – nein, im Gegenteil. Ich habe mit dem Psychiater in der Klinik gesprochen, auch noch mit anderen Ärzten, und weiß jetzt ganz genau, wie es um Dich steht. Du bist krank. Was Du schreibst, beweist das, wie der Arzt mir sagt, geradezu schulbuchmäßig. Diese Selbstbezichtigungen, dieses Erwähnen einer geheimen Schuld, wobei unklar bleibt, worin die denn bestehen könnte, das Selbstanklagen, Fluchtwünsche, der rätselhafte Vorgang, der alles Gute in Böses verkehrt hat, das alles sind Symptome: Du hast eine reaktive hormonell bedingte Depression, so heißt das offenbar – reaktiv, weil ausgelöst durch die Nacht, in der ich nicht bei Dir war –, weswegen vor allem ich von Schuld sprechen sollte, was ich am liebsten auch täte, aber nicht tue, weil es unvernünftig wäre.

Du mußt verstehen: diese Fehlgeburt hat ein Chaos der Hormone ausgelöst, so habe ich das herausgehört, und das wirkt sich verheerend auf Deine seelische Verfassung aus. Aber das heißt nichts anderes, als daß Du im Grunde gar nicht seelisch, sondern körperlich krank bist – Du hast einen seelischen Beinbruch oder irgendeine Entzündung, und alles, was Du in diesem Zustand denkst und sagst, hat mit der Wirklichkeit nichts zu tun. Es gibt keine Schuld und nichts Böses in unserer Verbindung, nicht bei Dir und nicht bei mir. Alle solche Vorstellungen werden verblassen, wenn die physische Gesundheit wiederhergestellt ist. Du mußt darauf vertrauen, daß es so ist. Vertrauen heißt hier, Du mußt mir abnehmen, daß ich besser und genauer über Deinen Zustand Bescheid weiß als Du selbst – nicht, weil ich klüger wäre, sondern weil ich meinerseits den Ärzten vertraue. Das wird entweder bald vorübergehen oder länger brauchen – wie lange, ist unwichtig. Aber eins sollst Du jetzt schon wissen: Wenn Du wieder gesund bist, dann werde ich Dich bitten, mit mir nach China zu kommen. Ich muß dort mindestens noch zwei Jahre präsent sein, bis alles so läuft, wie ich das haben will, und Du wirst mir dort helfen können. Ob Du ein Theater organisierst oder eine Fabrik, ist schließlich egal – Du wirst Dich schnell hineinfinden.

Es folgten zärtliche Worte, wie Dietrich sie bisher nie ausgesprochen hatte.

Am Vormittag nach der Ausstellungseröffnung war für Louis Creutz auf seinen Wunsch hin der Besuch des einstigen Ateliers von Picasso in der Rue des Grands-Augustins arrangiert worden – der berühmte Grenier im Hôtel de Savoie, in dem »Guernica« entstanden war, seit Jahren verschlossen. Er verweilte nicht lange in dem sich über die gesamte Tiefe des Palais erstreckenden Speichersaal, nachdem ihm der Concierge versichert hatte, eine erneute Vermietung sei nicht vorgesehen, vielmehr werde hier eines Tages ein Museum entstehen. In seiner Notiz über diesen Besuch im elektronischen Tagebuch wurde der Grenier daraufhin nicht einmal erwähnt, dafür aber das, was sich darüber befand.

Auf der Dachterrasse stand ein von Vogeldreck bekleckertes Gemäuer, nur über eine außen an der Mauer angebrachte eiserne Wendeltreppe zu erreichen. Unter dem Dachfirst ein Loch, in dem sich Tauben zeigten. Ein Taubenhaus inmitten der Stadt. Bald wurde klar, daß die Tauben, die auf dem Dach zusammensaßen, sich als feste Gruppe verstanden. Sie waren hier zu Hause, zwei schwarze, eine weiße, vier graue. Besaßen diese Farben für sie eine Bedeutung? Bezeichneten sie womöglich eine Rangordnung? Sie mischten sich jedenfalls nicht mit den Tauben, die sich von weit her einfanden und keineswegs vertrieben wurden, sondern sich von selbst wieder davonmachten, wenn sie erkannten, daß es sich hier um eine geschlossene Gesellschaft handelte, die keine Notiz von ihnen nahm.

Waren die Tauben wieder unter sich, löste sich der Verband auf; sie begannen einzeln ernsthaft umherzustolzieren, mit vorgestreckter aufgeplusterter Brust, mit zurückgelegtem Kopf und emporgerecktem Hals, jede allein mit der eigenen Bedeutung beschäftigt, einem Redner vergleichbar, der vor seinem Auftritt in sich gekehrt den Höhepunkt seiner Rede memorierend in der Wandelhalle des Parlaments auf und ab schreitet. Für eine Weile waren sie Einzelwesen, bis die Schwarmseele sich in ihnen regte, sie sich wie auf ein den Menschen unhörbares Signal gemeinsam in die Luft erhoben und nach kurzem gemeinsamen Kreisen einer höheren Regenrinne zustrebten, auf der sie sich in gleichmäßigen Abständen als Perlenschnur niederließen.

Es herrschte kein Gruppenzwang unter ihnen, ihre Disziplin war entspannt. Auf der Grundlage eines unzerstörbaren Zusammengehörigkeitsgefühls war es der einzelnen Taube möglich, sich aus der Gemeinschaft zu lösen und anderswohin zu fliegen – ob eine andere ihr folgte? Wenn nicht, erschien sie auf ihrem einsamen Posten unschlüssig; sie wartete, bis sich die übrigen in die Lüfte hoben, und revidierte dann ihre Vereinzelung, indem sie ihnen nachfolgte.

Dann fand die Schar zu ihrer schönsten Form, dem Zusammenfliegen in großen Kreisen. Die Tauben lehnten sich in die Kurven, indem sie immer wieder das Flattern kurz unterbrachen, um den Schwung zu bewegungslosem Segeln zu nutzen. Dieses Fliegen im Schwarm, kaum mit Jagd oder Nahrungssuche verbunden, war es nicht eher ein Ausdruck reiner Freude am Zusammensein? Erst die Gemeinsamkeit machte dieses Kreisen richtig sichtbar. Sie empfanden im Luftraum nicht die Versuchung der Grenzenlosigkeit, weitere Regionen verlockten sie nicht. Es ging ihnen um das Kreisen, und das brauchte einen Mittelpunkt. Das alte Taubenhaus war ihre Wohnung, noch wichtiger aber als Nabe ihres Kreisens. Mit rauschenden Flügeln brachten sie eine Schönheit hervor, die auf keinen Zeugen berechnet war als auf sie selbst.

Dann, in einem gleichzeitigen Willensakt, ließ die kleine Wolke sich herabfallen, das war, als ob ein Ballon platzte. In nicht wahrnehmbarer Geschwindigkeit waren sie unversehens wieder auf dem Dach versammelt. Vergessen war, daß sie eben noch einen vielköpfigen Flugkörper gebildet hatten. Sie vereinzelten sich, als wolle jede von ihnen die kollektive Leistung des Formationsfliegens alleine durchdenken.

Sie bewegten sich nicht. Keine pickte nach etwas. Die Vogel-

skulpturen saßen über die Dachterrasse verteilt, als wären sie niemals in gemeinsamem Entschluß von dort aufgebrochen.

Dann tauchten zwei von ihnen behutsamen Schrittes ins Innere des Taubenschlags, als verlange das eben genossene Glück der Gemeinsamkeit zu seiner nachträglichen Bewältigung das Umschlossensein von einem dunklen Raum.

Kopfschüttelnd las es Dr. Rucktäschel.